谎言与命运

（法）卡丽娜·蒂尔（Karine Tuil）　著
林珍妮　译

世纪文景
世纪出版集团 上海人民出版社

给阿里埃尔

爱情并不甜蜜，如大家所言——也许有人折磨他们，逼迫他们说出此话？总之，大家都在撒谎。

——奥朗·帕缪克《恩罗克》2011 年 4 月

每一项成功掩盖着一项放弃。

——西蒙娜·德·波伏娃《一位规矩姑娘的回忆录》

文学的成功，是我操心事务之余的一小部分。成功在你的手指间溜走，从你的各方面逃逸……总的来说，我自己的生活是最重要的东西。

——玛格丽特·尤尔塞娜，1979 年与贝尔纳·皮福特的交谈

（此谈话被拍成电影）

目　录

他从这个家跑到那个家，从办公室跑回家，来来去去，跑来跑去，他爱这个那个，他对这个撒谎，对那个隐瞒，他遮掩他的行踪，他想方设法瞒天过海，他编造谎言，他伪造事实，他耍两面派的把戏，绞尽脑汁，挫败人家设的陷阱，他惶惶不安心怀鬼胎，他激动兴奋，夜不成眠，但多么的心醉神迷，随心所欲，多么的自由，他可以在两个平行的世界里变换位置，两个世界各不知情。

塞米像被人埋在混凝土块里，这是打击，噩梦。睁眼醒来，身体虽未受损伤，但也不尽然，手铐勒得他的手腕生疼。头顶上面一只灯泡射出白光，灯泡摇来晃去，弄得他直犯困。他想知道发生了什么事，他们玩什么把戏，这事怎样收场。

第一部分　上流新贵：偷来的人生

今天他是社会的主人，新富，大赌徒，词藻华丽的演说家，法律机器，言行举止表明他的身份全然改变，现在他功成名就，饮誉天下，成了社会的救世主，和塞缪尔相比，一个天上，一个地下。

1

就从他脖子上三寸长的疤痕说起吧——它是极端专制主义留下的烙印。塞米·塔阿很想摆脱它，曾要求时代广场的美容外科医生用砂轮把疤痕磨掉，但没成功，为时已晚，他只好留下它作为纪念。每天早上看着它，便可以提醒自己是从哪儿来的，从什么地区来的，遭受过怎样的暴力。瞧瞧它！摸摸它！以前他非常反感别人瞧它摸它。这道发白的疤痕暴露出他暴躁好斗的性格，动辄使粗动武，与人不和，易生缝隙矛盾（矛盾也是社会暴力发展到白热化的一种形式），显示他的性行为方式。不错，他可以用披巾、围巾、竖领把它遮挡住，别人就看不见啦！那一天他穿了一件上浆的衬衣，——这件衬衣花了他300美元，在高级品专卖店买的，这类店铺不是塞缪尔·巴隆敢进去的，除非进去看有无一线抽奖的希望——而塞米如今腰缠万贯、志得意满，以保护消费者主义者自居，他的选择素来零错误。他已改头换面，全盘否定过去的自己，包括做作的神气、夸张的声调、贵族气派的口音——而现在他一副贵族派头。以前他是法律系的大学生，无产阶级左派最积极的一员战士！最彻底的无产阶级！这类人把遭受过的屈辱化为攻击社会的武器！今天他是社会的主人，新富，大赌徒，词藻华丽的演说家，法律机器，言行举止表明他的身份全然改变，现在他功成名就，饮誉天下，成了社会的救世主，和塞缪尔相比，一个天上，一个地下。塞缪尔认为这些只是幻觉，他不服，他吼叫，他祈求：这个人不可能是塞米，这个新人，奇人，充满创造力，像神灵一样受到大家的膜拜追捧，像群臣拥戴的王子。瞧他出现在电视屏幕上，衣冠楚楚，派头十足，精于诡辩，性感迷人；他迷男人，迷女人，被男人女人崇拜、宠爱、嫉妒、尊敬；他是律师行的翘楚，作风大胆果断——他言辞犀利，风趣幽默，代人打官司时，把对方的论证驳得体无完肤，令对手张口结舌，惊慌失措；他就是法庭上一匹奸诈的狼，怎么可能是从前的塞米啊——如今塞米在纽约，在CNN，他的美国名字用大写字母写是SAM · TAHAR（塞姆 · 塔阿），职业——律师；而他塞缪尔 · 巴隆呢，风尘碌碌，寂寂无闻，怀才不遇，一事无成，蜗居在法国名为“树林下的克里西”的乡下，以每月700欧元与人分租一间破房子，为一家协会每天工作八小时，做困难青年的社会教育者。塞缪尔每天问自己：巴隆，你是犹太人吗？每晚对着电脑，上网，了解文学团体（团体的名字WITOLD92）的消息或写评论，以笔名撰稿，但这些稿常常被出版社退回——他不是要写伟大的社会小说吗？你们就拭目以待好了……

塞米不可能变成这样啊，他脱胎换骨，面目全非，认不出来了：脸上抹了一层米色粉底，目光转向摄像机时表情沉着镇定，其控制力不亚于演员、驯兽师、优秀射手；修整过的棕色眉毛，身穿量身订做的名牌服装——可能还是礼服；他挑选这样的着装出现在媒体女神面前，吸引、迷惑她们。他和她们侃侃道来，无所不谈，直至包括读书期间做过的大脑切除术。现在他以政界人士的自信和傲慢态度回忆往事。塞米代表两位战死阿富汗的美国士兵①的家庭，被邀到美国电视台作客。他高唱干预的战歌，顺应听众的道德感情，煽起他们的激情，女记者②把他奉为自由世界的良心，采访时态度毕恭毕敬。他表现得平静可信赖，自信是个无所畏惧的勇士，好像他曾给牲口套过嘴套、制服过暴力似的——而过去，他的一举一动无不显示出暴力倾向。塞缪尔和妮娜初识他的时候就见过他脖子上那道夸张的伤疤，听过他讲述吓人的悲惨过往——塞米最美好的年华是在20层高的肮脏高墙里度过的，说得准确点，他好多年蜗居在15、20层的楼梯间，狗和人都在那儿撒尿。在18层看得见对面阳台上悬挂的晃荡的厚衣裤，尽是些ADIDAS（阿迪达斯）、NIKE（耐克）、PUMA（彪马）等名牌的冒牌货，廉价从台湾、文蒂米利亚、摩洛哥马拉柯什等地讨价还价买来的，或在马忤斯弄来的旧货，肮脏发黄的针织物，磨损的三角裤，粗

① 这两个士兵名叫桑提阿哥·佩西拉和德尼·瓦尔特，分别为22岁和25岁，前者梦想成为画家，在父亲的压力下参军，他的父亲是高级军官；后者认为："人生的意义就是为祖国战斗。"

② 女记者的名字是卡特琳·维尼，1939年出生于新泽西，父亲是鞋匠，母亲是家庭妇女。她成功考取哈佛名校，但她最光荣的业绩乃是16岁时和美国作家诺尔曼·梅列的第一次婚姻。

糙的毛巾，塑化桌布，洗得变形的短裤，晾在屋顶和建筑物正面架设的天线前面。他就如滚入黑暗地窖的老鼠，那地窖是没人敢下去的，怕被抢劫、强奸、殴打蹂躏，只有在武器、手枪、刀、美国拳、警棍、硫酸、催泪弹、卡宾枪、索连棍逼着押着才硬着头皮下去（这些武器都是东方骚乱前使用的东西，来自前南斯拉夫的大批战争武器，都是些什么“吗哪”[①]啊！那个时候，全家外出旅行，带出去的箱子里除了装上孩子的玩具，还有冲锋枪、自动枪、苏联的卡拉什尼科夫步枪、电雷管的爆炸物；整块面包藏在脏兮兮的物件下面，还有各种口味的武器弹药，只要你付现款就能购到；如果你喜欢刺激，还买得到火箭筒，现买现卖，然后你到树林里去练习射击，不受干扰，没人指证。地下停车场的地下战争和地窖里的战争，沾着马达的机油和人尿。没有警察的陪同没人敢下去，而一名警察没另一名警察陪同也不敢下去；意识形态的战争在非法占据的空屋里进行，二十五岁、三十岁的小子们厌世或叫嚣创造“新世界”；在散发着恶臭的潮湿地窖里进行着性战，十四五岁的少年把十到二十个反抗他们的未成年女孩按倒在地实施轮奸，向她们证明自己是“男人”；被捕后在法庭上为自己辩护说，他们需要找个地方发泄暴力；盗窃团伙之间的战争演变成日夜不分的竞赛，几十个人挤在一起观看斗犬的斗殴，他们瞪着布满眼屎的眼睛，给最难看的狗起失败独裁者——希特勒的名字，给最疯狂最凶恶最残忍最出色的狗下大赌注，鼓动畜牲撕咬对手，一口咬掉

① 犹太人语，意即“天赐食物”。

它们的眼睛，在血和撕碎的肉体的刺激下，喘着粗气。而他塞米呢，埋头苦干，他要争取前途、奔头、加薪；他挑选工种：技工，搬运工，送货司机，看门人，值夜者，毒品贩子。他的目标高，野心大，他要让母亲刮目相看。他的母亲娜维尔·塔阿是家庭妇女，在雇主——姓布鲁纳的人家打工，雇主的名字是弗朗索瓦，法国政界人士，1945 年 9 月 3 日出生于里昂，议员，社会党员，几本书的作者，最后一本《为了一个公平的世界》获得出版界的好评。娜维尔小个子，黑眼睛，棕色皮肤，她是个模范雇工，雇主家的活全都包揽，她给他们洗衣服，洗碗碟，擦地板，照顾孩子，洗洗刷刷，假日和周末也不休息，有时晚上也为他们及他们的朋友、应募入伍者、狂热分子服务。这些人在报纸里寻找自己的名字，在网站免费注册，登记自己的名字，打听有没有人写介绍他们的文章，不管写好的还是坏的，总之喜欢有人写他们；他们喜欢在租给女佣的屋里吻三十岁以下的女人，他们操心自己的体重、皱纹、股市行情，为青春的流逝、资金的损失、头发的掉落纠结；他们一起睡觉，一起工作，交换岗位，交换妻子、情妇，轮流晋升，和阿尔巴尼亚的妓女互舔靴子——他们说阿尔巴尼亚的妓女最精通业务，他们尽力把她们从扣留中心解放出去；扣留中心的官员控制了她们，他们要动用自己的关系解救她们，但没有成功。哎，这样的政策真叫他们恶心，政府夺去了他们想要的东西、女佣、孩子们依赖的奶妈，夺去了黑工——由于危机，工人们把倒闭的厂房作为居所，在里面继续从事反抗，成为黑工。娜维尔捡雇主没扔掉的残羹剩饭——他们没养狗，不然喂狗了。是的，塞米的20年过的就是这样的生活，他的命运是悲惨的，他吞着苦果，目光冰冷、锋利，刀子般好像要割去你的头皮，充满仇恨，可是你没办法，你还是喜欢他，——那是取得社会成功之前的他。现在你看他成了供大众娱乐的电视的傀儡，了不起，他赢了！妮娜被征服了，她和塞缪尔两人看着电视机，强忍着心头的不服和怨愤，他们两个都是失败者。妮娜二十岁时曾爱过塞米，那时他们三人搞三角恋，妮娜还可以选择塞米。现在他们还有什么野心呢？一，争取增加100欧元工资；二，趁来得及要一个孩子；三，搬家，找一间F3房子，能看到足球场、垃圾场、白天鹅在里面剔翎漂荡的水塘——共和国失去的领土；四，偿还债务：怎么还呢？短期内能找到的就是超负债的佣金，目标待定；五，度假，在突尼斯一周，到DJERBA度假俱乐部。这就是他们可以梦想的全部计划。

"快来看看他，"妮娜喊了起来，她的眼睛盯着电视屏幕，被里面的场面吸引住了，——就如扑火的飞蛾被火光吸引，最终被火烧死。塞缪尔本来以为1987年在大学文学系读书的、曾彻底摧垮了他的陈年往事已一笔勾销，二十年来他努力忘记这段日子——他无意中成了多余的配角和赎罪的牺牲品，现在却在哪儿又看见了他？在CNN，在电视台播放的黄金时间见到了他。

他们相遇于80年代中期，在巴黎法律系。妮娜和塞缪尔已经相好一年。大学开学那天，他们认识了塞米·塔阿，他和他们同龄，也是十九岁，但看去比实际年龄大些，中等身材，体魄健硕雄壮，步态有点神经质，乍看之下你不觉得他英俊，但开口说话就能迷住你。你发现他的特点，不免这样想：不错，这就是“阳刚”，这就是“兽性”，“性感”；他开朗健谈，浑身散发出咄咄逼人的朝气，热衷享乐——这个来历不明的家伙最令人不放心之处：好征服，喜猎色（早已是他的弱点），自然流露的诱惑力，毫不克制的性贪婪——从目光中透露出来（似能把人看穿，那么死死地盯着，色迷迷，泄露他的内心世界，能捉摸对方细微的思想变化），而且他是个急色鬼，他的性要求必须得到满足，马上得到满足。他不择手段、百无禁忌地追求享乐。他会用友谊关系、社会关系交换一个女人、一个姑娘，这些关系只有变成另一种关系，才能证明他的百无禁忌是无罪的。

妮娜和塞缪尔还发现了他身上的另一些特点……塞米这个突尼斯移民的儿子除了猎色，对过去所受耻辱和悲惨遭遇、社会对他的歧视耿耿于怀，刻骨铭心，痛心疾首。他有个望子成龙的母亲，因此，无论如何他定要出人头地，摆脱失败贫困苦难卑贱的命运。他的父亲为此付出了性命，毁了母亲的梦想，导致家破人亡。他被关在社会的牢笼里，他要锯断牢笼的铁条，哪怕用牙齿去咬。他是野心家吗？也许是……一个移民的儿子不甘心屈从社会的安排，不走别人走过的老路，他是那类领会掌握共和主义信条的人；学习、工作，他是模范。大家佩服他桀骜不驯、积极进取的勇气和胆量，这位不安现状的人自有他的魅力。你怎能不被这个言谈风趣的大学生吸引呢，他给你讲述他的童年，怎样在伦敦的或别的贫民区遭受苦难，他的少年又是怎样在女仆房间的四面墙中间度过，怎样返回租金低廉的陋室。他的回忆带有悲凄色彩，催人泪下。过了五分钟，他的话题转向戈尔巴乔夫和密特朗的讨论，绘声绘色，生动传神，有如亲临其境。他的出色之处就在他对政治、对传闻的喜好和热衷。他可以整晚整晚地读回忆录、诺贝尔奖获得者的演说，他喜欢记述特殊人物命运的故事，因为他汲汲追求的东西就是：走运——获得优裕的生活环境，谋求社会地位和威望，现在他已经如愿以偿。

而塞缪尔这类男人呢，过着神经官能症患者的生活，唯一的野心就是把精神的痛苦变成一部厚书的材料。当初塞米的友谊来得真是天缘凑巧，他的心灵濒临破碎，刚得知自己的身世真相，消息来得突然，他的精神备受打击。他的父母等到他十八岁生日那天才向他袒露他的身世：原来他出生于波兰，原名克兹斯托尔·安特科维阿克，他的少年时代结束了，欢迎他进入成年！透明的社会向你敞开大门！而他呢，宁愿一无所知……他不知道最打击他的是什么东西：得知父母不是亲生的呢，还是发现他的真正姓氏是基督姓氏的派生物，他的养父母本是俗教徒（据了解他们的人证明，他们的非宗教性纯粹、坚定、不让步、强烈），后来是东正教犹太人，信仰改弦易辙，翻天覆地，令人瞠目结舌，百思不得其解。这个故事足可写一本书。他出生才几个小时，亲生母亲索菲娅·安特科维阿克①抛弃了他，把他丢弃给孤儿院，后来被犹太籍的法国夫妇收

① 索菲娅是波兰农民的女儿，她梦想成为明星舞蹈家，但她和过路的一名士兵发生关系并怀了孕，抛弃私生子两个月后，卧轨自杀。

养，他们的姓名是雅克和玛尔提妮·巴隆。姓氏很平凡，然而他们是六七十年代法国政界、知识界发生事件的最积极的鼓动者之一，是法国共产党及共产主义大学生联盟的成员，接近阿兰·克里文①和亨利·韦伯②，他们出身于已被同化的犹太小资产阶级，早就不要求恢复原先的身份，拒绝决定论，拒绝群居性，——一条行动路线导引他们重塑自己，他们的身份像变戏法似的改变了，两个人按当时行时的知识分子的伟大标准做人行事；他们一起在高级师范学校读书，通过哲学的教师资格会考，从事文学教师的职业。他们年轻漂亮英俊，朝气蓬勃，拥有一切——除了重要的一项：孩子。雅克患有不育症，对于他这样一个把传宗接代看作人生重中之重的人，没有孩子是无法忍受的事。他们提出收养孩子的要求。等待两年之后，终于获得了有关部门的允许。那天晚上，他和三十多个朋友欢聚一堂，庆祝孩子的即将到来。几杯酒下肚，有人提出这个问题："你给孩子起什么名字？"这的确是个问题，他们意识到他们的轻率，怎么就没考虑这个问题呢。玛尔提娜第一个回答问题，她可以叫他雅克——和她的丈夫的名字一样，或者保尔、皮埃尔，这个主意被大家接纳。大家为未来的皮埃尔、保尔、雅克干杯。在他们的头脑里，这个晚上是他们生活中最重要的一晚。可是半个月之后，雅克作出了令他的熟人咋舌的决定：他要给他的儿子行割礼，而他本人都没行过割礼。他给儿子取名"塞

① 革命共产主义青年团的创立者之一。

② 法国西北部欧洲议会成员。

缪尔”，希伯来语的意思就是：他的姓是上帝。他组织了一次盛大的庆祝会，邀请所有的朋友到会，正当犹太教主持宗教仪式的会众领主高声宣布孩子的名字的时候，意外的事发生了：雅克对会众领主说，他要用回他真正的姓——邦巴隆，还要换名字，以后他叫雅各，他的儿子刚刚确认的关系，他本人也要恢复。当时在场的都是些极左战士、记者、作家、教授、无神论的知识分子，大家瞠目结舌，不得其解。他们以为他要回归犹太人区，这位雅克·雅各好像变了一个人，他兴奋，他狂喜，可是他没喝醉啊，他看见了犹太教的会众领主，他看见装饰托拉（TORAH）的卷发的刺绣，他听见隐藏在顶楼下面的管风琴那嘶哑的乐曲，忽然得到了神的启示，对神圣事物的转向是无需解释的。后来他称自己态度的转变为“回归”，不是回到犹太人区，而是回到自己身上，回到经文。他们离开巴黎，离开拉丁区，离开弗罗尔咖啡馆，离开不理解他们的朋友们——朋友们说他疯了，说这事可悲令人遗憾，说他们触了霉头见了鬼，说他们会回来的——但他们再也没回来。他们住在巴黎19区普拉托街的F3里，在一间极端犹太教的犹太人学校给儿子报名读书，学校里的老师留着胡子，戴着黑帽，教学生学经文，学祈祷；孩子的老师是个七八十岁的老人，他的威严把孩子吓呆了，但雅各在他身边感觉不错，他甚至觉得在这个教他希伯来文、给他启蒙教育、学习“托拉”（TORAH）[①]、TALMUD[②]、

① 作者注：托拉五书，希伯来语《圣经》的首五卷。

② 希伯来语即犹太教法典《塔木德》。

KABBAL[①]的人身旁，他感到从未有过的幸福。他觉得他重生了，他再不是从前那个带有政治色彩、反叛的、愤世嫉俗的人。他之所以最后仍保留他“巴隆”的姓氏，只是因为有关部门强迫他这样做。塞缪尔对自己的出身毫无所知，雅各等儿子到了成人的法定年龄才把真相全盘告诉他。当时塞缪尔没有反应，过了几分钟，他站起来，一言不发，走出房间，走出屋子——整个过程前后总共一个钟头。他到公共浴室剃掉胡子，剪掉鬓角卷发，扔掉黑衣服。谎言，欺骗，背叛，完了。他的养父母估计真相大白时他会愤怒，但没料到他如此决绝。塞缪尔在外面东游西荡，在学校的长凳上遇到了妮娜。她不是犹太人！太好啦，他要的就是这个，结交这个女朋友，可以向父母挑衅，因为犹太人遵守教规，最重视的就是身份的永续，女友的身份是非同小可的问题。他们对他说狠话，下最后通牒，态度毫不含糊：你要她，你就别再回家，永远别见我们。其实目的就是劝他打消不回家的念头。他在一个阿姨家找到容身之地，父母私下和阿姨商量，请求她收留他，他们请她对儿子说，住在阿姨家是可以的。儿子住在亲戚家总比流落街头强啊。塞缪尔迷恋妮娜，处于可怕的感情依附状态。妮娜出身军人家庭，从小父亲对她要求有点严苛，她重视道德修养。她认为忠诚是非常重要的品德。7 岁那年，她的母亲跟一个男人私奔，一天早上醒来，她看见客厅的桌子上放着一张彩色明信片；一般人节日后在明信片上写上几句礼貌的言辞，用以感谢朋友的邀请。明

① 犹太人对《旧约全书》所作的传统解释。

信片的正面用大写字母写着“谢谢”，背面则用颤抖的手写下几个字：感谢丈夫和女儿这些年与她共度时光，请他们不要恨她，请他们原谅她。妮娜眼看着父亲用打火机把它烧了。受此打击，父女俩一蹶不振。父亲开始酗酒，女儿对人失去信任，嫉恶如仇、咄咄逼人，铁面无情——塞缪尔给她起了个外号：法国的正义女神。

塞米的闯入多少冲击了他们密不可分的二人世界。从此三人携手共进，行动一致，就如波涛，远处看是一大块和谐的整体。他们友好相处，团结合作，没有嫉妒和谎言的阴影。妮娜和塞缪尔爱的二重唱加上塞米这个自由电子，三人共唱的友谊之歌在校园回荡。他们亲密无间，意气相投，心有灵犀，互相鼓励，互相促进。可是好景不长，不幸的事情发生了：考试前几天，塞缪尔一直没有父母的消息，一位警官通知他，他的父母在车祸中丧生。那天早上，警官问他是不是雅克和玛尔提娜·巴隆的儿子，“是的，我是”，他是他父亲的儿子；警官告诉他，他的父母坐的车掉进山谷里去了 。塞缪尔忘了当时的反应，他只觉得他掉进深渊，他崩溃了，他哭，他喊，他说，“不可能，我不相信你说的话，告诉我这不是真的”，“你信我的话吧，这是真的”。他清楚记得父母的葬礼。他看见两具尸体被尸布遮盖，四周是穿黑色丧服的人群，他们为父母祈祷；他呢，站着，手里捧着祈祷书，口里念着祈祷文，为父母灵魂的安息祈祷。塞米也参加了葬礼，他站在暗处，头上戴着无边圆帽，双手交叉搭在腹部上。他也在想他的父亲，没人参加父亲的葬礼，没有人为他哭泣。当天，塞缪尔在阿姨的陪同下，动身把父母的尸体运回以色列，以完成他们的遗愿。离开太平间前，他把塞米从人群中拉到一边，以庄重的声调对他说："照顾好妮娜，陪伴她，别让她落单，拜托你了。"塞米不负朋友的重托，他请妮娜到饭馆吃饭，看电影，赠书给她，陪她到图书馆、博物馆，陪她做功课。塞缪尔走了刚刚一个星期，那天妮娜考完口试，流着泪出来，塞米把她拉到朋友借住的房间，把她拉到怀里，安慰她哄她。她一直哭着，他给她脱衣服——正好那天她穿的是裙子，他用他的方式抚慰她，而性爱是他安慰人、补过、反对社会暴力最纯粹的方式，他找不到比这更好的方式了。他们本来可以不做什么事的，但他做不到，他的感情太强烈了，太冲动了，他克制不了，她也不反抗，他们没有预料到，突然之间，他们"相互依赖"了。他本来应该向她道歉，说他的行为是个错误，他应该离开她，——平时他就是这样做的，当然他内心并没藏奸，但那天他不想认错，做过了的事他不后悔——他爱妮娜。后来他们又见面了，不再分开，两人在一起待了好几天。他爱她，要她，他想和她一起生活，他对她说了这些话，他明白他们的行为是不可容忍的背叛，塞缪尔快回来了，他正处于失去双亲的悲惨境地，他是他的朋友，在公道、公平、公正、道德的社会里，抢朋友的女友是丑闻，但我们所处的社会不是公道的社会啊，塞米就是这样思考问题的。"我知道我从哪儿来，我知道我说了什么话，我们的行为也许属于暴力行为，——怎么办呢？到处都有暴力。"——这就是他对自己行为的辩护，"爱情也是暴力，因为它也非常强烈，你就在我们两个当中挑一个吧。”

塞缪尔回来了，塞米和妮娜没有向他坦白他们的关系。塞缪尔感谢塞米：“你真够朋友，你是可信赖的朋友，能共患难的朋友，你是可信赖的兄弟。”他们相安无事地共处了9个月或更长时间，妮娜无话可对塞缪尔说，塞缪尔独自住在父母租的房间里，房间里保留着他们的家具和衣物——死人的房间。她从不去他家，他也不再去她家——他们的情人关系完了，他们不再做爱。学期结束，塞米对她下了最后通牒：在我们两个当中挑一个吧，他或是我。

塞缪尔清楚记得那几年发生的事。塞米的形象很快使他不知道怎样给他的殖民化思想圆谎；塞米的为人行事使他觉得塞米像摧毁一切、淹没一切的巨浪，塞米摧毁了他重建的脆弱的内心建筑，现在整个建筑都被彻底炸毁了。

“你不用否认了，你很在意他的成功。”

妮娜用又怜悯又生气的目光看着塞缪尔。

“你说得没错。”

“是真的。”

“是的。”

“得了。”

有一段时间她想过，二十年前如果她跟塞米走了，她的生活会怎样，当塞米叫她选择时，她是否会跟他走——塞米非常自信，相信他定能打败塞缪尔，相信没人能拒绝他：塞缪尔在情场中是弱者，斗不过情敌，和妮娜关系的破裂使他遭受极大打击，他想不出办法挽留她，只好在学校的阶梯课室里用刀割脉。那把刀是用蓝色塑料做的，刀刃可收回，他在手腕上割了一下，两下，猛地一下，很痛，但他顾不上了，他要让血流下来，洗刷他的痛苦，他只能以此向妮娜证明他对她的爱，为了她他可以死，他要以死结束他可怕的痛苦。

醒来时，他明白她选择了他。妮娜凭直觉认为塞缪尔稳妥，——而直觉是不可靠的，她受道德的束缚——不愿负情；理智的重压、思想的刻板、为人的因循守旧，她认为她已到了错误边沿，于是就此止步。二者选一的考验的确担风险，然而她必须经受住这考验。

她就在他身边，头发蓬乱，脸色苍白得像死人。“他痛苦，那么我也痛苦”，她坐在床边，坐在他的脚下，他觉得她像一条母狗，她给他拍打枕头，她拿着杯子侍候他喝水，喂他吃饭，她用行动向他赔礼赎罪。妮娜被塞缪尔为爱自杀的英勇的浪漫主义感动了，这行动太漂亮了，太伟大了，太了不起了。妮娜寸步不离地守候他，为了不妨碍进进出出的医务人员才走开。他们矢口不提塞米，两人都不想再见他，塞米的名字成了忌讳，大家都装作忘了他。

从医院出来，塞缪尔着手处理父母租的房间，——租金太昂贵了，把他们的家具送给了慈善协会，他租了一间单间套房，不再学习法律，他甚至问自己，干吗不顾父亲的反对读了这门专业，不过他还有点犹豫，自杀的意图及住院好像摧毁了他以前的果断及随心所欲、一意孤行，他变得困惑、优柔寡断，拿不定主意，做事无可无不可。他攻读文学的函授课程，给外国人工作，教他们认字写字。妮娜也放弃了她不喜欢的学习，做过售货员、服务员、接待员。现在她给名牌商品——基本上给家乐福和C&A商场做模特。

“瞧！瞧！你瞧瞧他！”

他们真有点自找苦吃，非要观看媒体热捧红人塞米的场面不可，换频道吗？不换。看看又如何，“痛苦有益身心”，结果惹起他们的疯狂和愤怒（塞缪尔想，看看塞米走红也无妨，可以把他当作写作材料，这也是写一本畅销书的机会）。对着他们在家乐福商场花了545欧元购买的FIRSTLINEP牌电视机（经济拮据，他们只好分三次付款，为此多年来妮娜和塞缪尔之间不断争吵闹不和，塞缪尔从争吵中看到她的威胁，不得不作出让步），他们俩惊得目瞪口呆。他们明白了，今非昔比，沧海桑田，他们回不到过去了。某些东西已变质、被摧毁、被污染，就如“纯洁”被玷污、因无知而故作平静。

塞缪尔靠近电视屏幕，仔细审视塞米，他在估摸塞米的鼻子是否被美容师重新做过，还有他的肿胀的嘴唇，光滑可鉴的额头，整个人神采奕奕，出尽风头。塞缪尔不由得大惊失色。与塞米的形象相比，差别吓人。妮娜大叫："走开！你挡住我了！"塞缪尔离开屏幕，往后退了几步。他从背后看着妮娜，她跪在电视机前，就像跪拜眼前的祭品，嘴里念念有词，她念的是什么呢？

塞米对着女记者谈笑风生，做客电视台他兴奋得意。他挺直胸膛，抿紧上唇，他的画面清晰地出现在屏幕上。过去他们三人共同经历的生活好像丝毫没影响他。就如一个死里逃生的人，他的座驾与别人的车辆猛烈碰撞，燃起熊熊大火，他却毫发无损，安然无恙地从车里走出来，而坐在车里的另一名乘客却当场死亡。

2

塞米数了一下，母亲[①]一共给他打了5次电话，她这是死缠烂打穷追不舍呢。她打电话给他，不是为了他的生日，也不是为了了解他的情况。她气急败坏地给他留言，说她有“急事”、“要事”，命他回个电话，弄得他有点手足无措。他再三提醒过她，他不能和她联系，虽然他爱她。说这样不孝的话他也有点惭愧，“我对你并没意见啊”，但他从不回她的电话。不是他看不起母亲，他尊敬她尊重她。问题是他的身份与往日不同，他的亲戚朋友就要配得上他伪造的家世。“你40岁了，你在美国功成名就，你娶了美国最大企业家之一的女儿，你用什么手段达到目的并不重要，你朝着追求的目标奋斗努力，很不容易；你没有靠山、白手起家，凭的是个人奋斗；你胸怀大志，坚韧不拔，发誓出人头地（这有什么问题?），你追求豪宅（顶级豪华的）、名车（功率最大的）；富人、新富有什么你就要什么。你曾不止一次要放弃你的追求，你碰到种种障碍，千难万险，

① 塞米的母亲娜维尔·塔阿，出生于突尼斯，工人依斯马依·雅尤阿乌依的女儿，父亲死后她放弃学业，打工赚钱，后成为工伤事故的牺牲者。

你差点中途而废。如今你在美国读书一举成名，你创立一家附属美国的法国律师事务所，它是最负盛名的事务所之一，你在其中举足轻重。离开法国时你曾瞻前顾后，唯恐选错道路，你和你的家庭、你的母亲断绝关系——你背负六亲不认不肖子孙的恶名。”——他忖度：现在她想干什么呢？她为什么打电话给我？——要钱？他经常寄钱给她，他从没忘记这玩意儿——钱；寄钱给母亲就可以赎罪弥补过失，他给母亲排难解忧，行善做好事，“你是个好儿子，你曾撰书感谢母亲”。母亲写如下大字给他——“希望你做个好穆斯林教徒”——他最恨母亲写的这几个字，因为他担心他的身份被暴露。

所以他避之唯恐不及。

他绝不能暴露真相。

不能暴露他的背叛。

他把母亲写的这句话烧掉了。

他正在心里责备母亲行事过于荒唐、不负责任、不顾及他的担忧的时候，妻子用布条蒙住他的眼睛，牵着他的手，把他领到一个地方，四周悄无声息。他一无所见，身上穿的衣服太新了，他的动作有点局促——这套衣服是他刚在迪奥时装店买来的，为了上 CNN 电视台。他在想，我在电视台表现不俗，大方得体，口齿伶俐；女节目主持人偷偷和他说体己话，“我们都是为电视而活的动物”，她邀请他有空再会，再聊一聊，喝喝酒，交个朋友（他也相信他们能交朋友）；他心里想，“我还是为性而活的呢，这个你就不知道了”，（性是他得心应手的唯一赛场，在此赛场上他打遍天下无敌手——他自信他对异性的魅力）；此时，他听见格格格的笑声，有人掩着口笑。他又想，他终于说服了母亲，把他的过去一笔勾销，就像把尸体扔进硫酸里毁掉一样。塞米单枪匹马在茫茫人海中闯荡，人群向他欢呼。嘿，此时，妻子纤细的手猛地一下掀去了他的蒙眼布，就像绑架者释放人质，塞米看见好几百客人高声唱："祝你生日快乐，塞米！"他看见猞猁，两头东方狼，金色老虎，白色老虎，撒哈拉猎豹，亚洲狮子，——它们被关在笼里，乖乖听从驯兽女郎的马鞭的命令，女郎穿遮蔽不了身体的紧身衣，一头蒙面大象[①]雍容华贵，走在铺满泡沫和苔藓的地毯上，大猩猩如果不是伸出毛茸茸的大爪子抓那些胆敢穿过铁笼的铁条摸它的人，大家会以为它是货摊上用稻草捆着的牲口，展示给戴领带的先生、满身珠光宝气的太太看的农牧神。女宾客戴着镶假钻石、用金线扎明针的假面具，这些假面具是用针、用手、用花边筒子镶上花边，材料有布、生石膏、皮，钉卯点、钉钉子，缝出花样、做成孔雀翎毛，——一切都为了吸引摄影师的镜头，他们正在庆祝塞米·塔阿的四十岁生日，在纽约最秘密最昂贵的俱乐部里，美国知识分子界的精英济济一堂——政治家、律师、出版界人士、经济学家或几个人来或个人来或有人陪着来，他们是应拉姆·伯格的女儿、塞米的妻子鲁斯邀请来的，她是模范的"学究"，从小在美国犹太大资产者家庭中长大，备受宠爱严加教育，在哈佛大学读法律，具有交际、数学以及一切的天

① 它是布拉科·爱德华1968年拍的电影《PARTY》里的明星，有时偶然在私人晚会上出现。

分，利他主义者，人道主义者，每年好几次分派食物给需要救济的穷人，富二代，大款女人，她从没忘记把收入的百分之十捐给慈善协会，她也没忘犹太法律：尊重传统。当然她也研究文学甚至诗歌，拜约瑟夫·布罗德斯基为师，他说她是最出色最聪明的女学生之一。她学了古代语言、法律，她也和她的外祖父拉夫·沙隆·列维纳[①]一起研究托拉经文，外祖父是教区领主，蓄胡子和鬓边卷发，就像从艾萨克·巴什维斯·辛格[②]的小说中出来的人，给人极深的印象。然而当她闯进塞米的事务所时，塞米并没注意她。他的协会招聘她为实习生但没通知他。她为人低调规矩，连她的步态都像古代妇女。年轻姑娘缺乏经验，第一次参加工作都采取这种态度：穿中年妇女的服饰，长裙，带襟饰的衬衫，甚至向母亲或祖母借来围巾，花边装饰的彩色绸方巾，一下子使她们年长了十岁，——她们以为这才显得老成庄重，别人会看好她们。她们不明白，穿着开衩的裙或裙边呈锯齿状、短到露出膝头的裙子、无领无袖的短套衫，升职时就赚了十年时间；她们不明白，她们拥有权力，她们的权力就是青春。她们二十五岁，三十岁，她们是大学毕业生，她们勤奋，胸怀大志，她们享有女权主义要求的所有东西，无需为谋求什么去挣扎苦斗，但她们在六七十岁、婚姻不如意的男

---

① 1890年出生在波兰，四十多年来鼓动葬礼念圣文，按犹太传统，圣文不该烧掉或撕掉。他是犹太作家俱乐部成员，习惯引用圣父马克西姆的话：“谁是富人？觉得命运不错的人就是富人。”

② 1978年他获得诺贝尔文学奖，他说：“我认为成为素食者是我生活中最大的成功。”

性老干部面前却要低眉顺眼：这真是令人难以置信的事！当他们称赞她们头发的颜色的时候，她们的眼睛看着地面；当她们和他们说话、他们死死盯着她们的时候，她们的眼睛不敢抬起来，佯装视而不见，“就当是我们的幻觉，这总行了吧？”当这些老东西像捕食动物，打她们的主意的时候，她们就装扮成弱小的可怜的母鹿，装成贫苦女人，“是的，我们没钱，让母亲丢脸”。瞧瞧他们这些成功人士，被维阿格拉变成冷酷男人的人，肚子扁扁的，头发染了色，眼睛色迷迷盯着她们，随时准备跳到她们身上，企图诱骗她们，以性为钓饵诱她们上钩，占有她们。她们什么也没看见，或装作看不见，她们不理这些大男子主义者的垂涎，不理性暗示，她们认为这些都是社会玩的把戏：如他们把手搭在你的肩膀上，好像很亲热的样子，他们邀你们吃晚饭或开工作会议；对你表示关心等等。由于她们还年轻，她们不免软弱，为了壮胆，她们把自己扮成男人，变成女汉子，穿暗色的男人服装，鞋带系在脚上的皮鞋，有时打领带，挺时尚似的。鲁斯·伯格就是这类女孩，坚定的两性畸形人。18 岁那年，她还做了缩小乳房的手术。不错，这都是真的。她遗传了曾祖母尤迪特的胸围；曾祖母性格冷淡、性情粗暴，唯一的女性特征就是庞大的胸部（这些消息来自家庭传说），哺育了一部分华沙的婴儿①，当大多数女人都做丰乳隆胸术时，鲁斯却做缩乳术，有照片为证。她的模仿对象是安妮·霍尔里的狄安娜·凯东，穿用夹子夹裤腿的裤子，男人背心，用螺丝固定

① 他们当中的一个名叫约那唐·斯特拉尤斯成了著名的竖琴演奏者。

的帽子，打扮成帅气的纽约小知识分子。塞米怎么可能留意她呢？他宁可去看诱人的丰乳肥臀的女人，腰肥腿壮的女人非但吓不倒他，甚至会刺激他的性欲，他最看重的就是女人的大腿和屁股，然后才是她们精致的五官和好学。鲁斯·伯格太纤细，太规矩，身板太扁，没什么能吸引他的，给不了他什么，和她亲热就像和骨架亲热，她的骨头会硌疼人。但是她呢，刚到公司就注意上这个谜一样的、带着浓重法国口音的男人。第一次看见他的那天，他臂下夹着一叠书走出办公室，唇边挂着千金难买的笑容。这样的笑能使他轻易获得社会地位，看得出他的灵巧和开朗。鲁斯马上从她的合作者那儿探听有关他的家世来历，但一无所获。大家交口称赞他出色，能干，神秘，勤奋，诱人。当心这个人，他危险，和这个谜一样的男人打交道，你抵挡不住他的魅力。你看到那个女人了吗？她们和他有过一段风流史，但为时不久，当女人表示要守他一辈子的时候，他就躲起来溜走了。他倒不会和女人绝交，“他是个法国人啊”，他们都这样说，一面说一面笑，笑得古怪，笑里有文章。你们明白了吧：他只是逢场作戏而已。

他为什么给她那么深的印象？他比她年长，对她的魅力无动于衷，她却被他吸引。她请办公室的一位同僚下班后喝咖啡，要从她那儿了解有关他的详情，以便接近他。和这个女同事联系六个月，女同事对塞米仍然旧情难忘，一面说一面哭泣，她说失恋摧毁了她，“你还是和这个男人保持距离吧，他是个机会主义者，玩弄权术者”，当心，危险。他吸引她，她也不明白为什么。鲁斯发誓：她不喜欢他。女同事笑了，“大家都喜欢塔阿"，两人沉默了一会，鲁斯紧张地看着女同事，女同事说："男人女人都喜欢他，因为他和别人不同，他神秘，敏感，胜人一筹，他有他的魅力。"她突然平静下来，靠近鲁斯，要和她说体己话，她微笑着用手撩去落在右眼的头发，用亲热的口气说："他是……"她还来不及把话说完，鲁斯做了个手势命她不必再说下去，了解他的社会形象就足够了。

鲁斯是怎样引起塔阿的注意的？她怎样把他留在身边？不是通过"性"，不是的——塔阿觉得她太规矩，太正经，太专一，她没有特别之处。他认识她的时候，她还是处女，他不敢相信。她吻过三个或四个男生的嘴，在哈佛大学的宿舍里。还有，她按别人教她的方法，独自一人在房间里做试验，试着把舌尖放到手掌里转动，猫舔东西似的，她觉得有点痒痒罢了。有一次一个男生[①]因为缺乏经验，把她拉进怀里的时候，动作粗鲁了一点，她本想顺从他的欲望，但她没别的感觉，就觉得像吃了不爱吃的恶心的食物，"干这个到底为了什么？"有一次她任由埃唐·卫斯坦[②]抚摸她的乳房，他把它们抓在手指里捏着，"他不是要把它们捏碎吧？"由此她对男人的触碰起了极大的反感；有一次她和纽约银行家的儿子米夏尔·阿布拉莫维奇[③]去看电影《发条橙》，他把左手伸进她的裤裆里，因为是左

---

① 叫作亚当·科尼斯贝，他早就向父母预言，"我以后会成为富人"，今天他是好几家情趣商店的头头，他的父亲是医院外科医生贝特·西纳易，一个好对象。

② 共和党议员的儿子，他读了政治学后成了民主党议员，为了气他的父亲。

③ 长期被他的父亲看作"不中用的人"，他梦想做喜剧演员，27岁跳楼自杀。

手，动作笨拙，她一时抑制不住自己的厌恶，打了他一个耳光，大声吼叫，跑出电影院躲到角落里去呕吐，吐出他给她买的小吃。与她同住一间宿舍的女生[①]对她说："第一次约会就邀你去看这部片子，你就该料到他是什么人了，不是电影爱好者就是神经病患者。"鲁斯倒希望他是神经病。她遇到的男生都是出身美国犹太资产者的良家子弟，从小受宠，非常受宠。他们没什么雄心壮志，就懂得在果阿（GOA）或坎昆（CANCUN）的沙滩上数爸爸给的美元，像鲁斯这样的姑娘对他们是不会动心的，她们是用奶和蜜养大的犹太公主，和他们青梅竹马，和他们又是同窗好友，一起度过花晨月夕，与他们及本区的信徒在相同的犹太教堂祈祷，常一起赴相同的俱乐部，她是否就要嫁他们当中的一个？可怕，可怕的社会；可怕，可怕的团体。父亲不止一次命令她，千叮万嘱："你必须嫁给犹太人，你绝不能和外国人联姻，你不能和外国人同床共枕，不能给他生儿育女。"她真是左右为难，进退维谷。她碰到了塞姆·塔阿，他是犹太人，但他也是法国人，地中海国家的犹太人。他会改变她的。有人说他的父亲是突尼斯裔犹太人，50年代在法国安家，他的母亲是出生于法国的犹太人，她的父母是波兰犹太人，1910年逃离波兰。据说塞姆·塔阿的父母在车祸中丧生，当年塞姆才20岁。他是独子。他没有家庭。他好像是犹太人，已同化（有些人说这真丢脸），反教权，亲巴勒斯坦分子，此外他还是个

① 她叫作戴波拉·列维，出色的女孩，她的父母非常重视学业，她抛弃学业跟了一个印度籍的美国人，改信印度教，现在她住在孟买，生了8个孩子。

挑衅者，他能在国家犹太委员会每年的晚会餐桌上背诵穆罕默德·达尔维科[①]的诗；别和他谈论宗教；别和他谈以色列；别要求他做创办公室的第十个人，（这只是当时的要求，因为要和鲁斯及她的家人接近，就必须屈从他们的宗教习惯、适应他们的思想方式），避免谈外国政治，最好和他谈女人，——这些就是认识他的人提供的情况……在这方面，唯一能影响他的人就是迪伦·贝尔曼[②]，他的美国合伙人，唯一能对他说“你瞎胡闹啦，办这事；你太离谱啦，住手吧”这些话的人，当他得知鲁斯围着塔阿转的时候，第一个提醒塔阿当心，“这事你还是放开手吧，她不适合你”。塔阿一笑了之，贝尔曼劝他：“你还是找你的秘书吧，打电话给你的前情人，你宁可和办公室的客户来往，和鲁斯保持距离为妙。”“为什么？她是实习生，还没成年呢，她喜欢我，大家都看出来她喜欢我。”但贝尔曼在这些问题上是不开玩笑的：影响、权力、金钱，他们及家人赖以生存的，影响公司运作的，保证收入、声誉的；他不会把性与工作、感情和经济混为一谈。“别把性和工作混为一谈！她是拉姆·伯格的女儿，她的爸爸是美国最大的富豪之一，公司最重要的客户，丢了他，公司就完了，你明白吗？你如果得罪了他的女儿，他会要了你的命，你明白吗？你就听我的话吧，你有文件需要复印的话，命你的秘书去叫人，或你亲自去叫，但她呢，你别要

---

① 巴勒斯坦诗人，2005年12月，在伦敦的阿拉伯日报“Al-Hayat”上，他声明：“我不相信掌声，我知道它们是暂时的，骗人的，它们会影响诗人的诗。”

② 1965年出生于纽约，布鲁克林的小裁缝的儿子，他早就想做律师，认为律师是美国职业中报酬最好的职业之一。

求她做什么事，你甚至别问她几点了。”“得了吧，你说得太多了，你威吓我……越是不能追求的女人，就越能刺激我！”“你还是和代理人的助理娜贝拉·法列斯睡觉吧！”“娜贝拉？你开玩笑吧？我会以为我和我的姐妹睡觉呢！”“和你的姐妹？她是阿拉伯人啊！”这类错误，他常常犯，他忘了他现在的身份了，他是犹太人了，与他打交道的都是犹太人。贝尔曼说：“行啦，忘了鲁斯·伯格吧！你敢动这个姑娘的一根头发，她的爸爸会杀了你。”他没有考虑到塔阿的固执，工人儿子特有的执拗，受辱者的、有点偏激的报仇心理，没有考虑到他身上有神赐的能力，他的创造力、吸引力，男男女女都喜欢他，连孩子都喜欢他，我们就不谈客户了，他们对他的要求就是一小时一千美元，他们要的是他而不是别的人。

在他的办公室里，有关他的文章铺满了矮桌子，他也把它们收集到黑皮文件夹里，并用金线在上面刻上他姓名的开头字母，放到玻璃办公桌后面的书架右面。里面只引述了他的文章，报纸上有边框的短文，不管是诽谤的还是赞扬的，他都亲自把它们剪下来，小心把它们放进透明的小纸袋里，像个鳞翅目学家。这些文章鲁斯全都读过，一篇也不放过。甚至包括给男人看的杂志里的测试，他抽时间给予的回答。因此，她早就知道他绝不是对女人忠心的男人，他老是想着女人，“一切都试过”，她还在电脑的网站上了解他的情况，然后赞他，给予很高的评价，——她是个温和的敏锐的女子。这么能干的自信的女孩，男人会马上注意到她，而塔阿先于别的男人。别的男人与她保持距离，很难诱惑她，太腼腆，但塔阿不是这样的男人。他非常相信他被女人所爱的能力，他知道什么是“性支配”，他以这个观点惹她，无需别人教他。他对妮娜的感情太痛苦，想到他的失恋他的心还隐隐作痛。遇到鲁斯，他明白他不再想的是什么东西了：他不愿陷入情网，不愿被情所困，不愿痴情于某女子。他不是因他的自由和性好奇才被这“不受伤害”的战略所吸引，而是因为他在社会里“刀枪不入”，少有的，这说明他放弃其他所有的女人，把感情集中在她一人身上了。这个女人不惧怕别人的目光，人生道路一帆风顺，从未受过欺凌侮辱，没有什么需要她去争取的，去证明的。她需要努力需要挣扎吗？为了什么？政治是游戏，金钱就是本领能力；社会地位不过就是人际关系和机遇问题：一切她都拥有了，都摆在面前，说明她的成功。她所属的阶级的本能就是具有民族的思想，就是乘私人喷气式飞机旅行，认为这是正常的；就是和克林顿以及西蒙·佩雷斯[①]吃饭，认为这是很讨厌的事；令她左右为难的困境就是在这二者间犹豫：送礼给为以色列的贫穷斗争的组织还是给为萨哈尔的饥饿斗争的组织。注意，她不是被金钱腐蚀的女孩，不是那类被宠坏的、傲慢的、浅薄的女孩，她意识到她的优越，她知道她的运气，她属于继承人俱乐部，她超出一般人。她头上有光晕，有光环，没有人让她感觉她不在她的位置上，因为她正是很知道她的位置的女子。她高高在上，在第一排，在第一列，在照片上，没有摆姿势，没有努力，她很自然就在第一列。她和你谈话，你会受宠若惊，她进入一个房间，

① 以色列政坛常青树。

你知道她是重要人物；怎么知道的？因为她本人知道。她的父亲告诉过她，他一再提醒她。她的亲戚朋友告诉她。她到店铺购物，女售货员的态度使她明白她的身份地位；她打电话给一个人，那人一定不敢不回她的电话，——那是白天的事；如果她请人吃饭，日子、地点、时间由她决定，没人敢取消它，也没人敢让她等候；别人想要的社会地位，她轻而易举地得到了，她知道；尽管如此，她不骄傲，不轻视他人；她首先向为她父亲工作的职员们问好，你好，再见，你好吗？家人的情况如何？一切顺利吧？问候他们的时候，她的态度是真诚真挚的，她待人接物落落大方，处理人际关系很有分寸，不失大家闺秀风范，但她与他们保持距离，表明她与他们是“不同阶层的人”，他们是好人，她尊敬他们，但他们不属于她的世界。她的世界在第五大道周围几百米的地方，最美最豪华的大旅馆中的总统套房；她的世界是舒适、享受的绿洲，掩盖了黑暗的统治权；她的世界是重建的世界，重生的世界，正面金碧辉煌，里面却是建筑在灰堆上。企业由她的父亲指挥，而父亲是在祖父的要求下，祖父从奥歇维兹死里逃生，原来打算谈政治、环保运动、同意教桥牌，（在威胁下）给菲薄的收入，给你们讲约北的故事、创世记的故事，告诉你们为什么以撒喜欢以扫胜于雅各，——这个人每年参加组织《圣经》会考，给你解释一个词的意义，但从来不告诉你为什么前臂有个号码。安静，大家转身，因此当她对塔阿谈到她时，她回想起她最后一次阅读，假期和爸爸坐史蒂文·斯皮尔伯格的大游轮在意大利旅行，玛莎葡萄园沙滩的美，在那儿，她碰到肯尼迪。她的父亲在他的墓地建了一个吸引人的公园。这样的女儿拥有一切，而这一切是塔阿无限向往、非常重视的东西。纽约地址本上标明了的最美的地方之一、社会的尊重、强权的尊敬，对于他这个从未被尊重、没做过名人的人来说，是非常重要的。

拉姆·伯格不但没有杀死他，还把女儿许配给他，还赠给他们300平方米的豪华屋顶房间，可以观赏中央公园，还有东海岸最出色的不动产公司之一、价值1700万美元以上，他本来可以不要，但他没有这样的豪气。他想，这份赠予增加了它的特殊性。总之，这是一份嫁妆，怎样的嫁妆哟！5个房间，6间浴室，70平方米的阳台，其中一间只供女儿使用，他命人安置了按摩浴缸，他希望女儿舒服，希望她幸福——而幸福，就是在空中房间醒来，看着纽约吃早餐，翻《纽约时代》画报，在里面看到他的名字。伯格笑着对他说："我的女儿是公主。"他还用英语说："我的女儿是犹太公主。"父亲由戴着无边圆帽、大黑帽的祖父陪同，在进门处、房门口，每间房的门框上放置一个玻璃卷筒，总共20个盒子，20个小小的盒子装着希伯来文的祈祷文，祈求上帝保护家庭。这是重要的仪式。每扇门他都没忘装上，他要在女儿的头上放上小盒，保护她。给女儿一幢房子和犹太人生活，——这就是他的赠予。好，这可不是易事，他必须树立威望，在家长面前维护事业。总之，让他们放心。这是他的职业。他必须取悦母亲，比完美还要完美的一家之主，高大金发的极啰嗦的女人，一个皮肤科医生，能一眼看出黑素瘤的恶毒；一位举世无双的厨师，在犹太人节日晚会家宴时能一下子烹制120个面包；一位女运动员，她的女儿的依靠，个性很强的女人，她的全部生活好像围着家庭转。

“你是一个好儿子，我希望你是个好穆斯林教徒。”

为什么在走进庆祝他生日的地方时他又想起了母亲说的这句话？为什么在这个时候想起？大家庆祝的是他的生日，不是犹太人的节日。大家不会用克莱兹默歌谣①迎接他，把他放到椅子上抛到空中，一面喊“MAZAL TOV！”②他甚至不能这样想：犹太教在我的生活中不过是次要的东西。那么他为什么只想到母亲说的话？为什么他的身体突然发热？他流汗了，他的衬衣汗湿了，（他的衬衣可不是普通的衬衣，花了300美元，上好的料子，通风透气，非常精细），衬衣湿到粘住了他的皮肤。他父亲的形象也印在脑海，挥之不去，父亲下班回家，他穿的衬衣很便宜，臂下尽是黄斑点，发出浓烈的汗臭味，他走进房间，房内充盈着他的汗臭，他像马拉松赛跑运动员那样浑身是汗。他不安，他知道——说到底，他从第一天就明白——犹太教不是可有可无无关重要的东西，它是他一生都要重视的，大家以为他是犹太人，他的公司成员也是犹太人，他的妻子是犹太人，他的孩子们也是犹太人，他的大部分朋友都是犹太人。他妻子的娘家不但是犹太人，还是遵守教规的犹太人，极端犹太人，他们从星期五太阳落山到星期六夜幕降临才停止工作；做每一项决定、对某事该表明什么态度都要去询问教主，就像有人用纸牌算命。613条教条他们至少遵守400条，他们经常

① 即喜庆音乐。

② 希伯来语。

去耶路撒冷、以色列，对着“哭墙”祈祷，在墙的烧过的缝隙中抽过来的纸上写心愿。有一次——唯一的一次他陪岳父（遇见鲁斯后一年，还没结婚、未订婚，陪岳父作入教旅行及接受考验。对着以色列海关人员他吓出了一身汗，担心在鲁斯父女俩面前暴露了真实身份）旅行，成功地抽出岳父小心写好折好塞进墙缝隙里的一截纸头，上面写着岳父的心愿：“啊，永恒的主，我的上帝，世界之王，我向你祈求：心愿一，保护我的家庭，保佑全家安康；心愿二，帮助我保住我获得的一切；心愿三，但愿我的女儿摆脱塞姆·塔阿。”

伯格许了三个心愿，他几乎相信他的心愿能够实现，因为他有信仰，他虔诚，是个盲目信仰者。纸条很小，写心愿的时间只有几分钟，必须写得简短、具体，而他要求上帝的就是女儿摆脱塞姆·塔阿。他不能写得太详细：上帝，治好我母亲的病（她当时患肝癌，而且癌细胞转移）；上帝，赐给我的妹妹一个健康的孩子吧（她怀孕三个月，一项血含量太高，要做羊膜腔穿刺术）；不对着被太阳晒白的石头，对着世界最耀眼的风景之一，对着令人感动到落泪的、令人惊愕的美景，你不能不想起尘世的问题，他想到塔阿，他持否定态度的塔阿，他希望塔阿从他女儿的生活中消失，他要摆脱他。他对这个人有何了解？一无所知或对重大问题一无所知。不了解塔阿的底细，他不会把女儿交付给这个人。塔阿说他没有父母的结婚证明，“他们大概丢了证明了，教会议会档案烧了”。塔阿说他没有家庭，伯格怎么会信呢？伯格对此不满意。塔阿要么是犹太人要么不是。他说的话没价值，不错，他的名字倒可以证明他是犹太人，因为“塞姆”是“塞缪尔”的缩小词，而“塞米”是他的亲友对他的昵称，意思就是：他的姓氏是上帝。没什么可说的，名字无懈可击；现在要看他的姓氏了：他姓“塔阿”，有点可疑。伯格请教一位专门研究家谱族谱的大学生，大学生在书中找到的答案是：阿拉伯家庭的姓氏，有时被地中海犹太区的犹太人采用，适用于阿拉伯语也适用于希伯来语——词也一样，“塔阿，表示纯洁，正直，诚实，道德高尚”，塞米说“完全符合我的特点”。“纯洁的塔阿”，这话惹得贝尔曼发笑，这个名字具有预见性，体现了《圣经》影响，看他一表人才，相貌堂堂，为人应该正直可靠——北非犹太人的漂亮脑袋，头发又黑又亮，像卡莫拉教父那样抹了发蜡，皮肤粗糙，有点钩的鹰嘴鼻，睫毛浓密的漆黑眼睛，目光如炬，炯炯有神，暗褐色皮肤的帅小伙，——看不出这个阿拉伯人与他们德系犹太人有丝毫相像的地方：德系犹太人金发或红发，皮肤终年受到保护——戴黑眼镜、抹60倍大护肤霜、戴大盖帽，不受阳光炙晒而呈浅色。即使他是地中海地区犹太人，他们都不太舒坦，他知道，他们对他甚至反感。得了吧，老实说吧，他和我们不一样，（他比不上我们，没我们有教养，没我们体面，没我们灵敏），他们觉得他是接受阿拉伯文化的犹太人，而对于伯格家族的人来说，对于家族中最高雅的一支来说——向往纯粹的贵族，这是可怕的事。尽管他高雅，受过教育，有教养，没用，他精力太旺盛，皮肤太黑，讲话太多，小声说话时声音太响，他们严肃时他笑，他们深沉时他轻佻；他真的不是他们的人。还有他的姓“塔阿”，听起来像外国名字，刺耳，“塔阿”这姓氏掉价，这姓氏不利发达。鲁斯的父亲伯格说的第一句直言不讳的话就是“我的孙子孙女要姓伯格”，话说得一点不客气，有点冲，他必须把丑话说在前头，他必须确定他的权威——在我家，我是家长。塔阿被惊吓得呆如木雕泥塑。孩子不姓他的姓，这是奇耻大辱，颜面丢光啊。伯格该怎样解释他的动机？轻而易举，让塔阿不叫喊，没有冲动反应？“过来，过来，慢慢来，慢慢来……”伯格的动作像慈父，好像要把塔阿搂到怀里，他有知心话要对他说，这些话他从不敢对任何人说的，伯格颇激动，塔阿低头弯腰了。伯格没有对他说，我不愿意我的后代姓北非的姓；他没对塔阿说，考虑到我的名气、我的身份、我在政治经济界的影响，我的后代与我同姓更恰当，因为我的姓有用，有社会价值，能打开大门，让你赚个十年或十五年；他没有把话挑明，而是以退为进，以亲人的丧失为由，他好像无限感慨，感情真挚，也许他真的如此，以哽咽（不是被眼泪咽住了，而是被强忍的疯狂咽住）的嗓门向塔阿吐露心事——他的全家在战争期间几乎被纳粹杀光，伯格这个姓快要灭绝了，“纳粹灭了伯格这个姓氏，我的女儿是伯格家最后一个，因为我没有儿子”。那一天塔阿被感动了，这就是为什么他同意让他的后代姓伯格，放弃了他父亲的姓氏。但他看到他的孩子们在练习本上写伯格这个姓的时候，他还是很揪心。他的男孩叫路卡·伯格，五岁，女孩叫丽莎·伯格，三岁；而且他们的外形也不像他，头发是栗色的，皮肤白，两个孩子都像他们的母亲。

他的岳父还测试他对犹太教的知识；这可难不倒他，犹太教的基本常识他都了解。和塞缪尔相处多年，塞缪尔是他的好教师，而且他经常与合作者来往，能够大约给你说出安息日的时间，他通过模仿他们的行动骗他们，他懂得向他们请教。到了犹太复活节的晚上，大家让他坐“圣人”的座位。他不读希伯来文，大家没意见，他读语音学的课文，带点法语口音，大家都笑了。有天晚上，大家都聚齐了，鲁斯的母亲用粗暴的口气要求塞米别笑得太响，鲁斯则用半严肃半玩笑的口气低声对他说：“塞米，别恼他们，他们认为你是阿拉伯人。”他狠狠地瞪着她，他很想当着他们全家人的面说，我就是阿拉伯人，真正的阿拉伯人。我是阿布代尔卡代·塔阿的儿子，而阿布代尔卡代是铁匠穆罕默德·塔阿的儿子，他母亲是裁缝法提玛·阿莎乌依，你们都给我滚蛋！

他的父亲——他心灵上的第二道伤痕，这道伤痕比身体上的伤口痛苦得多，而且深到了骨头。父亲阿布代尔卡代·塔阿30岁时遇到了后来成为他的妻子的娜维尔·雅雅乌依，她的老家在突尼斯的乌拉城，在科夫的中心。他的父亲穆罕默德·塔阿介绍他们认识。阿布代尔卡代喜欢她；她贤良淑德，品貌双全，纯洁文静，两条长辫子环绕着淡黄色柔滑的杏脸，五官的线条柔和，轮廓分明。他从来没见过这么美艳的女子，他感觉到她是为他而生的，他知道她是他的。他没征求她的意见，——“你干吗要我呀？”——他就娶了她。上世纪60年代初，他们一起移民到了法国；有人对他们说，法国能找到工作，必须去那儿。十年间，他们在华朗日维尔作制针工，疯子一样干活，干得筋疲力尽。后来运气来了，他代替一个朋友给一个商人做一个月的司机，那真是一场梦①。一扇门为他们打开了，他迈进这扇门，没日没夜地干活，运送孩子们。这些孩子是旺多姆广场一个沙特阿拉伯家庭的子女，被百般溺爱，娇生惯养。他们居住的地区在当地出了名的声名狼藉，在这儿可以找到姑娘、毒品、印度大麻烟末。阿布代尔卡代等他们、用车载他们，他们则把成捆成捆的小费扔给他。但好景不长，他们回到了家乡都拜。阿布代尔卡代给一个大老板②打工，娜维尔在一家镇上的学校经营饭堂，给孩子们做饭，她喜欢这份工作。1967年塞米出生，小家伙的眼睛像黑钻石一样明亮，——还有独特的个性！娜维尔说："他还在我肚子里就使劲地踢我，吵着要见天日呢。"她身体并无毛病，但以后一直没有再生育。三年后，父亲的雇主去伦敦定居，要求父亲跟随他去伦敦。他们在伦敦待了五年，住在位于爱德华路中心的一栋粗涂灰泥层的大楼四楼的一套二居室，那儿是伦敦阿拉伯人聚居区。他们喜欢喧嚣的交通要道、挤拥的混杂的人群：迷了路的游客手里拿着地图；用报纸包着发烫的烤肉串的售货员；穿着传统服装的女裁缝，挥动绣花围巾，以三倍价钱出让；还有黎巴嫩的、智利的、伊拉克的、摩洛哥的、突尼斯的、阿尔及尔的餐馆老板，兜售他们的热气腾腾的菜肴和秘鲁产的奇洽酒。收银员匆忙抢占小摊的位置，低价卖出从东方直接进口的食品：大箱大箱

① "梦"这个词表示"非常成功"，被许多最伟大的政治人物所使用，也被一些思想家使用，如弗洛伊德。不能把它和一般的梦相提并论，一般的梦没有它该有的命运。

② 大老板名叫埃尔温·勒恭特，是法-英企业主，1956年出生于伦敦，他的母亲曾对他的女友说："生儿如埃尔温，此生无憾矣。"

的金枪鱼，磨碎的橄榄，蜜饯柠檬，粒状的条状的棍状的芝麻，清真肉，从智利进口的土耳其果仁糖，古斯古斯麦粒，一箱箱藏红花调味的粉丝，五颜六色的香料——空气中飘散着它们呛人的持久不散的气味；还有衣服，异国的果汁，三个指头大易溶的甜海枣——价格昂贵，顾客逢年过节才敢购买它们；还有杏干，去核的李子干——顾客成包成包地买回去，用作肉馅；还有开心果、鲜杏仁、咸杏仁，甚至有从阿特拉山扒来的黑石——烧了它可避鬼神，防毒眼（迷信中认为被这种眼睛看过就会倒霉）。娜维尔不知疲倦地进出市场，购买这些能勾起她童年回忆的产品，或就为了和其他女顾客、与她一样思乡的、不与男人混合的女移民聊聊天。他们用了几个月的时间学英语，在左派协会免费提供的夜校学，很快就融入了外国的社会。但老板又要回法国，他们决定跟着老板，父亲塔阿愿意把一切献给老板。老板说："我需要你，阿布代卡尔代。"阿布代卡尔代觉得平生第一次有人看得起他，觉得自己还有点价值。他们在格里尼低租金、还算过得去的房子安顿下来，——他们住的时间也不长，到了64岁，他准备退休的时候，有一天他从地铁"斯特拉斯堡—圣德尼"站出来，被警察逮住了，警察检查身份证，"你没有说'请'，"，警察没有说"请……"，他要警察对他说"请"，"是的，我不明白你为什么不称呼我'先生'，不说'请'，我又没干坏事，我又没偷，我又没杀人，……你说，'拿出证件来'……说'请'"等……于是他被拘留……被审讯……还有……

附件的笔录上写着"自然死亡"，还附有脑壳穿洞的照片。"共和国的XXX检察官，在XXX高级法院的法庭，对此人提起诉讼。在询问其身份时，此人向我们提供以下身份资料：

塔阿·阿布代尔卡代先生
出生于1915年1月15日
（突尼斯）乌拉的乌拉
父亲穆罕默德·塔阿
母亲法提玛·乌阿里
职业：工人
家庭状况：已婚
孩子：一个

"我们通知他有关起诉他的事实，告知他他已被通知：

1979年4月4日，巴黎，当司法警官检查其身份时，他大声咒骂警官。

按他的要求，我们接到他的声明：

"我对事实提出异议，我身上没带身份证，警察和我说话的态度恶劣，他没对我说'请'等，而我答话时并没咒骂他，我发誓。"

后来……阿布代尔卡代大叫大喊，用脑袋撞墙，发了疯（他们说的）——这是已了结的事。

塞米当然不能说"我的父亲"要想在社会站稳脚跟，得到晋升的机会，"我的父亲"应该是受人尊敬的人。他不能说"我是阿布代尔卡代·塔阿的儿子"，否则在饭馆找不到好位子，在银行贷不到款，得不到别人的鞠躬。而鲁斯可以，只要她进饭馆，说“我是伯格的女儿”，大家就会对她点头哈腰，服务周到，照顾备至，把她奉为奇珍异宝，天上的凤凰。大家百般奉迎她，抢着给她安排房间、餐桌、司机、出租车；大家帮助她找机会、业务、工作、岗位、轻松的工作；大家邀请她吃饭，大家想见她，再见她，大家对她说：见到您是我的运气，对我的关照，是我的莫大荣幸。他在她身旁，也成了被大家热捧的上帝，他的生日成了盛大的节日……

鲁斯瞒着塔阿，私下里花了好几个星期的时间筹备丈夫的生日庆祝会，一门心思要把它办成令人惊喜的节日。对妻子的活动，塔阿毫无察觉。现在她正在忙于接待客人。他看见她浓妆艳抹，花枝招展，云鬓油亮，价值一万美元的镶嵌着珍珠的时装裙袍紧裹身躯。他免不了由衷地感动，觉得他的一切都归功于她。那天晚上，他当众致辞，一再感谢妻子，表达对她的爱和赞赏。这类表白他早就烂熟于胸了。他说他在美国生活学会了欣赏高尚的道德。客人们热烈鼓掌，妻子感动得掉泪，孩子们扑过来拥抱他，摄影师拍下了感人的场面，以志永恒的留念。这真是美好的犹太人家庭啊。喀嚓。

3

二十年之后，炸弹爆炸了，炸弹在他们内部爆炸，因为他的自尊心受伤。爆炸发生在塞缪尔始料不及的时候；发生在他

40 岁那年，他不做本来应该做得到的人；发生在他一无所获一无所有的时候，他有意毁掉了属于他的运气、才干天分，——他飞蛾扑火似地自毁自焚，真是令人不解，令人惊悚。事情是这样的：那天他半夜起来，脚步踉跄，站立不稳，好像瘸子，眼看就要撞到墙上，幸好他及时保持身体的平衡，站稳了脚跟。这一趔趄，不觉就冲到妮娜面前站住了。她正仰卧于地铺上酣睡。他看着她凹凸有致的袅娜的身躯，细看她闭着的双眸，眼皮因熬夜略呈淡紫色，浓密漆黑的长发，——她亲自用指甲剪修剪，虽穿着肥大的 T 恤依然丰满白皙的胸部，——她就喜欢穿宽大的衣服，想要遮藏什么？她是他见过的最美的女子，每回看她，不管是正面凝视还是暗地偷窥，他都免不了被惊艳到。自从同居以来，他们朝夕相处，耳鬓厮磨，同床共枕，他应该熟悉她的一切，但他对她就是百看不厌。她高大，棕色头发，黑眼圈，五官精致，身材性感丰满，臀部浑圆高耸，腰身袅娜，玉腿修长，因为主要活动就是奔跑于轻铁长廊或追赶巴士，肌肉分外结实；就连日常生活的举手投足都非常优雅迷人，她读书时他看着她，她干活时他看着她，看着她进房间或穿过街道的动作都能引起他的爱恋，心驰神往；妮娜并非有意吸引他人的目光，并非有意成为众人注目的中心，她矜持稳重，从不搔首弄姿，卖弄风情，——就因为她天生丽质，风情万种，总让人错看了她。她的行动并不自由，她不敢散开长发，唯恐长发飘逸更添妩媚；偶尔出门呼吸新鲜空气，她只穿运动短裤，无领无袖的短套衫。可是她照样惹来一群爱美的围观者，对她吹口哨，接近她，和她开玩笑，目不转睛地盯着她。她无意以色示人，漠视社会生活中常见的色诱关系，这种场面是她无法忍受的。她不知道该拿自己这副超性感的、迷人的身体怎么办。她如一朵芬芳美艳的花朵招蜂引蝶，惹来好色之徒，看到她慌乱的神情，他们更加肆无忌惮，恨不得把她手到擒来占为己有。性感丰满的身材，惹异性想入非非；红颜易成祸水倾国倾城。她的美无人可比。她艳若桃李却又冷若冰霜。她并非随便和男人上床的轻佻女性。并非她特别的矫情，——她的精神标度尺变幻不定，——而是她太了解她的美会造成怎样的祸害，引起他人的反感，她本人就反感自己的美。她把又黑又光滑的长发挽起盘在脑袋后面，或梳成马尾巴状，尽管装扮朴素，依然潇洒活泼，千娇百媚。现在她进入不惑之年，到了人生的关口，她意识到过不了多久，几个月或几年，（她倒不担心时间的飞逝，她认为这样倒可以平息她给男人造成的骚乱）她免不了人老珠黄，男人们再不会回头看她。塞缪尔看到了她的变化。拥有美女的男人免不了提心吊胆，担心别的男人把她从他手里夺走。只要那个人家财万贯，风流倜傥，才智超群，就可以抢去他的位置，这只是时间问题，几个小时，几个星期，几个月的功夫。他通过威胁、吓唬、讹诈弄到的位置，现在保不保得住还是个问题，因为他一事无成，优柔寡断，她对他已失去信任。他的处境不妙，他必须通过魅力、才能、温柔体贴才能保住他的位置。他一无所有，就免不了没有安全感，哪怕他与她同床共枕，她把她的身体给了他，他仍然担心配不上她给他的这份礼物，他睡得不踏实，不安宁，醒来时怔忡不安。与绝色佳人为伴，就如坐在大卡车驾驶盘旁边的护送者，一再提醒自己：

集中注意力啊，你运送的是法兰西银行的财富，所有的持械抢劫者等着你，准备用子弹打穿你的脑袋，然后带着战利品逃走。你拥有的东西，他们也想要，而且比你更想要，因为东西还没到他们手里，他们没尝过拥有绝色美人的滋味。她也可能是女间谍，与你同床共枕为的是获得国家机密。但她没意识到她的能耐。她很少昂首挺胸地走路，尽管她为人低调，可是保不住大家的目光射向她。塞缪尔日夕悬心的就是害怕失去她……（他就是不放心，不然为什么要求在电脑上查询塞米的情况？）于是两个人并肩坐在电脑旁，眼睛盯着屏幕，就像两个埋头读书的大学生。塞缪尔在因特网上打了“塞米·塔阿”的名字，看到如下的解释：试打这个名字——塞姆·塔阿。几秒钟之后，出现了好几十条链接：工作地址电话，采访摘录，法律案件参考。在主要的社会网上没有任何说明文字，他用鼠标点击有关塞米的每一条链接，把每一份资料打印下来。他得知塞米以优良成绩在蒙特皮里埃大学的法律系获得了刑法 DEA 文凭，并进入列维和魁非列克办公室，在他们那儿工作了两年，然后在纽约分公司任领导职位。塞缪尔搜索“列维·贝尔曼和合作者”的资料，得知他在巴黎和纽约的律师团体取得文凭，塞米最出名的事件是他代表一位在营救世贸中心牺牲者被严重烧伤的消防队员，以及代表两位在阿富汗阵亡的美国士兵的家庭。此外，他的名字在女权主义者协会活动期间常被提及；确实，他曾代表集体强奸案中的几位受害者。塞缪尔和妮娜也得知塞米与伯格的女儿鲁斯·伯格结了婚。

在网络百科全书“维基百科”上，他们找到了以下这篇文章：

伯格于1945年5月4日出生于耶路撒冷，美国商人，前RBA财团总裁，全球第一百名富豪，他也是现代艺术及当代艺术最大的收藏家之一。

他姓拉姆，在希伯来文中的意思为“教养”，他的母亲吕贝卡·维斯，出自极端犹太主义拉宾家族的一大支家族；他的父亲阿卜拉阿姆·伯格，出生于耶路撒冷，是犹太复国主义军事组织的前成员，——它是1931到1948年间，在巴勒斯坦及以色列的犹太复国主义的极端国际主义的团体；50年代末和孩子们移民到美国。

拉姆·伯格是以色列和犹太事业的热情同情者，他投资了好几个发展艺术的项目，尤其是在伦敦萨默塞特宫画廊举办了名为《有罪的沉默》的大型展览会。

在“谷歌”网上，他们查了与塞米的姓氏有关的内容，当他们把“塞姆·塔阿”打进去，看到以下的内容：

塞姆·塔阿：律师

塞姆·塔阿：纽约

塞姆·塔阿：犹太人

他们当时有点怀疑。他们知道，在浏览器上，“犹太人”常与知名人士的姓氏有关，他们又用鼠标点击其他链接，查看之下，毋需怀疑了。妮娜说：“塞米自称犹太人或成了犹太人，这不是很明显的事吗？”塞缪尔冷冷地答道：“不错。”这个事实使他不舒服。妮娜又问：“他改信宗教了，你认为？”“可能啊，他这个人什么事干不出来。”突然，他们的目光被塞米在一份美国杂志上的大照片吸引住了。面对著名摄影家的镜头，塞米身穿白衬衣黑西装，一束光好像只射在他的脸上，似乎突出他的重要性以及主题的重要性，而副标题是：他是上帝还是魔鬼？文章的上面是文章的题目，占了整个版面：《什么东西使塞米奔跑？》。文章的作者是一位年轻的美国小说家[①]，他把塞米的肖像列入一系列名为“命运”的肖像范围中，介绍杰出人士的人生轨迹。塞缪尔英语水平不高，妮娜比较棒，她把电脑拿了过来，说：“给我看看。”电脑已经有点发烫，她把它放在膝盖上，开始翻译这篇文章，过了几秒钟，她的脸绷紧了，默不作声。塞缪尔问她：“怎么啦？你看到什么啦？”妮娜不答，她忙着埋头看屏幕，顾不上把目光移开。塞缪尔追问：“你看到什么啦？”他控制不住自己了，他要崩溃了，她在折磨他，为什么她要折磨他。“告诉我上面写什么啦，为什么你不高声读出来？”妮娜不吭声，她把文章读了三四次才看懂它的内容，知道塞米玩了什么把戏，她才好决定采取什么策略。他轻轻摇她：“告诉我，告诉我，上面写了什么？”但她看着他，嘴唇半张，就是发不出一点声音来。

① 他的名字是萨芒塔·达维，28岁，政治小说《和解》的作者，也是色情书作家，以罗拉·梦罗的笔名发表作品。

4

塔阿一家跨进他们居住的大楼门槛，脸上带着阅尽人间春色后的麻木。他们手拉手走着，看守大楼的夜班守卫①一面装出看守大楼的样子，一面用夹杂着羡慕和蔑视的眼光偷觑他们的动静，——后来他对他的妻子说："这些阔佬，多么的蠢！"——而此刻，他笑容可掬，"晚安，太太；晚安，先生"，说了大堆恭维话，想要讨点小费，——塔阿终于还是准备塞点钱给他，不巧鲁斯的手机响了，倒霉，是她的父亲打来电话最后一次祝贺她，对她说他为她自豪等等。他们上了电梯，——父亲的话还没说完，——他们进房间后，话终于说完了，她挂了电话，免不了对父亲千恩万谢的（塞米心想，对我的生日岳父出了多少力，以后对这个令人受不了的岳父还要表示感恩不尽呢）。"你到客厅喝上最后一杯怎么样？"不了，她喝得够多了，她累了，"你还不累，还有力气？我不行了，今晚我拥抱了那么多客人，我可能染上所有的曼哈顿细菌了！"他不困，大概今晚太刺激了，太激动了。睡觉之前，她递给他一个白色大信封，里面装有名单，她放在拉尔夫·劳伦那儿的。他不禁当着她的

---

① 第五大道23号大楼的守门人名叫马克·科斯坦扎，45岁，是意大利移民的儿子，出生于纽约小意大利区。他很早辍学，在家庭鞋店干活，然后被招聘为夜班看门人，一面上戏剧课。他的野心是什么呢？成为第二个美国演员阿尔·帕西诺。

面打开了它，数起宾客们交来的贺礼数额。“斯坦这个婊子养的，他是我一手栽培的人，就给我一条150美元的围巾！迪朗给了1500欧元，但愿他不是用它们做小费。”他开玩笑说。鲁斯顶他的嘴说：“足够你买衣服穿到五十岁了。”说完这些话，吻过丈夫，她朝自己的卧室走去了。塞米看着她瘦瘦的身子消失在走廊，纤细的手拎着她珍贵的鞋带，她赤裸的好看的脚在地板上走着，动作就像跳古典舞；她童年时一定跳过古典舞，她是父亲酷爱的女儿，父亲对她视若天下完美的奇才，一个大家闺秀必须琴棋书画样样精通，她必须会跳古典舞，懂音乐，学各种语言。她也取得了超出父亲期望的成果，你只要看看她柔软的高傲的步态，高昂的脑袋，弹钢琴的精湛技艺，一口流利的德语、希伯来语甚至还有日语——她很迟才学的，就为了在祈祷文中读日本短诗（俳句）的快乐。

塞米看着妻子走开，马上就后悔自己不该勾引别的女人，一有机会就欺骗她。他听从于自己的天性、无法控制的冲动，他好像是他的邪念的人质，是他的这副身躯的人质——他的身体老想着占有女人、追求享乐、满足欲望，他需要自由放任，但他又不安。他控制不住自己，你要问他对女人采取什么行动？他一直在追求她们，付诸行动，不能完全控制自己，在公共场合如此，在私人场合也如此，对进入房间的女人他都注意，观察她们，在她们的目光中寻找可图的理由。有时他甚至在媒体中发现她们，邀请她们吃饭，对她们说“我喜欢你的工作”；他尤其喜欢女小说家，他在“纽约”杂志的文学版中找她们的照片。贝尔曼有时问他：“你就不担心吗？”塞米答道：“我不是不担心，我也担心失去我的妻子，我的家庭，我担心陷入情网。我担心遇到一个缠住我的女人，因爱生恨、因恨而报仇的女人，我担心染上性病……我知道，你和我说过了，我不小心行事，我疯了，我不负责，我不可原谅，我使我的妻子、我自己的生活处于危险中，为了十分钟的婚外情我可能失去一切，你听了生气？还有更让你生气的事呢……有时这样的私情还没有十分钟，然后我就恨自己，非常恨自己。我后悔，我觉得自己特别有罪，我害怕婚外情的后果，可是欲望超过了害怕。欲望削弱了害怕的分量，欲望消除了恐惧。每一次我都劝自己，不要故伎重演了，要控制自己，可是我控制不住，只要看到我喜欢的女人，一个刺激我的姑娘，——她们不一定很美，她们可以是很普通的女人，平凡，肥胖，严格说起来，性吸引与女人是否美、与社会法则没有一点关系，我只要看到一个我想要的女人，我就掉下去了。难道我上了瘾了？是的，大概是的，可你要我怎么办？践踏我的感觉？只有等我老了才做得到吧？”贝尔曼有好几回提醒他小心行事：“在美国，你要克制，管好自己，控制自己，悬崖勒马，回头是岸，你不知道吗？你要学聪明点，听我的话吧，这不是劝告是命令。别动身边的女人，最好不要看她们，别单独和她们会面，如果她风骚，引诱你，你就理智点吧，找心理医生看看你的毛病，和朋友谈谈，和我谈谈，深呼吸，洗个冷水浴，找个代替品，永远别让欲望占了你理性的位置，用道德管住你的感觉，因为在美国，道德管理整个国家，在这儿，是它决定你的前途、你在美国社会的地位。你不顾道德，你就失去你的工作、你的妻子、孩子们对你的尊敬。你不喜欢这些东西，你就换个国家吧，回法国去。在法国，公众人物的私生活相对还是得到尊重的。弗朗索瓦·密特朗就可以过双重生活，有两个妻子，两个家庭。你为什么不行呢?”这不可能，想都不能想。塔阿愿意待在纽约，他的生活、他的工作、他的家庭都在这儿。他喜欢他过的生活，他热爱他的工作，他以他的方式爱他的妻子。但夫妻生活严重限制了他的准则、他的标准、他的设置路标的小径，这不适合他。和鲁斯一起度过的生活，就如心律一样，太有规律太正常，平淡无味，而塞米需要波涛起伏的、历险的生活，这才能感觉到自己是活人，他要过性自由的生活，他的肉体需要多结交异性。年龄都不能限制他放纵的生活。贝尔曼听到这番话，发怒了。塞米的弱点就在于，他喜欢像二十二岁女人的十七岁的少女，涂脂抹粉好像充气的布娃娃，穿十二厘米高的高跟鞋，——从妈妈那儿借来的，或网购的；嘴里说她们绝不会穿它，第二天就穿上了，前进！她们追求享乐，她们喜欢男人走过她们身边，想念她们，看见她们就惊呼“哇塞”！从没见过这样的女人！但塞米喜欢这样的姑娘，他是这样说的，一般说，找这样的女孩不难。和她们喝二三杯酒，和她们谈谈天，谈她们喜欢的音乐、电视连续剧，她们就跟他走了。塔阿在这方面还有一套想法。他觉得十五六岁的少女和十八岁的大姑娘一样情窦已开，有时甚至更自由：“这是现实，我们的社会掩盖了这个现实吧。”他对贝尔曼说：“我向你坦言，我拥护降低性行为的法定年龄。”贝尔曼反驳他说：“谢天谢地，你没有谋求政治授权吧！”塔阿不隐藏他的行为，他喜欢看从中学出来的女孩子，尤其是纽约的法国中学，“我坐在咖啡馆里看她们，盯着最性感的那些姑娘，最斯文的，我立即能认出她们，看一眼就认出她们了，我在内心放我的影片，我在摄影机的瞄准器后面，在她们前面我行动了，我在引诱她们，我看见我自己在吻她们，……”“塔阿，关了你的摄影机吧，我不想听你的蠢话！听你的蠢话本身就是不法行为，关掉它，否则我走了！”最终总是贝尔曼大嚷大叫，可是塔阿还在说下去：“如果她们同意，坏在哪儿？丑在哪儿？因为最重要的就是：她们愿意！我和你说的不是强迫……她们不是易受惊的人，相信我说的话吧，她们甚至比与我同龄的大部分女人还要大胆，我也和她们接触过，但很少睡觉，因为她们非常复杂，年龄使她们顾虑重重，她们想稳重些，可是我受不了，我和她们在一起不想缩手缩脚的，你明白吗？而和年轻女孩在一起，我充满了欲望，她们表现得很大胆，以证明她们是女人，她们喜欢干这个，她们的偏激态度很感人，却并不明白性行为并非如她们想象的；她们的性诱惑里没有人为的成分，成年女人用吊袜带卡住大腿，她们还不会穿这类东西，而且是在‘维多利亚的秘密’折价购买的，用的钱还是祖父母给她们的生日礼物，她们身上还佩戴着光彩俗气的庸俗饰物，假钻石之类的，这就是我喜欢她们的地方，她们还没有被性行为中的下流部分所腐蚀，她们对性的观念等不过沾了点边而已。这些都使我感动。”贝尔曼听他说了这些话，认为他是“恋童癖患者”。塞米辩解说：“你一点不了解，还是不愿去了解？性行为不是年龄的问题，而是性观念是否成熟的问题。”他丢不开“性”，他尝试过丢开它，也试图说服自己，试图克制自己，他找过心理医生，医生给他开了镇静剂，他甚至找过教主，真的，真的，教主命他行事谨慎，挑离家远的地方，挑阴暗的地方，千万别在大庭广众面前，千万别在光天化日之下干这些事。他还没告诉贝尔曼，一个月一次，他全身穿黑衣裤，到经过的旅馆和女人做爱，她们都叫他塞米。应召女郎的价钱是两个钟头1000元，这不适合他。“她们开的价等于我读八年书的学费！”他答应贝尔曼等人他会小心行事。贝尔曼一再提醒他，在美国，男人留在女人裙子、衬衣、短裤、T恤上的精液被查出，他在社会上的名声就完了。“从某种意义上说，比尔·克林顿代我们大家付出了代价！”塔阿懂得这些道理，然而毫无办法，制止不了他的性欲。还有一次，那个晚上他收到了埃丽莎·汉斯①发来的短信，她是个高大的金发女郎，身强体壮，正在为纽约的检察官办公室工作，他是在一次庭讯中认识她的。他抗拒不了她的诱惑。当时，他刚刚脱去了裤子、衬衣、鞋子，手里拿着伏特加酒杯，站在家里的大阳台上，从大阳台俯瞰中央公园，冷风吹拂他的脸，他靠在栏杆上，欣赏眼前一望无际的耸立的摩天大厦，黑暗中它们就像控制塔。埃丽莎通过SMS祝他生日快乐，他对她表示感谢，问她正在做什么——一个女人不会在半夜三更给他发如此无足轻重的短信，除非她脑子里转什么念头。果然，她马上回复了他并不难理解的隐含性挑引的短信。然后她问他是

① 她一直不想做律师，17岁那年，她从事跳古典舞的工作，但不幸发生车祸，两年时间她因肢体麻木而放弃梦想，听从父亲、律师约翰·汉斯的建议到学校学法律，父亲希望她在他的办公室工作，十年之后她果真如父亲所愿，但没有热情。

否开着电脑，她想通过插了摄像机的电脑与他交谈。他想抓住机会，但没勇气回办公室打开电脑，这个女人大概对着屏幕脱衣，她要给他什么呢？她的胸部很大，他早就注意了，就是这个吧，还有什么别的呢？她一头金发盘在头上，他喜欢她把头发松了放下来，看这个女人一丝不挂，长发落下来垂到乳房上。这场面刺激了他，他解开身上穿的浴袍，让它落到地上，他的身体非常性感，几个小时的体育运动使他肌肉发达。他老是自豪地说，他的运动量和艾伯特·戈尔的一样大。他的皮肤颜色黝黑，与他穿的质地精良的白色短衬裤相映成趣。他慢慢地把电话屏对准短衬裤，它鼓起的形状表明他的兴奋，然后按下电话上的拍照功能，咔嚓，他选了这画面，用附件小心点了埃丽莎·汉斯的名字，把它发了出去。然后他等她的消息。他的手机又在震动了，他等了一下，让兴奋的劲头上来。他终于看到了刚收到的信息，然而这次出现的不是埃丽莎的名字，而是他母亲的。

5

发表在 2007 年 2 月 22 日《时代》杂志上的文章：

工作间在他办公室的上面，墙上挂了两张罗贝尔·马普列托皮拍的照片，第一张拍的是一个裸体女人，带着黑皮手套，用手枪瞄准。第二张是一个侧面男人，文身，肌肉发达，挥舞着刀。他喜爱打斗挑衅？在开化的司法界里，塞姆·塔阿散发出神秘和硫的香气，这个肤色深暗的男人好像就是从《教父》的电影中走出来的，爱好神秘，将近偏激狂，他含着神秘的笑，一下子对我们说："你们对我一无所知。"然而我们知道，这个了不起的四十岁男人 1967 年出生于法国，父母是文学教师。他身上有着令人惊讶的东西。90 年代初他到了美国，在不到十五年的时间里，成了东海岸最有前途的律师之一。他才智超群，因此 2000 年他得以与美国最大经济强人之一拉姆·伯格的女儿鲁斯·伯格结婚就一点也不奇怪了……在与我们两个小时的对谈中，他表现出他不可抗拒的吸引力，表现出他是个出色的操作者，实干家。大家明白，他不仅仅是他所说的那样的人："在我的生活中发生过不少悲惨事件；为了成就今天的我，我遭受过许多失败。"他的语气颇为庄重，然后又添了一句："你们别再指望我说得更多了。"他的自传很简单扼要，但从他无意的吐露中，大家得知他的父母在他二十岁时死于车祸，他到美国为的是重新开始人生，改变生活。他的真名是塞缪尔，父母是北非犹太人，无宗教信仰，具有政治色彩，接近哲学家贝尼·列维和埃马努·列维那斯。这个彬彬有礼的人，甚至可说是热情的人，只要提及他的个人生活就闭口不谈。"我只谈工作，我喜欢一个人是因为喜欢他所做的事，不是因为他是什么人。"在他的布置异常整齐的办公室里没有一张他的照片，没有他小心爱护的私人物件。"我不喜欢谈我自己，我不喜欢拍照。"而且在社会网上，也没有留下有关塞姆·塔阿的痕迹。他说："我没时间弄这个，我喜欢读书，我喜欢文学，政治，词句。"他马上举出马丁·路德金说的著名的几句话，"I have a dream"，"我们现在不满意，我们将来只愿有那么一天，司法像激流注入，而公正像水流汹涌的江河”。“这方面，我说得太多了。”他开玩笑地说。塞姆·塔阿很谨慎吗？他却同意参加CNN的访谈。他解释说：“严格说来，这是工作，我并不想走在前面，但我的顾客拒绝受牵连。”他的最后顾客是谁？是两名阵亡于阿富汗的年轻士兵的家庭，几天之内这两名士兵成了英雄主义的象征。“我不知道我有没有他们当时的勇气。”塞姆·塔阿如是说。据他所说，他的经历相当平凡。他的童年“没话可说”（你们要明白，他童年时过的是资产者生活，没有什么特别之处），曾在伦敦住过很久（这就是为什么他的英语说得几乎无懈可击）——但有人发现带点可以接受的法国口音。他说：“关于我，没有什么有价值的事可说的。”他神秘莫测地说道，阴郁的眼神透出智慧和幽默之光。我们很难相信他说的是否是真话……

这个男人喜欢躲闪，然而他很容易与人交流，在这方面没有人可与他比，他是个灵巧的外交家，处事决断，令人敬佩。在法国南部的蒙特佩里埃取得律师文凭后，他加入著名刑法律师皮埃尔·列维的工作室，在那儿待了两年，皮埃尔·列维对他的评价是：“活字典，一位非常伟大的律师，他禀赋所有的才能。”他一面笑一面说：“他连椅子的脚都能诱惑！”有些不公开姓名的人说他很有魅力，太爱施展他的魅力了：“面对重要的对话人，塔阿马上表现出他突出的吸引力。”还有例子，他的朋友和保护人都比他大三四十岁。有位竞争者不无讥讽地说：“他是老年人的诱惑者。”塞米·塔阿说：“对于我而言，年龄不重要，我选我的同类人为朋友，确实我有非常多年龄比我大的朋友，他们比我的同辈更有趣更有意思，我的同辈只有一个念头：取得成功。”皮埃尔·列维相信他的年轻人潜力，派他到美国，他在纽约的律师界获得成功，皮埃尔又任命他为他在曼哈顿中心建立的分公司的领导。塞米就在那儿遇到了后来成为他妻子的鲁斯·伯格，她给他打开了通往美国上流社会的大门。但吸引他的是社会的底层，他之所以经常和美国的老贵族来往，是因为他在BRONX找到了客户。让他出名的事很多：为一位年轻的墨西哥服务员辩护，她被雇主非法雇佣并强奸；为两名安插在非法交易迷幻药的东正教犹太人团体成员辩护；为一位抢劫珠宝店、造成二人死亡的黑人仓库管理员辩护。但维护女权主义运动，保护集体强奸案中的少年牺牲品乃是他最伟大的战斗。他说：“作为律师，并非证明客户的无辜，而是驳倒对方的论据。”有些诽谤他的人责备他是机会主义者，偏爱大众传媒报导宣传的案件，他则引用东方的一句格言加以反驳：“你坐在河边，你会看到你的敌人的尸体在河里流过。”当有人提到他的成功，他引用JFK说过的话：“成功的艺术在于懂得让最优秀的人围绕着你。”有人说他热衷于政治演说，他承认：“如果我不是律师，我会喜欢做国家伟大人物的笔杆子。”在他办公室的书架上，有的是回忆录、会谈集、记录法国和美国政治生活重要时刻的资料。有人问他想认识这些大人物中的哪一个，他犹豫片刻，回答说“勒内·卡辛”，就是1948年写《人权声明》的人，“在他获得诺贝尔和平奖的演说中，他说，‘一个人应当明白，单独的行动不可能有效，必须感觉到其他人理解你，还有他们的愿望。’对我而言，这话很重要，由于遇到很多朋友我才能重塑我自己。”他真的是躲在暗中的人吗？我们表示怀疑。看着他远去的背影，我们想到巴德·舒尔伯格[①]写的一本书的书名——《什么东西使得塞米飞跑？》

6

妮娜给塞缪尔翻译这篇文章，不加自己的评论或感言。“好呀，好呀……你以为我还不明白，他捏造他的经历，抄袭了我的经历？他说他叫做塞缪尔，说他的父母在他二十岁时车祸丧生，这分明是我的经历嘛。我到外国去埋葬我的父母，把你和他留下来，你们却在这期间抱在一起，当时我应该与你分手，在你干了这样的事之后不该和你在一起。等等，还没完呢，他说他热爱文学，可是他读了多少本书啊？婊子养的，我敢肯定他没读过15页《战争与和平》，最糟糕的是，他说他是、大家也以为他是犹太人。像我的父亲那样的地中海地区的犹太人。你看我怎么收拾他，我要拆穿他的他妈的传说！”妮娜劝他说：“这又何妨呢？都是过去的事了，他又不住在这儿，不住在法国，影响不了我们的生活，总之，能改变什么？这二十年我们都没想他……”“他改变了一切，一切。”“他从自身考虑，利用了你的两三件事，再没别的了，书是他读的，不是你替他读的，生活也是他闯出来的，你有什么问题？”他有什么问题？

① 1914—2009，国际知名编剧、作家。

他明白她的意思，失败者是他，塞缪尔，没什么可怀疑的。此刻他们二人的对话中暴露了他们怎样的真实的内心感受？他想怎样考验我？想怎样测试我？他有什么说不出来的念头？为什么他把矛头指向了她？为什么他用命令式的口气和她说话？他的声音几乎是嘶哑的："你打算和他联系，再见他喽。""你说的什么话，你疯了？"不，不，她不想打电话给塞米，不想再见塞米。他们的关系完了，过去的就让它过去吧，翻过去的一页了。我们向前走，向前走，一起走。可是塞缪尔不依不饶："现在你听我说，我们和他联系，（她喊：绝不！），我要看看，这一回我要看看，你是否还跟我……""不，不能这样做，你疯了！"妮娜怒不可遏了，她说："你听见我说的话了吗，我绝不再见塞米！"——他听出了言下之意：经过了那件事之后不能再见塞米。无论是塞缪尔还是妮娜，他们都没有忘记发生的事。他们之间的事，塞缪尔的威胁，他的讹诈，他的行动——他想出来的唯一留住她的办法，他明白这一点。他要考验她试探她吗？目的是什么？当初如果不是他自杀，她一定跟塞米走，和塞米一起生活，也许与塞米生了一个孩子，然后生第二个、第三个，这个念头使他痛苦，二十年过去了，这个念头还没有消除。"他掠夺了我的生活，而你却满不在乎？他在我的生活的灰烬中建起他的生活，我却麻木不仁无动于衷毫无反应？""我不懂你的意思，你打算干什么？你要见他，威胁他？"是的，就是这样，他要见他，他们肯定会手拿置对方于死地的武器，刀刃相见。"你真是疯了，塞缪尔，你有病吧，打电话给他，告诉他你的想法，你找心理医生看看吧，但你别叫我再见他。""你害怕再见他，是不是？承认吧，你害怕了？”“我不害怕。”她本想找几句话安慰这个心虚的男人，但找不到合适的词句。

世上有种非常悲哀的东西，即人类的脆弱性。常常有这样的人，在处理人际关系、社会地位时过分敏感，就会找人做试验品，测试他对暴力的抵抗能力。“我要再见他，我们一起去见他。”塞缪尔说。妮娜让步了，她同意，她明白说到底落入陷阱的是她。二十年之后，她还想念塞米，她本来可以爱他，这类假定说得过去，可现实是，光这一点，对于像她那样的女人，——讲道德的庄重的人，这是种折磨。二十年来火山没有喷射，但有人去撩拨它，岩浆就会从山口喷出来。撩拨它吧，它会覆盖一切。

“说到底，你想干什么？想测试我？真可笑幼稚……你想知道我是否还想念他？我是否还爱他？或者你对他的所作所为要报复？总之，也许是这个吧，你吃醋。”她说得对，他成了个爱吃醋的男人，他想：为什么是他？为什么是他而不是我？他和塞米比较，算一算社会与成功给他们打的分，他输了。

一个小时之后，争论停止了。她说，我到客厅睡觉去，——她的策略是退缩然后最终撤离此地，以较大速度前进——向着决裂、向着未来；他呢，不，他陷入过去的泥潭里，他想起他的物证放在文件夹里，而文件夹又放在靠近门口的小房间里面。等妮娜入睡后，道路通行无阻，是时候了。他用膝头碰开小房间的门，发动进攻，隔板自行打开，他本可以进入，却停在门槛上，不由后退，里面一股霉臭气味，气味散了开来直扑到他衣服上，他用围巾蒙住嘴巴，小心进入，靠在开关上，开关碰坏了，他没料到这个。小房间昏暗，幸好一道微光从天窗透入，照见一队蟑螂沿着墙爬行，钻进板缝里，虽然喷了杀虫剂也不顶事。他虽然反感但还是摸索前行，他的脑袋碰到一根木栓，低下头，摸到粘稠的材料，被玻璃纸刮了一下。他还在找，终于来到梯子下面，看见上面写着“亲启”字样的有盖的文件夹，他扑过去，猛地推开梯子，用力过猛，梯子差点碰到他的太阳穴上。他急忙扶住它，终于抓住了文件夹，从小房间出来。他身上的T恤沾上灰尘和发白的蛛丝，他用手背抖抖衣服，就如动物蜕去死皮。回到主卧室，他向妮娜走过去。“你睡着了没有！”她不答，他轻轻摇摇她。“你没睡着，我知道你没睡着。”她和他一样受折磨，躺在那儿就像等着动手术的病人，身体等着外科医生的削尖的解剖刀。塞缪尔靠着她坐下，一阵冲动，把她拉过来想要拥抱她，她拒绝了，推开他，睁开眼睛，毫无柔情地看着他，然后猛地推他，把他吓了一跳，她本人也吓了一跳。挑逗动物是危险的事，她知道，然而与他生活多年，她懂得制伏他，她学会了不与他正面冲突，不在他动怒的时候惹他；必须懂得绕过动物，别动它的患病部分，就如给一棵树剪枝，去掉该去的树枝，考虑未来。现在还不行，他不接受心理医生，也不接受现实，他正在失望。他脱去睡衣想要扑过来，她只是看着他就够了。他哀求，她却避开溜走。她跳下床，朝浴室走去，关了门，忘了他的存在。十分钟之后她穿上灰色外套，出门去了，只撂下一句话：我需要透透气。

她说的是真的，门砰地关上了，好像被大风刮的。门好像被弄坏了，塞缪尔也没起来看看，过去烦扰着他，塞米烦扰着他，妮娜的赌气还是次要的。塞缪尔想，不管怎样，门坏了就坏了吧，他坐在旧沙发上面，打开文件夹，看看里面的东西吧。一叠文件的上面是他的中学会考通过的文凭，文学专业的成绩是优，哲学作业的题目是《有了意识就能解脱吗?》，分数是18/20；三份学期成绩报告单，最后一个学期的成绩报告单上写着老师的鉴定：这位学生聪明，敏感。下面用大写字母写着不容置辩的结论：他会成功的。看到这儿，塞缪尔自问，他该发笑呢还是去找老师，——也许老师已去世，他要问老师，瞧瞧我，瞧瞧我成了什么样子，他甚至要责问老师，他的预言太不准了。他把成绩单放在一边，继续翻找其他文件。他看见几封他写给父母的信，从信封上的邮戳看得到当时他在莫斯，在夏令营里，夏令营是由法国的以色列童子军组织的。他在信里写"我爱你们"，"我想念你们"，——他都不记得以前有一天他会说这样的话。还有一些用过的地铁票；从卡夫卡的《给父亲的信》一书中撕下来的章节；希伯来文的犹太祈祷文的分册；视听磁带，带子已弄乱了，坏了；一对坏了的耳机，班级同学的照片，家庭照片。塞缪尔倒空文件夹，里面藏着一个有纸板书壳的黑袋，他终于找到报纸的剪报了，一共有5份，有些贴在A4复印纸上，其余是单张，所有剪报都有一个共同题目，白纸黑字写着：一位法律系学生企图在课堂上自杀。

后来的事呢?他不可能记起来了。他也许喝了酒，睡着了。醒来时，妮娜在他们的床上。他的文件不见了。她朝他笑，问他是否睡得好，重新洗牌发牌，他感觉到了，她不再反对他的做法。她本人也想参与这个游戏。她觉得好玩。她是否想测试一下，过了二十年，她的女性吸引力是否和从前一样？刺激她是否危险？塞米对她的爱情还有可能吗？还有可能再来一次吗？她向一位服装师借衣服；这位服装师负责完成商品单，而妮娜还经常给他们做模特；衣服裁剪简单，材料便宜，——都是些化学纤维，可是她喜欢，她只要挑挑，挑合适自己的身材的，式样最好的，——被商业领导层淘汰的，理由是它们不讨大多数人的喜欢。妮娜买了一大塑料袋，才几分钟时间就把它们放进里面。回到家，她把衣物放到客厅的桌子上，放下奥蒂斯·雷丁的旧流行唱片。“你准备好了吗？”他惊叹：“所有这些东西都是借来的？”她试穿了一条镶假花边的黑裙，一条红的，一条合身的绿色收紧腰身的，花了很久的时间。塞缪尔也脱了衣，嗬，穿上西装说“你看看我”。她又换衣，穿一条黑色紧身裙，就像加了一层皮。于是他们蜕皮换毛，看他们在镜子前面互相欣赏；他们风度翩翩，炫耀自己，神气活现，就不多描绘了。他们互相拍照，他们穿紧身衣，冷淡的情人，然后把捏造出来的成功画面存在电脑上，给他们的资料取名“我们”。

他们在因特网上有意暴露自己的材料，寻找了哄骗人的材料，在几个社会网站建立账号，以防塞米寻找他们的情况。

他们撒谎。

写上你在银行、出版社、电视频道工作。

你喜欢旅游，看电影，文学。

你有雄心，有朋友，有的是社会关系，证明你的影响。这是游戏。妮娜在网站屏幕上放上伪造的荣誉证明照片，一面读一面添上新资料，删除一些资料。最后她选了她的侧面照；眼睛涂了眼影，皮肤上了色。玩这样的游戏使她心神不定，也从中找到了乐趣。从今以后，他们有了重新创造的才能。

7

刺激太强了，塞米第一个打开埃丽莎·汉斯给他发的短讯，这位年轻的女人写道："你发来的照片好刺激啊。"然后立刻写道："我们找个地方会面。"他犹豫了一下才回答。他也很想见这个女人，他在离他工作地点几条街的大楼的最后一层租了间房，是那种单身汉住的一套小公寓房间，命人安排做了最低限度的装修。那是婚后一年，他明白自己绝不可能对妻子忠诚，最好还是找个地方搞他的地下情。他亲自找的这地方从谨慎出发，不冒风险，比起在旅馆开房出来被人当场抓奸好得多，也比在闹市找地方安全，闹市到处是耳目，还有竞争者雇佣的侦探。如有力气出门，对接待这个女人他考虑得也会很周全。将近凌晨两点，他喝得太多感觉有点疲累，但埃丽莎·汉斯纠缠不休，又发了一条短信，"你太刺激我了"。她是纽约最有影响力的女人之一，既然她一直保持着这样的欲望状态，又是送上门来的，不用他费力，像他这样的家伙自然求之不得，差不多要癫狂了。而且她是个多么诱人的女人啊！她看上去严肃，头发总是挽在头顶盘成发髻，或编成辫子挂在脑袋旁边；穿裁剪考究的西式裙套装，她喜欢暗色，黑的或海蓝色；好家庭出身的美国人，从不忘花一天时间亲自烹制感恩节的火鸡；从不抹口红，只许自己在身上洒由阿米什修会的妇女制的科隆香水；节日绝不会为了小事而不去教堂参加宗教祭礼，但她也不反感被律师界年轻的狼纠缠，他们每星期都到她的办公室希望能打动她的芳心；她还很喜欢名字难念的犹太人，她的父亲一再提醒她这些犹太人不是好东西。塞米让她等了几分钟才回短信，“亲亲，我来了”，然后他回到屋内穿上长裤，衬衣，鞋，悄悄地出了门。鲁斯正在睡觉，在催眠药的作用下她睡得很沉，他绝不用担心她会醒。他向车夫[①]要车的钥匙，把母亲发短信来的事忘得一干二净。

十分钟之后，他来到小公寓的门口，他把房间的地址告诉她了。女人很有耐心，穿细背带的小棉裙。他把她推进房内，吻她，解开她的头发，脱下她的裙子，抱起她——所有这些事只花了几分钟时间，他们在沙发上躺了一会儿，埃丽莎·汉斯点燃一根香烟，几缕潮湿的金发粘在脸上。塔阿向她转过身来，拿了她的香烟抽了几口又还给她。就在他骑在她身上动作的时候，她看见了他脖子上的伤疤。以前她从没注意过它，她正要用手指摸他的伤疤时，塞米有点粗暴地拨开她的手，“别动我！”他从沙发上站起来，开始穿衣服，神色出奇地阴沉。她坚持要看，问伤疤怎么来的，但他的答复就是叫她马上走。“你要我走了吗？可我刚来啊……我以为我们还要待一会儿呢。”“我累了，明天一早我还要工作，”他一面说，一面收拾房间里的物件。女人爬起来，用双手掩住乳房，他看到她不高兴了，想哭，穿上

① 名叫詹姆斯·里维，43岁，扑克赌徒，梦想中大彩以“改变生活”。

裙子站了起来。她站了一会儿，呆呆地站在房间中央，好像在等待什么。他还在非常细心地收拾整理房间，按照完美的格局把靠垫排齐，擦去矮桌子上的痕迹，捡起一顶无边软帽递给她，说："瞧，这是你的。"不是的，不是她的，她不戴帽子，它应该是另一个女人的，上次来的那个女人的。那个女人什么时候来的？几个钟头之前？昨天来的？女人发出酸溜溜的叫声；塔阿最讨厌女人吃醋，妻子吃醋还可以忍受，可是这个女人是他认识不久的，他又没向她许过什么诺言，没有。他走近她，把她的头发往耳朵后面一撩，保持一点距离地吻了吻她的脸颊，对她的身体、气味、几分钟前还令他发疯的一切表示冷淡。为什么要把感情和几分钟的事混在一起呢？无论是感情也好，几分钟的偷情也好，都不值得回忆。到了台阶上，她还问："你会打电话给我吗？""会的，会的。"他冷冷地答道。这也激怒了他。他淘汰掉那些缠他的、向他提问题的女人。她走后，他给房间通了通风，收拾完毕，也走出来。警车在夜里呼啸着，他一面抽烟一面走到他的 ASTON MARTIN 车前，坐在驾驶座上，以每小时 130 公里以上的速度奔驰，这时他才想起母亲一个小时前想和他联系。马路亮红灯时，他拿出电话，终于看到母亲留的短信："塞米，打电话给我，求求你，是有关你兄弟的事。"

8

他的母亲怎么可以写"你的兄弟"，他对这个兄弟一无所知，而且一点也不想加以了解。他不是他的“兄弟”，而是“半个兄弟”——他们的父亲不同，身份也不同，他不是他的什么人，他是个外人；他二十四岁，看上去十八岁，无论是外表还是精神；他还和母亲一起过日子，一个又高又瘦的人，威尼斯金发，蓝眼睛，欧洲人，和他一点不像，他是东方人。塞米像母亲，黑眼睛，棕色皮肤。曾经有人问她：“你是给人临时照看幼儿?”“不，我是他母亲。”而塞米必须回答：“这是我的兄弟——弗朗索瓦。”

塞米的父亲去世三年后，1982 年初，他的母亲怀孕了。孩子的父亲是谁，怎么怀上的，她没马上告诉他。她藏起她的大肚子，躲在暗处，在大街上呕吐。她常独自一人偷偷地哭。她穿宽大的衣服，加大号黑色披风的。她找借口说自己发胖是因为压力大，是因为吃了激素；她的脚肿胀笨重，一位女药剂师可怜她，给她长袜子让她把脚绷紧；她从天亮起就站着工作，雇主视若无睹或装看不见，他们不愿给她一天休息的时间，不让她有一个小时的停歇。然而产期快到了，她再也瞒不下去了，她也许会在人行道、公交车、地上生产，像条母狗似的。塞米在城里看见过这样的母狗，一条杂种狗，毛剃光了，身上带血，躲在垃圾堆后面，三四条湿淋淋的小狗紧靠着它，当时他八岁，吓得疯哭，后来他看见母狗孤零零地流浪街头；有人说道路清洁工一下子就把小狗扫进箕斗里去了，一面哈哈大笑，小狗全都完蛋了。塞米想，如果母亲不吐露真情，他的命运也会和小狗一样。他在母亲放内衣的抽屉里翻找，找到了她的有关怀孕的证明：生理分析，超声波检查。他多恼火，他拿着超声波检查的图像要她承认，她哭着低声说："是的，我怀孕了。" 然后以庄重的口气说："我现在只能告诉你这些。""这就是你能告诉我的了？" 在城里，在假正经的女人、宗教信仰者、伊斯兰运动拥护者的眼里，女人未婚先孕是耻辱，这样的人越来越多，都在围捕太现代化、不够隐藏、太自由的人。母亲的行为肯定有损名誉，他们必须设法脱身，而且要快。于是他们偷偷动身，没与任何人道别，像贼似的，大家肯定会议论很久。他们出了门，也不知道该去哪儿。她知道去那儿但不告诉他，去了再说。她只是说以后他们住在巴黎。——意思就是说他们要改变生活了，与这儿断绝了，"以后" 这两个字内容丰富得很呢。他们搭地铁，带着行李箱和塞得胀鼓鼓的 TATI 袋，袋子被磨损得千疮百孔，大包小包，走在路上惹来不少行人的目光——他们像流浪的吉卜赛人。娜维尔出门前准备了金枪鱼和柠檬馅的三明治，他们默默地吃着，每到一站就检查他们是否在 10 号线上。他们按轻铁快车的女人告诉他们的话，在巴黎的奥托尔门下车；那女人同情怜悯他们，看见他们对着地图恐慌得像在大森林迷路的孩子——也的确差不多如此了。他们在巴黎街头紧挨着走路，行李沉重得有如他们的苦难。行李下面又没有轮子，必须提着背着。娜维尔实在走不动了，她的肚子太大了。"就在这儿"，她指着一栋大楼，上面有大理石雕像的——多豪华啊！他从未见过这样的房子。他们就在这儿生活？大楼的对讲机上面只有房主们姓名的开头字母，说明都是些重要人物。来到大厅，塞米想她中大彩了还是怎么的？很快他就泄气了，大楼有电梯，但归私人使用，要有钥匙才能进入。塞米使劲按按钮，一个 60

岁左右的男人出现，冷冷地向他解释说他不能借钥匙。“必须是房主，必须付了电梯安装费，那些最后一次大会没投选票的只能徒步上楼了。”说完这些话，他就走进了电梯也不邀他们进去，并砰地关上电梯门。娜维尔示意儿子不要回话，向楼梯走去，每上一层，她就说还在上面呢。到了第六层，他们累得直喘气，满身大汗，嘴唇粘糊糊的，双手潮湿。看到“以后”要在那儿安家的地方，他们也没力气抱怨了，那是10平方米的保姆住房，屋顶的天窗就是采光的唯一来源，天花板很低，明显的房梁占了空间，他们低着脑袋进去，好像苦修修士——可是他们有什么罪要赎呢？塞米不说话，他要找厕所，他在又暗又窄的走廊的里面找到了它们——现在都什么时代了啊？土耳其式的厕所，积满污垢的珐琅盆，发出恶臭，门也没有插栓，关不严。塞米进去，拉下牛仔裤，两腿分开，眼睛盯着射出去的尿，小心不让它射在身上，弄脏了自己。他哭了起来，尿撒完了也哭完了，他回到房间，帮助母亲整理内务，很快收拾完毕，这就是小房间的优越处。母亲就在这么小的屋子里烹制母鸡和橄榄，庆祝他们平安到达巴黎。关了炉子十分钟，有人敲门，是两个租了隔壁房间的大学生[①]。娜维尔看见有人来了，很恐慌，向他们表示道歉，请他们原谅他们弄出了声响，发出了气味，她说我们不想打扰你们，不想在道歉中过日子。不，他们两个到这儿来不是责备母子俩的，他们是被香气吸引来的，他

---

① 他们叫达维·赛朗和保尔·德拉杜，23岁和24岁，皮埃尔——玛丽·居里大学五年级学生，前者梦想从事医疗事业，后者打算接父亲的班，继续开心脏病科医生诊所，住在巴黎第八区。

们从来没闻过这么香的气味。于是，她就邀请他们进来一起分享佳肴。后来这两个大学生经常来和他们一起吃晚饭，大家吃得很开心；天气暖和时，他们还带来了饮料、点心和好吃的东西。

塞米后来明白了，女佣房是母亲的老板弗朗索瓦·布吕纳的，他买下这房子给一位姑娘住，她教他的儿子们学英语和德语（他只供她膳宿而没有报酬）。他把房子买下来目的是投资不动产，因为这是唯一可靠的投资，或还有为了在这儿吻他的温文尔雅的女助手①，而不是在此安顿他的女佣、她和第一任丈夫生的儿子以及他和她生的儿子。塞米没有提出问题——离开他们原先的城区，说心里话正合他的心意，他报名进了萨依的约翰逊中学，犹太人的天主教学校。他很喜欢，很快就融入他们当中，好像他一直就是他们一伙的。他说他是沙特阿拉伯商人的儿子，来自迪巴伊，要在巴黎待两三年，不会再久了，然后回到那豪华旅馆般的家里，他家的房子有1000平方米，有仆人，有运动车，是的，这是梦，他创造的梦！但大家都信他说的话，他穿的衣服是他以低三倍的价钱向同学买的，这些学生被时尚所逼，厌倦了身上穿的衣服，他就把它们回收起来，用两个月的时间就穿得比美国男演员还要漂亮了。人家问他："你住哪儿？"塞米吹嘘说父亲娶了三个老婆，住在豪华大厦里太紧张了，——这样的解释逗乐了与他后来经常来往的人，大家心照不宣，看得很清楚，也不问他父亲在哪儿。他撒的谎，他提供了童话的前景，生活就像小说里的故事，他是小说里的主角，

① 名叫琳达·德隆，28岁，事实上名叫琳达·拉默，为改变命运改了她的姓。

他所拥有的全是他创造发明的。他具有躲避打击的本事，不管打击的力度有多大多强烈，连他本人都吃惊自己的这种能力。他具有这样的想象力，本来可以做作家，但在他 15 岁那年，他已经迷醉于金钱。他已获得的自由，不可能受制于艺术生涯，他预感到那会监禁他。他想，我一定会成功，哪怕建立在用各种零碎片拼凑的故事的基础上。看看他的母亲，她小小的身躯在婴儿的重压下弯着，在这间小房间里忙忙碌碌。他发誓终有一天他要把一切都赠给母亲。

她感觉到第一阵宫缩的晚上，他正和她紧挤在电视机前面。将近半夜十二点了，她告诉他是时候了——但运气不好，医科大学生刚好值班，找不到他们。于是他们赶紧卷了一件夹克衫，来到大街上，像歹徒似的沿着墙根走。天黑，母亲越来越费劲地呼吸着，几乎是在喘气，他们向地铁口走去，突然在楼梯中间，她倒下了。塞米联想到那条小母狗，他怕她会死，害怕剩下自己孤零零的一个人，一个人待在那个家里。他一下子像疯了似的，一股子苦胆汁涌了上来，他大喊："帮帮我们吧！"行人跑过来了，五分钟之后，救护车来了；他的母亲被运到担架上，宫缩越来越强烈，她忘了这剧烈的痛楚，好像有人在她肚子里揍她，用又沉重又大块的东西揍她，要把她打死。几分钟之后，在两位消防队员[①]的面前。她在救护车里生产了，救护

---

① 他们的名字是费里德里克·杜本和路易·米拿，35 岁，登记的名字是约翰·列维和本·科比。

车的汽笛声压住了她的叫喊。她羞愧难当，哭了起来。他们说，你生了个男孩。她不知道，也不想知道；她本来梦想有男孩。消防队员问是否该通知什么人来，然后说是否该通知孩子他爸来，但她摇头，说她本人会打电话通知他。几分钟之后等她感觉好点了，等她有力气了，她心里想：等我能忍受他的冷淡时再说。

她的老板名叫弗朗索瓦·布鲁内，很瘦的一个男人，高个子，干巴巴的，金发，白皮肤，老爱穿白衬衣黑色西装，白衬衣的袖口翻边上装饰着贝壳纽扣，海蓝色领带，有时红色，这是他唯一允许自己略显夸张之处。他的行为举止斯文，故作风雅，好像颇懂艺术、音乐、文学，颇有文化似的。他是一个实干的男人，也讲道德修养，你观察他之后就会信任他，甚至会把你的银行卡的号码告诉他，你单独和他相遇于黑暗的死胡同里你也会觉得安全。你看不出他的捕食性的一面，你看不出他的暴力，你看不出他一丝不苟的衣着遮盖下的风流色情。他和他的妻子一起生活，他的妻子高大，一头红棕色头发，出身于波尔多的贵族家庭，他们有三个孩子，住在弗莱堡广场的漂亮套房里，在古典音乐唱片和书当中，巴赫是他最爱，他热爱他们的歌和当代艺术图画。他对大家都以您相称，包括他的亲戚。他厌恶不拘礼节，但不讨厌在爱情中被辱骂。

70年代末的一天，娜维尔走进他家进行招工面谈。他马上在四名求职者中注意到了她。她具有东方人种的魅力，虽然穿着她自己裁剪的太宽的裙子，却看得出里面身材的丰满，这就刺激了他。对他的要求她总是回答“是的，先生”，“好的，先生”。他雇她进了 CDL，私下里希望她归他所有。就在她跨进门槛那刻起他就想拥有她。至于他的妻子，看到娜维尔和另外几名求职者，妻子的结论就是：“我宁愿雇另外一名罗马尼亚人或波兰人，她们比阿拉伯人干净，行事也小心，可是随你的意吧。”他想要的是她。他向她提问题，装做对她关心的样子，关心她的爱好。有天晚上，他要求她到他的办公室找他，娜维尔应当拒绝的，她害怕，但她还是去了。

他好色淫荡，是调戏妇女的老手。她已经给他家做了几个小时的家务，他把她拉到他的办公室这间特别的客厅里——这客厅既接待记者、同事，也接待女人。他对她甜言蜜语，像翻转动物一样把她翻转过来，像野兽闻猎物一样闻她的身体。娜维尔，我喜欢你，我太喜欢你了。他不停地说，跪在她的面前，把手伸进她的小黑裙下面，脱下她的短裤，要求她不要把他要干的事告诉别人。他说，你就和我做吧。她不动。他说，摸我这里，摸我那里。她乖乖地听从了，乖乖地摸了。她的态度显得很暧昧，她让他动自己是因为她愿意，她觉得和他在一起很自由。头一回，她愿意满足一个男人的欲望。这个男人看得起她，她爱他，她听他的，她乖乖地听他的话。她的温柔驯顺打动了像他这样的男人的心，他素来和女强人、女权主义者、搞政治的女人打交道，为了回击他的每一次攻击，她们总是处于戒备状态。他想，我是个有影响力的政治人物，我怎能跪倒在阿拉伯女人的脚下？他觉得自己丢脸，但他喜欢这样做。他是冲动的囚犯，这个黑皮肤女人使他疯狂，使他昏了头，失去了尊严，失去了平静。他知道他失控了，但很开心。这个受天主教格言教育长大的男人，按资产阶级的精神，他是不该放任自流的，有些事是不能做的，但他明知故犯。现在她成了他的东方之花，道德成了陈词滥调！他憎恶刺激他性欲的人或物，但他克制不了自己，欲望压倒了他，控制了他的身心。他不能想别的事情。他可以失去他的工作，为了与女佣的五分钟的欢娱他可以做一切事情。啊，他认为捆扎家禽算不上什么大事，最多也就是捆扎家禽而已，他怨恨自己做了这样的事，把自己变成没有意志的软蛋，这个黑皮肤的小女人扰乱了他有规律的平静生活，他也有些惊慌。

唯一能使他心境平和的事就是打猎。遇到她三年之前，他在巴黎十六区的射击俱乐部报了名，在那儿，头盔压在耳朵上，精神集中在他的目标上，他得到彻底的放松。就在这个时候他开始在非洲旅行，打猛兽，他喜欢血的颜色，血的气味。——对于这位伟大的痛苦死亡的对手而言，血有着说不清的意义。他喜欢对比，大自然的纯净——万里无垠的天空，色泽冰冷的绚烂的风景，与动物的骨架，血肉模糊的动物尸骨，袒露的肚肠，沾着血的皮毛的对比。他喜欢死亡的场面，由他造成的死亡。尤其喜欢打完猎后与女人做爱，和温暖的躯体接触的感觉，就像和被太阳晒暖的土地上的动物躯体接触一样；女人和猎物都不说话，任他摆布。有一次，双手还沾着血他就拉女人做爱。他有时会有这类疯狂的举动，从中体会快感。去非洲旅行，他或单独出行，或与一个朋友同行。一般情况下，他毫不费力就把女人拉到旅馆的房间里；他有他的关系网，有尊重他的地位和谨慎的人。

遇到娜维尔之后，他对女人的痴情劲儿又发作了。越是看她，他就越想要她。她成了他的情人，但私通不久，他就明白他要与她一刀两断，但不知道该怎样和她了断关系。当她告诉他已怀孕，他要求她流产。开始时好言相劝，后来态度变得强硬，并加以恐吓。他答应付所有的费用，甚至付赔偿金——这是他使用的词句——赔偿她遭受的损害。她却不听他的，她认为自己是成年人，做事要负责任，她爱孩子的父亲，所以要留住孩子。多年来她以为她不会再生育，现在“上帝给了她一个孩子”。老板明白没办法说服她，就给她另找了一份工作，到蒙托哥尔街的洗衣店——他担心妻子怀疑，不能把她留在身边。娜维尔同意了，签了一份他写的名为“解聘书”的文件，她以为她和布鲁内会在塞纳河右岸的漂亮房间里重新生活，事实却并非如此，她又重新干起搓洗油迹、咖啡迹、血迹、精液、脂肪等所有揭秘私生活的发臭的脏东西的活儿，这生活和她的梦想完全颠倒。这就是现实。她在洗衣店每天工作十小时，验收衣服，给衣服编号，标明任务的性质，挑选颜色，挑选材料，刷布料，刮擦干净衣服上的泥巴，把要洗的衣服放进洗衣机里，洗好后从机器里拿出来，检查布料，搓，搓，用蒸汽熨，再检查，然后用罩布罩起来，这就是她每天干的活。洗好衣，她埋头在干洗机里，吸有毒的蒸气，唯一能支撑她的是肚子里长大的孩子，她几乎没有和老板来往，直到孩子出生这一天。

在医院里，她看孩子看了好几个小时，数过他的手指，检查了他的四肢是否健全，才打电话给布鲁内。“你的儿子出生了。”她的声音微弱，说明她身体虚弱、疲累、矛盾和孤独。他不出声，两人沉默，然后他才平静地通知她中午会去看她们娘俩。下午两点钟，他闯进房间，手里拿着一只淡蓝色的长毛绒玩具狗，这是他在野草大道一间最漂亮的玩具商店买的，他对她没有一点温柔动作，却走近孩子，慢慢地把他抱起来，手托着孩子的脖子，动作熟练得好像抱过几千次了。他看着孩子，心里一动：孩子正是他的翻版，白皮肤，明亮的眼睛，一头金发。和他一样。他原以为孩子会像他妈，黑皮肤，又黑又大的眼睛，（他想孩子会是阿拉伯人的长相），他一下子放松了，孩子是个白人，金发，和他一样。他可以爱他，他问她：“你准备怎么称呼他？”她看着他，然后回答说：“弗朗索瓦。”他“啊！”了一声，就这样吧，他不反对。他知道他不能养这个名字和他一样的孩子，他必须摆脱他，不能按他的意愿称呼他。她愿意怎么叫他就怎么叫他吧，他不能认这个孩子。第二天早上，他最后一次来对娜维尔说，他已经结了账，付了她的住院费用了，在她的银行账号上给了她两年的工资，“算是给孩子的费用”；她本来可以向他要三四年的工钱及那间保姆房，他本来也应给她的。他不想闹绯闻，但她没有提出任何要求，她不做声。他看了她很长时间，有点感动，他还爱她，他知道这点，然而他却冷冷地对她说，他再不希望见到他们。他失去的东西太多了，他平静的婚姻，他的孩子们，他的政治生涯，他付出无数代价耐心得到的一切。

塞米由两个大学生陪同着，臂下夹着礼物赶到医院来的时候，老板还在医院的病房里，他向他们打了招呼，向娜维尔道别就出去了。他有时过来看他们，但自从他认识一位年轻的RPR女战士[1]，并立即爱上她之后，他就不再来看望母子了。两年之后，他要求娜维尔离开他给她准备的房间。他不承认他要收回这些房间用来安置他的新情妇，新情妇也是已婚女人，他对娜维尔解释说，他要卖掉他的产业，会继续给她和孩子一笔补贴。娜维尔拒绝了，但她没有地方可去，也没钱，还是他，“又一次”通过朋友给她在塞伏朗找了间F3房间。在几周的时间里，一切都得到了解决。弗朗索瓦·布鲁内请一家公司翻新他的房间，两个月之后，他再没来看娜维尔和他的儿子。

塞米从不接近他的这个兄弟，兄弟长得一点也不像他，他对这个兄弟有点不信任。塞米是父母勉强结合生出来的；父母的结合是由他们的父母包办的，也许带有强迫的成分。而兄弟就不同了，他是父母爱情的结晶，父母通奸的结果，非法爱情的果子。他是东方人，而兄弟是西方人。他知道这个，一看就明白。这使他气疯了，嫉妒极了，因此，他无法忍受母亲写的“你的兄弟”。他们之间有血缘关系？那是假想。家庭是由他选择的。友谊、知识的关系、性关系，这些组成人的关系。不是家庭建设，不是完美的家谱的幻觉。

然而他还是打电话给母亲；这是我的母亲啊，他想，他有点不好意思。他刚刚庆祝他的生日却没有想到邀请母亲作客。

---

① 她的名字叫玛农，28岁，两个孩子的母亲，梦想一个强大的法国，梦想人口众多的家庭。

这也是不可能的事，她对他在纽约的生活一无所知；他很早就明白，甚至在落入犹太籍谎言的陷阱之前，是的，他开始读书时，也许甚至当他住在十六区的时候，他就明白他的母亲会成为成功的障碍。出身不光彩，他尽可能躲避它，他从不邀请任何人到他家，要求他的母亲在他下课的时候绝不要来找他。

他一面拨打母亲的电话，一面觉得自己有罪。她马上就回话了，电话铃刚响她就回话了，他想象她一定守着电话机等他这个流落他乡的儿子的电话。“啊，塞米，我的儿子，你终于来电话了。”听到她响亮的嗓音，她的阿拉伯口音，他被感动了。他问道：“妈，出了什么事吗？”他的声音有点不快和气恼，他宁可不再和她说话，与她中断联系，但他做不到，他控制不住自己。他还是爱他母亲的，他佩服她的勇敢，她的坚韧，他尊重她——他为她痛苦，她一辈子都在做家务——什么时候才结束她的痛苦？“是你的兄弟，我觉得他变坏了……”听到母亲说的话，塞米马上命她住嘴。他知道可能有人在偷听他们的对话；作为负有重要敏感文件的律师，他为人小心谨慎。然后他安慰她：“别担心，一切都会安排妥当的。我和他谈谈。”她马上就放下心来，觉得有两个儿子在，她可以安心了。她突然充满热情地说：“我的儿子，我等你，我想见你，你那么远，我非常想念你。你一直都好吗？没有未婚妻吗？”“没有，妈妈，我没有未婚妻。我很忙。”“你很快就过生日了，我忘了，生日快乐！”“谢谢，妈妈，不久见。”他挂上电话，赶紧回家，把车钥匙留给司机。在大楼的大厅里，想起晚上的事，他的妻子，想起埃丽莎·汉斯的潮湿的身体他突然觉得一阵恶心。他尤其想起他两年没见的兄弟，他从来没和兄弟谈话。他突然觉得不舒服，有东西涌上来，身体抖了一下，往地上呕吐起来。看门人看着他，问他是否不舒服。他感觉透不过气来，弯下身子，一只手摸着肚子，使劲呼吸，吸气，呼气。他脚下的地被脏物污染了，发出持久不散的气味。然后他立起身，吸了一口新鲜空气，一面说他好多了，快步向电梯走去，也没看看门人一眼；一面想，他真的有运气，不需要打扫自己吐出来的脏物。

9

要求妮娜联系塞米的那天，塞缪尔上班去了，好像没有什么东西扰乱了他的平静。其实他知道他在冒险，他知道他会失去什么，但在这二十年间，没有一天我不是想到她选择我是被迫的，是因为我的讹诈和威胁，我想看看，我想知道，今天她是否仍然选择我，还要我。这就是他进入办公室时所想到的；办公室里有个哭哭啼啼的、消沉的女人在椅子上缩成一团等着他。他的生活就是这个，暴力。他的生活就是十平方米的地方，还有没有预约或预约了的人们。他们走进来，说你好，我的丈夫打我，我的儿子打我，我没有证件，我女儿怀孕了，我儿子被监禁，有人侮辱我，有人强奸我，有人偷我的东西，我流落街头，我快要流落街头了，我害怕流落街头，我没钱养活我的孩子，我两天才吃了一天的饭，我（男的）孤独，我（女的）孤独，我守寡，我老了，我没有孩子，我有十个孩子，我快饿死了，我饿，帮帮我吧，帮帮我们吧。求救的人们。每一次他都知道怎么做，他有解决的办法，他和人联系；他喜欢这份工作，他喜欢和他们在一起，听他们诉苦，和他们谈话，安慰他们，向他们做解释，打电话，东奔西跑，找地址，找联系人，要求社团帮助。他的生活就是帮助别人，他喜欢这样的工作，他觉得自己有用，他觉得做这些事提高了自己的价值，提高了他的品位。但那天早上，他满脑子全是塔阿，只要想到他他就头疼，那一天，他没工作，待在他的办公室里，把脸埋在双手里，等着妮娜的电话。一天过完了，他没有她的消息。下午五点钟左右回到家，他看见她躺在床上，正在看一本杂志，他走过去，拥抱她，问她是否打电话给塞米了。“打了”，她说，“但他不在，他的秘书说他会回电话给我的。”“就这样？”“是呀，就这样。”“那你今天干什么了？”“啊，我没有干什么呀。”但他从她不安的目光中看出，她整天都在等塞米的电话。

10

妮娜·罗什打电话来了。塞米以为他在做梦。他必须看三遍才确信是真的。他没有做梦，她的名字写在纸上是同名者吗？他一下子跳了起来，箭一般冲出办公室，冲向他的秘书，想了解情况。“她几点钟打来的电话？她说了什么特别的话吗？”“没有，什么也没说。”他发抖了，他快要晕倒了，崩溃了——他激动万分。

有人和他开玩笑吧，不可能是她——不可能。二十年没有她的消息了。他回到他的办公室，坐下来，脑袋埋在双手里，独自一人笑着。我真不敢相信。然后他确信是的，电话是她打来的。她想见他，这是肯定的，二十年之后她后悔了，他呢？分别了这么多年，我想见她吗？看看她过了二十年后什么样？变了没有？为什么是现在？他发抖，他心神不定，他想立刻和她谈话，出于好奇，听听她的声音。突然他想起他撒了谎，在这儿他不是塞米·塔阿，她不应该知道他的生活，他不能再见她——太冒险了。被她抛弃二十年后面对她，他该怎样反应？他没有打电话给她，虽然想得要死，他一直想念她。然而，他想起巴黎现在是将近凌晨一点，他确信他应当马上打电话给她，要不永远不再打。这感觉太强烈，他受不了，他想他不应当再联系她，他感觉到了，他明白，你会摧毁你的生活的，你的生活已经安排好了，又平静又稳妥。然而，他还是以掩盖不住激动的声音要求秘书："打电话给妮娜·罗什，把她的电话转到我的办公室来。"

他坐在他的那张大黑皮沙发里，一只手拿着电话机，准备答话。他的心贴着胸膛，突然，电话铃响了，他听见秘书的声音，"我把罗什小姐的电话转给你"，行了，是妮娜的声音，他分得清她的声音，热情的、沙哑的声音，严肃的，这声音使他发疯，他最想听到的就是她的声音。"我很抱歉这么晚惊动你，你还没睡吧？""没有，没有，绝对没睡。生日快乐，我记得你的生日。""过了几十年还记得？""昨天我无意中在电视上看见你了……"

你还记得我。

他们谈了很久。电话的那一头，塞缪尔听着他们的谈话，不安，紧张，他突然明白，他这是玩自杀。他叫她打电话给塞米，那是疯子的作为。他听着他们讨论，交换了几句话，许诺再见面，她玩她的游戏，玩得很精彩，她把感情、精力都搭进去了。他很快就战败了，他不安，向妮娜做了个手势，叫她结束谈话，长话短说。她眨眨眼皮，举起手，等等，她还要说话。她笑，笑得灿烂，说明她和塞米谈得开心，很高兴和他重逢。——这真是可怕——，几秒钟之后，她终于挂上电话；你不是要我和他通电话吗，你得偿所愿了。他们装作很满意的样子，你该高兴了吧，去找酒喝呀，应该为这事庆祝一番啊。当妮娜站起来，他仰视她高大的、雕像般优美的身材，仙女般的躯体，他控制不住自己了，他抓住她的手臂，猛地把她拉过来拥抱她，那意思就是，他拥有她，“你是属于我的，你是我的”。他确信他们的冲突会因他的性权力的获得而消散，好斗性好像煽起情欲的弹簧，敌意好像欲望的燃料。他们只找到这个办法维持他们的关系。本来她应该推开他，但她任他为所欲为，她不反抗。这种突然的顺从，这种料想不到的心平气和，是最可怕的冷漠的表现。

11

他没料想能重见她，有一天能与她重逢。这次的电话给他的震动很大，他一门心思就想着这事（光是她的名字就足以造成爱的幻觉，色情的幻觉）。现在他希望能对她说，我非常思念你，我常常想念你，你现在对于我来说还是非常重要的人，我爱过你，我喜欢和你做爱，我最想做的事就是和你在一起。他突然非常想念她，想听见她的声音，他强烈地感觉到她不在身边，这种自然的性的吸引力，没有诱惑要求的努力，没有计谋，这种自然产生的强烈激情，只有和她在一起才有。这是特殊的例外的感情，现在他知道了，这就足以让他展开猛烈追求，足以使他坚持不懈。我很想见到你。他想要她，他老想着这事。他要穷追猛打地得到她；她也许被追得累了而让步，那也不要紧。我真的很想很想见你，这个念头缠住他，占了他的全部思想，以至满脑子都是幻觉，色情画面。他觉得今后他很难集中精神到别的事情上去了——到工作上去，到家庭生活上去，到政治上去。

一切对我而言都无关紧要了。

鲁斯满脑子都是资产阶级的道德主义。她俗，也关心俗套。她的忠贞忠诚几乎到了可厌的地步，你期望她是怎样的人她就是怎样的人。在她身边，他从来就没有充分表现自己的感觉。他只是一个她的男性典型的完美代表，能干的律师，好父亲，一丝不苟的犹太人，被妻子热爱的好丈夫，亲切殷勤的好女婿——这些生活中的角色他总是以靠不住的热情去扮演去完成，他好像在扮演这类男人中找到了无意识的快乐——大家都说他拥有一切，她本人也说他是个完美男人。他可以编造他的经历，那绝对不是他的亲身经历，他扮演的这个男人就如一个作家创造的双面人，然而和妮娜在一起，他又做回原来的那个他，回到原文，回到重要部分，回到他的东方风格，——他缺少这种自发性，这自发性他只能在短暂的探访母亲的过程中重新找到。

从第二天起，他开始给妮娜发挑逗性的短信。他很明白，他想要她，他一直想要她，他要向她证明这一点；下个星期一他搭八点十分的航班到巴黎。妮娜没有把塞米发来的短信拿给塞缪尔看，她把它们删掉了，她知道他的短信扰乱了她的心，他向来就是个说到做到、不达目的不罢休的人。可那又怎样？妮娜属于这类女人：被动，保守，在退缩中找到一种欲望放大器；如果他要她，他就来找她呗，来要她呗。只是此时他向她提了一个问题，令她不得安宁的问题：你现在和哪个男人一起生活？

当他听到“塞缪尔”的名字时，他感觉他四周的一切都在解体；他觉得自己很脆弱，现在变得更虚弱了。对于他这个把控制力、雄性感觉当作力量的人，这是种痛苦，说明他没有把过去那段历史一笔勾销。他输了，他感觉到了这个，他沉没了。他忘了这难以忍受的痛苦了，再也控制不住激动的、绝望徒劳的无法理智的愿望，他很快明白已经完了，太晚了，他又陷入情网了，而且陷得很深。“你和他在一起？”他以讥讽的口吻提出这个伤心的问题，她回答说：“是呀，是呀，你觉得奇怪吗？”他犹豫了一下：“不，不真觉得奇怪。你现在很幸福啰。”他听见她在电话那头笑，他差点没疯了。“你们有孩子了吗？”“没有。”听到这个他放心了。如果她有孩子，他也许不会如此坚持要见她了。总的来说，他避免和有孩子的女人纠缠，母性使她们很难召之即来，她们绝不可能真的为他献身，她们的一部分好像都放在孩子身上了，（有些女人身上还沾有孩子的香水味，如科隆香水，使得他和她们私会时兴趣大减）。而且他不能忍受这个念头：有一天遇到妮娜和塞缪尔的孩子，他会想，他们本来应该是我和妮娜生的。）

他想知道塞缪尔是否知道他的电话。知道，知道，你上电视那天他正和我在一起。（他满意地想：那么他看见我了。）

她挑这个时候对他说，她看了时代杂志上登的他的肖像了。电话另一头一阵沉默。她猜到点什么，但他马上回答她说，他会亲口告诉她这件事的。她又问他："你以为我想见你吗？"他过了几秒钟才用控制好的声音回答："你当然想见我，我也想见你。"

12

塞米在飞机上安顿下来，戴上耳机。他正在犹豫，听冈城兄弟拍的、美国男演员乔什·布洛林[①]演的影片《老无所依》呢，还是另一部法国制片人恩里克·罗桑[②]的影片《没有怜悯的世界》，最后他挑了第二部。但毫无办法，他正是想着她。快

---

① 他演了三十多部影片，一位法国记者问他是否从未考虑过放弃电影，他回答说，很多人对我说，成功是紧迫的，十年之后我将回答：啊！住口吧！

② 有天赋的、雄心勃勃的电影编导，他在私人信件中写道：我们的世界是估价的世界，失败是可怕的，但成功是无耻的。

要见到她的时候，他不想和她谈什么，就希望她在面前，在候客牌前等着他，他要把她搂到怀里，拥抱她，把她拉进最近的旅馆，和她做爱——何必把事情复杂化呢？但在机场，他没见到别的人，只见到了旅馆给他派来的司机[①]，一个小个子秃头的家伙，还患有头癣，手里拿着广告牌，上面用大写写着他的名字：塞姆·塔阿。

① 名叫阿尔费列多·多·桑托，45岁，做了十年司机，他过着非常不同的生活，生活在法国或葡萄牙。

第二部分　旧爱重逢：重温旧梦

可是只要一想到重逢妮娜，不错，他怯场了；本来他不是那类见了女人就心跳加速，发抖，口吃的人。但在她的面前他一筹莫展。他的自信去哪儿啦？他的傲慢去哪儿啦？他极力克制着，他真的颤抖了，他摸着脉搏，脉搏有力地跳着，怦怦怦地跳，蜿蜒在前臂上的蓝色静脉也在跳，他不安，他在镜子里仔细端详自己，好像他在盘点似的。

1

塞缪尔也有他的成功，那就是得到了她。你看看她，多迷人；一袭镶黑花边的裙袍，长发披肩，香肩微露。她是塞缪尔人生中得到的最好的东西。塞米非常清楚这个事实，他也看得很明白，二十年过去了，她一直和塞缪尔在一起，岁月并未消蚀她的青春，她和从前一样秀色可餐，这情景真叫他吃惊，塞米的傲气有点受挫。她虽然不富，但懂得怎样保持她的美貌——她是勤俭持家的巧妇。每天，商店开门或到午餐的时候，店内人头涌动，被游客挤得水泄不通。香气熏人的女售货员蝴蝶般在柜台间挥动芬芳的白纸薄片，妮娜就到名牌香水店，利用柜台上备下的试用化妆品：抗皱油，眼影，乳液，粉底，眼霜，香水，——她专挑最贵的产品向售货员要样品，借口她要试过才买，这样一来，这些年她没花一文钱，却保养了她的肌肤，身上喷洒了最贵的香水。为了护发，她常去理发学校，让学生们给她做最时尚的发型，有时她到小教堂门旁边的非洲理发师那儿，用几个欧元叫他们给她辫头发——发辫王冠般盘在脑袋上，使她添了几分公主般的贵气。

塞米约他们在酒吧会面，到了酒吧他就打电话给妮娜。她通知他说快到了，的确，和塞缪尔一道来，毋庸置疑。

妮娜和塞缪尔搭巴士，然后换轻轨。这一对俊男靓女颇吸引行人的眼球，有人甚至向他们吹口哨，问他们："你们去参加戛纳电影节吗?"他们笑了。妮娜举步艰难，她脚下的高跟鞋跟高十厘米，又高又尖，她把塞缪尔抓得紧紧的，身板挺得笔直。"你必须引人注目"，"你的头发就该梳成现在这发型"，她花了一个多钟头梳理她的头发，然后到指甲修剪师那儿修指甲，把指甲涂得鲜红。"我不过稍稍化妆一下而已"，"弄年轻一点"，"没别的用意"。"她不是妓女"，他把她搂在怀里，想道，她是我的女人。这就是不正常的占有欲。他的占有欲有点稚气，有点感人。妮娜就如战利品，她是他消除颓废感的最好人选——他在社会中的地位是由她决定的，他必须感谢她，没有她他就一文不值，和她度过的这些年使他坚信这点。她走了，我就死了；她走了，我就自杀。他明白这个，他也这样说，然而他正冒着失去她的风险，把这样的念头亮出来，有如玩火，他在试探她，用的是自杀式试探方法。

到达圣奥诺雷街的时候，为时尚早，妮娜建议逛逛商场，进商店看看，什么也不买，就为了享受被接待、被尊敬的快乐，让人看见他和她在一起的快乐。他叫她在一家高级品店铺试一条袒胸露臂的裙子，在售货员疑惑的目光下亲自把衣服送到试衣间，并对售货员[①]说：行了。售货员走开，他走进试衣间，妮娜身上只穿着内衣，她大叫，“你疯了，会让人看见你的”；他就是想让人看见，他掀起门帘，拥抱她；“你疯了”，“不错，我为你发狂。”

2

塞米在电视里、在法庭上和女人、显贵、名人、法官打交道并不怯场。他不是轻易显露感情的人，在多年的辩护辩论和仲裁生涯中得到极大的锻炼。可是只要一想到重逢妮娜，是的，他怯场了；本来他不是那类见了女人就心跳加速、发抖、口吃的人，但在她的面前他一筹莫展。他的自信去哪儿啦？他的傲慢去哪儿啦？他极力克制着，但真的颤抖了，他摸着脉搏，脉搏有力地跳着，怦怦怦地跳，蜿蜒在前臂上的蓝色静脉也在跳。他不安，他在镜子里仔细端详自己，好像在盘点似的。他换了三四次衣服——衬衣太紧，领子没熨直，颜色太暗——他订了一瓶威士忌，在房间里耐心等着；他把电视机开了又关了，坐下又站起来，最后又拿过他的电脑来，打上塞缪尔和妮娜的名字，在网络上查询他们的信息，他们除了在社会网上登了记，没有别的资料，这下他放心了；他们的账号没受保护，按了几

① 售货员叫卡蒂·第阿罗，34岁，非洲外交官的女儿，曾在迪奥时装店做过模特，然后到苏丹执行一项人道主义任务，三年后回到法国，在这间店铺找到非全日售货员工作。她雄心勃勃，一门心思要做店主。

下鼠标，他就打开了他们的照片栏，照片才十多张，但他看到了他们的爱情、和谐、幸福，这使他反感。妮娜还是那么漂亮，风韵不减当年，塞缪尔在她身旁，影子似的。他啪地一下关掉电脑。他看不得他们在一起，不想再看下去，于是到旅馆的酒吧去了。他打了几个电话，想把他们从他的脑子里赶出去，离约会时间还有五分钟，他才终于决定下去，现在是较量的时候了。他出了门，猛地关上房门，（冷静点），他走得很快，但在通往电梯的走廊上，他看见背影很像妮娜的女人①，他更加激动了。

3

他马上就看见他们了。看那儿，大厅里面，他就在那儿，晒黑的皮肤，头发抹了太多的蜡，他坐在绒沙发里，手里拿着电话，报纸摆在前面。他们知道他们迟到了，着急着赶来。他们向他走过来，看出他心神不宁；塞米也看着他们，上上下下地打量他们，（妮娜比照片上还要漂亮，风韵更胜二十年前，真是不可思议。塞缪尔变了，老了；塞米想，我比他好得多）。他们俩站着，塞米坐在软沙发里，看上去矮了，都快碰到地面了——他不懂得留住这个女人，这是他人生的失败。“你就瞧瞧我们吧！她为了我离开你，瞧瞧我们，你就痛苦去吧。”塞米估计塞缪尔此时的得意，他的心快被撕裂了，他的心在胸膛里七

① 她是玛丽娅·米罗兹，有关她的生活，以下的篇幅会作介绍。

上八下如同打鼓，他抑制不住身体的颤抖，身体就像被疯子、孩子、恶棍遥控的机器，快要坠毁倒下。二十年过去，但时间没有减轻他对妮娜的欲望，他的身体摇晃着，流露出内心的情感，他爱过、生活过、拥有过，然而现在他却在发抖，大地也在抖，大地裂开了，解体了。他本来想做个深情的动作，说句幽默风趣的话，做出久别重逢的惊喜，比如“晚安，你变了”，“哪的话”，“是的是的”；喝口酒，笑一笑，眨眨眼，装出自然亲切的样子，装出内心丝毫不受干扰的样子，摆出自信傲慢的神气。他原来想象他们的重逢是平淡的，他的心境也会是平静的，没有冲突，没有苦恼，分别多年，重逢应当快乐欢喜，按理应当怀念过去；他没料到他来到他们面前时，恐慌就袭击了他，他不应当太自信，应当闭门不出，自我保护，如今他的内心翻腾不宁，他被摧毁了，他的心碎了，他吸气，使劲吸气，但情绪激动难安，几乎控制不住自己。他伸出颤抖的微湿的手，这比说话更暴露他内心的不安。塞缪尔推开他的手，亲热地拥抱他——而塞米正在恨他，怀着复杂的心情恨他，自打他们同时爱上妮娜，他们就是情敌。塞米突然生出一个孩子气的念头：总有一天他要把妮娜重新夺回来。

他们坐了下来。看着他们在一起，相亲相爱、笑眯眯的很幸福，塞米很受罪；坐在他们对面，看着他们互相抚摸拥抱也受罪；听他们讲述他们的成就也是受罪；她就在身边却不能碰也是受罪；坐在宾馆的酒吧、周围一群酒客也是受罪——他只想单独和妮娜待在房间里亲热；看到他们在他面前炫耀幸福，想到自己一团糟的私生活，也是受罪——幸福就像他没钱供养的妓女。

塞米仔细端详研究他们两人的衣着打扮，存心找茬。这一看，他顿时恍然大悟，他不必上网查他们的底细了。他看见了，明白了：瞧塞缪尔穿的什么服装啊，裁剪马虎，不合身，太宽，穿在塞缪尔身上就像扇子那样晃荡着；他穿的是什么假皮鞋啊，塑料鞋底，价目标签还没扯掉呢，塞缪尔也许赚了钱，他也许事业有成，但他仍是个乡巴佬。闪光的不一定是金子，这玩艺闪光耀眼，可不细腻，不是精工制作的，他从头到脚地打量塞缪尔——我们来做个比较吧，这就是较量，决斗，追求同一个姑娘的两个男人你瞪着我，我瞪着你，互相评判互相打量，分析，辩论，这就像决斗、战斗。气氛多紧张！她就在眼前，她的出现刺激了他们，这是性的紧张，她在哪儿他们就在哪儿激动，这样的现象很少见，不仅仅因为她美貌，光在这旅馆的酒吧里，美女如云：穿着千金购得的裙袍，身材完美有如模子里倒出来的，容貌俊俏有如雕刻出来的，顾盼生辉光彩照人倾国倾城的；性感十足、可远观不可亵玩的美女你也可找到，不光她一人；她并非特别神秘或矜持，而是她身上具备什么秘而不宣的东西，男人见了她只有一个念头：了解她到底藏了什么东西，这样的女子到了床上会是什么滋味？是不是她比别的女人更含蓄更保守？在床上她能松弛吗？塞米知道这一点，她是炸药，你必须是扫雷员，超保护，懂克制，别指望回来能毫发无损，你果真做到了，你就会发现，像她那样的女子你绝不能真正拥有她，被她所爱。

塞米大吃一惊，他没料到情况会这样。塞缪尔来者不善，一副挑衅的神气，他和她出现在他面前，你看看我们吧，他要塞米知道他们的幸福，而塞米已习惯于成为焦点，他受不了。他不能忍受，她宁可跟塞缪尔这个窝囊废、穷困潦倒的家伙：他不懂得穿衣，说话声音也太响，他的指甲脏，手上满是老茧，身上居然没有洒香水，而塞米为了到社会上演说，香水是要挑选的。妮娜话说得很多，还做手势，她要了一杯酒。她没告诉塞米她在家乐福做模特，只说她在时尚界；不错，他们没孩子，但他们想要；塞米谈他在纽约的生活，美化他的成就，他的工作，他的钱，在他的身上到处都看得见他有的是钱，他的手表是无价的，鞋是硬皮做的，服装是订做的；就连他呼唤服务员的颐指气使的态度也看得出他有钱，他挥手招呼服务员过来，提出几项要求：这位置太吵了，换个位置；我不喜欢这酒，我们要尝新酒；拿干净的酒杯来，这杯子有点脏，看见了吗？塞缪尔开玩笑说："你就没有满意的时候？""我并非挑剔，只是要求严格，这是两码事。"塞米品尝着服务员换来的酒，说："这酒不错，谢谢。"

妮娜把酒杯放到嘴边说："给我们谈谈你在纽约的生活……"

"很刺激，筋疲力尽。"

塞缪尔定定地看着他，口气有点讥讽："保尔·莫朗说过，纽约折磨神经，欧洲人在那儿只能生活几个月。"

"他说得没错！"

他们举起杯，为重逢干杯。

塞米手拿酒杯看着塞缪尔，问道："怎么样啦？你终于成为作家啦？我在网站上查过你的名字，什么也没找着。”

他这一招很有技巧，向人发动挑衅是他的强项。塞缪尔回答说他忙于“事务”，也就是社会事务，地区问题，这些不能使他成为经济方面的领导，他明白这点，所以他避而不谈，可是塞米紧咬不放。

“你放弃写作啦？”

“不，我一直在写。”

“可是你的作品没发表呀。”

“是的。”

“可是每年都有很多书出版了，难以置信，好像大家都在写，岂不是……”

“很容易？不，不容易……我就觉得不容易。”

妮娜从中调停：“他写，但就是不把书稿寄给出版社。”

“真是这样的话，那你的机会就少很多了！”

“我也在电脑里打上塞米的名字，找不到……”

塞米笑了。

“这是个错误，我的名字有次被拼写错了，后来到处都用这个错名了，大家叫我塞姆……”

“或者叫塞缪尔……”

“有时是的……”

感觉得到他们之间的气氛有点紧张。

塞缪尔终于发问：“你改宗教了？”

“不行吗？你别误会，我的妻子是犹太人。”

“你可以改宗教啊，我不觉得有什么问题。”

“我的妻子是犹太人，就这么回事。”

“你知道吧，我在《时代》杂志上看到你的大幅肖像。”

妮娜叹口气，塞米看着她，有点窘。塞缪尔想干什么？他要扰乱他的心神吗？

“我需要向你解释……”

“你没什么可解释的，你利用了我的履历去捏造你的自传！你窃取了我的个人经历，用我的经历代替你的经历，你真的疯了！你怎么可以做这样的事情？”

“你想说什么？难道我要征得你的同意？你不了解那些记者，他们要挖我们的根底，我就把他们要了解的东西告诉他们了……你是为了这事来见我的吗？”

“你答非所问，真是犹太人的作风，……”

“你要我对你说什么好？我是故意这样做的？不是的！我不愿和记者谈我的生活，不过如此。”

“分别二十年，你就记得我的故事？”

“总而言之，也许你的故事给我的印象最深……”

妮娜出来打圆场了：“住嘴吧，不然太可笑了，塞米不是说他不想损害你吗，你就相信他好啦。”

塞缪尔马上站起来，借口要打个紧急电话，走开了。这是他的计划，他正在执行。就剩下妮娜和塞米了，他们没说话，互相看着，语言失去了作用。多丢脸啊，塞米的眼睛就是离不开妮娜的脸庞，她的身躯。他想说，我要你，我爱你，我做不到现在这个样子，看着你却不能碰你，我必须碰你，让我抚摸你，我想要你，来，跟我走。但他没说这些话，他说：看见你我很高兴。

“久别还能重逢，真有点离奇，是吧？”

“我不觉得离奇，我觉得我的感觉很强烈，心里乱糟糟的。”

她微笑，他又想摸她的脸，摸她的脚。她穿着袒胸露臂的裙子，还不是为了刺激他？但他没动，还能控制自己——要控制自己，这是已控制的社会联系。

“塞缪尔还是那样的神经质……”

“我看那是因为与你重逢，他才有点神经质……”

“我也是，想到要与你重逢……”

妮娜为了掩饰尴尬，喝了一点酒。

“你怎么会决定在那儿安家落户？你的生活彻底改变了……”

“你必须知道我为什么做出这样的决定！我走是为了逃避，不是吗？”

她看着他，有点不自在。

“如果你不离开我，我也许还待在这儿，待在巴黎。”

她笑了笑：“看到你今天的样子，我想你的决定是对的……”

塞米苦笑，这一丝强笑扭歪了他的脸，他突然发作了。

“你知道什么？你说的什么话？你什么都不明白！我差一点没疯！”

这些话说得那样冲动激烈，把妮娜吓得直往后退。

“时隔这么久我才说这些话，可当时，你相信我说的话，简直可怕。我遭受了刻骨铭心的痛苦。好多年过去了，我的创伤才稍稍痊愈，中断关系就那么简单吗？你呀，没什么东西能打动你。”

她不作答，转过身，把目光落到远处的塞缪尔身上；塞缪尔装作打电话，有点心神不宁。他想要人注意他，一只手摸着头发，眼皮很快地眨动。

“现在他的情况怎样了？”

塞米把她拉回了现实：塞缪尔心理的脆弱；塞米让她直面她当初的选择，她的错误，而她只是简单地说“不错，他的情况不错”，而事实却是他的现状糟得不能再糟，心境不能再恶劣再绝望。他每天起床都要骂自己是窝囊废，每晚睡觉都要大喊他再也受不了啦，他不错，不错，他在自责下终有一天要崩溃，他不能忍受他的现状，这个意志薄弱的，没有雄心壮志的，这个平庸的伙伴。不错，他醒来时喊腰痛，睡觉时喊胃痛；不错，他没孩子给她；不错，两年来他被心理医生跟着；不错，他觉得自己老了，一年年地衰老，他脆弱，认清自己的真面目后他有点惭愧。但不管怎样，妮娜都已无所谓了。现在面对塞米，他双眼紧盯着她，故意扰乱她的心，温暖她的心。感觉到她的拘束，他又说：“你和以前一样美。”他看着她，大家都看着她；她的双腿交叉又分开，握紧拳头放在肚子上，此时塞米对她说：“我非常非常想念你。”她抓紧手中的杯子，扭过头去。他还在说，声音像在催眠似的：“我没办法忘了我们的感情。”她没有反应。他一面说一面盯着她：“我在别的女人身上从没有找到过这么默契的感情，我要你知道这个，没有一个女人。”后来，两个人很久没说话，一动不动，只是你看着我，我看着你。

塞缪尔回来时，账单已结。塞米请他们一起共进晚餐，他自作主张，在旅馆的餐厅里订了三人的餐桌，他一再邀他们，说他们是他的客人。塞缪尔却回答说："我有事要走，有个工作上的问题要解决。"然后他转身对妮娜说："妮娜，你留下吧，我迟一点再来接你。"塞米怎么也想不到塞缪尔会说这样的话，他还以为塞缪尔不会放妮娜，就如父亲不放孩子、害怕丢失孩子那样。"是的，留下吧，妮娜，我会非常高兴的。"妮娜觉得她被塞缪尔抛弃了，他把她献了出去，她很反感。此时，出乎两个男人的意料，她回答说她要回家："不了，我累了，下次再说吧。"塞缪尔看着她，他在抱怨她，她感觉到他在报怨她。她的反应如此，才过了几招，她就退出游戏；她想不让他马上考验她，测试她的抵抗力。她不肯就范，这就完了。他不怀疑她的拒绝使塞米的欲望受挫，他在第二天早上就打电话给她：我想再见你，我不停地想念你，我一夜没有合眼，我想你，我太想你了。

回家的路上，在地铁的长廊里，塞缪尔走得很急，妮娜走得吃力。他粗声粗气地说话，妮娜就哭起来了。哭吧，为你失去的东西哭。塞缪尔错了，她是为他们哭，为她现在失去的东西哭。她眼睛上的睫毛膏被泪水弄花了，一道黑水流到她白皙的皮肤上，一直滑落到唇间。你为他哭，见到他你动心了，你别不承认了，你都发抖了，你别否认了，见了他你心乱了，你明明想留下来和他厮混。她不答，难道她是软柿子任你捏，难道她是个没头脑的女人？你瞧瞧你像什么样子？瞧瞧你的样子！他们上了刚开来的火车，两人隔得远远地坐下，车厢几乎是空的。妮娜看看玻璃窗里照出来的自己，她都认不出自己了，她想：瞧他把我弄成什么样子了，是因为害怕衰老把她折磨到这个地步了？不，是背叛。这些年来，她盼着有个人来，盼着发生什么事，但没人来救她，也没发生什么事。像她这样的女子本该过上丰富多彩的生活，她从精神上放弃了大自然赋予她的，从接受的教育中、从工作中、从坚韧不拔的努力中、从她的魅力中获得的才华能力，现在的她只是个反面教材：瞧，我蹉跎了岁月，我糟蹋了自己的运气。

回家的路上，他们没交换过一句话，走到大街上也不说话，也没碰碰对方。塞缪尔走在妮娜的前面，两人相隔好几米远，她突然害怕他把她甩了，她穿的是裙子，高跟鞋，她朝他吼叫，叫他等等她，但他还是加快脚步。于是她脱去了脚上的鞋子，赤脚走在满是石头的路上，顾不上是否会割伤皮肤。她在他后面跑，像条母狗，一面哭哭啼啼，就像狗一样汪汪叫着。在她面前，他觉得自己很强大，很英雄。回到家躺在一起，他也向她摆出一副了不起的样子，他推开她，不要她抚摸他，不听她说的话，他累了，筋疲力尽了。让我安静吧！你什么都不懂！然而这不是很简单的事吗？你和他说话，你引诱他，没人要你嫁给他！没人要你！——他不说“我又没要你嫁给我”——没人要你卖给人！你自己干得好事，女人不是就懂这一套吗？尤其是你……

4

这次和妮娜重逢的结果，就是她拒绝和他一起共进晚餐，这种当众给他的难堪，塞米受不了。他等待这个时候——为了得到什么？他预料中的事，她并不比以前自由。为什么她打电话给他？目的是什么？女人占上风时，她会玩什么把戏？他呼吸有点困难，就像痛过后的余感，他埋怨自己非要见她不可，有一阵子还以为自己可以回忆往事而不痛苦，而事实是他痛得像受伤的牲畜。他想起自己在大学的盥洗室里，俯身在脸盆里吐出一口绿色的胆汁，"我整个身体都发臭了"，他当时想，被这爱情弄臭了。他又想起在他的小房间里，和那些他弄来的女孩子鬼混，唯一的目的就是为了取乐，也是为了忘了她。他最后又想起在母亲那儿，和一个穆斯林年轻女大学生见面，是她要求见他的。母亲说："为了让我高兴，你也会喜欢她的。"他当着母亲的面见了这个姑娘，试图在姑娘身上找到吸引他的魅力，却没有找到，他很难忘了妮娜，在母亲的压力下，他邀请这姑娘去饭馆吃饭，就一次，仅此一次，但对她他一点欲望都没有。

塞米在旅馆的房间里努力使自己平静下来，他脱衣服洗澡，喝了杯酒，决定赴约会。他穿上一套黑色西服，白衬衣，衬衣上钉着精致的红色小纽扣，新鞋。抹了发膏的头发油光可鉴，脖子上挂着十三岁生日时母亲给他的、他常带着作为护身符的金链，他活像帅气的梳得整齐的、香气袭人的、靠妓女养活的小杈杆儿——那步态，那气息，使他带有色情性质。他相信女人就喜欢这个样子，刺眼的男子气概，有点霸气，放荡，粗暴，多情——他故意略略打开衬衣，露出毛茸茸的胸膛，晦暗的皮肤，他展露自己，炫耀自己。他不是专门为了妮娜或母亲才来巴黎的，也不是为了见皮埃尔·列维，不，他来巴黎是因为要去参加他特别喜欢的晚会，每年大约一次，或两年一次，如果他没机会旅行，他就参加这个由著名鞋商贝尔路提组织的非常私人的晚会。自从他和鲁斯结婚以来，由家庭朋友介绍，他成了斯华内俱乐部的成员，俱乐部的名字取自《追忆逝水年华》的作者马赛尔·普鲁斯特书中人物夏尔·斯华内，好几十个像他那样的优惠顾客——他们会得到二十个左右、每年由品牌挑选的模特——集中在特选之地威尼斯，在贡多拉船上，这些船特别安排接待这些现代花花公子；在巴黎则在最豪华的旅馆或别处。在载他驰往晚会所在地的出租车里，塞米扣好衬衣上的纽扣，打好蝴蝶结。从车里下来，他碰到了拦路的乞丐，他用手把他推开，“我身上没带钱，我赶时间呢，遗憾”。他匆匆赶到旅馆，大家正等着他呢，他们全到了，都是准时赴约的人，各种年龄均有，穿着量身定做的无尾长礼服，脚上都穿着他们的 BERLUTI 皮鞋，最漂亮的模特。大桌子上摆着巨大的银制蜡烛台，点着摇曳长焰的蜡烛，一束白玫瑰，许多打蜡的盒子，灰麻布小方格，桌子到处放着泡在香槟桶里的多姆·佩里农酒瓶。圆圆的满月终于从黑暗中脱颖而出，晚会开始了！香槟酒的瓶塞跳起来了，女主人宣布仪式可以开始，闻得到淡淡的香气。男人们碰杯，他们喝着水晶杯里的酒，然后把鞋子脱下来，放到桌子上，抓住五颜六色的蜡盒子，威尼斯麻小方格，那是一种名贵的柔和的材料，塞米不禁用手指抚摸它，然后慢慢地，专注地按着。大家等待的时候到了，轧光多姆·佩里农鞋。“不错，真正的无礼放肆。”女主人说。他们笑啊，会心地笑，涂了古色的皮光亮得像刀刃。一位客人对塞米说："香槟滞住了蜡。"他弄了很久，好像要延长快乐。塞米擦亮他的鞋，另一个打电话给大会，沙皇和俄罗斯高级军官定下这特别的传统。仪式结束，他们交换了几句话，名片，比较他们的鞋，相约以后再见。"明年见！"将近凌晨一点，塞米才离开旅馆，他感觉他又度过了一个特别的时刻，他钻入黑夜，寻找出租车。他在靠近香榭丽舍的首都夜总会还有个约会，约的是两位旧朋友，在纺织业颇有成就，金钱滚滚来。他们不知道他在纽约发达了，他对他们说他在伦敦金融业。他们在一张有机玻璃桌四周碰头，桌前是舞池，一桶香槟酒吸引来金发的、棕发的、红发的娼妓，一丝不挂的女孩①用她们苗条性感的身体绕着被照射成彩虹色的栏杆，机械地扭动着，每晚做着同样的转动骨盆的动作，刺激顾客，让他们身体发热，口里发干，掏钱消费。灯光频闪扫射着大厅，以越来越强的节奏播放电子音乐，令客人乐不思蜀，醉生梦死。塞米觉得在这群陌生的人群中很舒服，他们不会怀疑外国人的身份。他也可以肆无忌惮地引诱女人，对她说他的名字是塞米，拥抱她，吻她，抚摸她，请她喝香槟，可卡因。这就是一个小时后他做的事，他记不得女子②的名字了（我们就叫她X吧），他和她厮混也不过几分钟的事，却塞了300欧元到她的胸罩里，那胸罩还挂着H&M的标签。鬼混完，好啦，

① 沙列娜和娜迪亚，一个23岁，一个25岁，前者梦想成为古典舞蹈家，后者作了很久的有氧操教师，后在伙伴布鲁诺·本奇默又叫BB的坚持下被雇到这家俱乐部，她对父母说她在"贸易部门工作"。

② 她叫姆娜·赛萨，冶金工人的女儿，她捏造她是贵族出身。

他感觉好多了，轻松了，平静了，可以回去了。回去的路上，他打电话给妻子，纽约此时二十点，孩子们准备上床睡觉了。我很想念你们，你们吃晚饭了吗？做作业了吗？我亲爱的，你好吗？是的，爸爸吻你们，是的，爸爸爱你们。

5

妮娜认为三人的第一次相聚是一场失败，令她很失望，她把塞米理想化了；而塞缪尔却觉得是一场胜利，塞米的富有自信优越并没能打动他们，也没能令妮娜动心上钩。这是场胜利，塞缪尔发现妮娜和二十年前一样看重他在乎他；这次见面多少令他了解了她的态度：他和二十年前一样穷困潦倒，但她依然选择他，而二十年前她是在他的自杀威胁下选择他的。她列出塞米的诸多缺点——她到底想让谁相信她的批评？“他骄傲自大，自命不凡，自我陶醉，他肤浅，他功成名就，他就想大家知道这点。”她得出结论：“统统都是我讨厌的缺点。”塞米卖弄他的财富，他们一再表示他们厌恶他的行为，他庸俗，卖弄。然而他们俩的追求纯洁，他们的所谓廉洁，也包含着他们的失望和不满足。然而，他们在撒谎，他们的所谓廉正是假装的，虚幻的。

妮娜没告诉塞缪尔她收到塞米不少的短信，塞米要得到她，心里还惦着她，对她念念不忘。她只是告诉塞缪尔，她收到他一条短信，他想要见她——只见她一人。塞缪尔听明白了，但他却说：“你去吧，没问题，如果你愿意去的话。”

“我真不想去……我没话对他说……”

“看看他吧。”

“你要我一个人去看他？”

“是的，那又怎样？我怕什么？”

“你是不是要问我是否想和他谈谈吧？”

“看得出来，你想和他谈谈。”

“我也不是特别想。”

“你肯定吗？”

“那很重要吗？”

“是不重要。”

他真的相信她？还是想试试她？他既然说“你去吧！”那她就去了。

6

塞米自打到巴黎以后，接到了皮埃尔·列维好几次电话。皮埃尔坚持要见他，要他早上到他的办公室。你有空一起吃午饭吗？吃晚饭呢？没有，真的没空。他不能回答皮埃尔说，我要看我妈，我要陪她一段时间。塞米不知道是否可以和他谈谈妮娜的事，还不行。他找借口说他有业务洽谈啦，心脏病检查啦，拜访病友啦，皮埃尔则打断他，说他明白啦。说到底，塞米伤了他的感情，他明白塞米不肯抽出时间给他，明白塞米的冷淡无情，他痛心他们之间的关系疏远了。“我做错什么事了，你对我不满意？我感觉你有意避开我……”很长一段时间，皮埃尔对塞米采取家长式管制态度，开始时皮埃尔的快言快语的确很伤他，但塞米逐渐学会缓和他们的关系，不生硬地疏远他。塞米并不想给自己找父亲，他已经有个爱他的父亲了，谢谢了，他的父亲贫贱没有地位，但他的品德配做他的父亲。这次到巴黎来，他没把他的航班时间告诉皮埃尔，以前皮埃尔都到机场来接他，他路过巴黎时都在皮埃尔家逗留。皮埃尔在十六区的墨西哥广场有一大套房，就他一个人住，他没结过婚，也没有伴侣。塞米只知道他与俱乐部碰到的几个女人有过艳遇，都是些时装模特，来自东方。他喜欢金发的冷冰冰的女人，这成了他们之间开玩笑的题目：“你为什么不在明斯克开个分店？”“因为我不想和我头上的路卡申科①的照片睡觉。”

皮埃尔不明白这次塞米为什么不告诉他他几点到达，为什么他要在酒店订房间。“你住在我家不舒服吗？”塞米和他的疏远令他伤心，但他没有责怪塞米。“你愿意的话，早上过来吧，我在办公室。”塞米终于决定去看他，并和他谈谈妮娜的事。路上，他为他的合作者们精心挑了一大盒巧克力和一大盒蛋白杏仁小圆饼干。他六点钟到达，马上受到皮埃尔的热情接待，皮埃尔又是拥抱他又是吻他。“啊，你来了，我一再请你你才来的！你愿到外面喝咖啡吗？”“不到外面去了，待在这儿更好。”他们坐在皮埃尔的大办公室里，十七年前，他就在这装了玻璃的空间和皮埃尔进行招工面试。在这个空间他感觉不自在，他

① 亚历山大·格里戈耶维奇·卢卡申科，白俄罗斯总统。

感觉这儿一切都是游戏，办公桌和椅子作了点变动而已，他的一生都是场误会。

“你来巴黎有何贵干，这么匆忙，这么脱不开身，连和我吃顿饭的时间都没有？”

塞米笑笑没有答话——暧昧的笑。

“我知道了……她什么模样？”

“棕色头发，非常美。”

“她肯定很美，否则你怎么会飞八个小时，不和最好朋友吃顿饭。你和她的事有多久了？”

“我们还没发生什么事呢……”

“你在闹柏拉图式恋爱吗？塞米，你变了，你从纽约飞到巴黎就为了吻一个女人？”

塞米笑了。

“她可不是一般的女人。”

“我相信你的话，只要看从纽约到巴黎商务舱的来回机票价钱就知道了，告诉我她的情况……”

“她是我20岁那年爱上的女人。”

皮埃尔笑起来。

“呀，二十年过去了，她该变了……你要想到你会认不出她啊。”

“不，我见过她了，昨天……她比二十年前还要漂亮。”

“她结婚了吗？”

“她和我们以前的朋友同居……”

“你既要顾及友谊又要顾及道德……这就……”

“我爱她爱得都快疯了。”

“好吧，及时行乐吧，机不可失时不再来啊……”

“你真是玩世不恭者。”

“我不是玩世不恭者，不是的，我是现实主义者，这就是我为什么不愿结婚的原因。”

皮埃尔站起来，轻轻关上遮帘，几缕阳光穿过遮帘的金属小薄片射了进来，落在房间里，化作斑驳的亮点。

“说到这个，谢谢你的生日礼物。”塞米说。

“你爱过吗？你的妻子建议我们把钱倒进她存放在拉尔夫·劳伦企业的商品上。塞米，你确定你的妻子了解你吗？我从未见你投资拉尔夫·劳伦企业！你的孩子，不错，你呢……她只知道你的裁缝与美国总统的一样？该死的塞米，穿两万美元的西服……”

“三万五千美元呢……”

“一套衣服……”

“是呀，这是什么衣服啊，用的是我从没摸过的最软的衣料，你听过一句玩笑话吗，民主党与共和党共有的唯一东西就是裁缝。”

“我还记得面试那天，你穿的寒酸的灰色暗条纹西服。”

这天早上，“他成了另一个人”的精神病余感又发作了，他又在责问自己：他为什么撒谎？正因为他引以为耻的“寒酸”这两个字；他曾生活在寒酸的房子里，和他寒酸的母亲一起，为了他母亲梦想做一个寒酸和气的女人，寒酸的生活，穿寒酸的衣服——他现在生活阔绰了。

“你闯出一条大路了……你生活的真正辉煌顶点是你的生日那天……我这辈子从没见过这样的节日，然而你知道我是到处做客的，你的妻子虚张声势，吓唬我们呢，她去哪儿找到那些动物的？”

“她入股美国最大的贸易企业……”

“她把动物都弄来了！她叫人打开纽约的动物园的笼子？”

“大象是奄奄一息的老演员了，有点儿悲怆感人哪！”

“我却是臂下挟一本书去的！可是你不知道我是怎么弄到它的……”

“我知道，这是一本珍藏本，我很喜欢。你收买了克利斯蒂拍卖行的家伙？”

“我引诱了珍稀书库的女负责人……我不明白一个热爱政治文章的男人却不从政。”

“我觉得在美国很难……”

“你是犹太人，在美国的机会一定比在法国多。”

塞米的身份本来就有裂缝，如今他好像又挨了一刀。每一次提到犹太人，他就觉得说的不是他，是另一个人。

“你说得有道理，我该想想这个问题。”

“你的岳父有助你一臂之力的财产。”

“你说的是伯格？啊，他本人的事就够他忙的了……”

他们笑起来。突然有人敲门。“进来。”一个男人出现了——30岁左右的小个子，不太高，肚子有点发福，塞米立刻发现他是马格里布人，皮肤黯黑，黑玉般的又厚又卷的头发，钢盔般盖在他的脑壳上，圆脸，有点孩子气，穿着灰色调的古式西服，白衬衣，红领带，领结打得很紧，整个人就显得有点耸肩缩颈。“对不起，我不知道你有客人。”“不要紧，进来吧，索非阿纳，正好我要给你介绍塞米，我们的美国合作人。”男人走前来，快乐地向塞米伸出手。“塞米，我给你介绍索非阿纳·布贝克里，我们的新合作人，三个月前才到我们办公室。”“幸会幸会。”（这个男人进入塞米的视线时，我们对塞米的目光来个特写镜头：他的目光中透着惊讶、好奇，还有一种轻视，这轻视虽没有表现出他的高高在上，却包含着嫉妒和羡慕。）塞米发热出汗，他想了解这个人在这儿干什么，这个位置原是塞米的，在这原是他的办公室里，和他的身份一样。看见他时塞米就恨他，索非阿纳大概感觉到了，因为他马上说他有事要忙，不能奉陪。“我等会再来，很高兴看见你们。”他转身关上门，皮埃尔问塞米对这人有什么感觉。

“平庸。”

“平庸？我不明白你的意思。”

“你凭什么标准雇这个家伙？他很平常……”

“平常？他来自德国博朗企业和维达公司！他在阿萨斯读书，在柬埔寨待了一年，做事非常合情合理，风趣幽默，一点也不平凡……你说这样的话有什么根据？”

“我不知道……他给我这个印象罢了。”

皮埃尔笑起来。

“你觉得他平庸……猜猜他和谁结婚了？”

塞米突然焦躁起来。

“我怎么知道？我不认识这个家伙……”

“你还记得那位美丽的女律师加埃尔吗，三年前我们雇用的？”

塞米耸耸肩。

“你记得的，你还追求过她，她拒绝和你吃饭……红头发女人，不太高，非常漂亮。”

“是啊，那又怎么样……”

“他和她结婚了呀，他们刚生了一个小男孩，名字叫达基布里。”

“起了这样的名字，他该有幸进入法国的社会了。”

“塞米，你怎么啦？索非阿纳怎么惹了你啦？”

“没有……只不过我该得到更多的了解……”

“可是你在纽约公干啊，你每年才来这儿一次，而且……我不会把他的CD提交给你的！你可以信任我，是不是？我对你说这个人很好，他是个很出色的律师，……你愿意我对你说吗？比你好，而我是按手续办事的……”

“也许他比你好，比我好就难说了，他从哪儿来的？”

“怎么问这个？他从哪儿来？我已经告诉你了，他在阿萨斯学习……”

“真的在阿萨斯？他大概被GUD的恶棍揍了吧……”

“看你想到哪儿去了，你的意思是说，他是阿拉伯人？我不知道，他没和我谈过，……但我可以告诉你，在我那个时候，我的脑袋不止一次被人打出血来，我从不给人打，……我曾是法国犹太大学生系主席，……多少次和这些法西斯分子斗争……你从没做过战士？”

“不，我曾参加‘法国学生联盟（独立与民主）’，但我很快就退出来了，我没有群居的本事……”

"我也没有，你不能为此责备我。"

"责备你雇了一个阿拉伯人？"

"很明显，你对此有意见。"

"我没意见啊。"

"你来办公室时笑眯眯的，神清气爽，看见索非阿纳，得知他被雇，你突然就翻脸了。"

"我没翻脸，我只是惊讶罢了。"

"听着，我看出一点你的意思了，我不知道我是否和你的看法一致，……他是阿拉伯人，那又怎样？他的阿拉伯语讲得很流利，他在都柏林、伦敦……都有客户。"

"你雇他是因为他为公司谋利益……"

"这我就不明白了，是的，我雇所有的合作者都因为他们能给公司带来剩余价值！所有的雇主都是这样做的呀，不是吗？"

皮埃尔被惹火了，他把咖啡推倒到办公桌的纸上，见鬼啦！咖啡流得满桌都是，塞米站起来，帮他清理布满咖啡渍的办公桌。"好啦，让我来吧……我看你最好还是赴你的约会吧。"听见皮埃尔说这话，塞米拿起大衣，站了几秒钟，看着皮埃尔，不知怎么圆场才好，然后他走了，嘴里低声说："对不起；真的对不起。"

7

当晚，塞米约妮娜在巴黎一家大饭店见面，餐厅的上面是很特别的旅店的房间，面对绿意盎然的花园。“这地方漂亮幽雅，会给她留下深刻印象的。”他想。十多年来他接触的女人基本上就是妻子，他已不熟悉别的世界，这么迟才领教这中产阶级式极保守的最低要求的聚餐，安排得简朴有条理，二人相对的安宁恬静温馨。他要求旅店的看门人给他订一张远离其他顾客的小桌子，他提前到了约会地点。看见妮娜出现在餐厅，他掩盖不住内心的紊乱。妮娜双肩略微往里收，摆出一副戒备的姿势。她穿一条小红裙，丰满的胸脯略微袒露。她进来的时候，他的眼睛只看见她，根本不顾还有其他射向她的目光。他站起来拥抱她，嘴唇贴在她的嘴唇旁几厘米的脸蛋上，手臂紧搂她的身子，搂了几秒钟，他隔着她的衣服闻她的肌肤的气味，她刺激他，她身上的一切都刺激他。她的体香混杂着桔子、乳香、雪松木的气味。他舍不得松开她，虽然他的身体后退了，手臂也松开了，但他的目光让人看出他想要她，他心乱了，他想抚摸她，把她搂紧。他们并肩坐下，紧靠着，看着大厅，看着来来往往的餐厅服务员。妮娜从未到过这么雅致的地方，从未品尝过这么美味的菜肴，她有点紧张不自在，塞米看出这点心中暗喜。他装出惊讶的样子，其实他天天过的就是这样的日子，被人侍候被人宠爱被人吹捧的日子。只要他走进餐馆，餐馆人员就把他领到最雅致的桌子旁边；他还没开口，服务员就给他拿来他喜爱的香槟；他对菜单提出问题，餐厅主任马上亲自过来招呼他，他的威信很自然地就建立了。他的妻子是有钱人，很小的愿望都能得到满足，而他耳濡目染，也学到了其他东西——拥有一切的富人的虚假朴素。现在他和她在一起了，他们交谈，我是个正常的男人，随和的男人，你觉得惊奇，诱人，不，你好好看看我，仔细看，我的言谈举止，我口里用的词句，你没发现我们之间的距离吗？优越的社会地位给予的极度满足。塞米到任何地方都成为注意的中心。妮娜突然觉得相形见绌，自惭形秽，她穿的小红裙是借来的，她穿给塞缪尔看，真诚地让他高兴，在塞米面前却觉得寒酸了。她用的香水是她在圣武安跳蚤市场买的，PRADA 香水的复制品，不是在香水店买的——因为买不起，而且气味太浓了。她把脚上穿的旧货店买的鞋藏在桌子底下，不给塞米看见。你这一身便宜的行头骗得了谁？谁也骗不了，尤其是他，一眼就看得出是什么品牌的人。鞋是皮做的吗？不是，是皮革的；衣料是缎子的吗？不是，是聚酯的，穿这种料子身体会流汗，这是变应原，穿了它你痒，痒得抓出血来；是开司米吗？不是，是腈纶，搓洗后会起球的，吸收身体的气味，你穿了它别人一眼就看出你没钱，没品位，这就使他更得意，他们之间社会地位的差别有利于他对她的追求。在这间餐馆里，他比她优越，看得出他们中间谁有权力谁有钱；但在卧室，在床上，她占有主动权，占有社会不给她的威望；她在餐厅没有的控制权，要不是和塞米坐在一起，她在这餐厅就毫无地位。她觉得不舒服，不自在，突然向塞米说出真相："塞米，我对你撒谎了，我不是你以为的那样的人，我不在模特界工作，塞缪尔也不是大企业的头头，……我宁愿你马上知道真相。""我知道。"他傲慢地对她说，但没告诉她他是怎样知道的。他不能对她说：看你们的举止，看你们的穿着，你们进旅馆的神情，躲开服务员的目光，尤其是看你们穿的鞋，你穿的鞋鞋跟磨损，走起路来步子不稳，你的鞋头是平的，而时尚的鞋头是尖的。塞缪尔呢，穿的鞋太大了，很便宜的皮，走路鞋底吱吱响。他心里还在想："妈的，到低档商店买蹩脚货，第一件事就是把上面的价格标签扯下来啊。"他不敢要求她做该做的事，不敢说出他们的现状，是她本人说出了他们的现状："塞缪尔在'树林下的克里希'做社会教育者，我的确是模特，却是给名牌商品做介绍，家乐福要为夏季和冬季促销做宣传的时候，他们就叫我去。他们叫我推销户外烧烤炉，博若来葡萄酒，到市集推销猪肉，扮演完美的母亲，推销文具，而我本人还没做母亲！"她以自我解嘲的口气说着，不惜贬低自己，塞米很感动。"我真的应该弄一份这样的商品宣传，你的形象一定特别动人，手里提着个猪头。"她笑了。

从餐厅出来，塞米请她到旅馆的酒吧喝酒，他很想请她上楼到他的房间去，他已克制不住自己了。这一回他们面对面坐着，喝墨西哥龙舌兰酒。他看着她，那意思就是，你刺激我，你太刺激我了。但她马上要他谈谈他的妻子，好吧，他明白了，闭了口，他不想提鲁斯和孩子们。他一个人在巴黎，他是自由的，他想要妮娜；和我上楼去吧，这不是劝告也不是请求，而是命令。他希望她听他的话，来吧，希望她听他的摆布，来吧！但她不高兴，闹别扭。不，不，别再说了，不然我走了，别坚持了，不然你再见不到我了，"我要你说你不想要我，说吧，我就不走"，他们对看了很长时间，气氛有点紧张，更挑起了他对过去的回忆。"你说吧，我就不走。"

"你不明白吗？我害怕。"

8

晚上将近十一点她才回到家，头发零乱，人微醉，塞缪尔已睡醒一觉正等着她，皱着眉头，黑着脸。他站在书架前面，一手叉腰，好像要倒下的样子。他心烦意乱，抽着烟，烟灰缸里堆着几十个烟头，空气里满是尼古丁的气味。妮娜一言不发，走到窗边把窗打开，一股冷风吹进来，卷走了屋内的烟，清新了空气。妮娜关上窗，塞缪尔问她："怎么样，他吻你了吧？"塞缪尔性情暴躁，易走极端，善恶二元论者，对于他来说，世上的事不是白就是黑，不是真就是假，不是好就是坏，对社会不会有反差的看法，这种绝对化的态度令妮娜失望，过于追求正直廉洁，令妮娜觉得可笑，"告诉我，你要离开我，你要离开我，你要去投奔他了，是不是，告诉我，"你可以想象他的样子，嘴里叼着烟，手拿啤酒瓶，身体向前倾。

"我是窝囊废……"

"我是饭桶……我居然不懂该和你生个孩子。"

灭绝的三部曲。

"行啦，你又见他了，见了他你很激动，你吃惊。他成功了。他的成功刺激了你！你要我亲口叫你去看他？我做这一切都是为了试探你，你和他一样！你是机会主义者！你是野心家！你是腐烂到骨头的社会的产物！名利……名利……大家都在做这噩梦，追求所谓的理想！可笑的野心！你和别人一样也追求名利！可是我……我从来就不随波逐流！我是由不追求名利的人抚养大的，这些人把道义、学问、对亲人的爱摆在首位，这些人不追求物质享受，你要我做什么人？要我这样一个受过我父母教育、具有独一无二才华的人跑到另一个阵营去？我必须证明我的能力，这是入教仪式，必须被人咬后再去咬人，被人背叛之后再去背叛人，被人强暴之后再去强暴人，这是社会，这是政治，别露出大惊小怪的神气，这是斗争，这是战斗，要跑到另一个阵营去，必须有运气，有权力，有金钱，或三者皆有，不应该等着有人给你地位，应当用强力去夺取，用你的脑袋、手、你的屁股——我得罪你了？不错，如果你真想成功，你就不能犹豫，这个位置，你必须从另一个人手里抢过来，哪怕他觉得你偷了他的，你背叛了他，伤了他，不要紧，轮到他被抢了，他也是从另一个人手里抢过来的，为了牟取名利、权力、金钱。以前我相信大家可以，相信我也可以通过努力，无需阴谋诡计，这是荒谬的，不现实的。以为你可以把人斩成碎块却不弄脏你的手，这是幻想，以为你进行一场战争却可以不杀死百姓，你要战争你就要杀人……你就必须喜欢杀人……你想得到一块领土，你就必须征服，屠杀领土上的人，不要怕碰他们，一批一批地杀，砰砰砰！必须消灭他们，你明白吗？可是我却是个没有勇气开小差又没力气开枪的士兵，我是个警戒者，撤退到后方基地，在边沿度日，愤怒于社会战争的恐怖，在呻吟，躲在被窝里暖和。我因此觉得光荣？你说，我只觉得丢脸！丢脸！反感！嫉妒！苦涩！是的，我成了个嫉妒的男人，坏人，碌碌无为的人，我是社会生产出来的最坏的人！寄生虫！我要对你说！我是个落伍者，窝囊废！”

他说的不是真话。做落伍者、被社会看作碌碌无为的窝囊废，他觉得很光荣，认为这是对制度、妥协、腐败的胜利，证明他不受野心、金钱、名利地位的诱惑，他才是好人，真正的人，接近人民的人，证明他和普通百姓一样，知足常乐，能找到体面的住房、有一份工作、养育儿女、偿还债务就满足的凡人，而不是那种BOBO：在最大的日报的论坛上写文章，表示捍卫非法移民的权益，却把自己的孩子送入超私人的学校——这类学校，没有比自己强的人做靠山、不以税收声明和选择的机关为要挟（在这些机关里，谢天谢地，他们的后代不与移民的儿子、看门人的儿子为伍，不会降低水平，以免造成他们的那些早熟的被宠坏的孩子的学业损失）是进不去的。而他想做一个出色的失败者，无名的作家，社会认为的废物——他认为自己是纯粹的被暴力袭击的人，他的想法与对妮娜说的完全相反，他觉得自豪，（清高，比他人高明），他能够拒腐蚀永不沾（这是他使用的词），即使他没有进行社会斗争。而塔阿成了社会最坏产物的象征，滑头的、被腐蚀的律师，而他要做不随波逐流的作家，哪怕作品得不到出版发表，没有人阅读。

对社会法则，他从不懂屈从，还摆出一副不胜厌烦的脸色，他反对，他梦想做个自由人，但事实上，没有一个人比他更关心自己的舒适、关心自己的妻儿；他以为自己是愤世嫉俗者，以为他唾弃氏族制度，资本主义，其实他唾弃的是他自己，他取消了自己的比赛资格，他淘汰了自己！社会向他亮了红牌！他被赶出局了。他没什么可哭的，可是他想哭，泪水夺眶而出，泪水像决堤的江水，汹涌而流。你像个娃娃般嚎啕大哭，你真让我怜悯，是你叫我打电话给他的，是你出的主意！妮娜说着，不动，也不安慰他，他不能自拔，断送自己，缓慢地，就像一个物体被链条往水深处拖。

塞米的归来荼毒了他们的生活，他们都病了，开始后悔和他接触和他联系，只是不敢承认罢了。他棒，他成功，他有社会地位，而他们一事无成。

“我不想再见他了，停止一切联系吧。”

“没关系。”

“你干吗一意孤行？你会毁了一切的。”

“也许吧。”

她受不了了，向他冲过去，抱住他。她开始哭泣，哭得身子在晃动，但他推开她。

“我想要个孩子。”

“不要。”

“我要留在这儿和你在一起。”

“不要。”

“我爱你，我快40岁了，我想要个孩子，现在要，否则永远都别要。”

“不干。”

听到他说的这些话，她向浴室走去，一个小时后，她焕然一新，浓妆艳抹地出来了。

“我要出去。”

她的目光分明就是向我挑衅，哎，社会暴力污染了你、毒害了你。当塞缪尔问妮娜是否去宾馆找塞米的时候，他想到的就是这些。他喝了酒，喝了很多。“你打扮成这样打算干什么？你去看他？”“不错，混蛋。”他坐在客厅褪色的沙发上，这沙发是他在 IKEA 商场堆杂物的角落买来的；他抽烟，烟灰落在沾上污迹的麻布上，穿了个洞，当心啊，他不管，继续抽他的烟，我才不在乎呢。蓝烟袅袅，透过烟雾，看见他憔悴凹陷的脸，妮娜都快认不出他来了。这就是一个小时前她还想和他一起生个孩子的人吗？她说她不需要他，她不再怕他，当她快走出房间的时候，她听见他喊：“你去找他吗？”“是的，你气死去吧！”她本人倒真的快要气死了。

在巴黎的轻轨上，几个年轻人①大声说话。她戴顶帽子不听他们的话。塞缪尔打了三四次电话，想要知道她在哪儿，她去哪儿，为什么你对我干这样的事？她不回答。

她到达圣奥诺雷大街，走进旅馆的大厅。你好，女士。她不太舒服，到厕所对着大镜子，重施脂粉，细描眼黛，抹红双唇，松散了长发，洒了香水，然后出来。她香风袭人，大家的目光都转向了她；她早就习惯成为众矢之的，她常常吸引男人的、女人的、孩子的、大家的目光。最后她向接待处走去，要求和塔阿先生谈话。“请稍等一会。”接待人员向一个好像是她上司的男人走过去，在他耳边说了几句话。

“他以为我是婊子。”

---

① 卡梅尔、列翁和第兰，赛伏朗中学的学生，他们正在上学，正在讨论以后从事什么职业。卡梅尔说：“我要做共和国的总统。”列翁说：“我要做电子游戏机制造商。”第兰说他要做最大的持械抢劫者。大家一面哈哈大笑。

“他以为我是婊子。”

“他以为我是婊子。”

她微笑着，波澜不惊。等吧。突然，男人走过来，在她面前拨塞米的电话号码，通知他说有位年轻的女士在楼下，希望和塔阿先生谈谈。他把话筒递给她，从电话的另一头传来塞米的声音：“谁呀？”（他知道是她，他正等着呢。）她只简单地说：“我在这儿。”然后她听见他的喘息声，最后听见他命令她：“上楼，503室①。”

9

塞缪尔打了大约十五次电话给妮娜，她都不接。她在干什么？我在干什么？他翻来覆去地想，他想他是不是疯了，怎么就让她走了，他后悔，他又打电话，他吼叫，我发什么疯啊，我怎么啦，我怎能能相信我能留住她，我不懂得把她留住，我是个混蛋，窝囊废，我是他妈的，我就是这样没用的人，我该死，我配不上这样的女人，她抛弃了我，这个混蛋，这个婊子，而我做一切都为了她，我一直听她的话，她病了我守着她，我和她同甘共苦，我从不会变心，我相信她，她连累了我，毁了我的生活，为了什么？为了最终回到他身边，这个可怜虫。

---

① 503室常是通奸男女的幽会之所。尤其是见不得人的恋情，如著名的法国女演员和法国政界人员的幽会。其目的就是希望和这位伟大的喜剧女演员有关系。

你这个胆小鬼。

太迟了。

太迟了。

太迟了。

你失去她了。

我怎么会以为我能留住她？我从来就不懂得拥有她，光凭威胁，强迫。这么绝色的佳人，她太好了，太美了，你没做什么事去帮助她，帮助她前进，帮助她成功。

成功。

成功。

成功对她非常重要，她需要出名、被人认可、被爱、提高价值、出现在报刊里，她需要我爱她所代表的东西，爱她的美，你什么事都没做，你没让她幸福，你瞧瞧她今天的样子——

消沉。

忧郁。

痛苦。

苦恼。

悲伤。

等待。

等，

她快要，

背叛你了。

就现在她背叛你了，她和他在一起，在他的床上，正当你苦苦地等待她的时候，他抱住了她，她再也不会回来了，她永远也不回来了，因为你配不上她，你得到她是因为你可怜，因为你什么都没给她，完了，完了，你失去她了。

10

“进来。”妮娜站在塞米面前，秀色可餐，光彩夺目。今夕何夕，对此良人，塞米忘了自己置身何处，眼中就只有她了。他迫不及待，把她拉过来，顾不上说话，搂抱她，闭着眼睛；紧贴她的身躯，嗅她的皮肤，她的香水，把她的脸搂在自己的颈窝里；他气喘吁吁，上气不接下气，完全被她迷醉。他的身体忽地发热，迫不及待地剥她的衣服，终于看到了她的胴体：那么的完美，恰到好处，丰满柔软，勾人魂魄，令人神魂颠倒。塞米来不及畅谈款叙，甜言蜜语，百般调情，曲意撩拨；客套问候纯属多余，他不请她坐下，也不叫宾馆送饮料来；不问她是否有意，没问她怎么来的为何登门，不听她解释——不要现在，等会再说。此刻他只想摸她，感觉她，得到她，和她亲热；当年肌肤之亲的滋味已多少年没尝过了。妮娜想说话，他伸出手指按在她的嘴唇上：“嘘，别说话，来。”她让他的嘴沿着下巴脖子直吻到她的乳间。“塞米，我……”她呼他的名字，让他看到了多年前的真正的自己，这称呼好亲热啊，勾起了他怎么样的情欲？“叫吧，再叫我的名字，叫吧。”塞米，塞米，他拥抱她，双手捧住她的脸，轻吻她的秀发，把舌头塞进她的嘴巴里，得了，他的欲火又升腾起来了，他满脑子都是她，疯了似的要她，他慢慢把她拉到床上，让她压在自己身上，“叫我的名字”，脱她的衣服，看了她好一会——他要征服她。就这样过了一会儿，他本想克制自己，不要把注意力集中在她的外表上，可是没办法，她的美貌就是他要她的原因，无法否认无法隐瞒。他知道他要冷静克制，不要看见她的裸体立马丧魂失魄，他要控制自己，或装做自控力很强的样子，看着她，轻吻她，真的控制了自己才动她，就在他欲望极其强烈之际，他进入她的体内，两人抱做一团，云情雨意，如胶似漆。她躺在床上，头发被汗水沾湿贴在脸上，双目紧闭，处于半昏迷状态。他终于起来，向宾馆订了香槟酒和几碟菜。

“我们在一起了。”

晚饭后他们紧靠着躺在床上，接着才是提问和说明。“我要你告诉我真相。”这不是要求，是命令。他的心里咯噔一响：他要说了。她想知道他为什么要借用塞缪尔的身份和一些生活经历去创造他的新生活。如果熟人知道他盗用他人的身份怎么办，他有没有想到有什么后果。“你大概没想到有一天你的肖像登在《时代》杂志呢……”是的，不错，她就是看到了他的肖像——他从来就没想到他会有这么光辉的前途。“在我老家，大家的变化很小，最后都窝在洞里没有出头之日。”他重见了几个老朋友，大部分都失业，或默默无闻无所作为，在不重要的岗位。他们有小孩、有金钱问题，住房太小，穿的是别人穿过的旧衣服，他们没钱度假，焦急地等待月尾。梦想换车，换电视，改变生活。有些人日子过得越来越糟。因此，他对所做之事毫不后悔。不错，他撒了谎，是的，他背叛了，却是为了最大限度的目的，这辈子要有所作为，在没有靠山没人帮助的情况下。“你想知道我为什么要重造人生经历？你想知道吗？”她不回答，看着他，知不知道都无关紧要——她不动——无关紧要，因为我爱你。他轻轻站起来，有点突然地抓住她的双肩。“妮娜，我的整个生活都建筑在谎言上。”

11

自从塞缪尔打算自杀、我们分手后——我提醒你，是你因他以死相逼而让步，我是多么地爱你！——失去我最重要的东西之后，我离开巴黎，你一点也不知道吧？我没把这事告诉任何人，只有我妈知道。我获得助学金，待在南方，在蒙特佩里埃，我报名读法律。我再也不想见到你，你明白吗？我再不想在街上与你擦肩而过，我甚至不愿听到你的消息！我和我们的共同朋友、熟人保持距离，我删去他们的电话号码，决定彻底地忘掉你。我从没想要再见你……我……不，这不是真的，我撒谎……有一次，唯一的一次，我搭火车去巴黎，刚刚在蒙特佩里埃安顿下来，我不舒服，很想见你，有一整天我站在你住的大楼前面，躲在一辆车的后面，为了看你的行踪，但当你出现时——我记得你穿着一条牛仔裙和白衣，——我不敢和你说话，待着不动，我想你会推开我，我痛苦得像一条狗，回去时我差不多半死不活了。后来，我只顾埋头学习，每回我想到那个时期，我都是关在房间里读我的法律书，我背几十本书，一面想，她会后悔的，说实话，在我的成功里有你的功劳；我有意无意地下决心，我要努力，向你证明你的选择是错误的，我要让你吃惊……我可笑吧？是的，真的如此……我取得刑法硕士学位后被法律界接受，我可以对你说，我获得前十名的好成绩，然后以优良成绩获得了DEA，那年夏天，我以服务员身份在伦敦工作，回来后我开始寻找新工作……就在那个时候，事情变得复杂了……我向你保证，我非常认真细致地制作了出色的CD……我把所有的文凭、每一次诉讼中赢了对手的证据、输了的原故、放弃的案件都记录在里面，它是我一生的杰作。对自己的能力我没有半点怀疑，我把我的CD寄给最好的律师事务所。当天晚上，我邀请我妈和我的兄弟到饭馆吃晚饭庆祝这事……我幸福，我自豪……结束了十多年的工作和个人的牺牲！在没人帮助的情况下！没一个人！十天之后，我已经失望了……啪！我开始收到了否定的答复。先是三家，然后十家。耻辱啊。我在大楼的大厅里等邮递员，拦截他……我按我在黄页上找到的地址寄出我的CD，他们不要我，但他们祝我好运，但他们说会打电话给我，我差不多疯了，他们没约我见面就拒绝了我……就认为我无才能！我非常不爽，为了排遣不快，我运动，我打拳，为了不会沉沦，但无济于事。我快崩溃了，你明白吗？是什么原因坏了事？问题出在哪儿？我想，你瞧瞧，我没出过错，我做事有效率，使人信服，精力充沛，办事果断，他们需要的素质，你都具备；他们要文凭，你都有了；不但有而且评语和鉴定都很优秀；律师的演说口才考试，你不是获胜了吗？他们举手给你鼓掌，替你高兴，嫉妒你，大家对你的评价是：他是他这一届最出色最优秀的一个，他的前途不可限量，不出五年他就会成为巴黎最著名的律师之一。可是他们拒绝的也是你！他们发出超有道理的长信给你，证明他们拒绝的原因。然而你必须明白，他们害怕……他们不愿被追究他们在招聘中的不公平待遇。于是他们按形式办事……他们找到各种理由，说你的素质不符合岗位的要求。如果你是我的话，你能不生气吗？我恨！我不敢把实情告诉我母亲，我让她相信我找到了一家大的律师事务所。早上我很早起床，六点左右，穿上西服打好领带，从房间出来，一面喊："晚上见！"我装出一副心情舒畅的样子！我搭公交车，轻轨，直到商业区，你要我对你说出真相？这真是耻辱……看到胡子刮得干干净净的干部，走得很快，浑身散发出100欧元一瓶的、他们的妻子从佛罗伦萨药房弄来的香水气味，我想杀人。我想我的生命可以在几秒钟之内突然转向另一边，我感觉到身上产生的暴力，它并没有吓倒我，相反，有此暴力我觉得强大，它随时可表现出来；当我看到高档品店铺的橱窗，我一再想我买不了这儿的物品，我甚至不敢进去，当我看到那些漂亮的姑娘、青春少女挽着老态龙钟的老头的手臂，我仇恨。觉得一切都拒我于门外。为什么？我到简易的快餐馆，我读书。我痛苦苦恼。两个月的时间我的体重就轻了10公斤！那个时候我每周运动三次，和一个在律师学校认识的家伙，有天晚上，我们去喝酒，我刚刚收到否定的答复，灰心丧气，他安慰我，说别担心，事情总会朝好的方向发展的，一定能找到好工作。他越安慰我，我的怒气越往上涌，就像挑开保险卡槽的切刀，最后利刃在手，它割破你的皮直至流血。他劝我，乐观点吧，事情会有转机的！但我不能乐观！乐观是那些运气好的人、生活有保障的正式任职者、银行贷方的品德，乐观是奢侈品，我再不能允许自己享有的东西，我知道我没有——就算不是完全没有也是少有被好律师事务所雇用的运气，被安排到好环境的运气——它们只提供给按潜规则安排的精英，我没有获得好工作的运气，因为好工作被另一个更有势力的、更值得推荐的人谋取了，钻营了，我想了解其中原因……啊，我想到了，但我还要问："是不是我的姓氏听起来像阿拉伯人，才使我遭到了拒绝？"我的朋友笑了，认为我是妄想狂，太好笑了。我不是妄想狂，我把我的CD寄给好几十家律师事务所，我得到的只是拒绝，有时甚至没有回音。而另一个我们同届的大学生，一个没有个性、没有判断能力、两次学期考试不及格的家伙，大家都说他最终会放弃法律专业、接手他父亲的企业的家伙，却被巴黎最大的事务所——贝尔特朗和维拉尔聘用……你知道我的朋友怎么回答我？他说："我不赞同你的推理，你采用了宰杀动物或人作祭品的祭司的态度，你控告……你控告……这会适得其反的。"好家伙，他不完全掩盖歧视现象的残余，但他不肯相信它们在社会范围内的组织和一贯的特点，而我完全相信，我找不到工作因为我是阿拉伯人！人力资源主任们、雇主们看到我的姓名，马上想：这个不行，这个就让他待在他的老家舔南瓜籽吧。这时我向他们解释是我的姓和我的身份出了问题，他们叫我改了名字，他完全是严肃的，他认为有可能在今天的法国，名叫路易、雨果或路卡的总比穆罕默德强，他不过是反映了社会的、政治的现实。他说得对，他对我说："你就写塞姆·塔阿，不要写塞米。你看吧。"一天晚上，我试图做一件事，我相信我是被区分开了，你明白吗？我想搞清楚，于是我又把我的

CD 寄到十家律师事务所去，在上面的左边打上塞姆·塔阿的名字，我只不过去掉了两个无用的字母，我没背叛任何人，我要试一试。你知道后来怎么样？一个星期后，我被三家事务所约去作面试谈话，前两个顺利过关，主要的合作人还保证我很快会收到答复。第三次面试在乔治第五大道的大事务所进行，它基本上专门处理刑法案件。进去后，我看见一个透明的小信箱，它被置于门楣上，你知道这些小玩艺装着羊皮纸，犹太人把它们放在那儿是为了保护房子，接待我的人名叫皮埃尔·列维，地中海地区的犹太人，40 岁左右，我与他一见如故，他是个聪明的家伙，能力很强。我不知道怎么回事，谈话中间，他以心有灵犀的口吻对我说："塞姆，这是塞缪尔的缩写吧？"我随意点了点头。你看，我没经过考虑，我想要这份工作，我并没有真正搞清他说话的言下之意，或者我明白，但我看到这人是犹太人，好吧，我不觉得有什么危险或不妥之处；塞姆，塞缪尔，塞米，说到底有什么要紧……过了不过几秒钟，他就告诉我他曾订过婚，很久以前与一个北非的犹太女子，她叫克莱尔·塔阿，她有个兄弟名字就是塞缪尔。我明白他把我看作犹太人了，说实话，话说到这儿，我有一分钟的犹豫，我有点害怕。我想，也许他要雇用我，因为他以为我是自己人，当时我脑子里存在成见，以为犹太人都会互相帮助的，后来我明白我大错特错了，在某些社会层，犹太人已经不再愿意抱成团，——犹太区思想，这使他们不安。谈话中我没说什么重要的事，并没有特别兴奋的感觉，我甚至没有前两次谈话的信心。前一晚没睡好，我紧张，然而他在送我出来时告诉我，今后我就是列维和考费列克事务所的成员了。不相信，是不是？

从第二天起，他给我介绍所里的另外两个合作人，他带我去看我的办公室——一个漂亮的空间，朝向外面的一条街。他请我到饭馆吃午饭，问我是否有点遵守教规，我说我不吃猪肉，就再没说别的了，我没撒谎。他笑着说：“啊，好的，我看你是个赎罪日犹太人。”我本来可以纠正他说的话，但我什么也没说。

吃饭的时候，他告诉我能给事务所找到一个胜任的律师他很高兴，我开始有点害怕了，我在想，假如我承认我是在他们误会的情况下被聘用的，我是穆斯林而不是犹太人，并不如他所以为的，不是他想要的犹太人，后果不知道会怎样。但我太需要这份工作了，我打算以后再向他承认一切，干了几个月工作之后，或有一天无事可做我要离开他的事务所，神不知鬼不觉地溜走。后来的事你可以想象一下，我一直找不到机会向他承认。我和他一起工作，能和这样一个富有经验的、勤奋的实干家一起工作，像我这样一个年轻律师是求之不得的事。皮埃尔不但聪明，而且为人热情大方，是个信得过的朋友，他可以半夜到机场接你，就为了得到接待你的快乐，也无需你提出要求；在饭馆吃饭从来不让你付账——甚至不会让你看到账单出现在餐桌上；他乐意替你银行转账，如果你表示需要，他可以不要求知道这笔钱的用途，你出问题的原因；他不要你签很少的债务借据，他给你担保，如果你要求他，尤其如果他喜欢你，因为他是个重情重义的汉子，真正的讲义气的汉子；你要让他喜欢你，他就会把他有的一切给你，甚至没有的也给你，他会设法让你得到。你觉得好笑吧？我要告诉你的是，这样的一个人你一辈子也碰不到第二个。这样的友谊我可不愿不珍惜。我越来越不舒服，我一再告诫自己，等我安顿好了，我就把真相告诉他，我考虑合法地换名字。我要采取措施，左思右想，我想到了塞缪尔，我没想到有朝一日我会重见塞缪尔·巴隆，“塞缪尔？”这是个好选择，大家给我起了个外号，塞姆，我想要个更高尚的名字，埃图阿、保尔或阿德里安，但我想用了这些法国人的名字，我会显得很可笑，发音和我的阿拉伯名字相符的法国名字吸引注意力，他们肯定会问我。“塞姆”就很好，这是中性的名字，最后大家又叫我塞米，亲切，几个月之后，我的正式名字就是塞缪尔·塔阿。按列维的要求——他想在纽约开间分公司，我动身去美国三年，用的是事务所的费用。在纽约我成功地设了律师办事处，就在那儿安顿下来了。你以为经验是很简单的事，然而那是我一生最困难的时期，我孤单一人，钱赚得不多，在任何地方都感觉不好，人生地不熟，接触的都是纽约最有影响力的知识分子、律师，还有记者、作家，我不敢接近他们，担心他们排斥我。交付文凭的仪式，你想象一下。当然我对母亲只字不提，我担心她跑到纽约找我。我与过去一刀两断。我在形影相吊的孤独中收到文凭，其他大学生都和父母一起领文凭，而我的父母都没在，我必须为自己辩护，就这样我想到了利用塞缪尔的个人经历，利用他父母的死亡。那一天当我听到我的名字，我向前走——一个人——向着主席台走，我努力挣扎着不倒下去，那一天我真正明白了我撒下的谎言的含义：我绝对不能把此事告诉任何人，不管幸福还是不幸，我过去和将来都是孤独的，没人和我分担其中的秘密。

后来的情况呢？很简单，模仿别的律师的工作，不断操作就是了。我开始与新的朋友圈子、犹太人或不如就是资产者来往打交道，他们像接待兄弟一样接待我。我具有与人交际的本能，很受他们的青睐，逗他们发笑。五年间，我读了不少政治人物的传记、会谈录，我讲述大人物的传记，编造故事，他们邀请我出席他们的晚餐。情况允许时，我懂得使用辛辣尖刻的语言，我也会咄咄逼人，非常痛快；我喜爱违抗，发言奔放洒脱，这在我当时常去的有限的圈子里颇有迷惑力。法典法规，我再熟悉不过，我已领会掌握，自己钻研的，或向他们学习的，或观察他人的；我有这样的本事，很快适应了环境，并为之生色，添枝加叶。我甚至能因对方的身份而曲意逢迎，接受他们固有的习惯和思想方式。当我开始被邀参加我从未涉足的社交圈子的活动时，我向一位店主学习，他是我调到巴黎时认识的。我想：行了，没人认识我，我想学习怎样放置、使用餐具，在餐桌上该如何待人接物，这些没人教我或教得肤浅的社会习俗。后来碰到我的三十岁生日，我在勃艮第待了一个星期，上的是酿酒学的实习课，实习结束后我学会区分两种酒并挑选最好的。再后来，我发现音乐。有一天我被邀请和几个同事到歌剧院，整个晚上我没法子张嘴、卖弄才学。我对音乐一窍不通，对古典音乐更是从未接触，这一天我觉得很丢脸，颜面扫地。第二天我去唱片商那儿，他给我建了个理想的唱片俱乐部，有巴赫的、肖邦的、莫扎特的及其他音乐家的唱片。我对售货的人员说："别漏了任何一个音乐家的作品。"出来时我订了一年的歌剧票。这是一种显示。戏剧就不是这回事了，我做不到，我腻了，有天晚上，舞台上演一位波兰伟大作家写的戏剧，用原文加说明，我在下面睡着了，于是决定放弃了。我向大家承认我不喜欢戏剧。你明白吗，我靠的是个人的努力，唯一的动力就是我个人的愿望，我的工作！也许在谎言的基础上，但我的成功靠的是我个人的努力，是我个人选择了生活道路，是我订的人生计划，决心是我下的，决定是我做的，我再也不愿遭受任何挫折了！这说明我不能和上流社会联系，默契、友谊——或迟或早，会导致真相的揭露，吐露隐情。我禁止自己做这样的事。我保持着距离。你知道当我打电话给你的时候，差点称你为您吗？过分随便、假装的同谋一下子就把你置于社会的底层。但在美国，没有这样的问题，应该用另一种方式保持距离：冷冷的目光，握一下手，不要微笑，用假笑更好，这建立力量的关系，紧张——我喜欢这个。我只允许自己和合作者默契，但就是对他们我也不敢承认我的真相，你明白吗？妮娜，我陷入陷阱了。

有个问题她非问不可，但她犹豫着，怕伤了他，但她还是提出来了。

“没有人看出你是阿拉伯人吗？你的模样是典型的阿拉伯人，我一看你就猜你是东方人。”

“是的，时常有人看出我是阿拉伯人，我必须辩解。和犹太人在一起，我没有这个问题，他们猜我是法国地中海地区的犹太人，我的肤色暗，鹰钩鼻——这都像地中海犹太区的犹太人，但其他地方，不错，常有人以为我是阿拉伯人。”

“你为此出了问题吗？”

“‘9·11’之前，也没出太大的问题……你知道美国是一种熔化炉，没有人真的能区别开人种。但后来，不，是经常，情况非常严重……当天，强烈的攻击完全使我的精神受到强烈震动。我有好几个密友在全球金融服务公司坎托·菲茨杰拉德的高楼工作——我在纽约的大街上走着，心情极其不好，很想吼叫，但我不能说话，我想打电话给我的母亲，让她放心，我要告诉她我很好，我要告诉她我在纽约生活，关于我的情况她就知道这些。我马上打电话给她，她马上就接了，这是运气，因为平时电话老是占线，找亲人都很难，和你提这件事，你真不能想象，当时的情景真可怕，我现在还发抖呢，听到我母亲的声音，我很激动，很自然地就用阿拉伯语和她说话，……我讲了几秒钟，就看见旁边的人用充满仇恨的目光瞪着我，我成了敌人，贱民。那天早上，有个家伙甚至骂我，叫我最好滚回老家去，说美国人会报仇，把我们全部消灭光，一个也不留！今天提到这事我还很难受。后来，我的生活很艰难，有人经常拦住我，在机场，有人问我是否穆斯林，是否阿拉伯人。听到自己撒谎我就恨自己：不，我不是阿拉伯人，我不是穆斯林；有时甚至就像到以色列旅行，不，我是犹太人。在我常去的所有地方，我都听见可怕的事情，说穆斯林是不可同化的，迟早他们会成为危险的伊斯兰运动拥护者，必须把他们赶走，摆脱他们，千万别信任他们。我听见了难忘的暴力言论！而最糟糕的是我常常对此必须表示赞成！有一天，大家正在找个土耳其医生，我的合作人告诉我不要信任阿拉伯人，我笑了，我笑！不是很可耻的事吗？完全可耻！但我能做别的事吗？我就像那些僵化刻板的家伙，夸耀他们的同性恋恐惧症，为了掩盖他们不能承认和承担的同性恋爱！但说到底，我也和那些表达他们的怒火和害怕的所有人一样，我对发生的事感到非常恶心，我和那些干这事的流氓没有任何命运相同的感觉，他们的宗教不是我信仰的，你明白吗？我也听说了另一方面的可怕的事情。例如我到过一个地方，有一群阿拉伯人，他们不知道我了解他们，很自然地向我解释，9 月 11 日的谋杀是由以色列和美国的秘密组织策动的，目的就是为美国的攻击辩护，犹太人事先都接到通知，大楼里的牺牲者没有犹太人，这种肤浅的反犹太主义是令人反感的，我也看出来了，我想戳穿他们的嘴脸，但我只能不动声色地听他们倾吐他们的仇恨，……不错，我不懂得找我的阵营，我是孤独的……”

妮娜站起来，她突然很激动，她想他必须知道，他们的生活中的部分事件，失败的原因，幻灭。她要他听她说话：“我告诉你，塞缪尔在贫苦的郊区做社会教育者，三四年前他也听见了仇视犹太人的言论，开始还是背地里搞阴谋，后来是公开威胁，一天早上他看见他工作的协会的墙上写着‘肮脏的犹太人’，还有别的可怕的东西。他要求调动到别的城市，有人劝他别说自己是犹太人。你信吗？他们劝他改名字，叫塞姆，最后他用了他父亲的名字：雅克。他非常害怕会遭受报复行为。他什么都没说。”“你知道我不喜欢你太严肃吗？”塞米突然说。他躲避这些话题，但他感动了，在这种时候，他不懂其他语言就只知道性。来这儿，你话说得太多了，一面说，他一面把她拉到怀里，抓住她，她不再说话，闭上眼睛，呻吟着。真相？什么真相？性，他就知道这个。他粗暴，神经质，好色，但也感情丰富，感情外露，重情——这一切表现在动作急迫，他们刚刚做爱，他就说她该走了，现在他要一个人待着。天晚了，我去给你叫一辆出租车。她本来以为她会和他过一夜，也许三四天，让她远离死气沉沉的可悲的日子，可是不，他累了，因为时差，他要打几个电话。她还半身裸着，全身包着一条太短的浴巾，皮肤发烫，他说穿好衣服，她就穿衣。她没责备他，和他在一起，她不会有反对他的要求，无可无不可，她的吸引力就在这儿。可以说易相处好商量，遇到复杂情况她也没有什么准则，无需对她作感情方面的解释。她也不追究他的行为是否背叛她的感情，对于塞米这样的男人，很喜欢她这一点，素来都是他向妻子、向女人做说明解释汇报的，他是个不愿被人支配的男人，还不是那类言听计从任人摆布的人。看着她向门口离去，没一点留恋，脸上也没有不满的表示，像机器人似的，五官完美的脸像戴了光滑的面具：你的行为真像个阳刚的男人呢。他对她说，很希望下次再见到她，然后伸手抚摸她的脸蛋，摸她的穿着单薄裙子下面的大腿。她不答话，他急了："对我说，你想再见我，说呀！"她笑了笑，仍然不答，走了。房间里剩下他一个人，他走到床边，抓住他的电话——他的妻子给他留下好几条短信，她想知道他是否平安，她不在身边他是否孤独，是的，她想念他，她一再如是说，"我真想和你一起去巴黎，如果我有空去，我会搭第一班航班。"她对塞米的爱是痴情的，无条件的。他们相遇后将近十年，她对他的态度还像初识时一见钟情的态度——不做作，不矫情，没有算计。她不是那类在大庭广众面前向男人卖弄无限风情、挽着丈夫的手臂撒娇撒痴、温声柔语、用可笑的外号唤他的女人，她对丈夫一直深情爱护，在他面前，她不像在公众面前那样强势那样出尽风头，在他面前，她感觉自己脆弱，她知道他有外遇吗？她有过怀疑吗？这个钟爱丈夫的女人不愿相信丈夫的不忠，她采取鸵鸟政策，不闻不问，全身心献给自己挑选的男人。她在社会上叱咤风云，在家里却甘愿躲在丈夫的阴影下，做贤妻良母。她知道他对她的态度，他们的说不清道不明的关系令最亲近的朋友不解，形成独一无二的运行模式。她提了不少问题，几乎有纠缠不休的味道，他故意逗她，回答得含混不清，这样的游戏他觉得有趣；她完全归属于他，她也喜欢归属于丈夫。

他们谈了很久，挂了电话后，塞米看手机上的短信，妮娜竟没有发来一条。她的冷漠态度令他着急。他不禁给她打电话，他想听见她的声音，但她不接。他又打了三四次，还是没回音。突然他听见电话里传来她几乎听不见的低语，冷冰冰的——“我不能和你说话。”

12

妮娜回到家，看见塞缪尔已经入睡，喝了酒，脸孔发热，神色颓丧。对着的电脑还亮着，屏幕上显示的是报纸消息。妮娜走过去，用鼠标点击浏览器的说明，发现他看的是有关塞米的资料，了解他的事务所、他的妻子、他的孩子。他真是患了强迫性神经官能症了，她突然恐惧起来，明白发生了什么事：历史重演。她没有想到，二十年过去了，她的欲望还完好，（你看到了，你感觉到一切可以重新再来，什么都没动，他们的感情未变，时间、分离、距离都不能削弱它。）她溜上床，睡着了。半夜塞缪尔轻轻摇动她，他缩在床角，俯身向着她，瞪大眼睛，怪怪地看她，好像会有不轨行为，她推开他，可是晚了，她太累，他还在摇她，先是轻轻地，“你背着我干了什么事，快告诉我，我要知道，快说。”然后动作越来越大。“你是疯子！”她拒绝回答，她哭，“放开我，我困了。”但他不放过她，“不，不。”他还是穷追不舍，提出一连串问题为难她。他下了最后通牒，毫无商量余地：“你必须把一切说出来，哪怕有风险我也要冒。”

于是发生了令人想不到的事。她很想睡觉——他怎么可能真的想知道她和塞米之间发生了什么事？她怎么可能相信他受得了被骗的痛苦？——她坐在床沿上，说起话来。

“我们在旅馆的酒吧喝了一杯酒。”

“然后呢？”

“我们出去在杜勒丽花园旁边走了好一会。”

“然后呢？”

“他要我在旅馆里喝最后一杯酒。”

“然后呢？”

“我同意了。”

“他要求你去他的房间吗？”

“是的。”

“你同意了？”

“是的，我同意了。”

“你一点也没有犹豫？”

“是的。”

“那么你跟着他去了他的房间……”

“是的，是的。”

“你想到这个时候会发生什么事吗？”

“也许，我不知道。”

“你给我解释一下，我不明白。”

“我不知道，我没提出这个问题。他要求我跟他喝一杯酒，我同意了，我没想到会发生什么事。”

“你跟一个男人到房间去，这个男人是你爱过的，你和他有过真正的关系的，你跟他到他的房间去，你没想到会发生什么事——我只是假设，我还不知道发生了什么事——后来呢？我很难相信你说的话……”

“我想过了，但……”

“你想过了，可是你……”

“是的，我想过。”

“你想过什么？”

“我想过可能会发生的事，如果他是个敢说敢做的人……”

“你还是跟他去了？”

“是的，我想冒这个险。”

“你们在他的房间里干什么了？”

“我们谈话。”

“光是谈话？”

“我们谈话，我们喝酒。”

“你们谈什么？”

“基本上谈他的情况，他在纽约的生活，然后……我想知道他为什么、怎么样掠取了你的生平，用谎言捏造他的生平。”

“他怎么回答你？”

“你真的想现在就谈这一切吗？”

“你累了？”

“是的，我累了，我困了。”

妮娜一面说，一面拉被单盖在身上，她侧着身子躺下，背对着塞缪尔。

“你们拥抱了吗？”

他冷冷地提出这问题，妮娜没回答，没动。

“你没有回答，你们拥抱了吗？”

妮娜没有转身，只淡淡地回答：“是的。”

13

塞米每一次见到母亲，就拿出大玩艺，重炮，假货，噼里啪啦叮叮当当响的玩艺，手镯，手提袋的扣环，她认为所有的东西都太漂亮了——一叠叠的钞票，欧元，美元，——高档商品店买的礼物——五颜六色的首饰，金的，银的，白色、黑色的假钻石，丝绸围巾，在名店爱马仕或迪奥买的方巾，有时还买裙子；如果他有空，会买宽大的内衣，花花绿绿的名牌货，他知道她喜欢这些东西，这些东西表明他事业成功，表明他有的是不动产的附属物。至于免税纪念品，基本上是牛奶巧克力，她喜欢它们，也喜欢撒了粉的香水，科隆香水，手提行李袋，钥匙扣皮包——这些东西都是他感觉自己罪大恶极时给母亲的补偿。那天早晨，他醒来就做他该做的事，打电话叫看门人①要一辆车及司机，要了一大束最新鲜最芬芳的最罕有的玫瑰花；要了香奈尔的手提袋，古典式样，黑皮，装了垫子、带金链。不论价钱多少，谢谢，中午前要所有这一切。好的，先生，看门人卑躬屈膝，任人差遣。这些由令人羡慕的社会地位产生的主奴表现，没什么可说的。他喜欢这些礼节，他认为这是一种尊敬的形式。由他这个客户的地位要求的奉承拍马，——在旅馆里，他是国王，随意行使他的权力。叫人做这件事，做那件事，偷偷塞一张钞票给他们，——很好，谢谢。昨天他从旅馆的房间打电话给母亲，告诉她他在巴黎，我去你家吃午饭。对母亲而言每一次他的到来都是一次惊喜。他从不过早通知她。电话线那头母亲的惊喜激动是那样的自然自发，他想要留住母亲的感情。在任何别的、他接近过的、爱过的、遇到的女人身上，都找不到母亲特具的真诚的朴素的爱。他想，这就是纯洁的母爱，然而他背叛了母亲。现在他在床上，穿着衬裤，上身光着，盛早餐的盘子放在膝盖上，电视亮着，他在看CNN，他

① 他叫雅克·杜华尔，54岁，做了三十年，里兹看门人的儿子，他成了他想成为的人。

想的是妮娜，犹豫一会是否该打电话给她，但他放弃了。眷恋也是精神病。

他已两年没见母亲了，上一次他来巴黎，是2005年冬天。他觉得她老了。她抱怨胸痛，脚痛。他劝她在美国的医院住院检查，住了三天做了好几项检查，他突然害怕失去她。她的头发花白了，背弯了，他发现她的动作也没以前灵敏了。要表达一个意思，她必须和一股看不见的力量斗争，这力量控制了她的思想，然而她是个要强的女人，正在壮年的女人，她才刚满六十岁呢。

每一次他都惧怕和母亲的重逢，但他从不停止与母亲的见面。认识了鲁斯和她的父亲，他明白他不可能承认母亲，他不得不以新的身份生活，他本来应该而且这样做也比较妥当：和母亲断绝来往。然而他没有勇气和母亲中断联系。不是要保护她，而是为了保存自己，没有她他不能活，有什么很强烈的力量维系着他们，他说不出到底是什么东西。牢固的母子之情？是的，大概是的。和每个被母亲的母乳养大的孩子一样，母亲是他人生最重要的女人。当然也还有其他理由，他担心过于决绝地与母亲断绝关系，会伤了一个女人，一个过着艰苦生活的女人，过着屈辱生活的、过着找不到负责人的卑贱生活的女人；贫苦的童年，被迫的父母之命的婚姻，流浪生活，苦难、欺骗手段，猪狗不如的生活。想到母亲，他就不能不忿忿不平，不能不疯狂。说实话，即使在纽约，生活在最富有的资产者环境中，生活在最封闭的、要证明你的家族威望才能进入的环境中，他还常为母亲娜维尔自豪，做儿子的以取得社会的回报为自己唯一的野心，做子女的孩子要为母亲报仇。每回看见她他就想起他没有实现的诺言，胜利的时刻要母亲在身旁。他在别处取得了胜利，她却不知道。他看见她神色黯淡，好像新滤光片模糊了她在他心目中的形象。对母亲的爱马上使母亲的形象鲜活起来，于是她变得生动了，有色彩了。久别重逢，他们都像过节一样快乐。她可以在厨房里待几个钟头给他弄好吃的东西，布置房间，穿上漂亮衣服，洒上香水。他没告诉她他有孩子了，她也不提这些问题。有时她问他是否想结婚，成家立业，没问别的，他只说他遇上了好几个女人，但还没爱到要结婚的地步。一般地说，她不坚持问下去。（只有一次，她说她做了一个梦，梦见有孙子了，他很小心地回答："会有的。"）

到达目的地，他觉得不舒服。眼前一片可怖景象——他度过童年的地方到处阻塞到处积垢——感觉进入了完全沉沦的地区——和巴黎一点钟相似的荒凉，怎么回事？环境日渐衰坏，这就是他所见到的一切。墙壁上乱涂乱画着下流的场面，或写着宣传大男子主义的辱骂，树木遭刀砍被剥皮，车架横七竖八地堆放，被破坏的车身陷于荆棘丛生的烂泥地中，荆棘像针一样尖锐锋利，长满黑绿色的蓖麻——最容易传染蓖麻疹——到处是横七竖八的机器零配件，枪支碎片，木桩。十岁、十二岁的孩子大步走过柏油路，四处逡巡，眼珠子警惕地瞪着，满嘴粗言滥语，随时准备打架，"来呀你敢吗"，做非法买卖，贫穷。他救了自己的后代，设法把他们转移，"远离决定论"，远离噩梦，他拥有他想要的东西，他的孩子受到了保护，不用遭受社会暴力，享有社会最好的产品。但那又怎么样呢？他不相信痛苦能造就人的道理，不相信贫穷、考验、遇到困难才能达到成功，遭受贫苦、缺衣少穿、屈辱，打击才能使你百炼成钢。情况有时恰恰相反，他相信这点：贫穷使你自卑脆弱，缺衣少穿使你体质孱弱，无论是体力还是精神。最好就是它使你产生一种感觉，疯狂可以成为社会动力，有时它可以冲破大门，你进去后，看见你的疯狂给你留下伤痕。进去后你会马上选择模仿，一种因循守旧，它不排除独创性，但也是从属。因为在社会的优秀分子心中，迷惑人的不是疯狂，而是控制，自制。真正抵挡的能力是这个。人也因此才真正突出。而控制，——塞米和鲁斯接触时理解这个，也许加上精神力量尤其是教育。学习控制激动，时时处处，绝不在公众场合抱怨。

他的孩子们从小受到教育和培养，举止言谈文雅高贵，他们的老师是哈佛大学、斯坦福大学退休教师，或从网上挑选的、教他们音乐的老师是最好的乐队的演奏者、乐师，老师们每周给他们上几个小时的课。星期天早上，天一亮，他自己还没运动，就要求孩子们背诵功课，检查他们的作业。他为孩子们做得太多了，他的四邻都善意地笑他，对培养出色人材的执着，他也毫不掩盖他的执着。培养优秀人材，他懂，他本人也是成功人士，不是吗？他心满意足，确信选对了道路，感觉自己能力强，他自豪，但很快他又感觉到了羞耻，……他背叛了父亲，忘了自己的家史，忘了他们的痛苦……他没有承担应该承担的义务，他的成功建筑在谎言上……他抛弃了他的母亲，……没有给她购置舒适的房子……其实是他的母亲不愿离开她的老房子，不听他一再的劝告，住老房子是她的选择。她离不开她生活的地区，这鬼地方。她觉得这儿充满生机，她的邻居都在这儿，如果她行动不便，本地的孩子们替她奔跑，她不孤独。而富人却眼睁睁看着她倒霉，袖手旁观，“他们甚至不知道我的存在！”她说，在这个世界上，人类互相残杀。

司机在他母亲所在地区好几百米远的地方就停下来不愿意往前走了。“太危险了”，他不愿被人扔石头砸破脑袋。塞米只好下车步行，他急急走着，绕开一大堆堆在泥泞土地上的树木。在这人烟稀少的地方，看见他这个衣着像“小意大利”歹徒的人，臂下夹着白玫瑰花，手拿香奈尔名牌手提袋，有人向他鞠躬，称呼他“大老板”，他可以在这儿进出，大家猜得出他是个不能碰的人，有人向他拍拍手，“吻你，我的兄弟”，他们让他过去了，“欢迎你”，“他是我们的人”。电梯出了故障，他步行上楼。他碰到一位非洲女人，三十多岁，用背带背着一个孩子，左手拎一纸板箱的水，右手拎一纸板箱的减价牛奶，她住在十五楼，天天如此。塞米帮她提手，正好避开一摊尿，他上楼，一面喘气，直送她到家，然后下楼到八楼，他不明白母亲如何在这儿生活，怎样把日用品搬上楼。到了母亲的住房门前，他吸了一口气，鼓起勇气，然后呼出一口气，吐出他心内的不安，他很激动，按了一下门铃，她马上出现了，她一定在门后等着他，因为她应声开了门。看见儿子，得，她的泪闸打开了，哭了起来，（这不是电影中的镜头，她真的哭了），她拥抱他，好像看见天神下降。我的儿子……我的儿子……“好啦，妈妈，轻点，你快闷死我了！”——母爱的激情汹涌给他很大的压力。进来，进来，YAOULDI，他跟着她进去，行了，童年好像飞镖，突然从回忆里窜出来。他把花和包送给母亲，她哭得更厉害了。“太漂亮了，太贵了（她的意思就是对于我这样的女人来说太昂贵了），你不该花这些钱，为什么你要花钱，我不要你为我花钱，你太大方了，你是个好儿子。”这时她说，回应她给他写过的那句话：“我知道你是个好穆斯林。”得，她又来了，每当她说这句话，他就恐慌，心就扑通扑通地跳，他听到了他的心跳声，快要跳出来了，——他怎么向他的妻子和孩子解释他在这个女人家里干了什么？如果他现在死在这里，会发生什么事情？他的母亲不能通知任何人，她会叫人把他埋在最近的墓地里，在穆斯林的四方形土地中心，一个星期后，鲁斯也许会通过皮埃尔·列维得知消息。他埋在那儿。她受打击，她不安。快，这儿有椅子。他坐下来，餐桌上摆着她做的几十样冷盘，她烤的面包，一种有点厚的易碎的玉米饼，他很喜欢吃的，但他现在不饿，他心乱。也许过于激动了，她向他提了一大堆问题，关于他的工作，他在纽约的生活，最后责备他不邀请她去他家。至少去一次，让我看看你在哪儿生活，一个做母亲的有权利知道这些情况，对不对？她责备他不谈他的生活，他的房子，和他打交道的女人，她对他的情况一无所知，她想知道他的一切，但他只告诉她不重要的事情。“你是否觉得我丢了你的脸？”他是怎么生活的，在哪儿工作，吃什么，干什么，谁是他的朋友，他的合作人，但这一天，塞米回答得很快，因为他猜她虽然问了那么多问题，脑子里其实只有一个念头，为了一个她才想见塞米的人：弗朗索瓦。

“好啦，和我谈谈他吧，出了什么事了，问题在哪儿？”问题就是弗朗索瓦。她担心他的个性，他交往的人，他本人的脆弱，他喜欢四处晃荡。她总结说：“他游手好闲，你不像你，他一事无成，他读到三年级就读不下去了，每一份工都干不到一个星期，有人叫他去市场打工，他早上起不了床，磨磨蹭蹭的，说他找不到工作，他是故意这样做的，他没有运气，我不知道……”“妈妈，他二十四岁了，是个成年人了，他想怎样做就怎样做吧，别操心了。”“他没想到他已经成年了，你相信我说的话，我常常替他担心。”塞米悄悄摸摸母亲的肩膀，她忧伤得声音有点嘶哑。“做母亲的生了两个儿子，一个成功另一个不成器，做母亲的难免痛苦，等你有了孩子你就明白了……”塞米愣住了，他早就有了孩子，他怎么能对他们的存在保守这么久的秘密？他想念他们，他想打电话给他们，对他们说“我把电话转给你们的祖母”。好几次，他们要求他给他们谈谈他的父母，但他不得不捏造父母的情况。他说他的母亲是美丽的知识分子，女权主义者，他的父亲是个专横的大教授。

她说她担心得坐卧不宁，茶饭无心。“我需要你，塞米，别看着我倒下，无动于衷。我请求你，他也是我的儿子。他易受不良影响，我害怕他学坏，最近他经常和坏人来往，这些坏人在本地持械抢劫了十个人，我在他的房间看到武器，在电话里我没和你说这事，你吩咐过我的。我问你，你害怕什么？你和警察没问题吧？”“没有，妈妈，我是律师，我处理的都是敏感事件，会有人窃听我的电话，所以我必须小心。”“来，来，看看，我带你看看我发现的东西。”他跟着她穿过长廊，来到房间，他看到房间的墙上挂着他的照片和弗朗索瓦的照片，——从他们的照片可以发现他们虽是同母的兄弟却一点也不像；母亲没有光泽的黑皮肤，弗朗索瓦金发白皮肤，母亲穿古老的服装，身体被裹在宽大的无袖长衣里，（只在家里穿，去外面只穿她本人裁剪的裙袍，布是她在圣皮埃尔市场买的）；弗朗索瓦老是穿厚绒套头运动衫、美国运动品牌的冒牌货，穿在他身上显得太大。看见兄弟的房间，他往后退了一步；床铺收拾得还算整齐，玻璃窗也还干净，但衣物散乱，扔得到处都是，满地垃圾：报纸，纸张，空包装纸，衣服，红牛易拉罐，打开了的啤酒易拉罐；“他不要我动他的东西”，看到塞米厌恶的眼神，母亲为自己辩解说。角落里堆着成套的耐克牌篮球鞋，每一双价值都在100美元以上，几十张DVD都是戈尔拍的恐怖片，游戏VIDEO，供特别暴力的成年人看的，（他发现当中有色情片，弗朗索瓦根本不遮盖包着它们的纸套。塞米想，他在哪儿弄到钱买这些东西？他怎么敢把这些东西摆出来，要知道母亲天天进他的房间做家务？）“他或在外面游手好闲，或把自己关在房间里终日玩游戏机，最近我知道他还干别的事儿……”母亲一面说，一面跪下来，指着地面，低声叫塞米过来，“你瞧”，发现一个很大的坑，用灰色亚麻油毡掩盖着，油毡处处都是切刀割破的切口。她说“你过来”，从围裙的兜里拿出一个手电筒，照亮坑内，塞米看见坑里藏着手枪、刀、手榴弹、警棍和其他她不知道名字的吓人的防卫器。她瞪大眼睛问道：“你看见了吗？”她又哭起来：“这些东西如果不是用来威胁人，盗窃，杀人，还能干什么？”

她提心吊胆，她确信她的小儿子参加过持械抢劫。她告诉塞米，警察到现在还没找到作案者，他们来大楼搜查。“几十个带着武器的警察，像军队的士兵。我害怕，塞米，我担心他干坏事，害怕他坐牢，LA HCHOUMA。”“妈，应该说‘可耻’……”“不，就是LA HCHOUMA！阿拉伯语响亮，法语的‘可耻’念出来声音太柔，表达不出暴力的意思，阿拉伯语的‘暴力’LA HCHOUMA，够硬，是从喉咙里吼出来的……”她还在嚎啕大哭，一面抱怨：“这是什么‘MEKTOUB’啊！”塞米明白这个阿拉伯词的意思就是“命运”。她说得对，法语的“命运”发音不够响亮有力，而阿拉伯语的命运“MEKROUB”里面有个K，读起来响亮有力，表现力强得多。这次他不纠正她的用词了，他听见她大声叫喊：“啊，我的儿子，幸好你在这儿，别抛下我和他不管。我求求你，YAOULDI。”他想，她怎么歇斯底里了呢，他讨厌母亲的大吼大叫，忍受不了过分的感情爆发，不加掩饰的赤裸裸的愤怒。他过着不宜暴露身份的日子，为人处世小心谨慎，如履薄冰。他觉得母子之间没有丝毫的相同之处。他再也不会过母亲过的日子，他接受了另一种人的生活，他的宗教信仰有别于母亲的。现在他是被尊敬被羡慕被仿效的律师，他接受了更适合他的生活态度。此刻他想摆脱母亲，但他还是以温和的声音劝她冷静。她抽抽搭搭地哭着抱怨着，说她快死了。他一言不发。她抓自己的衣服，把自己的皮肤抓到出血。“你不就是想看见我痛苦吗？”这下子他的声音冷冷的了。“妈妈，住口吧，你想要我干什么？他有他的生活，我有我的生活。我解决不了大家的问题。而且你想想，他对我的生活会有什么恶劣影响？如果有人知道我的兄弟藏着武器，我的一切都要失去了。我知道你担心，我会和他谈谈，我会用我的办法试着帮助他，但我不能做得太多，否则我会冒风险的，这是肯定的事。”“求求你了，塞米，帮帮他吧。”

塞米在什么时候明白他必须和他们保持距离的？什么时候他听见了“坐牢”这句话？什么时候发现了武器？不仅仅这个时候，而是更早一些，在踏进这个地区的时候？他突然浑身发热，他明白如果有人在这儿发现他，发现他身边有武器，他就倒了大霉了。他全身冒汗，脱下衣服和领带，把它们扔到兄弟的床上。“你听见了没有，千万别把这事张扬出去，别让任何人找到它们！我不知道我能做什么！给他讲道理？你明明知道我左右不了他，我和他并不熟，我和他一起仅仅生活了五年！我们没有一点共同之处，你知道的，唯一能影响他的人就是他的父亲！你也许应该和他联系，和他谈谈。”

提起弗朗索瓦的父亲，娜维尔真的绝望了，她瘫倒在地，好像断了线的木偶。塞米站着不动。她不停地哭，好像没什么东西能使她平静下来。于是，他说话了。“我不明白你为什么不打电话给布鲁内，不管怎么说，他是他的儿子，你一直在保护他，你害怕什么？他必须帮助他，给儿子找份工作，他有办法帮助儿子，和儿子联系，给他钱，这是他的职责，你要求我代替他，可我不是他的父亲！你和他生了这个儿子，你打定主意要独自抚养他，而他也应该承担点责任！这是他的责任！不是我的责任！”突然，门一声巨响，他们听到脚步声，有人冲进来，冲到亚麻油毡的上面，有个声音在叫：“妈妈？”娜维尔低声说：“是他。”她抹抹沾满泪水的脸，咽下泪水，掩盖好藏物处，站起来，拉塞米往走廊走去。弗朗索瓦正在那儿等着。“妈妈，你在哪个鸟地方？”“我来了！”

塞米每一回看见兄弟，心里都不免一动。从外表看，他们没有丝毫共同之处。弗朗索瓦穿着简单，他穿一条膝盖和屁股被撕裂的牛仔裤，一件黑色圆领的T恤，颜色刺眼、气味冲鼻的很大的篮球鞋。看见塞米，他走过去，用有点幼稚的态度拍拍手，讥讽地说："啊！先生在这儿！"塞米没回应，他厌恶兄弟这样熟络的态度和拍手——他憎恨他的一切。他跟着母亲，她要他们坐到餐桌旁。每次塞米来这儿，兄弟在面前，他就必须克制紧张、不友好、不信任的情绪，好像要和他的历史中最阴暗最肮脏的一面作斗争，并非贫穷并非苦难使他觉得可耻，而是他的兄弟，他不希望存在的兄弟，这个和他没有一点相同处的兄弟。无论是智力，社会地位，一切，他们都不相同。弗朗索瓦在机械装置的BEP考试失败后中止了学业，他口试和笔试都很糟糕，——他是个野人，塞米想，看见他坐在椅子上摇晃，把食物塞进嘴里的难看的动作，喝东西时发出的怪声。

"喂，你来这儿干什么？"

"我来看妈妈。"

"你来会客室会见客人吗？你是来探监，你就待二十分钟，就够了，下次见！"

"你很了解监狱的事啊……"

"我不了解。你要知道我从未坐过牢，你很吃惊吗，我做过蠢事，但不坐牢，不……"

"别把话说得太早。"

"你是来威胁我们的？"

"你能不能说话不太冲？"

"是你在挑我的不是，你来这儿大讲你的道德经，你……"

塞米不答话。弗朗索瓦继续使劲地嚼东西。

“你就不能吃得小声点吗？”

“我操你。”

塞米看着他。弗朗索瓦握紧手里的刀，很吃力地切肉。“你不会用刀吗？”弗朗索瓦突然站起来，向塞米挥动手里的刀，动作令人难以相信地灵活。“你想看我使刀吗？”然后把刀甩出去，他的母亲吓得大叫，哭得更厉害了。“我这是在我的家里！我想怎样就怎样！你不高兴的话，就滚出去！”他向大门走过去，然后又倒回来：“走的时候别忘了留下钱！”然后他就消失在通往房间的走廊里了，扔下他的母亲和塞米。她用泪水堵住的声音说：“你看见了？他成了疯子了！我都没办法和他说话！”突然，弗朗索瓦放出震耳欲聋的音乐，他们听出歌词的挑衅意味——

你一条腿断了，看你怎样扮美人！
我拆了你的下巴，看你怎么吃东西！
你是一头猪，就该送你上屠宰场！
你是化装成女人的妖怪！我想看见你流泪被撕裂！
我想看见你魂飞魄散！
我想看见你被火烧得团团转！

塞米也站了起来，他的母亲拦住他。“求求你，别走，等他冷静下来。”他又坐下，毫无胃口地吃着，不理会母亲的眼泪。他突然想念起妮娜来了，很想和她在一起。里面又传来乐声和弗朗索瓦的声音，又在老调重弹，大声叫喊：“你是臭婊子！臭婊子！一个臭婊子！一个臭婊子！我要操你让你大肚子！臭婊子！让你在 OPINEL[①] 下小产！”

“你听见了？他有病！”塞米嚷道。

“现在他不自在呢，别恨他，他失业，我希望很快过去，我害怕的是我刚才给你看的东西。”

“你给他找了太多借口了，他需要找工作，而不是靠啃你过日子。妈妈，他是个男人，不是孩子了。”

“别这样说，他尽力了。他没有很多朋友，有时和本地的两个家伙闲逛，我不喜欢他们。他的本质不坏，是个好小伙，应该懂得引导他，他没有你的运气……”

“你说什么？我有什么运气？”

沉默。突然弗朗索瓦也关掉了音乐。

“他没有女朋友吗？”

“没有，去和他谈谈，他大概冷静了。”

塞米站起来，向兄弟的房间走去，一面考虑该和他谈些什么。他敲门，没等回答就走进去了。弗朗索瓦坐在电脑前面，正在玩游戏机，很专心的样子。塞米从他站着的地方看电脑屏幕上出现的画面，是个肌肉发达的男子，挥舞大砍刀，身上的 T 恤血迹斑斑，他的唯一任务似乎就是杀人，杀得越多越好。弗朗索瓦突然转过身来，看见塞米。

“我叫你进来了吗？你来这儿干吗？”

“听着，你用别的腔调和我说话。”

---

① 法国著名刀具品牌。

“我想怎么说话就怎么说话，你不满意就滚吧，这儿是我家。”

这个时候塞米真想揍他，但他控制住自己。因为殴打和受伤会惊动这角落地区的警察局，还要忍受母亲的哭泣、兄弟的威胁，算了吧。

“我来这儿不是为了和你闹冲突的，相反是为了帮助你。如果你有困难，我……”

“从什么时候起你关心起我的事了？”

“能安慰母亲的一切的事情我都愿意做，我知道她为你担忧。你为什么不工作呢？”

“我找不到。”

“你找哪方面的工作？”

“差不多什么都干。安全，机械装置……干一个或两个星期，他们的钱付得很少，为了一点点钱累得半死，我腻透了。”

“不尽一点努力，你什么都得不到的。”

“你来教训我吗？你说得倒容易，你看见你是怎么过日子的，你的运气好。”

“我的运气是我努力挣来的！我也没有人帮忙！”

“你想要多少钱就有多少钱……”

“你说错了，我工作得很辛苦……”

“啊，住口吧，我快哭了……”

“如果你有困难，我可以帮助你，但请你别做蠢事，别连累妈妈，别把她牵扯到你的事件中去。”

“你知道什么？我操你！你又不是我的父亲！”

“你说得不错，你的父亲，你最好常去见见他！”

他说了这话马上后悔了，因为弗朗索瓦向他投去充满仇恨的目光，他大叫大嚷："现在你给我滚，滚，笨蛋！"

塞米拿起他的衣服、领带，从房间出来。弗朗索瓦重新放音乐，歌手又吼叫起来，"臭婊子！臭婊子！"塞米在走廊里停留了片刻，看着吃奶时期的弗朗索瓦的照片，带红棕色的金色头发，大蓝眼睛，露出奶牙的微笑，他活像儿童杂志里的模特。他的母亲在客厅里。他听见她在搬桌子。到了门口，塞米打开他的钱夹子，从里面拿出一大叠钞票，把它放在柜子上面，柜子上方挂着他父亲的照片。"臭婊子！""妈妈，我要去那儿了。"他有点为难地说。看着他留下的揉皱了的钞票，他有点不好意思。他对自己的动作不满，这举动他做过上千回，他不该这样给她留钱；没用信封包着，不说一句话，这样做不自然，让人曲解他的意思。她并不要求他什么。"臭婊子！"她的养老金够用了，她容易满足，现在她就拒绝收钱，她说她不要，太多了，"你留着吧！"他发怒了。"住口吧，妈妈，够了，我要走了"他突然说出这些话来，飞快地下了楼，像个疯子似的，他跑，差点倒下，他逃，逃，在他的脚下，楼板在响。"臭婊子！"他还听见兄弟的唱片放出的歌词，这些歌词骂的好像是他。

14

妮娜再也不愿和塞缪尔说话。她躲他避他，再也无法忍受他的思想方式、生活方式、他的性格、他的个性。她要和他分手，结束和他的关系，这个生活的失败者，难以自拔，听凭命运安排，软弱无能，躲在社会的角落里，甘当落伍者的窝囊废，摆出为写作牺牲的架势——永远不能真正实现自己的人生价值。他怀疑一切，也毁了自己的前途；她要了结基于强迫的过去，她对他再没有爱情，没有希望，不可能和他订共同的计划。他们妨碍对方的生活和前途，好像实验室里的耗子，困在笼子里团团转，找不到出路。

她不能再过重逢塞米之前的生活了。她和塞缪尔的生活如一潭死水，没有盼头。他们住在宿舍式的住宅区里，和几百个居民一样，一把一把地吃抗抑郁病的药，为了忍受经济、社会造成的恐惧——吃药也不顶事，一切都没有变化，要说有变化的话，就是变得更可怜。她不该做梦——妮娜像算命先生那样探测未来，她看到的未来是阴暗的，绝望的。——她将年老色衰——美貌是她唯一拥有的东西，她用以维持生活的东西。她怨恨塞缪尔，她的不幸源于他，源于他的无所追求、他的神经症。她冲他说："你渺小，堂堂大丈夫胸无大志，甘于平庸，一事无成，没人尊重你，大家和我一样藐视你。"塞缪尔听着她的奚落，不敢反驳，不敢挑起昨日的争论——他胆小软弱，装出若无其事的样子。他装死，缩成一团，弯着腰，装聋扮哑，装傻扮懵。他担心顶撞她的结果是失去她。他闻到了她要抛弃他的气味，他受不了，他知道她随时会变心，他快疯了，他只要说一句话她就会走。他要耐心等待，塞米很快就会回纽约，不再打电话给他们。塞米走了，他的日子就好过些了，他也年轻多了，他和妮娜会忘了他，他们肯定会忘了他。到那一天，塞缪尔出门上班，他一再向妮娜表示他爱她，何必呢？妮娜没有反应，看着他远去，我已不再爱他了。最后家里剩下她一个人，做什么选择？她知道她再也忍受不了这惨淡的生活，她确信他们已没有爱情。她再也忍受不了他的抚摸，不愿和他说话，她和他的爱完了，必须分手了。她穿着运动短裤，无领无袖的短套衫。她看着门旁挂着的大镜子里面的自己，这个漂亮女人是她吗？结实的身材，丰满的胸部。她脱了衣服，想看看自己的裸体。阳光穿过遮帘，她在光亮里松开头发，顾影自怜。她已丢去照镜子的习惯，有一天，在一本杂志里她读到布里吉特·巴尔多对一位年轻女演员的劝告："当你进入一个房间，抬起头，你还愿意与人睡觉，那么你就是世界上最美的女人，要珍惜这个时光，它是为时不久的。"此时她的电话铃响了，是塞米打来的。他想见她，他想要她。他要她马上来，他想念她，想念得要命。她笑了："你打电话给我的时候，我正在脱衣服，我现在正一丝不挂呢。""求求你别说这样的话，你会杀了我的，你真的一丝不挂？""是的。""现在你听我说，你就穿一条裙子，里面不要穿别的，你听见了吗？你搭出租车来找我。""我不干呢？""你不能拒绝我。"突然她挂了电话。他又打电话给她，她不接。他给她留下三四条短信，她使他发疯了。他经不住她的挑逗，受刺激了，他想要她；他想平静，但做不到，他打电话，再打电话，他急了，洗了个澡，喝了一杯威士忌。她在哪儿呢？突然，一个小时之后，有人敲他的门，他扑了过去，是她，身上紧裹着一条棉布裙，上面钉的是揿扣，他把她拉过来，"我以为我快死了"，然后把她搂紧，"为此我要惩罚你"，他拥抱她，闻她的头发，把她拉到床上，躺在她身边。他一下子解开她的裙子，搂住她的腰，把她拉过来，他的动作有点粗暴，他就喜欢粗暴，暴力，把她按倒在床垫上，抓住她，让她明白他控制了她，他是她的救星。

她躺在他的身上，用舌头搅他的嘴巴，歪在他的脖子上，用指尖抚摸他的伤疤。“你哪一天告诉我你是怎么受伤的？”他轻轻推开她。“怎么啦，告诉我吧……”他轻轻抓住她的肩膀问：“你真的想知道？”妮娜点点头。“这是暴力事件，会吓着你的。”他的口气带有讥讽的意味，她马上反驳他：“我喜欢这块伤疤，它给你添了男性魅力，这使你……”“住口！”他挣开她的怀抱，坐起来，双手托着脑袋，似乎要鼓起自己的勇气：“我这是第一次和人谈这块伤疤，我一般告诉别人说，是为了保护一个在大街上遭男人攻击的女人受的刀伤。一个英雄的故事，你看……这事给大家的印象很深。当然这是假的，事情并非如此。我当时15岁，我的母亲要我把行李袋拿到地窖里去。她不要我一个人去，没人愿意去地窖。那儿肮脏，还有人在那儿抽烟，非法买卖毒品，于是她要求看门人的儿子陪我下去，其实他是大团伙头头，一副监护人的嘴脸，我母亲不知道这回事。他对我母亲说一切包在他身上……我们下去，在那儿，楼梯上，他问我是否和女人睡过觉，我回答说没有。他说是时候了，但对于我而言，我根本不想和女人睡觉。第二天我有数学作业，我要学习，我不想跟这个有病的人在一起，但他坚持着，我从他发狂的目光中明白我不能违拗他的意愿，我们下到一条长走廊里，类似管道，很暗，又像隧道，里面有十多个和我同龄的家伙正在耐心等待，他们面对着门，从里面传出叫我心跳的叫喊声。他抓住我的手臂，让我进入地窖，在那儿，在潮湿的房间中央，在半被拆坏的办公桌上，我看见一个十三四岁的女孩，正被一个16岁的男孩强奸，她吼叫着，像牲畜一样吼叫，她要求他住手，对他说她很疼，叫救命，太可怕了……头目命令他干了她，他推开正在强奸她的那个家伙，指着我对女孩说'含他'，女孩过来，哭着，跪在我的面前，那家伙扇了她一个耳光，'含他！'血沿着她的眉弓流下来，她哭，这时我说我不愿意，我说：'放了她。'一个家伙开始朝我说难听的话，他大叫大骂，说轮不到我干那个女孩了，排在我后面的那些家伙急了，他们当中的一个吼叫说我会揭发他们，那头头对我说：'婊子，你是个胆小鬼！你是个混蛋！'但我不能动，我因害怕和恐惧麻木了，其他家伙怂恿头头，要他惩罚我，非要我强奸女孩不可，于是他拿出一把刀，朝我的脖子上划了一下，威吓我说，如果我说出去，他就用刀砍我身上其他地方，直到把我砍死。我走了，也不去找行李了，我像疯子一样地跑。我没有说出去，没有告发也没有控告他们。"妮娜低声说："对不起，我没想到事情是这样的……""我永远忘不了这个女孩，我为此才成为刑法律师，为了自己再不要处于这种状态——被害人得不到保护，凶手得不到惩罚。"

妮娜像母亲般柔情抚摸他的头发，她低声说："我没想到，你也从来没对任何人说过这事。""有许多事我没告诉你呢。""我还以为你的事我全知道呢。"听见这话，塞米转过身去，说道："没有一个人知道我的事，如果有一天有人说相反的话，说他知道我的事，你别相信他。"

15

男女双方恋爱，感情到了一定的火候，就会设法把两人的爱情关系确定下来——如用房子、认证，使关系合法化。这些办法往往适得其反，导致关系无可挽回的破裂。大家都知道这个道理，然而谁都不愿放弃这个办法。恋人相处或长或短的一段时间后，便打算同居，一起过日子，他们不明白距离产生爱的道理。塞米和妮娜穿着睡衣躺在床上，身上盖着零乱的被单。他们感觉很幸福，又提起陈年旧事。塞米的手机响了，是他的妻子打来的，但他不接。他与妮娜相聚，正是一刻千金、情深意浓之时，他不要电话扰了清梦。鲁斯呼了他四五次，他都置若罔闻。他真是疯了，陷入情网了。他不管不顾冒风险，率性而为。他对妮娜说："我再不能没有你了。"妮娜的头脑比他清醒，她泼冷水说他们没有选择的余地，他注定要回归家庭，两个人必然各奔东西，各行其道。她说这些话时心平气和，一副无所谓的样子，其实采用的是激将法——这一招很灵，果然她盼望的事发生了，他说："我不管，我爱你，我真的爱你。"

"我希望得到的，你不能给我，我刚满四十岁，我想要个孩子，可你已经成家立室。"

"那又怎样？我可以丢了一切。"

"啊，这可是你说的，我怎么相信你说的话？"

他为什么对她说出这样的话？他不是已经选择了一种符合习俗

的生活，完美地解决了终身大事了吗？他不是过着养尊处优、人人羡慕的生活了吗？为什么他说出不经大脑的选择呢？——因为所谓养尊处优所谓人人羡慕的生活不过是表面现象，经济上无忧无虑是要付出代价的：这代价就是失去自由。他是鲁斯·伯格的丈夫，拉姆·伯格的女婿。他可以采取鸵鸟政策，忘了他是人家的丈夫和女婿，把这些关系视如草芥——他得到今天的社会地位并不全靠他的妻子和家庭，主要靠自己的奋斗获得成功。此话固然不错，然而是谁把他引进最难进入的俱乐部，结交最有影响力的、只能凭推荐介绍、凭社会地位才能接近的客户？当然靠的是妻子和岳父。他答允给妮娜最好的生活，说一切都可以给她，这是撒谎。

她的眼睛盯着墙，好像在躲避他的目光和他的控制。“我们去游泳？”他转身问她。“这个时候游泳？旅馆的游泳池该关门了！”他笑了，拥抱她：“他们会为我开门的。”

16

在机场的登机厅前面，塞米要求妮娜到纽约去找他。“你没有子女，在这里没有牵挂，去吧，和我一起去吧。”她想，得，是时候了，我的运气到了。她说：“好的。”这正是他想听到的答复。他会处理她的一切，她的机票，她的迁移，她的住房，她什么都不用想，（她想她会受惊吓，会把她吓走，这个念头令她放心）他会到巴黎来接她，他会和她在一起，不再离开她，他们将在一起生活。没错。

第三部分　谎言危机：恐慌度日

他从这个家跑到那个家，从办公室跑回家，来来去去，跑来跑去，他爱这个那个，他对这个撒谎，对那个隐瞒，他遮掩他的行踪，他想方设法瞒天过海，他编造谎言，他伪造事实，他耍两面派的把戏，绞尽脑汁，挫败人家设的陷阱，他惶惶不安心怀鬼胎，他激动兴奋，夜不成眠，但多么的心醉神迷，随心所欲，多么的自由，他可以在两个平行的世界里变换位置，两个世界各不知情。

1

妮娜像等着裁决的犯人，眼睛低垂，郑重其事地向塞缪尔宣告，她迟早都要离开他，几个小时之后或几天之后。她爱塞米，塞米也爱她。塞缪尔真不想活了。妮娜过高估计她和塞米的爱情，他们互相爱慕，相互性给爱情增了值；而她与塞缪尔的关系呢，却由她一个人说了算，是单方面的事情，这样他们的关系便进入了死胡同，没有挽回的余地。她忽略并贬低了她与塞缪尔的感情。她的态度颇为理智主动，不过她做这个决定颇费周折。她向塞米表明她的决定，而对塞缪尔则努力做说服工作，希望塞缪尔承受她的背叛造成的后果。在妮娜和塞米看来，既然他们相爱，塞缪尔就是第三者，第三者作出牺牲、承受失恋的痛苦便理所当然，算不上什么大事。妮娜和塞缪尔感情破裂，说明这感情造成她的痛苦。爱情就像专制的主人，没有一个人能够与它对抗。妮娜和塞缪尔生活了二十年，二十年的相濡以沫也不能阻挡妮娜的背叛，她离开他，不管曾经的山盟海誓；情人的誓言一钱不值，毫无意义。她离开他为的是对另一个人有了爱情，因为她厌倦了、疲惫了。她决心已下，虽然还存在某些不忍不舍，但新生的爱情太伟大，把这些情绪扫去了。碰到新的爱情是一个人的运气，人生不会有第二次机会。她出于冷漠要离开塞缪尔，他们的共同回忆已经冷冻僵化了，溶在铅里，化为乌有了，他们的爱情完了，死了，是渣堆，放在酒精里点根火柴就没了，最纯最强烈的爱完了。她和他讲道理，又是解释又是开导，说分手是最好的办法。她言之凿凿，以她和塞米为一方，以塞缪尔为另一方，他们都该严格执行人种分手的原则，不能把爱与不再爱的人硬凑在一起，不能把纯的和不纯的混在一起，把神圣的和庸俗的混在一起。她曾经非常努力地帮助他支持他陪伴他，当他不顺利的时候，她倾听他的怨言，他痛苦的时候她用爱温暖他，当他表现出他的低能时，她同情怜悯他。她没把心里话说出来，她想，我已经仁至义尽了，他没有什么可责备她的了。她爱塞米，但没有预谋，没有勾引，因为是塞缪尔提出联系塞米的，是他冒着失去她的风险，她没有背叛任何人，他不能指责她负情。事情顺理成章地发生了，她只能随其自然。她低估了恋人分离的痛苦，把它们看作平常小事。她认为男女分手的事天天发生，比起战争、疾病、死亡，就是小菜一碟了。

我会恢复平静的。

你也会恢复平静的。

他也会恢复平静的，

我们都会恢复平静的，

你们都会恢复平静的。

他们也会恢复平静的。

可是事实并非如此，失恋的剧痛撕心裂肺，失恋就是灾难，如同疾病传染扩散。塞缪尔和她的关系如同血肉相连的躯体，如今躯体被截断，伤口坏疽，要用灵丹妙药才能医治。你看他已不能呼吸，不能平静客观地分析她的分手宣言，他要戴上吸氧机，打开风扇，搧扇子，开空调，敞开窗户——快快打开！他快窒息了！——他无法平静，没有学会相对化看问题，他的泪水夺眶而出。我爱你（他爱她），他对你说他爱你，但他说的话不重要，他的痛苦毫无意义，影响不了妮娜。他很快就会恢复平静的，这是肯定的，他最终会接受事实的，他在街上或登记相亲的地方会遇见别的女人，或他要求某人给他介绍某人，他可以毫无惋惜毫无激情地摆脱他对妮娜的爱，他会把她的名字从地址本上划掉，即使他继续找她，和她谈话，他能对她说什么？她对他说，我们还可以友好相处，我们可以做朋友，是的，为什么不做朋友呢？就如歌曲《伊莲娜之歌》、《生活里的事情》唱的：我那么爱你……我们却必须分手……我无法再爱你……这样更好，这是没有友谊的爱情。分手之后，他不能再和她一起出门了，他再没有权力牵她的手，也没有权力当众拥抱她，他们不能做爱，他再不能给她买香水，给她买书。“你记得那本‘不平静的书’吗？”“‘想象的人’那本书呢？‘我母亲的书’、‘沙的书’？”，他没有了两人共有的家，不能“突然，意外地，出其不意地”回家，他喜欢这个词，说明这行为是“自发的”，“感情冲动”，自然；他不能随时打电话给她，说“我爱你”，问她“你在哪儿？”，“和谁在一起？”，“你在干什么？”，或为了侦探她的情况问“你怎么不回电话！”，“为什么你不回电话？你什么时候回电话？”；他再不能向她提建议，约她在危险场所见面，为了她能因害怕扑到他怀里，“我多么爱你”，他不再约她去罗马度周末，或到别处，只要她是他的；他再不能用他发明的词去逗她，和她开玩笑。让她发表热情的评论；他再不会弄首尾缩合词逗她发笑，等等，她就喜欢这些东西；他不再因为她忘了关苏打的瓶塞致使气泡消失而发怒；他不会要求她阅读他的稿件，不再会向她请教逗号的位置，顿呼的前途。他不再化装成格劳乔·马克斯去吓唬她；他不再向她高声读耶胡达·阿米亥[①]的诗，他们不再为思想意识的分歧争吵；他不再在他的代理人的大楼前面等她，手里拿两个热狗 ，一个没有芥末；他不再听由霍洛维茨[②]解释的莫扎特的23协奏曲的第二乐章而不想她而不哭；他不再去看棕色皮肤的女人，因为所有棕色皮肤的女人都令他想起她；他不再每天早上去跑步就为了听她说，“我从未见过这样的身体！”；他不再租DVD，一面考虑这些影片她是否喜欢；他不再订“两个人的桌子！”；他晚饭将去披萨网站订披萨，他要加倍抽烟喝酒……他翻字典，寻找能准确表达他的忧伤、失恋像电弧一样强烈刺伤他的羞惭，但没有一个词能表现他的失败、他的无可奈何，被一个女人为了别的男人而抛弃他的痛苦和疯狂，没有一个词能表达他的恼怒、仇恨和他对将来的恐惧——没有她的将来，没有她的日常生活，没有她的爱情。

---

① 1924—2000，以色列当代最伟大的诗人。

② 译注：1903—1989，美国最负盛名的钢琴家之一。

2

塞米把妮娜安置在现代城中心的豪华大楼，在最后一层的大套房里——那是小巧的灰石建筑物，用绿金属划出条纹，逃生楼梯设在建筑物的正面，外形设计完美。“如果你想离开我，你就走这楼梯。”塞米对妮娜说。她笑了，走进大楼。“我从未见过这样的地方！”塞米把她带进电梯，在大金属电梯间里，他拥抱她，他们相拥，对嘈杂的世界置若罔闻。“闭上眼睛。”他拉着她的手，领她走进套房，他打开门，她来到门口，他要她慢慢张开眼睛，慢慢张开，因为从大玻璃窗射进来的阳光像激光一样强烈，他担心她的眼睛被光线刺瞎刺盲了。他领她参观房间，这是厨房，这是浴室，这是我们的卧室。他猛地把她推倒在床上，脱她的衣服。他把脑袋埋在她的肩窝里，她重复着他的话：我们的卧室。

塞米过着家外有家的双重生活，享受着齐人之福——这是极其激动兴奋的时期，他感觉日子过得比过去加倍的快，兴奋和快乐加倍的强烈。他从这个家跑到那个家，从办公室跑回家，来来去去，跑来跑去，他爱这个那个，他对这个撒谎，对那个隐瞒，他遮掩他的行踪，他想方设法瞒天过海，他编造谎言，他伪造事实，他要两面派的把戏，绞尽脑汁，挫败人家设的陷阱，他惶惶不安心怀鬼胎，他激动兴奋，夜不成眠，但多么的心醉神迷，随心所欲，多么的自由，他可以在两个平行的世界里变换位置，两个世界各不知情。对这两个世界，他感觉自己能充分控制它们，不会冒被背叛的风险。谁会背叛他？鲁斯？她没有丝毫的怀疑，她不是脆弱的女人，不是喜欢盯梢男人的女人，她对自己太自信了，不相信丈夫会背叛自己。妮娜吗？他给了她做梦都没做过的生活，他看见她对每件东西都露出神往的表情，礼物，饭馆，要不是他看见这些对她产生的效果，他一直本来觉得很平凡的。她眼花缭乱了——这正是令他得意快乐的，她不是那类感觉麻木的女孩——由于父母过于溺爱，除了在床上受凌辱而在别处从未受过屈辱的、被保护的财产继承人。妮娜和他的妻子完全相反，他需要这两个女人。令人吃惊的是，他能够同时和两个女人和谐相处，应付自如，游刃有余。这种资产阶级赞成的重婚生活是他一直梦想的，他心安理得地过这种生活。过去他的大部分生活不如意，受法律限制——为了生存他还亲自宣布这些法律。现在他既拥有妻子，又拥有妮娜，他和受完美教育的孩子们过安静的家庭生活，精神和物质都得到保障——他的婚姻带给他丰厚的物质（他承认这点，银行账单一览表和财产的明细表给他的印象很深），从妮娜身上他享受到非凡的肉体快乐，性欲的满足，从前他感觉在美国被剥夺了的一切东西，他抑制的一切他都得到了。他吃惊他得到的自由，他可以放纵。他没想到他还能够不考虑职责、享受由谎言造成的、他必须用挂锁锁起的东西，他觉得非常如意幸福。在四十岁的年纪，和妮娜一起，他又成了塞米·塔阿，他重过童年简单的生活，如吃他母亲给他烹制过的大蒜，聆听阿拉伯音乐——母亲怀孕时最爱听的也许是民间音乐。所谓身份不就是由无法解释的、无多大意义的散乱的片段组成的吗？

现在大概是他一生最如意最心满意足的时期，他过着童年向往的生活，童年时代对未来想入非非的所有憧憬都已实现，都已具体化，他成为他十八岁时想要成为的人，那时他和母亲、兄弟住在破败不堪的地区，他当时发誓要离开这个地区永不回来。当时他是否意识到建立了人造的世界？在这个世界里，金钱不是问题甚至不是令人不安的问题。他当时并不知道还有别的问题。

3

塞缪尔的悲哀和痛苦无时无刻不在，无处不在，才下眉头又上心头，只要想到妮娜，痛苦就像波涛，在心房里突然汹涌奔腾。他非常明白，他们的关系完结了，好像机器里的零件一块块脱落，无法修补，无可救药——整个机器都碎了！他不能想他们的爱情还有下文，还有结局，在他心里有什么东西被砸碎了，他的内心被摧毁了。一天早上，他走进卖医学书籍的书店，希望找到一本医书能描写他的症状，解释他的痛苦的根本原因，这样的痛苦正常吗？是不是动脉瘤破裂，还是癌症，还是窒息快要死亡？妮娜是否疯病发作才离开他？他们在一起生活了二十年，而科学证明爱情持续三年，他们挑战科学，现在却投降了？他唾弃医学和爱情的专断法则。在“精神病学”专柜——因为他快疯了——他随意打开一本书，找到能概括他的情况的词：失恋综合症。他想，可怜的孤独症，没有妮娜，他对任何东西都失去了兴趣。

多年来，他倾听过好几百人诉苦，他给他们提出解决办法，其中有些人很大地改变了他们的生活。现在他也在寻找难以解释的事情的理由，为一个他爱的女人哭泣，他试图弄清楚她离开他的原因。她真的爱上了塞米？为什么她想要保持距离？到了什么地步？难道她对他再没有一点爱了？爱情问题的书，他可以把它当作圣书和神秘主义的书随意打开，妮娜建了他的世界又从这世界退出。为什么？有一千条可能的解释。任何解释都不能安慰失去她的痛苦。她离开你了，你明白吗？她不再爱你了，你听见了吗？她不再回来了！他自言自语，完了，他反复地说，他一字一句地反复地说，好像在读外文，进不了脑子。他读了又读意大利诗人恺撒·帕韦泽在《生活的技巧》一书中写的话："她使我遭受不幸，我不幸被她判刑，她宣称我不配和她继续生活。"

回到家，他马上把她留下来的所有东西扔进垃圾筒。还有她送给他的礼物：红皮的记事本，银笔，小雕像，她用她的薪酬在古董店买的，这些爱情的纪念品——潦草地写在纸桌布上的字、明信片、信件、护身符——他一直珍藏着。然后他从书架上一本一本地抽出令他回忆她的书本，竟有三十多本。当天晚上，他为他们的爱情守灵，他尊重有关它的一切礼仪。他撕烂他的衬衣，睡在地上，吃了两个泡过盐水的蛋，用白被单盖住所有的镜子，不再想她的形象。他不剃胡子，不再听音乐，不洗脸，他为死去的爱情背诵祈祷文。

4

塞米过去多年想都不敢想的幸福实现了。生活有了重新开始的可能，他有了重生的可能，重新谈情说爱的可能。能够不顾因果报应、不顾命运安排、不管社会的因循守旧，重创新生活，和妻子以外的另一个女人、在家外安另一个家，过不同的生活，都成了可考虑可办到的事，都成了“合乎情理”的事，（他的一个朋友对他说，“生活不是草图，没有第二次运气，这是明摆的事，但大部分人都忘了这个道理，不按这个道理办事”）。到了不惑之年，他不但达到了目标——社会要求的目标、人生各种时期确定的目标；少年时代的憧憬，青年时期的梦想，一般的或非分的目标—— 而且超出了这些目标，例如他曾想成为法律家，没想到如今他成了纽约最有影响力的律师之一；他曾希望娶一个家庭环境、出身比自己优越、富有魅力、受过高等教育的老婆，没想到如今他竟吸引了美国最大的富翁之一的女儿，不但美貌而且毕业于名牌大学；他常梦想组建一个家庭，却从未想到他的家庭竟是人人羡慕的模范家庭；他的两个孩子完美漂亮，有教养，智慧超群，才四岁五岁就有了真正的社会观念。他拥有一切，由于运气、胆量、工作、机遇；当一个人拥有超出希望的一切，他还有什么可希图的呢？他曾缺少最重要的东西；他最爱的女人的爱情，如今他也得偿所愿了。

人到中年，有幸与妮娜再续前缘，塞米有成仙之乐，称心如意。现在他顺风顺水，万事随心所欲，天时地利人和都朝着对他有利的方向发展，不冒任何风险。他爱妮娜，发疯似地爱她，——而他从未真正爱过一个女人，爱妮娜就成了非常难得的事，所以他不把贝尔曼的提醒和劝告放在心上。这也证明他放松了警惕，不像过去那样小心谨慎，这也许对他不利，他明白这点，但他有意不去深究。他可以失去妻子，丢掉事务所的地位，这是必须付出的代价，为了及时行乐，为了一刻值千金的春宵，这是必须付出的代价。他和妮娜的爱热烈自然亲切真诚，他们情投意合，心有灵犀，不做作，不装假。有人提醒他，小心，他们的爱是昙花一现不能长久的，他怎么能为了不能恒久的爱情失去理智、担风险呢？他听不进去，他陷进情网不能自拔了；她把他的心拿去了——这个词最能形容他和她的关系。他被她，被她的肉体迷住了，他的愿望就是拥有她，和她在一起，和她融为一体。和妮娜在一起，他无需要阴谋，无需有意创造刺激的环境，只要想到她，他就兴奋，只要看着她，他就有了欲望。有时他不敢相信她真的和他在一起，不敢相信她为了他扔掉了一切，不敢相信只要穿过几条街就能看到她，打个电话就能见到她。他很了解这个他最爱的女人的优点，就是她的性爱不受约束。妮娜很遂他的心愿，她并非特别的听话驯顺，——她不是那类经教育训练，明白女人的作用就是满足男人的女子，她的父亲并非如此的落伍，——她能满足他的性生活的要求，她能得到性趣。你说她风流，会勾引男人？不错，她引人注目，男人喜欢她、靠近她、想要纠缠她，在大街上、在工作单位、在她去的任何地方，都有人吹口哨，可她有什么办法啊，谁叫她美若天仙吸引眼球呢？——而且对这些现象她都持反感态度。但在枕席间，和一个她爱的男人，她有欲望的男人，她不抑制自己的性欲。如胶似漆的性爱，灵肉的相爱，让他们尝到了快乐。塞米和她在一起的时候，他不觉得要负什么责任，她也和他一样，同意他的想法。他们有罪吗？什么罪？他只不过重温旧情，旧情是她中断的，而她也因为被人以情讹诈，是命运决定的，他只好听天由命，也许那时还不是二人真正相爱的时候，而现在呢，他确信，再没有什么东西妨碍他们的爱情。如果二十年前妮娜和他在一起，他的生活会是怎样的呢？也许他不会到南方读书，但也可能遭受同样的歧视，他也许向命运投降，在一个没有前途的单位找到一份律师的工作，他们也许离了婚。他不愿回想那段不堪的岁月。它已是过去，他要紧紧抓住现实，好好享受现在，这才有意义。他来来去去，抓住她，带她去旅行，满足她最小的愿望。他想，和他在一起，她不再是那个瞻前顾后不得志的，可怜的、任人摆布的女人，和他在一起，她容光焕发，引人注目。大家都看着她，而她最担心的就是大家看着她，而他本来是把小心谨慎、不张扬当作生活准则、行动方式的，现在却和她在一起，挽着绝代佳人的手臂，让大家羡慕他。

5

只要不在睡梦中他就离不开酒，酒瓶伸手可及。除了酒，没有一样东西能熔化他这块混凝土——心已死的躯体。酒能消愁解闷，喝了酒日子还能勉强过得下去，它稍能暖和肉体，减轻不幸。塞缪尔躺在床上或站在酒吧间，有时去地窖，和酒徒一起排队买大麻、可卡因，用以支持五六个小时。吸毒的日子过得快些，——他觉得这是爆炸，爆炸完了，得，他有精力和能力写作了。现在他迫切需要写有价值的东西了。他想，拙劣的作家不知道什么是暴力，什么是缺吃少穿，什么是心惊胆战，不敢出门，可能被杀、怕血和武器，不知道什么是半夜被呻吟的孩子、被枪声、鬼吼般的警笛声，被奔跑的、哭泣的、互撞的邻居吵醒的滋味，从没搬过家换过住处，而他看到了这一切，贫穷、不幸、死亡，没有什么能吓倒他，他尝够了贫苦的滋味，他已经习惯这样的生活，他不会躲避，不会改变他的岗位，他挖了洞，他不怕最终陷进去完蛋，他在这儿，坐在他的办公室里，投入写作。他觉得自己就像开着一辆高速车，又是醉驾，随时可能翻车丢了性命。他什么也看不见，听不见，只听见自己脑袋里想的东西，他日日夜夜地写作，写得筋疲力尽，绷紧了神经，心房过热，瞳孔张大，嘴巴黏糊糊的，他不吃，不能照镜子，看见自己的样子就惭愧，他不再洗脸，他痒得使劲搔，搔到出血，他高大的身躯瘦削了，牛仔衣裤显得宽大了，但他还有力气，他还吃可卡因，还能坚持挺得住，他处于危险之中，他可能死，不再回来，他不害怕。现在他想的就是写真实，写他本人的真实遭遇，他的孤独，痛苦，贫穷苦难，被抛弃，国家造成的鼓励的社会孤独，他们在它们当中，被封闭，他要花一个多小时的时间坐公交车才能到首都，放火，他们全都放弃了，我们组成团，他想：这一切都是真实的，他没有捏造，这部伟大的社会小说，写的是他的生活。他想起海明威的一句话："作家应该做点事，做点前人从未做过的事，或做别人做过但徒劳的事，这样，有时运气好的话，他就成功了。"这些年，他想写的和达到的效果存在可怕的失调，好像为了迁就写作的技巧，要表达最有力的思想，但写出来的句子惨淡无力，字句用得不当，连标点符号也放置不当，他不知疲倦地不断重写，从没达到这样的思想与形式的一致，到了四十岁，在妮娜离开他的时候，他突然感觉到他充分掌握了写作方法，他的计划和雄心真正地相符了。

他写作，足不出户，除非要出去买毒品可卡因。也许他确实会被杀，关上门，他觉得没了力气，脚发软，这是常有的事，他的手指发抖，他靠在墙上否则站不稳脚跟。对面楼梯平台上，有个十二岁的孩子，一面抽烟一面看着他，也不来扶他一把。他坐在一张摇晃的椅子上，像博物馆的看门人，他在望风呢，——是时候了，整个晚上都如此活动，他就这样养活全家人，每晚50欧元，当面付款。塞缪尔下楼梯，电梯出了故障，就让电梯坏了，警察上楼就要走楼梯了，他们一面上楼一面大声吼叫，脚上的半筒皮靴的鞋跟碰擦着楼梯铺的方砖，——是我们——，他们只要挥动手铐，上面的人就听见金属手铐的咣当声，——是我们——，他们只要用他们的步话机就可以和下面的人联系，——他们控制了局面，我们来啦，——但等他们到了，什么也找不到，一切都已经藏起来了，扔掉了，抛掉了。奶奶在高处，监视着，她是个年轻寡妇，负责三个年幼的孩子，她的丈夫被子弹杀死，在地区的停车场上，胸部有三个弹孔，她受歹徒帮的头目保护，没有其他选择，她把毒品藏在小孩的衣服里，有时藏在她手洗的衣服堆里，用手洗衣出于经济和环保，她不管这些，大家对她说，你好，再见。每个人做可以做的事，第九层是跳障碍，放了铁障碍，封锁最后一层的出口。他花了一刻钟时间才弄开一条出路，终于到了下面，从大楼出去，向被光亮照得像着火的垒道走去，一大袋垃圾砸在他的脑袋上，里面大概装了尿布，一股臭粪的气味，他甚至不再破口大骂，他已习惯了，明天的情况还是这样。

"尖顶橡树"区属于"树林下的克里西"地区，名字挺浪漫，地方可不浪漫，再没有人来这儿拜访他，大家都说那儿"太危险"，不是人住的地方，"与外界隔绝"，公路不通——发出死人、性、金钱的臭味，不是人住的地方却挤满了人，有人在这儿生活。他走下楼梯，往地窖走去，孩子们在喧哗，不法分子在这儿做非法买卖，女孩子们在拉客，老鼠跳来跳去。他知道该去什么地方找毒品，但当他来到一个毒品贩子前面，他崩溃了，他没钱，行了，行了，明天他会付钱的，他许诺，以他的父母的脑袋发誓，反正他的父母已不在人世；他以他的性命发誓，以他快出生的孩子发誓，以对死人的回忆发誓，然后像来时那样回家，吃了迷幻药片，写作至半夜，他是世界的国王。

两天之后，他的门被人踢破了。带着武器的人们走进他家，把家里的一切都砸烂了，他们要他付钱。塞缪尔说他身上没钱，（事实上他在银行也没有一文钱），他们看见了电脑，就玩他的电脑，塞缪尔吼叫着，拉住他们的脚，他写的书的头几章在电脑里面，文件的名称是小说5，没有加保护，把电脑给他们，他宁可死在这儿。两个家伙打他的脸，抢走了电脑，对他说等他拿钱来，他们就把电脑还给他，加上迟交的利息，给他二十四小时的时间，多一分钟都不行。他们让他泡在血泊中，像个被车轮压扁的动物，脸肿胀，一只牙齿被打掉，总之，他倒霉倒到家了，上天无路入地无门了。

6

这一刻塞米被吓得魂不附体、手足无措、头晕眼花，天旋地转，无法理智，不安紧张到几乎窒息。他建立的感情生活的秩序被破坏了。塞米清楚记得这个日子。妮娜到达纽约大约三个星期之后，他清楚记得他的生活开始解体的情形。那是星期一早上十点左右，秘书用沉闷的声音说了一句话，这句话如同晴天霹雳，他的世界几乎崩溃倒塌，而这个光鲜美好的世界是他多年的谎言、精心安排、不惜卑鄙地放弃原则、用想象和野心建造的。秘书的这句话就是："你的兄弟在你的办公室等你。"他的兄弟？什么兄弟？他没有兄弟，从来就没有兄弟。"你是知道的啊，我没有家庭啊。"是的，她知道，她几乎要笑出来，解释说，这个男人自我介绍说是他的兄弟，但他的姓氏完全不同，（他叫"弗朗索瓦·雅尤阿维"，你记得吗？）他说他来找"塞米·塔阿"。"这不是我呀。"她知道要找的不是他，她马上问他是否该通知贝尔曼，有个男人来到办公室说是他的兄弟，预先又没有订约，他也许是精神失常的人，坏人。他危险吗？带有武器吗？“他看去不是很开朗，你瞧瞧，如果你同意，我去叫保安来……”塞米突然一惊。“不用，别惊动任何人，我来处理这件事。”他一下子不安了，想到妮娜，想到他的妻子，他想到最坏的情况——弗朗索瓦不是他控制得了的人、说服得了的人，他知道他会做什么事—— 示威，表演。他气得脸都歪了，呼吸困难，浑身发热。他的兄弟跑到纽约来了，这真是他想都没想到的意外情况，他又没把自己的地址告诉兄弟，没叫他来找他，他向来不信任社会网。他恨他，真的恨他，恨得咬牙切齿。他真想揍他，很早就想揍他了，然而他还是去了，去狭窄走廊里面的会客室。发黄的光晕照亮了它，热，几十个小聚光灯排成完美的几何图形，贝尔曼的办公室离这儿几米远，他会出来问：“出了问题吗？”塞米轻轻按着门把，门把很滑，他的手紧张得出汗，然后打开门，终于看见他，是他，弗朗索瓦，他的兄弟。

必须描写他的外形，因为那一天，他让人害怕。他穿的牛仔衣到处是黑点，（是油迹？墨迹？烟炱？）膝盖撕破的牛仔裤，T恤上画着一大群硬摇滚，硕大的色彩俗气的篮球鞋，鞋带磨损，蓝眼睛射出骇人的目光，像疯子一般。你看见他就会觉得此人什么事都干得出来。他坐在栗色的绒沙发上，绷得像上了膛的手枪。塞米没时间和他说话，关好门，看看没有人跟着他。他向兄弟走过去，向他发出连珠炮似的问题：你在这儿干什么？你怎么找到我的？谁把我的地址给了你？你想干什么？妈妈和你在一起吗？——连珠炮的炮弹多的是，你打算在这儿待多久？你和谁提到我了？谁批准你说你是我的兄弟？你到底想干什么？“悠着点，悠着点。”他就以这种态度接待兄弟？他刚坐了八个小时的飞机，坐的是破旧的不断中途停的包机，他的身体被对面的沙发压得缩成一团，像个病猫。飞行期间他呕吐了好几次，整夜没睡，精疲力竭地来看兄弟，就听见他问他：“你来这儿干什么？”

“婊子，你这是对兄弟说话的态度吗？你这个衰人！”

“请你冷静点。”

“我冷静？我怎么能冷静？你对我的态度好像我是粪土！”

“我没想到你来呗。”

“我想给你一个惊喜……”

他剪了头发，白脑壳上到处是红点，自从上次在母亲家见过他之后，他瘦了很多，瘦骨嶙峋，皮肤死人般苍白，颧骨高耸，有如尖石片。他看见的兄弟就是这副模样。脚下放着一个把手撕裂的大运动袋。

“未经预先通知，我禁止你来我的办公室。”

弗朗索瓦从兜里掏出一条镀银的链条，神经质地要弄着，眼睛盯着室内的家具。

“我的屁股不会从这儿挪动。”

塞米微微拉开遮帘，考虑出路。他设想几种可能，他要主动，要设法尽快把他从这儿弄走，不惜使用任何办法。他倒回来，声音突然变得温和，劝兄弟到离这儿几米远的咖啡馆等他。“到那儿我们都会冷静点，这儿我紧张，在这儿我不能冷静。”他不想让别人看见他和这个兄弟在一起，在他的办公室里，和他单独谈话，他不想看见有人敲门，进来问："你好，我是X，Y事务所的合作人，你呢?"是的，他有点偏执狂，由于事务复杂，他变成了这个样子。他备了两个手机，从不在办公室里谈私人问题，"担心暴露情报，透明度太高"。弗朗索瓦同意了，突然站起来，灵活地收起他的长腿，拿起袋子，头一个出去，等会儿见。

塞米松了口气，心里又害怕起来。他感觉赢得了一些时间，推迟了失败的时间。

"我完蛋了。"

他身上直冒汗，泡沫似的汗珠，被不安逼出来的汗，心跳加剧，动火发脾气，心咚咚咚地响个不停。人会因为害怕而死吗?他不能调整他的紊乱心境。五分钟后他向出口走去，他的秘书问他那个自称他兄弟的人是谁，他很自然地笑着回答："一个客户，为了要我代表他，什么都做得出来。"这个时候他表现出来的自信驱赶了怀疑和提问。

在电梯里，他的心被恐慌攫住了，差点透不过气来。头脑清醒的他预感到来者不善，后果不堪设想。兄弟想干什么?他像落进了陷阱，他恐慌。他觉得自己虚弱，对于这个从不被人恫吓的男人来说，从没遇过这种情况，他警告自己务必理智，冷静！但好像没有什么东西可以平息内心越来越高涨的风暴。他对着镜子整整领带，梳理头发，去吧，去吧，冷静点，他知道他必须给兄弟一个下马威，他的兄弟必须回巴黎，不让他知道他的情况，给他几张钞票，不让兄弟识破他的秘密（他相信，真的相信这个）。但当他走进预先约定好的咖啡馆，他发现他的兄弟不在，他找遍了咖啡馆的所有角落，问服务员是否看见一个带着绿色运动袋的金发男人，没有，没有这种男人。然而塞米已把咖啡馆的名称和地址写给兄弟了呀。他等了二十分钟，精神无法集中到别的事情上，（他不看报纸，不喝订好的茶，不回电话，电话是他的妻子打来的），他和秘书联系，问是否有人给他留下信息，秘书说："没有，你的妻子打你的手机，不明白你为什么不回她的电话。"最后，他站起来，离开了这个地方。他刚刚失去了第一回合。

回到办公室，他试图为兄弟的缺席找原因，他后悔刚才对兄弟的态度粗暴了些，他没找到咖啡馆？他死了？是的，他宁愿听见兄弟车祸丧生的消息，总之他没有了兄弟的消息。

弗朗索瓦没有再到塞米的办公室来骚扰他。晚上七点，塞米直接去妮娜的住所，把当天发生的事情告诉她。他们躺在床上聊天。和她在一起，他露出本来的面目。爱情和信任使他们的谈话毫无拘束。他可以对她推心置腹，说出他的真实想法，不用克制、斟酌、考虑、盘算、有所保留——所有这些平日他对家人和合作人采取的不信任的态度，为了符合他们对他的正确的或想象的个人形象。他对妮娜说，他不知道该怎么办，这种情况令他左右为难不知所措，整整一天他不能集中精神，不能回答客户的问题，他心猿意马了。"你替我想想，我奈何不了他呢。"他一点也不了解兄弟的个性，他甚至向妮娜承认，他从未爱过这个兄弟。妮娜一面听他诉说，一面极力安慰他："他会走的，他也许来向你讨钱，没别的了。"是的，他也这样想过，他的心平静了些，钱嘛，他可以给他，但感情，友谊，兄弟情，他给不了他。他识破不了兄弟的意图，弗朗索瓦是个谜。但他可以肯定的是，千万不能信任他。“你以为他头脑简单，其实他挺复杂的；你以为他不会攻击人，但他是危险人物。他没有受过智力培训、文化教育、语言学习，说不上有什么个性格特征，他的暴力倾向有时表现得矫揉造作，他被他的父亲抛弃，永不能原谅他的父亲和我们，这就是他今天来这儿的原因，他要我付出代价。”妮娜确信弗朗索瓦是从网站上找到他的消息的，他来也就打算待几天。“他快走了。”如果弗朗索瓦来找他，他只要应付一下就行了。塞米把她搂到怀里。听了她的一席话，他安心多了，事情也好像变简单了，问题好像被有理智的可信赖的人分析过了。

当天晚上，在回家的路上，塞米坐在车里打电话给母亲，问她有关弗朗索瓦的消息。她没有掩盖她的心乱，她不知道说什么才好。过了十秒钟左右，她告诉塞米弗朗索瓦走了，带着他的衣物离家出走了。“你知道他对我说什么？”不，塞米不知道，他宁可什么都不知道，他不应该和他们联系，这就是他的想法。他的母亲还在讲话，她讲得很快，以生硬的声音说：“他告诉我说，他永不回来了。”塞米马上觉得他的心房很痛，手机也从手里滑落，话筒里还响着他母亲的声音，她在叫他的名字，他的脚越来越使劲地踩在加速器的脚踏上，车子几乎飞了起来，这种突然飘起来的感觉是车停下时找不到的一种轻松，他还在踩，超过了许多车辆，载满商品的卡车，那都是可燃物品，他看见死神头上的标记——危险，他可以计划撞储油罐，在大路中央爆炸。然而他避开了它，他是躲闪车辆的能手，车开得很快，突然车子冲上车行道，塞米抓住方向盘，差点被甩到前面，血从他的鼻子里流出来，染红了皮沙发，塞米轻轻爬上来，想在后视镜中看看自己的模样，他在镜中看到的是自己恐慌的目光。

7

塞缪尔很欣赏法语“暴跌”这个词，觉得它念起来声音响亮，生动形象，跌下来，落下来，跌落得有力迅速，颇具喜剧、玩笑、悲喜剧意味。不错，他现在就处于暴跌状态。他正在等待某事发生，等待解决办法——或有人要杀死他，那些家伙不是威胁他要杀死他吗，当晚他就梦见他们杀他，他可能死——那又怎样？他孤独一人，形影相吊，上无片瓦，下无插针之地，一切都丧失了，连门牙都提前掉落，他们杀了他，把他剩下的一点杂物全部毁掉，包括他的不堪一击的这副身躯和骨架。咔嚓，他觉得他的身躯没了，只剩下手还在顽抗，他的手和脑袋还在工作，他饱尝虚无和痛苦、缺衣少吃、孤独。他买不起毒品，他的银行账号出现赤字，电脑被夺，无计可施，百般无奈之下，只好打电话给妮娜，求她给他寄点钱来，汇票或转账，他快完蛋了，以后他再不会打电话骚扰她了，他发誓，她让了步——只求耳根清净，为精神安宁付出代价。他惭愧，羞耻，竟要求她汇款，为了钱联系她，可是面对一贫如洗、害怕、紧张，他顾不得许多了，丢面子也就不算什么，反正从此以后他彻底地失去了她。该死，这就是他的现在，确信他支撑不了多久，不过在垂死挣扎，在负隅顽抗。第二天，问题解决了，他付了钱，收回电脑，还算好，他们没说一句话也没动武动粗。债偿清了，但他也别指望向他们买毒品了，他们不会卖给他。你想要毒品？他们宁愿留给他人，因为他人付得起钱，他们的消费和交换的唯一制度还起作用。付钱消费，付钱消费，你死去吧，你再没钱去执行这制度了。有酒就足够啦。

以后他每天喝酒、看书、写笔记，写失恋、孤独的真实感受。他想，不光我一个人的情况如此，许多作家活过，爱过，痛苦过，把他们的感受变成文学的素材。他从未像现在这样生活得很有规律，每天写作几个小时。半夜醒来，在忧虑和恐惧不安中，以令人吃惊的激烈态度写上一页又一页的文字，这些文字好像在娘胎中就已酝酿成熟，饱含不安和怒火倾泻而出，但这些文字是他这个作家写的——他的语言生硬、句子结构被破坏、字词紧密连接，却能卷走一切，破坏建好了的，揭露隐藏的，弄脏纯洁的，搅动平静。

他的急迫的态度和行动是经过多年的思考和等待的，是多年被动之后的自制。到了四十岁这个年纪，他终于感觉到达智力成熟的顶点，完全掌握写作的技巧。对于他这样的男人——即把生活变成弃世的练习，这是令人高兴的现象。再没什么东西比安排字词更能激励他，他最操心的事就是写有节奏的句子、创造各种人物、和他们一起生活在他创造的世界里，为了忍受另一个世界——真实的世界，这是必需的潜在性的世界。他感觉不错，孤身奋战，投入写作的战斗，他知道他的位置在哪儿；

在他的办公室，他打开的电脑，伸手可及的字典一直开着，纸皮封面的黑色练习本四散得到处都是。最近二十年堆积的好几千本笔记——剪报、短文、书的摘录、好几百页的手写稿，他必须加以辨读。他从来没有如此紧张地感觉需要摆脱世界，不是为了脱离社会——直到现在他的生活只是被社会排挤的缓慢过程——但为了在社会找到他的位置，唯有写作才有出路。唯有写作让他直接观察世界，尽量不歪曲地观察世界。他喜欢这种生活，喜欢极紧张的状态。他把退居的生活投入紧张的战斗中，他又想到来自犹太神秘主义的解释；有一天他的父亲把它教给了他：上帝创造了世界之后，让人去实现它。智力方面，他和父亲接近，他的父亲很早就给他启蒙教育，教他文学、俗事，神圣的事，哲学和注解。妮娜离开他之后，他重读和加注从父亲那里接过来的资料和书——基本上都是与犹太教有关的文章。遇到妮娜，得知他出身的真相，他中断了和父母的一切联系，也与犹太籍断了关系。多年来所学所掌握的一切以后要重拾起来。圣文和祈祷文，注解，注解，神秘解释，注解的注解，用别的问题回答这个问题，注解的注解的注解，犹太教阿西迪姆的叙述和故事，他的小说充满这光荣的神秘主义，《圣经》里的人物，名字很难念出来的。二十年他掩盖的一切被显露，他采用的字词不力图去选择，他终于睁开眼睛，处于非常平静的状态，好像妮娜离开他的时候答应和他保持联系。他很久没有提起他的出身，他的父母现在不在了，这些东西就是他写的书的主题。这两个故事——他的和他父母的——他终于把它们写在小说里。他给小说起了个名字，《安慰》。因为说到底，他的整个生活都在寻找安慰，被安慰，甚至现在，他单独一人，希望的就是和妮娜一起。他想念她，非常想念她。只要想到她，他的心就像被钳子钳了一下痛得要命。但他说服了自己，一定把书写出来。因为妮娜不在身边，他重读了卡夫卡的日记。他写的有关创造与不婚之间的关系那几页，写得好因为他单身了，他知道以后他不会放弃独身的打算，他再不会和女人生活，更不会生儿育女。社会生活虽然给了他值得向往的观察岗位，却让他背离写作。以后他想做的事就是写作。长期以来，虽然他的文稿得不到出版，屡写屡败，他却坚韧不拔，坚持不懈。有时他觉得自己像一个初学游泳的人，身体瘦弱，却跑去参加游泳比赛，唯一的本领就是在水面上保持平衡，不被水流冲走，而他梦想拍打双脚，屏住呼吸，睁开双眼；他就是这样看待文学领域的——它是需要征服的辽阔领土，没经过一定的培训不可跨越；需要懂得呼吸，游泳技巧，坚强的意志，要不断向前、坚持不懈、忘我投入的激情，在水中宁可躺着，脑袋埋在水下，抬不起来，很多时候就会被水淹没。

与写作这种密切的关系，从童年起他就有了，那时他坐在父亲的膝头上，听他破译《摩西五经》的几个段落。一个人在阅读和注解文章中找到生活的目的，没有书的生活是不可想象的。现在妮娜不在了，他可以承认这个，这是他们之间无法理解的主要问题。妮娜并非对文学一窍不通，她是个好奇的女人，而且天性聪明，但她不理解他可以为写作花时间、精力，不要朋友，她不明白书为何如此吸引塞缪尔，他的执着使她为难。抽屉里装满出版社退稿的信，他还在写，图什么？他不该还在等书的出版和出版社的认可了。“清醒点吧！”妮娜劝告他。为了写作，为了选择一个人生活，他一天的大部分时间不与外界联系，——他大概疯了，或同意冒发疯的危险。塞缪尔是疯了，越来越疯。疯到一个人生活，疯到没吃没穿，疯到忧愁。有一天压力太大了，有一天他感到他还可以行动，就决定再打电话给妮娜。“我需要和你谈谈，我需要听你的声音。”他告诉她自己又开始写作了，还说他希望她读自己的小说。“不，不，我们不该再谈话，你不要再打电话给我，我们的关系完了。”

我不要求你什么啊。

不要你的钱。

我只是想听你的声音。

我很想和你交谈。

我痛苦。

我太痛苦了。

电话那头的妮娜冷冷的，无动于衷。他默默地搜索枯肠要找到能得到她反应的话来，好像一个男人搜他妻子的衣物，要找出一封信、一件物可以指责妻子的，因为塞缪尔就是要找能责备妮娜的话，能伤她的话——如果她后悔，回到他身边，他会原谅她的一切过错——强迫她撒谎和欺骗：背叛他。前一天，好像他无意地痛上加痛，他重读了回忆诗人约瑟夫·布罗斯基的书，远离拜占庭，现在他很吃惊自己对妮娜说，诗人的母亲留在俄罗斯，她一再对流放到美国的儿子说：“我生活中唯一想做的事就是再见见你。”但妮娜呢，不，完了，她既不想见他也不想和他说话，她已翻过一页了，生活改变了，现在的生活适合她，更轻松，更快乐，更富有——很符合她向往的生活。她不松口，她不止要说服他，与他疏远，而且要结束和他的关系。她态度激烈，像个虐待狂，这是他发现的她的一面。他惊恐，他痛苦；她高兴，她喜欢充当捕食性动物的角色，抓住、咬碎、结果，最后主动。她非常明白她要做的事：结束二十年的感情错误，报复他让她蒙受的损失，毁了她内心的人性，强迫自己采取断然措施。她高高在上，压倒了他，塞米的爱情给她添了新力量；钱，信任，确信以后一切愿望都能实现，相信她的地位在社会建筑的高层，而他在底层；你就待在那儿吧，忘了我！她残忍，那又怎么样？她不欠他的，她以决绝的语气说："我生活中希望做的最后一件事就是重见你。"为什么她蔑视他？为什么那么凶？她想测试他的抵抗力吗？他很久没说话，突然，他重生了，像个已倒在地上的拳击手，听见裁判在数一、二、三……他站起来了，自豪，以他剩下的自尊和力气突然发动攻击，为他遭受的失败报复了。他们的力量倒了过来，现在是我居高临下了，是我的力量比你强了，是我把握游戏的主动权了。"那么你幸福了？在金鸟笼子里、人造茧里很幸福吗？你现在也许不再像和我一起时那样贫穷了，但自由呢？你真的有了你梦想的生活？那么你的野心只是经济上依附于一个有钱男人？有了使你不虞匮乏的不可靠的感情地位？这是假安全，你知道。他随时都会离开你，你就什么都没有了。他爱你，他要你，不错，但只是暂时的。他能爱你到什么时候？等你人老珠黄，你以为他还会和你在一起吗？你还剩下什么？三四年平静的幸福，以后呢？你要我告诉你以后会发生什么事吗？他开始骗你，你不知道，然后他公开骗你，我对你说，他爱你算不了什么事，只不过一场艳遇而已。最后他为了另一个女人离开你，一个更年轻的更可爱的，他不会和妻子离婚，因为他的妻子给了他一切。我说的话打中你的要害了吧？然而这是现实。它不公平，可怕，可是有什么办法呢？他给了你什么？舒适的生活，你有漂亮的套房、佣人、名牌手袋？你不觉得他待你就像待一个妓女？你不觉得他不尊重你吗？你没看到他以爱你为借口，强迫你过孤独的生活，这不是大男子主义、鄙视妇女吗？说到底，你成了你二十岁时讨厌的人了，你成了这些四十岁的女人中的一个。这些女人以为还穿着露出大腿的迷你裙就年轻了十岁，在男人面前撒娇就像在父亲面前撒娇的小女孩，她们引诱、听从男人，成了性工具，听从有本事挑选她们的男人的命令，男人的异想天开。你说，我一直都是独立的，我承担我自己的生活。今天你瞧瞧你自己吧！他会见完客户过来，或他回妻子身旁之前过来看你，你是不是一再称赞他英俊聪明？他工作紧张后你是不是安慰他？当他走的时候，把钱放在你的桌子上，常常给现金，他来看你前到最近的小窗口抽出一大张光滑的钞票，把它们留给你，你是不是谢谢他？或者这是你们之间心照不宣的协议，我给你一切你想要的东西，你给我我有权得到的东西？”

她无力再反驳他的话，她快要哭了。她觉得她要哭了，她突然放下电话，混蛋。

这个宅在家里不出门见人的女人就是她。塞缪尔的分析非常正确，她就是小心做人、随叫随到、不同的女人。塞缪尔看见塞米把钞票放在进门的独脚茶几上，或巧妙地把钞票塞进她的钱包里，下面是他给她的异国小礼品——给你惊喜！——塞缪尔看到了衣服、鞋子、手袋——塞米不看价钱每天给她买，为了让她成为最美的女人，他还能想要更长时间的女人。他看到了那一天，塞米进来，抓住妮娜的头发，不管她还在生着病，就把她的脑袋往他的性器上按——不，我不强迫你，我从不做这样的事，但让我快乐。我病了，她对他说，不要今晚，我累了，感冒。病了，他呢，还在坚持，看我什么状态，你不能让我这样，做点事。她道歉，听话的女人。是的，他看见她了，好像在大屏幕上全世界都看见她赤身裸体，她哭，而大家都在笑。

8

将近晚上九点塞米终于回到家，他筋疲力尽，志乖意沮。穿过中央公园泥泞的草坪，——他绕了点远路，缓口气，恢复平静心境。兄弟的出现几乎令他窒息，他的体内灌满毒气，而且分泌毒液，一点耐毒性都不可能有，他和他四周的人都被大炮指着太阳穴——随时他都会释放他的毒气。塞米现在不再是社会冲突的中心，随着他在成功路上的攀登，他逐渐摆脱了冲突。斗争？什么斗争？他的争斗基本上发生在职场上；他要赢得事务，获得诉讼，增加报酬，领取奖金，享受大家的称赞，说他是活动方面最棒的人，就是这样。弗朗索瓦是对岸的人，最大的可能就是溺死，他想，他就是随水流走也不是我的问题。

跨过房门，他看见孩子们穿着棉睡袍，头发往一旁梳，散发出婴儿用的科隆香水味，他们的英国保姆头发往后扎着，穿黑白围裙；他心想他热爱他的生活，为了保护它，他不惜一切。他爱这无须努力就得到的平静，他爱这有节奏的规律性，这自然的纪律，所有有助于事情的完美安排，这些符合他的选择的小细节，他是为这种生活而生的，不是为别的生活。每当他推开他的家门，他常想象，如果在家内等他的是另一个女人，别的孩子们，那个女人和他一样是穆斯林，现代，不信教，或信教，或传统型，都不要紧，但这个女人的身份和他一样，甚至有些价值，他的生活会是怎样的。不知什么原因，这个念头，非但没使他梦醒，反倒令他不安。他的孩子们看见他，快乐得大叫，扑到他的怀里，吻他，他问他们今天过得怎样，慈爱地抚摸他们的头发，保姆拉开他们，要他们去睡觉，他们就乖乖地跟她走了。这是他最喜爱的一点：自制，纪律性强，听话。他想起他的父亲在凌晨一两点下班，他已经入睡了，躺在泡沫毯子上，那还是母亲从邻居扔的废物中捡回来的，他的脑袋埋在蓝被里，（被子是祖母用质量很糟的又粗又没光泽的毛线织的，今天他知道人穿在身上的衣服的布料质量，它是社会价值的标志），他不怕黑，相反在黑暗中什么事都可以干，他听见钥匙开锁的声音，听见父亲沉重的脚步声，他舀水和泼水的声音，他开电视机，在电视机前面睡觉，睡得很沉，就像有人进来，用消音手枪朝他脑袋上发了一颗子弹都吵不醒他；有时塞米起床拥抱父亲，扑到他怀里，父亲则把他推开说去睡觉吧，又冷淡又生硬。

塞米喊他的妻子，发现她的声音来自客厅，他放下挎包，脱了衣服，到客厅去。他走进去时吓了一跳，他的兄弟坐在妻子对面，手拿一只酒杯。他穿着黑西装和蓝色领带，好像50年代挨家挨户搞推销的保险公司人员。塞米愣住了，不知道该说什么做什么才好。他的妻子先是吃惊他衬衣上的血迹，（他解释说，不要紧，我流鼻血了）——然后给他介绍弗朗索瓦·杜瓦尔，向他解释说，这人在皮埃尔·列维那儿工作，他来纽约过几天，希望见见他。塞米说："啊，不错，皮埃尔通知过我了，很高兴。"他马上向兄弟伸出汗湿的手，靠近他坐下。鲁斯说："你没通知看门人，是我亲自下去的，我还有点怀疑呢。"她又笑着说："我打电话给你，你没接。"弗朗索瓦开玩笑说："幸好我有名片。"塞米绷着脸，很烦恼，勉强用英语谈话；弗朗索瓦的英语很蹩脚，塞米用法语和他说话，他粗暴地问他有何目的，为什么敢来他家，在他妻子面前和他挑战。鲁斯看着他们，不明白他们说什么。弗朗索瓦观察她，然后转身对着塞米问，你真的想我回答吗，在这儿，马上？是的，鲁斯不懂法语。好吧！我来回答。然而，弗朗索瓦慌了。对着这个女人，面对塞米，他不敢说话，不敢和塞米较量。他到他们家时，说明到此的原因，哄她让自己进他们家的门，就已经非常不安了。她没有怀疑他，她可能有点可怜这个法国人，说话含混不清，结结巴巴。他和别的人一样，被他们家的富有、环境的优雅、高贵的礼节、因为有权有势而显露的自信震住了。他以为他做庄，可是不是这回事，这儿是美国，在这间大房子里，这儿的每一件东西都是从古董店里挑来的，最昂贵的东西。每件物品都安放得恰到好处，在进进出出的人当中，他算不上什么。鲁斯看着他们，塞米转身对她说，他很抱歉，弗朗索瓦的英语很蹩脚，他们只能用法语继续交谈，问她是否觉得不合适。不，随你们好了，我还有事要干呢。（她心想，我才没话和这个人说呢）。离开这儿之前，她向弗朗索瓦微笑，很有礼貌地告辞，她一点也没忘她这个高等人物的规矩，然后去厨房了。现在客厅只剩下他们两个，面对面，塞米首先发动攻击，他气恼，气得发抖。他本想揍他，但忍住了。“你有什么权利胆敢上我家来，没有预先通知？你到底想干什么？”快点，威胁他，先发制人；他可以抱怨他，不准他再来，他有的是关系网，他不应该把他当人质，他不应该玩这个把戏，不要和他玩，这儿是纽约，他只要讲一个字就可以把他赶出美国，把他关起来，他知道他冒的什么险吗？他明白他做的事的严重性吗？不知道，弗朗索瓦不知道，他避开问题，他不过想见见家人，他的侄子，看看兄弟住哪儿。“你的兄弟？”塞米讥讽地问。他根本不是兄弟，他现在不是、将来也不是他的家人，他的家人只有母亲。他大声说：“回你家去！”“轻点，你想让你的妻子知道你真正的身份吗？你要我到厨房找她，告诉她她孩子的父亲真正的来历吗？我可以去……”塞米站起来，一口吞了一杯酒，声色俱厉地问他怎么找到他的。“塞米，你太不小心了。”（“塞米”马上往后退，好像他的兄弟说的是另外一个人）“在这里别叫我塞米。”弗朗索瓦鄙夷地一笑：“你来看妈妈的时候，把你的衣服留在了我的房间，我翻你的衣兜，找到你的护照，我打开它看了，然后又把它放回原处。我还拿了一张你办公室的名片，就这样。现在我该怎么叫你？塞米还是塞缪尔？”“你想找什么？你到了纽约，跑到我的办公室又跑到我家来，你想要钱，是吧？要多少？”弗朗索瓦向他左边的独脚小圆桌俯过身去，指着摆在那儿的七枝大烛台问道：“啊，好漂亮啊！这玩意从哪儿来的？”塞米不答。“这玩意是犹太人的，对吧？”塞米明白弗朗索瓦在刁难他，他不动声色。弗朗索瓦在房间里闲逛，指着一幅古画，画的是犹太教主持宗教仪式的会众领袖正在研究犹太教法典。他说：“你家有会众领袖的照片，你成了犹太人了？”然后，这一回指着祈祷书，在每一件物品前面停下来，好像在清点证明一个人的犹太籍。突然塞米怒火发作了，要兄弟停止胡闹，——“够了！——他要兄弟跟他走，“在外面等我，我去和我妻子说说”。塞米走出客厅，脸上的慌乱几乎没掩盖住，他找到鲁斯，向她解释说他必须陪客人到宾馆去。“他不能搭出租车去吗？”“不行，这是个新合作人，我不能让他独自回去。而且我还要和他谈谈。”然后他走了。

外面，弗朗索瓦绕着塞米的车子转，他欣赏它，羡慕它，想象开这车的情景，想着塞米有这么漂亮的车该有多少女人。塞米来了，他问塞米：“你让我开这车怎样？”塞米没理他。在车里，弗朗索瓦开了收音机，挑了一首吟唱快板，懒散地看着车窗外。

“你让我开车还是不让？”

“可以让你开，但不是现在。你为什么不去我刚才约你去的咖啡馆？”

“你接待我的那个态度让我很恼火，我出去后心想不再见你了。”

“那么你为什么去我家？”

“想看看你生活的地方……你住的地方使我很好奇……”

“该由我决定是否请你来我家……”

“你会叫我来你家？真的吗？得了吧，塞米，你从来不在乎我，……你约我，是因为你害怕……”

“我为什么害怕？”

“你向我提这个问题？你自己的母亲都不知道你有孩子！她梦想着你娶妻生子，如果她知道……我已经明白你为什么不把一切告诉她了，你有什么事要隐瞒？”

塞米不答，眼睛盯着大路，冷静沉着。

“你要保护的是你的妻子。母亲和我，你是不管的了，是不是？你大概对她说，你来自好环境，你不敢把你的母亲介绍给她……我想得更远，她不知道你是一个……”

“住口！现在你听我说。我给你找了间旅馆，再给你一些钱买衣服，你待几天，我给你钱雇一个导游，参观这个城市，自由神像，中央公园，帝国大厦，等等。然后，你回家，什么也不要告诉妈妈。你忘了我，你听见了吗？”

弗朗索瓦的回答就是笑笑：“好，你说完了？现在我可以试试你的车子吗？”

9

当天晚上，弗朗索瓦把衣物放在塞米替他订的旅馆房间里，然后出了门。他穿着皮夹克衫，紧身牛仔裤，鲜艳夺目的大戒指——他在俱乐部附近勾引一位姑娘[①]，叫她跟他走，但她不肯。塞米答应弗朗索瓦午夜十二点在俱乐部见面，夜总会门口的保安[②]看见他避开了，他甚至无需说出塔阿的名字——一个白人，金发，好人，放行，他就是这样放弗朗索瓦过去的。弗朗索瓦大摇大摆地走进灯光照射的黑暗中——大厅亮如白昼，频闪灯发出的绕射光，五彩小聚光灯发出耀眼的光晕——它要唤醒什么？欲望？兽性？电子器械的闪光，直至闪光物件的照耀，光亮在姑娘的手臂上晃动，弗朗索瓦从未见过这样的东西，最漂亮的最易到手的女混蛋，妓女，荡妇，她们笑，笑声响亮，她们的皮肤不是非常光亮，几乎光着身子，低下身子时看得见她们的乳房，这让他心里发热激奋。色情影片的模特，他想，这些女人第一晚就会和男人上床，也许被男人看一眼就和男人上床了，他想，她们没有一个是处女，没有一个是他梦想的纯洁的姑娘，没有一个是在他之前没被男人动过的，没有一个像圣像里的女人和孩子，这些女人的肉体毫无顾忌，她们的性器发出除臭剂、精子、血、汗、屎尿的臭气。他憎恨一切，她们喷出酒气的呼吸，男性的动作举止，她们放荡妖艳的笑。他是大男人，如果有机会，他知道怎样把她们手到擒来，如果她们给他运气，他知道她们骨子里想要什么，小婊子，被征服，被

① 名叫阿普里尔·梵桑特，祖籍西班牙，19岁，普通大学生，梦想建立一个家庭。

② 名叫约翰尼·丹特，35岁，以前是拳击手，从8岁起梦想成为世界冠军，现在不得不满足于成为保险公司的人员。

吻。他的阴茎突然勃起，他妈的，忍一忍，——假如她们让他干，如果在他面前捆住她们的手脚，如果她们对他撒娇，被吓倒，你知道，她们就等着这个。突然他看见那个高大的红头发的女人[①]，正在酒吧旁，他注意她，她肉红色的肌肤，巨大的乳房，跳舞时双乳碰撞，她可以让他碰她该多美啊，他想吻她，摸她的性器；他想象如果他有钱，他会怎样对付她，他会要求她舔他，他在夜总会的一面镜子看自己的形象，这些镜子使得夜总会像妓院——夜总会的人在互相轻薄地抚摸，纠缠，还干什么？这也刺激他们？——他看见的是他的父亲，他的父亲，白人，金发，当他想要深棕色时皮肤变成赭白色，卷发，天使般的嘴脸，啊，宝贝，没人不信任他，不像弗朗索瓦的伙伴，令人害怕，他不吓人，他想做的事就是炸掉银行、房子，放火，父亲家更应该炸掉，他的白色被单，他们的白色瓷器，他们脱了毛的性器——很白很白，撒了爽身粉——他恨父亲，恨白色资产阶级，干干净净，彬彬有礼，不友好，吝啬，洗大腿，嘴巴又苦又酸；他恨他的父亲，他的老师们说，他们是难以制服的，他知道，那又怎样？他恨他的父亲，他的兄弟，恨他的机会主义，兄弟有意在他们之间拉开距离，好像他属于他不能跨越的圈子，他就是为此才来纽约的，他马上想到，要摧毁这个圈，有朝一日他落到前列，好好坐稳，他要把手掌拍烂，拍拍拍。他来了，塞米来了，上身穿件黑色 T 恤，他向兄弟走过去。

① 她叫格拉兹埃拉·贝吕卡，21 岁，德克萨斯州人，10 岁那年被亲父强奸，曾被几个家庭收留，后来到纽约，在一个法国人家做只有膳宿费的女佣，希望“改变生活”。

“你站在这儿干什么？我订了一张桌子，跟我来。”他为什么这样，尽力扮演模范兄长的角色？为了稳住他，钳住他？让他信任他？他给他喝的，喝了四五杯，弗朗索瓦放松了，他要了一杯，两杯，三杯，四杯，五杯，塞米站起来，被一个骨瘦如柴的金发女人陪着到房间去了，他不用努力就引诱了她，而弗朗索瓦不敢对红头发女人有所表示，那个女混蛋。六分钟，七分钟，十分钟之后，弗朗索瓦从夜总会摇摇晃晃地出来，他看见红头发女人向出口走去。他走了五十米，花了十五分钟时间。他左右摇晃，走到一辆大车后面，看见酒吧的那个红头发，在不远处，靠着一辆旧车，裙子有点短，衬衣敞开，他想她等的就是这个。他向她走过去，和她说话。你不该一个人抽烟，我们一起抽怎样？她不愿和他一起抽，不想和他说话，她想抽烟。突然她说话了，说的是英语，他听不懂她说的是什么，但从她的嘴形，他明白她粗暴地拒绝了他，她的眼白发红，喝得太多了，她很烦恼。他说“混蛋”，用法语说的，然后就向她扑过去，撕她的衬衣，(臭婊子!)，撩起她的裙子，使劲把手伸进她的三角裤里，他使劲按，要把手指插进她的性器里，不管她的吼叫，拳打脚踢，(臭婊子!)，他用左手按住她，右手脱她的裤子，拿出自己的性器，(臭婊子!)，她狂吼，声音撕裂夜空，行了，他在她的肚子上玩耍。这时保安来了，手里拿着铁棍，弗朗索瓦认出他的大块头，于是放开女孩，朝大路上跑，跑得喘不过气来，没人跟上来，因为没人追得上他，他的力气，他的双腿，灵活柔软，好像在柏油路上滑行，好像短跑选手的腿。他听见模糊的声音，是警笛声和女孩发出的嘶哑叫声，但他们远了，已经很远了。

10

弗朗西斯·斯科特·基·菲茨杰拉德[1]说，他得知他的母亲在生他之前失去了两个孩子的那天，他开始成为作家。塞缪尔也可以记住他为写作诞生的日子，那是他父母去世的时候。这是他写书的主题——身份，丧事，亲子关系。他一直没从父母之死中恢复元气。父母之死引发的事件，企图自杀，与妮娜关系的中断，慢慢恢复关系，结果会如何呢？他一直没恢复元气，所以他要写这个主题。无意识的状态决定写作。写作解决不了什么问题，使一切变得严重。

令他苦恼的是，父母对智力的要求，（还有对宗教的要求，因为他们和儿子一样，研究圣文，不放弃对其他书籍的阅读：文学，哲学），对社会成功的执着追求，对知识的绝对看重与这条路线的结果、这些年工作的结果的对比。他本来可以——本来应该——成为量子物理的研究者，法学博士，哲学和遗传学者，结果不是，他报考了法律，由于信息错误，他抛弃了一切，最后成了郊区的教育工作者，后来还得隐瞒犹太人的身份。他写道，多么失败啊，为了隐瞒成了苟活的钥匙！多么失败啊，他躲避家庭，只因为反对，大概也因为亲妈抛弃了他，但也出

① 1896—1940，20世纪美国最杰出作家之一。

自个人欲望，他的事实，放弃了他该做的事。现在他必须撒谎才不被凌辱、否定、为了不再是他选择的位置，他本来以为他写作的东西能出版，但它们遭到拒绝，无缘无故，不加判定，因此他不再寄出稿件，出版社寄来的拒绝信件，他把它们保留在大鞋盒里，决不扔掉它们。妮娜相信他有写作的能力吗？有文学才能吗？没有，从来都没有，以后他一定要把书写出来，让她看看。

11

塞米不明白他的兄弟为什么那天晚上要从夜总会逃走，他约他在那儿见面的。他不明白兄弟为什么不回他的电话。他不安。他不能向妻子解释他为什么这样消沉沮丧，为什么最近几天他在睡觉前要服药，为什么他不想做爱，不想起床，不想洗脸，穿衣，也不想检查孩子们的作业。他只想着怎样编造谎言，怎样对付兄弟给他造成的痛苦——我不能做我自己了，他不能坐在妻子身旁，坐在朋友身旁说，我是塞米·塔阿。就是和妮娜在一起，他这么亲近的、了解他一切的人，他也常感觉自己在解释一个角色——对它的来源很难下定义。在他工作的事务所里，他的同事说他看去很不安，烦恼，他们说得对，他是的，他有心事。

塞米，你好吗？

不好，他隐瞒了他变成的可耻的男人，这位新贵宁愿死也不愿承认他来自何处；他隐瞒了这位兄弟——他蔑视的这个平庸的外国人，粗俗的没教养没文化的令人不安的人，举止行为粗鲁，内心粗暴，他隐瞒了他的精神状态：疯狂的冲动。这种冲动在他的内心上上下下翻腾波动，弄得他头晕，任凭别人、机遇摆布，什么都控制不住。在他这种状态，他看不到别的出路，唯一的办法就是三十六计走为上计，和妮娜一起逃。他知道他绝不能忍受真相大白于光天化日之下时他的羞辱，弗朗索瓦出现在纽约就是一个威胁——最糟的威胁。因为弗朗索瓦突然出现，对他的沉默不加一点解释，现在他天天打电话给兄弟，一天打几次，与他的谈话中，兄弟表现得不怀好意，来者不善。如果塞米不把这事向一个人倾诉，他就要憋死了。可是向谁倾诉呢？在社会，他还欺骗人呢——直到什么时候？没有几条焦炭轨，他再支撑不下去了，内心他完全羞惭，总有一天他再不能说，他感觉他会沉沦。他决定打电话给皮埃尔·列维，把一切都告诉他。列维要在纽约待几天，他想，是时候了，虽然他们最后一次在巴黎会面谈崩了，但他知道列维是个可以指望的人。他打电话给皮埃尔，皮埃尔听到他的声音，马上发觉有什么事情不对头。“塞姆，有什么事吗？”“皮埃尔，我出了问题，严重的问题，我需要你的帮助。”他约他当晚在马蒂孙的大饭馆见面。他挂上电话，马上觉得心里好过多了。他知道他最终要承认他的真实身份，心里突然平静了。妮娜赞成他这样做；想要说真话，想要透明度，这只是一个大企业发生更大变化的开始。有一天，他们会在一起，他最终会以真实身份出现，她坚信这点，他也相信她的话。

皮埃尔，我要你来是为了告诉你一件严重的事，我只能对你说出真相。

他说出了一切。

我是一个阿拉伯人，阿拉伯穆斯林，我真实的姓是塞米。

皮埃尔·列维几秒钟后才作出反应。塞米的谎言使他震惊，（他对他说了这句话：这样的背叛是可怕的），但他也感到对朋友所处的慌乱状态负有责任，是他第一个把他当作犹太人，把他作为犹太人介绍给别人，从某种方式说，他是这场骗局的始作俑者，但他想了解塞米为何不早点把真相告诉他，不可能！这个谎言经他的想象力撒了出来，扩大，添油加醋，一个已系统化的谎言——就如牢固的社会建筑，他每天添砖加瓦，为了使自己相信他一流的企业的基础牢固——他用了所有的砖瓦去建造它！要结束它了吗？怎么样结束？

“我没有别的选择！如果当时我就向你坦白，你就会把我赶出事务所！”

“不会的……绝对不会……你把我看成什么人了？我想了解是什么原因令你撒谎的！”

“你说的是假话，你会赶走我的！你会和别人一样，如果你知道我是阿拉伯人，你不会聘我！”

皮埃尔沉默，过了好一会儿，塞米摆出这副牺牲者的姿态，他不喜欢。他得到今天这个地位没有仰仗任何人的帮助，靠的是自己的工作，决断，他受不了塞米的辩护。他粗声粗气地对塞米说出他的反感。他吞了几口酒，慢慢把酒杯放回桌子上。“你想知道我内心的想法吗？”塞米点点头。

“你说的都是弱者的话。你的精神状态是受辱者的，这种想法狭窄、渺小……让人以为你是出身的、经历的、教育的牺牲品，这就错了，在生活当中，一切只是决断和欲望的问题，一切只是机遇的问题，抓住运气的问题。我对此确信无疑，我会说得更远，我就是一个证明。门关了吗？你敲另一扇门，最糟的也就是砸了这门……”

“我把我的CD寄给好几十家事务所，没有一家约我见面！你觉得这事正常吗？你不愿承认里面有个真正的区别对待问题吗？”

“不错，有真的区别，但你弄错了，它是社会的不是种族的，你的地址也许给你带来损害，但你的名字……”

“你说这话很简单，因为你从未与人比较过……”

“啊，作为犹太人，我也有受辱的经历，相信我说的话……种族隔离，排斥，我知道是什么滋味……你以为在学校我没有被人当作‘臭犹太人’对待吗？得知我是犹太人后，姑娘没有离开我吗？我没有听过从我最亲近的朋友嘴里说出反犹太人的陈词滥调吗？啊，后来我也以为，因为我的名字的缘故失去了机会……相信我说的话，大家都是这样的……”

“你给我说的都是细枝末节，我给你说的可是找工作的大事，种族同化，我给你说的是社会阶层组织的侮辱！”

“你想听直言不讳的真相吗？想听有些不公开说出来的事情——为了保证百姓的和平吗？真相就是阿拉伯人觉得受了污辱，犹太人觉得受了迫害。真相就是阿拉伯人还以为别人还想统治他们，让他们沦为殖民地人民，而犹太人，也觉得他们有被消灭的危险。每个团体必须因此组成……甚至有时导致双方竞争残害对方：谁最痛苦？谁最苦痛？谁是牺牲品？是我们大家！不，是我们大家！这很可悲，很不值，这使我觉得遗憾，我觉得遗憾的是只存在通过弱者关系的有色眼镜，牺牲者的比赛……你真的感到被如此地区分吗？你如愿地结束了学业，是不是？你名列前茅，是你自己告诉我的……也许你有一次落到一个老师手里，口试时他对你比较生硬，因为他有种族成见，那又怎样？这种情况是任何人都经历过的啊！就连那些大资产者的儿子，姓氏带有表示贵族身份介词的人家的子弟，考试时穿着 1000 欧元的皮鞋，名牌手表，也可能在学习基础课时就被刷掉。这些你需要我告诉你吗？是你的妄想狂使你对你的身份撒了谎……”

“我是妄想狂？也许犹太人不是妄想狂？只要他们被人稍加注意，只要他们感觉别人不爱他，批评他，损害他，他们就拔出手枪，反犹太主义！你敢说反对以色列的一个字？就会被当作仇视犹太人者，背上就受到 LICRA 的追击。他们的口试失败了？主考人是仇视犹太人者！他们在招聘谈话中失败了，招聘者是仇视犹太人者！行了，大家都熟知那首歌，我自己的孩子也会唱！是他们的母亲教他们唱的！在他们那儿，这种害怕不被人爱，不被人接受的态度是根深蒂固的。和犹太人相处，你会感受到他们不友好的要求，他们从不自省，检查自己的良心！如果有个阿拉伯人说他遭受了种族主义的不公平待遇，人种差别的轻罪，歧视，大家就说他过于抱怨，苛求，扮演受害者，不满意，大家说他难于融合，是他的错，他最好回他的家乡，从哪儿来回哪儿去，改变名字，这就是我不得不做的事！我不是妄想狂，相信我说的话，我知道我说了什么，我寄出了五十多张CD，但没收到一封要我面试的答复。但当我换了名字，我就成了聪明的有趣的人，开始听我说话，考虑我的建议，我成了他们看得见的人了！我名字的法语化使我合法，那是我的才干、我的文凭给不了我的！你相信天底下有这样的事吗？在21世纪！在一个民主国家！啊，你说说！多少次他们要我的身份证明，我停车接受检查，我的朋友觉得这是笑话，而我的妻子从来不觉得可笑……要是有人把我看作阿拉伯人，她会疯掉的！尽管在我的阿斯顿·马丁（ASTON MARTIN，英国豪华轿车和跑车生产厂），他们拦住我的车的次数少了，这是肯定的！皮埃尔，你承认这个事实吧，你聘我，因为你以为我是犹太人，也许也因为我有出色的成绩，能干……但你要承认，因为你把我看成自己人，你才放心；和犹太人一起工作你才放心。别说相反的话，我合作人的儿子到了他所在的新班，他注意的第一件事就是有没有一个犹太人，如果有一个，你可以肯定他将和这个犹太人联系，虽然表面上看，他们没有一点共同之处，他邀请这个犹太人周末到他的消夏别墅里，这就是贝尔曼和他的妻子最终见他的父母，和他们聊天，常常谈的是政治权力和犹太人，以色列，伊朗，反犹太主义的复发，耶路撒冷和特拉维夫（TELAVIV）的不动产价格，事实就是这样的。”

“不错，是的，你说的事有可能，这是群居的本能反应，那又怎样？我和大家一样，有图腾氏族思想……我不是最好的也不是最坏的……这一点也不能预料我对你会采取什么态度，如果你对我说出真相。”

“你会像现在所做的那样，培训我？你会把事业所的钥匙交给我？你会给我交纽约的学费？你会把你想建立的分公司托付给我？如果你知道我撒谎，你会是这样的朋友，这样的良师益友，你记得你说过的话吗，‘对于我来说，你就好像我的儿子’……”

“我也许会感觉我被背叛了，不错，但我会尽量理解！在你心目中我是怎样的人？我虽不是种族主义者，也是一个教派信徒、迟钝的人？我提醒你，我招聘了一个马格里布籍的新合作人……”

“我该祝贺你啰？”

“你不必吃惊，……我选择他，因为他有文凭，他的经历，因为交谈中他给我的印象很好。苏费阿纳很出色，他的工作很突出，如果我不聘他，另一家大事务所也会聘他的。你相信我说的话吧！你的问题就在你把人类看作浑然一体的大块头，现实更复杂！有许多雇主肯定没雇你，因为你的名字叫塞米，因为他们有成见，这些成见很多时候是他们的父母传给他们的，大家叫这做愚蠢、无知。没有一个社会，哪怕它公平正确，都不能抹去它，但也有别的人，也许人数不是很多——你本来应该花更多时间到另一个人身上，说服他们，有人会信任你，经过一次、两次、三次交谈后，会把你的运气给你的，不错，一个 CD 可以证明，不但最终雇用你，而且几年后会叫你和他们合作！你寄了什么东西？ 50 张 CD ？可能要寄 100 张而你却放弃不寄了！

“我需要这份工作，于是我就把它拿下了。我相信如果当时我向你坦白一切，你会赶走我的。”

“你大概说得对，我不会留你的……不是因为你袒露了你的身份，而是因为我对你失去了信任。”

这时，塞米低下头，很长时间都显得很沮丧。

“皮埃尔，我完蛋了。鲁斯不知道我有个兄弟，她以为我是犹太人。如果她从我兄弟的嘴里知道真相，我就失去了我建造的一切。我会失去家庭，我的生涯，我的处境，我就要流落街头，你明白吗？”

“你只想到你自己，你想到她了吗，想到你的孩子们了吗？”

“别把我赶尽杀绝吧！”

“这是非常重要的事！你娶了一个女人，你了解她的历史，家谱！她的整个生活以犹太教为中心！你知道你绝不能对她说出真相，你就不该引诱她！你骗了她，你不该以为什么事都没发生过，好像你的所作所为不严重！”

“你觉得不舒服的就是一个阿拉伯人引诱了一个犹太人，让她生了两个孩子，你承认吧。”

“别说蠢话了！我觉得恐怖的是，一个男人不但对他的老婆撒谎，而且给自己的孩子们弄了个假身份。这是不可原谅的。”

“什么假身份？我的孩子们是犹太人……他们就是按犹太人的要求抚养的，甚至他们姓他们母亲的姓！在这方面，我失去了……”

“你让他们否认了部分身份。”

“这有什么要紧的？”

“有什么要紧？不错，如果他们不知道，你就说得对，不要紧，但想想，如果你的兄弟把一切真相告诉他们，你想他们会受到怎样的打击，创伤……”

“那么你认为他们不能忍受我是个穆斯林……”

“塞米，你生活在什么世界？你娶了拉姆·伯格的女儿！你亲口告诉我，他的父亲在反伊斯兰运动军事组织的队伍中作斗争！你以为怎样？他们会笑着听你的坦白，敲锣打鼓地接待你？你对他们撒了谎，塞米……因此，听我的话吧，现在你必须把一切告诉他们，即使后果不堪设想，即使你会失去很多……”

“我绝不。”

“意第绪（YIDDISH）语的谚语说的就是这个了，你思考一下吧：说谎的人可以走得很远，但他没有回头路了。”

“你想要我怎么做呢？”

“你必须坦白真相！他们迟早会发现的。”

“你听见了吗，我绝不坦白。”

“你的兄弟呢？你以为他不会告诉他们吗？”

“我就是为此事找你的，请你帮帮我！给我出个主意！而不是为了听你的审判！”

“现在你听我说，不错，目前你什么也别说，但你要想办法把你的兄弟打发走。”

“怎么打发呢？”

“你以为他想得到什么？”

“钱。我问他要多少，我要摆脱掉他。”

“很好，钱的问题，你只要给一次他就不开口了？他还会继续向你要，那你怎么办？”

“我不知道……”

“想点有战略的办法吧，你希望他走，钱不能使他与你保持距离，不，你必须给他别的东西，他等待的东西。关心，感情……做个好兄弟，你就再也听不到他的消息了。”

“你相信这个？”

“你就相信我一次吧。”

12

第二天，塞米邀请弗朗索瓦吃午饭——被迫对兄弟表示忏悔。他对兄弟说他真诚地表示后悔，兄弟到纽约时他不该持那样的态度，他不该如此粗暴。不理解兄弟来纽约的动机，为安全着想，有意疏远他，制造紧张、猜疑的气氛，而弗朗索瓦一片好心，目的是与兄弟和睦相处，握手言欢，而他做哥哥的只知道闹不和，他后悔自己的行为不像个大哥“我应当把你接到家里来，和我的家人相认，我没有这样做，只想到疏远你，把你的出现看作威胁，其实你小时候我都是保护你的，妈妈去上班的时候，都是我照顾你”。这一次他打的是感情牌，对于一个没有父亲由虚弱的母亲抚养长大的人来说，他受不了粗暴、挑衅的态度，塞米要通过亲情感化他，控制他，说服他返回法国。他把兄弟请到很便宜的印度尼西亚饭店，约他在那儿见面，这地方安静，偏僻，肯定碰不到熟人。他说他想过了，可以帮助兄弟。他装做关心兄弟的样子，关心地询问他的现状，“我想了解你的一切”。他终于哄骗成功。弗朗索瓦困惑地眨巴着眼睛，啪嗒啪嗒，好像反射投影器，劈劈啪啪地放出幻灯片，他有点拘束，他没有一点他母亲想象的持械抢劫者的模样，也许有一两次做过毒品贩子，留下另一个毒品贩子的武器，帮别人的忙，为了钱——他甚至不懂得上好保险卡槽；他不伤人，小流氓阿飞，易冲动，不错，感觉受了威胁，被人攻击，打输了，他会动粗，表现出攻击性，仅此而已。和别人拼力气斗殴，他必输无疑，他没有特殊能力，作恶的智力，被教唆而做坏事的念头，没有领会最复杂的社会法则，他头脑简单，粗野，但本质不坏，最糟的是他会与人正面冲突，因此有点危险，但如果你懂得控制他，他就会服服帖帖。制服了他，他就对你百依百顺。他缺乏深度，不加遮掩。听了塞米的甜言蜜语，他相信塞米了；他就像犯人，扭捏一下之后，同意作证一样。“好吧，我把一切都说给你听。”

他原来有个姓，弗朗索瓦·雅雅乌，他从不承认他的名字，他的名字是耻辱，弗朗索瓦是法国人的名字，他认为这名字讨厌。他宁可和大家一样，叫穆罕默德，加马尔，卡麦尔，和兄弟一样叫塔阿。他宁愿长得像母亲，棕色头发，黑眼，跟好朋友一样，是穆斯林。在马格里布人极其集中的这个地区，他很难融入，大家给他起外号，叫他金发小子，毫无办法。有时大家叫他弗朗索瓦一世，他最受不了的是用他父亲的名字，而他的父亲根本不认他是自己的儿子。他的母亲一再要求他说这些话，他也就执行了，她浪漫，要提高父亲的身价，就叫他说：我的父亲是军人，我的父亲是飞行员，他飞上天去了。他又加上一句：他是英雄。母亲叫他说：我的父亲是法国人。然后你不要说这个了。那个时期很艰苦，塞米刚离家，布鲁纳中断了资助，几个月前，弗朗索瓦曾尝试与父亲接近，都失败了，他还想和他联系，他在国会大厦出口等父亲，他看见父亲远远地来了，还有一个年轻的穿西装打领带的干部，臂下夹着厚厚的资料。他向父亲走过去，父亲装作不认识他，继续走他的路。他看见他们走进最近的饭店——巴黎一间吵闹的餐馆，里面的每一样菜肴没有低于20欧元的，而他连一杯饮料的钱都付不起。父亲头也不回地进去，他呢，在轻轨的走廊里大哭了一场。

从那一天起，他变坏了。他不上学，在本地区游荡，大楼的一个小子①，看门人的儿子，棕色头发绿眼睛的混血儿，怂恿他做卖毒品的看风者，赚几十欧元，他的作用就是警察来干预的时候，通知卖毒品的人。他在大楼的四周团团转，监视出口，不说话，精神集中，一般情况下，警察坐车来，或成群结队，警车上亮了旋闪灯，单人匹马他们不敢闯进这个区，居民远远就看见他们来了。但有时，如果他们怀疑地区有一笔大买卖，或他们要抓大鱼，他们就会穿着便衣突然闯入，本来很平静的，哈，不知从什么地方来了小卡车，突然从车里出来，逮住你，把你按在地面上，双手反剪在背后，给你戴上手铐，然

① 叫巴尔纳贝·西舍，26岁，梦想赚最多的钱，能在卡纳角PUNTA CANA的沙滩上过日子。

后再控告你的罪名。警察甚至吼叫着冲上楼梯，拍打你的门。警察，开门！真吓人。碰到这种情况，必须行动敏捷，说到这个，地区的人都知道弗朗索瓦跑步的速度比影子都快，他可以不喘气爬十三楼，跑遍城里心也不跳，这是他的天赋；每个人都有自己的天赋，应当充分利用。

作为望风者，他经受过考验。大家劝他卖大麻，他同意了。大家信任他，这是晋升。好的，这不是什么大事。在大衣下面藏几个小丸，不过是小过失，没什么了不起的。他在火车站、停车场转悠，招揽顾客，就在一辆车里他被便衣警察逮住了。他被关在一个中心，向大家讲述能催法官泪下的编造的故事，最后被罚劳教——清扫小学被画花了的墙，用铲收拾落叶，院子地面的垃圾碎片：黏手的糖果纸，果汁瓶、等。他每天劳动几个小时，由一位二十五岁的教员负责监管，他是个极左的理想主义者，为人平静，大家都满意。他回到家又想重操故业，让他知道了，事显得有点严重，由于接近跟随小团伙头头，大家建议他藏来自巴尔干的武器，他马上同意了，也没提出问题。表面上这些武器用于保卫地区的安全，但事实上，大家都知道，它们用于组成向往打圣战的年轻人，或卖给歹徒帮、持械抢劫者、毒品贩子，这就不是他的问题了。对于他，这是金市场，他想，他不会放过这样的成功机会，给自己找个见得太阳的工作。他在附近的树林里找个安静的地方，没人去那儿冒险的，他有时可以在里面打枪。武器和枪声刺激他，他喜欢弹药的气味，喜欢枪声，他更喜欢扔手榴弹，拔去钉梢就像拔去易拉罐，它会突然燃烧，很危险，但多么刺激啊。

“我就是在这个时候在妈妈家碰到你的，我想你能成功，我也可以成功。”

说心里话，他喜欢武器，做武器的小买卖颇能刺激他，有时他觉得自己是动作片里的人物呢，但他也知道鼓捣这东西肯定会害他坐牢，而他却梦想去澳大利亚；自从本地一个小子去澳大利亚制造印有白老虎的厚运动衫裤发了财之后。“我找到了你的地址……后来的事，你都知道了。”

弗朗索瓦很激动，他喝酒掩饰他的慌乱，塞米心里明白，行了，很好，他把兄弟哄住了，他把兄弟控制住了。他对兄弟说他会帮助他：“你回国吧，我供你上学，我不会眼看你跌倒不扶你一把的。但你要答应我你再也不摸毒品、武器，你要老老实实地过日子。还有……不要再玩极暴力的电子游戏，这些玩意会冲昏你的头脑，毁了现实中的一切的……”弗朗索瓦答应了，突然变得很听话。塞米说：“好的，你还可以在美国玩两三个星期，我承担你的一切……”

可是弗朗索瓦要马上回法国，他脸色青白，好像要呕吐的样子，此时他告诉塞米他出了问题，他说出在夜总会的那天晚上，他调戏一个姑娘，他说他后悔，现在他害怕了，他担心她恨他，或者把此事说出去，那天晚上他酒喝多了。“是你叫我喝的，我以前从未喝过这么多酒。”他记不清当时的真实情况了——他有没有做伤害她的事？他不愿为一件他忘了的事付出代价；他大吼道，是她挑逗他的，她像个婊子，穿超短裙，衣服敞开，让人看见她的胸部，她挑起我的欲望，这些女混蛋挑逗你撩动你的欲火，然后哭哭啼啼，她们到底想干什么？她们脱光了衣服，却要我们求她们？塞米，这些妓女，现在我害怕了，她会随便捏造一些罪名，说我强奸了她，其实我都没怎么动她，她们什么事做不出来，她们是疯子！我想回去了。听了兄弟的这番话，塞米吓得半死：弗朗索瓦强奸了这个姑娘？他想动她？他想帮兄弟回忆当时的情形，要他承认干的事，余生都在监狱度过。但他没有这样做，他要救他一命。现在塞米唯一要做的事，就是要兄弟远离纽约，与他和他的妻儿保持距离。他说服兄弟，说他待在美国非常危险。“你的害怕很有道理，她可能恨死你了，你不知道你留在这儿会冒什么风险。明天专门负责性犯罪案件的警察——相信我的话，这类罪行最恶劣——可能会带着控告你的DNA样本到你住的旅馆。他们关你二十年，当地最好的律师也没办法帮你减刑。女权主义协会也会找你的麻烦，公众舆论也会谴责你。再说你是法国人，听我说，你必须回国，我去给你买机票。”

“等等，”弗朗索瓦说，“还有一件事。”他回国后该怎么做呢？他需要钱，他再不能这样下去了。“我想得到安顿，我做的蠢事够多了。”他来美国就是为了谋求帮助，试图摆脱困境。“不要重新落入下等的小团伙头头手中。”

“我会帮助你的。”

“你做这些事都是为了我？”

“是呀。”

“你为什么要做这些事呢？你亲口对我说过的，对于你，我不算什么东西。”

“如果我不是为了你，那你就这样看好了，我做这些事为的是我们的母亲。为了让她不再经常为你操心，为了她不再半夜醒来，担心你是否回家了，是否喝醉了，或喝了别的东西。为了让她别再打电话给我，告诉我她吃不下饭，因为她老是惦记你，担心你干的事，担心你被警察逮捕，她把名声看得比一切都重，为了所有这些理由，我会把钱寄给你，但作为交换，你必须答应我，你必须找工作，或重新读书，答应我你不会拿我给你的钱去买毒品或娱乐场去烧钱。”

“你是从妈妈那儿知道这些事的？”

“我有别的事要干，没功夫找人跟踪你，弗朗索瓦，我有工作，我有家庭，我希望你信任我。”

“信任”这个词解决了一切问题。弗朗索瓦的声音平静了，他心平气和了。“最好的办法就是你每个月给我寄钱，……总之，我不想滥用。”

“你要多少？”

“我不知道，……你说……”

“不，你说吧，我听你的，按照你真正的需要决定多少……”

“每个月 2000 欧元？这个数目不会让你为难，你可以安心过你的日子，而我呢，我也有钱活下去了，我也有钱养妈妈了，我回法国，你再也听不到我的消息了。”

塞米如释重负，松了一大口气。每月 2000 欧元对于他来说不算什么，兄弟本来可以要 5000 欧元。他突然笑了，他同意了。

“你怎么给我呢，我说的是你怎么给钱我呢？”

“我开一个账户，每月供钱，很简单。四十八小时就解决问题了。”

“如果你的妻子发现了呢？”

“现在你为我担心了？这正是新鲜事，这……”

“我不愿意你为了我丢了一切……”

“她发现不了，我做事很谨慎的，我和银行方面的人有联系，这方面不会出任何问题。”

弗朗索瓦问：“塞米，你为什么眼看着妈妈住在老鼠洞里不管，而你有钱给她租最漂亮的房子啊！”

“她不肯搬家，这是她的选择，不是我的选择。”

“你知道，我可以说服她……”

“你别再想东想西的了，你还不够吗？”

弗朗索瓦不吭声了。他拿起运动袋，对塞米说他要坐地铁到机场，他要马上走，订去巴黎的第一班航班。塞米说，不，我陪你去（他要确定兄弟真的走了，倒不完全为了亲情）。快要分手时，他们几乎要拥抱，塞米亲切地轻拍他的肩。“忘了发生的事吧，一路顺风！”塞米看着他向安检处远去，挥手，“以后见！”但他希望永远不要再见到这个兄弟。

13

常有人向作家提出这个问题：“写一本书要花多长时间？”——好像写作与建筑术存在某种联系。建房子，可以预算需多少时间，交货的日期，能收回应付款，偿清钱款。写作虽没有规律，不受约束和限制，作家写作的时候难免不合群；作家写作免不了不从人愿。在这样的条件下，怎么样做到确立某种社会合同的基础？塞缪尔从来都做不到，因此他选择了教育者这个职业，待在贫穷地区，那儿的人民和他一样，熬受痛苦，不同程度而已，大家的心灵都受创伤，破裂。自从妮娜离开他之后，他的生活离不开孤独二字，写作能使他远离消沉抑郁。他为了继续生存而写作，为了不生病，他工作。他瞥一眼建筑的石块，以后有人问他需多少时间，他可以回答说："我需要一年时间。"

还有另一个问题，问的人比较少，然而却是创作的中心问题：你知道什么时候书写完了？一个月来，塞缪尔每天面临这个问题：他读了又读，添枝加叶，删减，修改——他的精神不再受一个女人的爱情干扰，他把心思放在该怎样安排每一个字词、标点符号、句子的节奏、语言的音乐性。这种对写作的需要，就如他在身上挖掘——要达到什么高度？——对付纷繁不安不尽如人意的生活，他从未觉得投身写作这样的紧张。他读他写的书，明白他的书写完了，不再需要加工了，他可以把它寄出去了。他非常清楚哪些地方调子低了，中断了，会使他的读者不舒服，他预感到某些地方读者不喜欢，但他不作变动修改。作家要作好作品不讨好的思想准备。自己是否已努力了，是否把它写完美了，是否力求写好，做好写作这件事，这是他常常担心不安的事。文学是混乱的，世界是混乱的，除了说它是粗暴的，还怎样说明它呢？字词本来不该按部就班地安置，文学正是这样，处于不安全地带。

塞缪尔写作也没有什么目的，他唯一的野心就是写，每天丰富他的文章，他是个好学的冷静的学者。他用文字编写故事，用这个能力医治感情的创伤，是不是有点疯狂？

他最大的遗憾，就是他没让他的一生都花在写作上，没有被人称为作家。在他一生的不同时期，他曾试图发表他的著作，对这些时期他留下可怕的回忆，就好像生了重病，致命的病，非常强烈地影响了他整个人。他记得这个时期，在这个时期，他就像一个随时想把脑子里的子弹取出来的人一样。他把出版社寄来的拒绝发表他作品的信件慰问信收集起来，他的小说不符合出版条件，出版社很遗憾地通知他……他一读再读圣日（SINGER）写的句子："每天我都在考虑自杀，最折磨我的事，就是我缺少作为作家的成就。"他甚至不知道怎样做作家。

他这辈子，就没有做成功过一件事的感觉。

塞缪尔不再害怕看出版社的拒绝信了，他已经放弃了某些东西，他产生了一种野心，不是文学的野心——他一直执着地追求一个目标，创造有个性的语言，独创的语言，声调铿锵的语言，能传播很远的——社会的野心。他不再汲汲于成名，被认可——这样疯狂的执着会毁了一切。写出来的东西令人赞赏，被爱，很明显会得到社会地位，在他将近四十岁的时候，他放弃了这个目标，他可以承认，被他人赞同不再是他幸福的条件。他轻松了，压力没那么大了，没那么紧了，他撇开了它们……昨天，你要成功！还是可能的，还是义务，是命令，他必须服从的社会标准（否则你处于社会边缘，排除在男人的社会外），

但今天，这一切结束了，

他不疯，不怕被人评论，他说出这句话，诺言的部分……他的野心的证明，或他的父母寄希望于他的——造就一个杰出人材，优秀人才——这是社会的愚弄。

就这样，他把稿子寄给了四个出版社。他说服自己，他不等待什么，他平静，清醒。他知道没人可以在文学上取得成功；写作，这就是每天与失败较量。

14

弗朗索瓦离开美国后，塞米重新过起他的平静生活，被隔开的生活：两套住房，两个女人，两种生活。妮娜明显表露出不满现状的迹象，她厌倦了这种孤独的见不得阳光的日子，她不快活。塞米安慰她，他心里有她就行了。不错，她不能与人来往，与外界隔绝，但她有他啊。他这样安慰她，最重要的事情，最动人的爱情故事往往都是见不得人的，秘密进行的。“可是我感觉到我缺失了什么东西，你明白吗？”不，他不明白。“客观上看，你拥有了一切。”她拥有一切：金钱，物质的享受，性生活的圆满。他想，她应当满足了。和妮娜的生活打消了贝尔曼的担心；他从未像现在如此安宁，消除了不安，惭愧，冒名顶替造成的犯罪感。他进入家庭爱情美满幸福、事业前途兴旺发达的人生阶段，所做之事无不成功，他狂热地、精神振奋地投入工作，打赢一场场官司，建立起新的威信。他得心应手，无往不胜。

这样的状况持续了一段时间。

塞米和妮娜两人离群索居，不与外界来往。妮娜见不到别人，只见到塞米一个人。塞缪尔说得对，她过的是艺妓的生活。她不断说服自己，给自己辩解，她过的不是妓女的生活，不是的，不是的，但心里也怀疑，这就是婊子的生活。（除了等他的到来，她做了什么？顺从他，满足他的性欲？她独立吗？不，她有时心里涌起反抗的意念，但被她抑制了。）很长时间她唯一的野心就是被塞米所爱，但她的欲望已过去，（塞缪尔与她的新要求也不是无关；她想要个孩子。）现在她过幽禁生活已快一年，在这间塞米租给她的漂亮房子里，她什么都不缺，但情妇的身份，开始，在她情深意浓之时她还可以适应接受，现在她觉得这种身份贬低了她的人格，置她于正常生活之外，她再也不能忍受了。她再不能任塞米摆布，做塞米的泄欲工具，见不得天日，她想生活得更好些。而且她还有另一个担心，担心时光易逝，青春不再。等到塞米厌倦了她，她会遭到抛弃——塞缪尔向她发出的这个警告，也许出于嫉妒，为了让她痛苦，但她明白他说的是真话。她知道这话不假，因为她了解塞米对青春女子的爱好——在街上，他不加掩饰地看她们；有一次他陪她去试一件他为她挑的内衣，她亲眼见他把一张名片给了二十岁不到的女售货员；她明白，因为她听他说过，他的一个客户说，“我在妻子还可以找人的年龄离开她”。当时他还笑，其实这是个悲剧。因为你明白超过了一定年龄，你的饭菜票就无效了。女人苦苦地和时间作斗争，千方百计使自己显得年轻，更吸引人，这种斗争在男尊女卑的社会里必输无疑。妮娜可以指望和塞米的关系保持两三年，然后呢？事实会如何呢——妮娜不愿相信——最终塞米离开她。他这个人太不安于现状，追求新的刺激，新鲜事物，追求易到手的猎物，总之他是个贪图享乐的花花公子，玩世不恭者。他追求美人，最佳的美人，别的男人不敢接近的美人。她对此了如指掌。她以为有个孩子可以拴住他——有孩子保险系数大些，是的，那么怎么办呢？大家都知道这个方法。这种下场本来早该有所预料，早作计划，迟早，做母亲的问题就会提出来的。妮娜暗作筹划。有天晚上，她甩出最大的王牌，——想象的情妇，受宠的情妇，他的至爱——两人做爱之后，她对他宣告，她想要一个孩子。她没说她要求合法身份，不，这个以后再说，她想有了孩子，合法身份自然就解决了。此刻的塞米惊呆了，他原来以为她断了做母亲的念头，他希望她断了这个念头，她也不再提，现在她又提了，他提醒她，这是不可能的事，他们能在一起已经很不错了，他们相爱，他们是自由的，没有牵挂，为什么要造出一个问题来呢？孩子只能使事情复杂化。她反驳他："是问题吗？我来你这儿之前你答应过我的。"也许他答应过，他以非常信任的、爱的口气确认，但我们必须现实一些。

他已婚。

他有两个孩子。

他不能冒险，毁掉他建造的一切。

他不想失去她。

但她必须理智，冷静。

她听着他说话，他的话在她耳边响着。但害怕、烦恼、怨恨不满的情绪泛滥了，她用冷冰冰的口气说——她的态度使他全身冰冷——“让我生一个孩子，否则你不要再来。”她走极端了，是善恶二元论者，太幼稚了，这表明她的地位的脆弱，然而她发出威胁，他知道她会把这话付诸行动。他恐惧了，这是阴险的讹诈。如果她不顾他的意愿，把孩子生下来呢？她说她吃了避孕药，也许她撒谎呢。“我现在不明白你了。”“你不明白我，我身处外国，没有朋友，除了你不认识任何人，孤孤单单地住在这个房间里，你老是反对我出去工作！我就是想要别的东西！我希望除了这个房间，和你还有别的联系。”“我爱你，你该满足了。”“如果你爱我，你该给我一个我梦想的孩子。”此时他转身对着她，用使她害怕的冷漠对她说：“你败坏了一切，我都不理解你了，你拥有了一个女人想要的一切了。”然后，他看也不看她一眼，拿起他的衣服走了。

15

当时赌气，离开她还没什么感觉，但过了两三天，塞米再也受不了。肉体上，他想见她，他想念她，她不在面前减弱不了欲望，相反，他感觉孤独，他无法集中精神看文件，回答客户的问题时含糊其词，也不打电话给任何人，取消一切约会。思念如洞，洞口之大吓坏了他，而且只有她才能填满这个洞。他觉得自己来到悬崖绝壁的边上，没有她，他头晕，他会掉下去，他害怕，他发抖。他没想到他会这么想念她，这个想法缠住他，因为它反映了一个新的感情，直到现在他都不承认的：他少不了她，从属于她。他老是想她，不停地，痛苦到了难以忍受的地步。他喜欢抵抗，他不想在她面前让步，在她强加的铁臂里认输，他承认这点：她的抵抗性很强，她不打电话，不表现丝毫的后悔，不安，多么倔强。他不断地想，因为，总之，没有我，她不值分毫，她要依靠我才有地方住，才能买吃的，她是在这里，在纽约，完全孤身一人，没有分文，她应当害怕失去我，我会离开她，不再打电话给她，是的，没有我，她什么都不是。他贬低她，从精神上贬低她，这是保住面子的办法，但最低的是他，他要完蛋了，自从她选择塞姆埃尔，他以为再也见不到她那天起，他都没有感觉到这个。他不愿承认没有她他什么都不是，对于他这个从不愿眷恋任何人、不愿落入情网的人来说，这是新的感觉。事实就是，你爱她，你爱她，你痛苦。他没考虑到这种选择。他投入爱情中就如一个人从船里跳进大海。远离她，他如同失足沉入水中，如同被铁球拖入水深处，而铁球就是他在这个世界上最爱的人，他的妻儿。他厌恶他的舒适、他的家庭生活。因此他说服自己，他可以冒险怀下这个孩子，鲁斯不会知道的，最多不过与她离婚。他觉得今后他有力量和伯格抗衡——他厌恶伯格做作的专横，他下了决心，应该马上去把他的决定告诉妮娜，是时候了，但现在已晚上九点，他的妻子刚打电话给他："你不回家吗？今天是安息日，别忘了给我爸爸买一块白奶酪蛋糕。"是安息日节呢，这些他觉得陌生的犹太人的节日，这些没完没了的餐宴，大家都围着他们转，这个他从来就不曾完全适应的犹太籍，他宁可放弃它们，最后放弃它们。说到底，从宗教的意义上说，他从没感到他是犹太人，他喜欢的——深深喜欢的——是团结一致。犹太人之间的亲热的形式，能使一个阿根廷犹太人高兴会见法国犹太人，他从不了解这个。当他住在十六区保姆房里，生活在小资产者当中，小资产者的父母用分派大把的钱来控制他们，他觉得陌生；当他和母亲兄弟回到赛伏朗，他觉得与他们不同——这些回忆多么深刻啊，恐惧。他可以肯定他无论到任何地方感觉都不好。他还在办公室里，他的所有合作人和协作者都差不多走了——这天是星期五，有时他们在下午就下班。只有贝尔曼在办公室里，微弱的光从遮帘透出来。他想打电话给妮娜，又打消了主意。他写了个短信：我爱你，我想要一个你的孩子。但他马上又把它删去了。于是他收拾好他的衣物，出门，跑到邻街，走进一家糕点店，给他的丈人买了十份白奶酪点心，一面想，但愿这点心撑死他。走出商店，他急不可待地想见妮娜，拥抱她，把她搂在怀里，他必须和她说话，必须碰她。但他克制自己，理智地想：明天吧，明天早上，他叫醒她，明天早上，他告诉她他想和她一起生活。这个消息，他不想光自己保留住——这小消息太不寻常了，他需要告诉别人知道。他不敢打电话给皮埃尔，告诉他，该由贝尔曼得到他的体己话。他转了半圈，朝办公室的方向走，直到贝尔曼的办公室前面，他正准备下班回家。“别走，留下来，我必须要告诉你！”“就不能等到星期一吗？”“不行！这事不能等！”贝尔曼吓呆了。“我堕入情网了，我必须找个人谈谈这件事……你明白吗？这事非同寻常。

我找到了这个女人，在我没希望的时候爱上了她，我差点为她而死！和她在一起我才感觉到我是活人。和我的妻子在一起呢，我没有感觉，我变了个人，我必须向你承认，我都认不出我自己了。她的名字叫妮娜·罗什。”贝尔曼听着，不说什么，也不下判断——他对他说什么好，贝尔曼是个好父亲，模范丈夫，孝子，他从来不越轨，模范公民，每次选举他都投票，交税，过马路走的是斑马线，不喜欢冒险。两个人中最愤慨的是他，他知道，当他的第四个孩子出生时他成了哮喘病患者，在家庭的重压下几乎窒息，这个家庭是他按极不公正的遗传法律建起来的，被保护超安全的建筑。他像他的父亲那样做人，也和父亲一样不幸，他羡慕塞米，塞米蔑视礼俗，安全，塞米不是他这样的人，因此他向他承认，他从未考虑过改变生活的方向。塞米继续说：“我必须告诉你一些事情，因为我的决定影响了事务所，大概会有几家客户，在我的丈人的压力下决定另找律师。”听到这儿，贝尔曼试图打断他的话，但办不到，塞米说：“你听我说吧！”塞米叫嚷起来，然后态度缓和了一些。“我要离开我的妻子，明天我就向她宣布。”“你不能做这样的事情！”“为什么？”“你不能做这样的事，很简单，因为这不是一个犹太人的态度。”对塞米的道德下的这个判断很简单，这道德和传统、教育有关。说实在话，贝尔曼对这类指责也有点不快，碰到点艳遇，几个小时的缠绵，犯点小过，然后把风流事搁下来，保证以后绝不重犯也许就行了……但是像塞米这样，过双重生活，不行；为一个女人租房子购买所有需要的物件，这是对妻子的背叛，不行。听到贝尔曼的意见，塞米恼火了。“你认为，一个犹太人的态度是怎样的？犹太人的特权就是摆出正人君子的姿态？选举的必然结果？（他以讥讽的、粗暴的口气说这话）果真有犹太人的道德，愿闻其详！”贝尔曼愕然。他看着塞米，被他说的话吓呆了。于是他觉得有什么东西不大对劲，这个合作者是个外国人。他冷冷地下结论：“你疯了，……我都不认识你了，塞米……”塞米越说越兴奋：“你要我把话全吐出来吗？你用你的诱导的道德主义、你的正直、你的要做好事的道理吓我，以为人可以不背叛地生活是不现实的，以为人可以清清白白也是不现实的，清白纯洁只是个概念，只有神才能做到。一块石头可以是纯洁的，每年举行一次的赎罪日（KIPPOUR）节前夜举行礼仪，你跳进去的那洗澡水——为了使自己纯洁，正是属于我们的职业迫使我们做的圣事，你从洗澡水里出来，你就成了圣人，但请你相信我的话，你到世间搓搓身子，它就脏了。”“作为犹太人，我有职责……”“别说这个了！犹太人并不比别人更有道德，他只是更加道学而已。”贝尔曼惊呆了：“你说这样的话，你就把你自己排除在你的团体之外了。”塞米沉着冷静地打量他：“我参加过这个团体吗？”在几秒钟的时间里，他们原先默契和知音的关系好像被破坏了。贝尔曼说服自己，对面这个人是个可耻的犹太人，犹太事业的叛徒，对自己人毫无情义，他是那种犹太人，消化了同化主义者最刻毒的演说之后，又毫无遗漏地把它们吐出来，一个没有道德的、没有信义的犹太人，他想，塞米是个不爱同类的犹太人。他突然对塞米非常反感，然而他没有直接责备塞米，只用单调的腔调说：“我以为我们再没有什么可说的了。”

第四部分　命运反转：锒铛入狱

塞米像被人埋在混凝土块里，这是打击，噩梦。睁眼醒来，身体虽未受损伤，但也不尽然，手铐勒得他的手腕生疼。头顶上面一只灯泡射出白光，灯泡摇来晃去，弄得他直犯困。他想知道发生了什么事，他们玩什么把戏，这事怎样收场。

《安慰》

这是一部杰作！

——埃里克·杜蒙提埃①

令人震动。

——当·斯贝罗②

一本伟大的书！

——苏菲·德·拉图尔③

诞生了一位作家。

——马里翁·列萨日④

令人震惊的叙述。

——列翁·巴吕⑤

---

① 他写这篇文章为的是取悦塞缪尔的报刊专员，一位金发的有魅力的女郎，他爱她爱得发疯。

② 令人畏惧的文学批评家，他曾说过："我最大的成功就是我对索瓦·贝娄的无可争议的采访，在他获得诺贝尔文学奖的前两天。"

③ 34岁，雄心勃勃地要领导她在那儿工作的报纸的文学版。

④ 她也是一本被遗忘的小说的作者，卖了400本，《关于死亡的麻烦》，最近她被她工作的报纸编辑室解雇，按官方的解释是为了经济上的理由，非正式的解释是她拒绝编辑主任的提升。

⑤ 55岁，大家认为他的职业生活是成功的，但他委托他的精神分析学家说他的私人生活完全失败。

1

塞米已经半个月没有打电话给妮娜了，在等待的两周时间里，她处于消沉、孤独的状态，这事显得更为严重，更为特别。她也不找他，以退为进，与他保持一段距离，希望二人分开一段时日，他能体会她的重要，明白没有她的生活是毫无意义的：但她采用的这个策略并不高明。当她终于明白他真的不会打电话来了——也许他嫌她的最后通牒威胁了他，他决定与她断绝关系，也许他不再爱她或爱得不够，不能为了她抛弃自己的家庭，她觉得再不能坐以待毙，要和纽约的熟人联系——基本上是几个女人，她在理发店或城里最豪华的旅馆之一的运动室结识的（这些地方，一切都安排周到，满足客户的每一项需要。塞米用他的名字在这些地方登了记）。她有多少个人的电话号码？三个或四个，不会再多了。除了塞米，她基本上不见任何人。他很明确地吩咐她，他希望她随叫随到，她的活动必须迁就他的活动安排，在他有空的时候她就能在他的身边。有一次，仅仅一次，她约了一个在运动室遇到的法国女人，在靠近第五大道的小电影院看法国影片，但在最后一分钟她不得不取消这个约会，因为塞米打电话给她，要求她把时间让给他，还说看电影是“很小的事情”。他们的见面常按不变的规律进行：他打电话给她告诉她他到了，她必须准备好（精心打扮，理好头发，化好妆，为他穿好衣服），他出现的时候，她拥抱他，（她必须拥抱他，有一次他进来了，看见她在打电话，他很恼怒生气，责备了她很久）；他们做爱，然后去吃午饭或晚饭。最后他告辞走了，走之前问她是否缺少什么东西。为了他，她放弃了她原有的一切；首先是她和塞缪尔的关系，如果她不完美，如果她不重情，（她不就是这样的人吗？）塞缪尔还是适合她的，她可以认真地考虑与他生个孩子；其次是她放弃了工作，虽然她的能力有限，收入也不是很多，但她很自豪地看到她的照片出现在大品牌商品的样册上，或在4×4的广告上——推销时期用以装饰商店。她是时装模特，虽然不是名模，但她在大型批发和供应产品的领域参加比赛，这些领域没有高档商品或高级时装的高贵，但她经常被选去体现理想的法国女人、神圣安宁的母亲、模范女职员、贤淑的妻子、慈祥的母亲也是件高兴的事，她摆出姿势，拿着标有最廉价格的硬纸板，质量最佳的火腿，最能吸水的尿布。女人们看着她，想要学她的样子；她们看了她，马上就想购买她宣传的产品。这是职业，虽然报酬不高，要摆几个钟头的姿势，对着摄影师的镜头，必须服从他们对她的脸和身体的处理，装扮得妖艳动人，但这份工作也有不少优越处：每天的工作内容都不相同，她可以按照她的意愿支配时间，会见许多人，他们都称赞她天人般的美貌。不错，她是美人，但由于从小生活在刻板偏执的父亲身边，她对自己的美缺乏客观性——不错，为了塞米她放弃了她选择的生活，可是和他生活了一年，他没让她生个孩子就离开了她，甚至连道别的话都没有说一句，也没对她说清楚到底出了什么事，为什么他不回来。她的母亲抛弃了她，塞米也抛弃她，无论她如何和蔼贤淑，如何美若天仙，她的优秀品质都保不住他们的爱，他们都厌倦了她，他们宁可过别的生活，爱别的人。母亲为了一个工作中认识的男人抛弃了她，塞米为了他的妻子，为了那个有钱人的继承人抛弃了她——妮娜在网站上看见过这个女人的照片。

她打电话给几个熟人，把她的事告诉她们，但没一个人肯花时间见她。在纽约，她举目无亲，没有地位，身无分文。除了平日塞米塞给她的钱，她一无所有，现在她用他给的剩下的钱过日子。她在想，很快她就不能住这房子了；他又没有明确说明他弃她而去了，她该走呢还是等下去？她能去哪儿？她没钱付房租了，甚至很快就没钱买口粮了。她突然害怕起来，害怕失去一切，她想他不打电话给她就是要提醒她。“你是附属于我的，在这里，没有我，你一钱不值。”“不错，我要与他斗到底，但怎么斗？我有什么资本？”她决定打电话给塞米，叫他帮助她，但这一步很难走，她不想求他。求他，就是投降，也就放弃了生孩子，放弃了与他共同生活，放弃了她在他生活中的位置，她就陷入不稳定的生活里了，她自挖坟墓埋葬自己。“我是极端悲观主义者吗？”“不是的，我是现实主义者。”她想，她马上拨塞米的电话号码，发现他的手机关机；如果他的手机铃响，她会认为他有意不回，躲避她，但不是这回事，每次打给他，手机都是关着的，两天之内她打了三四次，结果都如此。她突然恐惧起来了。他是不是出了车祸？出了医疗事故？她无从打听，谁会通知她呢？她打电话给医院了解有没有患者住院，她花了几个小时的时间，最后还是找不到他的踪迹。没有一个患者用这个名字登记。一个星期之后，她决定和塞米的事务所联系。她想这是唯一找得到他消息而又不影响他的地方了。他的秘书[1]不耐烦的声音使她很不舒服，她几乎口吃了，要求和塔阿先生说话。“他已经好久不在办公室了。”“他度假了吗？什么时候回来？”“我不能告诉你。”“有人能告诉我的吗？”对方有一阵子不说话，然后才答道：“我不知道塔阿先生什么时候回来，如果你要解决的是紧急的法律事务，我可以把电话转给他的合作人。”“是很紧急的很私密的事情。”“如果是这样的话，你别走开，请问你是？”妮娜犹豫片刻，然后说：“我是妮娜·罗什。”里面的电话响了。妮娜等着，三四分钟之后，她听到一个男人的声音：“我是贝尔曼。”她作了自我介绍，贝尔曼马上就明白了，塞米和他提过她，他特别不愿意她在电话里提问题，他本来想叫她迟点再打电话来，但他担心她直接找鲁斯，于是他约她到离此几百米远的咖啡店见面。“我十五分钟后就到。”

贝尔曼走进咖啡店，立即就猜到那就是她——她天然是块金，闪着光芒的不加雕琢的钻石。咖啡店中人头涌涌，又值傍晚时分，美女如云，但如此性感如此吸人眼球的美丽女人显得突出，她无需搔首弄姿，无需显摆卖弄，无需刻意打扮，无需涂脂抹粉，——无需染红指甲和头发抹油，脸上扑粉，描画眼影，袒胸露臂，浓妆艳抹，暗送秋波，她很自然地站着，不矫揉造作，天然风韵，纯净优雅。看到她，他不由羡慕塞米的艳福，他想他也未必能抵挡得住她的美色的诱惑。他向她走过去，亲切和蔼地握住她的手，坐下来。他不禁细细地端详她，目不

---

① 他的秘书名叫玛丽雅·埃列克特拉，霸王式人物，56岁，离婚，带着三个孩子，她对打电话来的客户盘查很严，不随便通报，塔阿给她起了个外号叫“关卡”。

转睛。她早已习惯别人注意她的脸和她的身材。他解释他之所以约她见面，因为有些事不便在电话里谈，他说她无需自我介绍，他知道她是谁，为什么来。妮娜掩不住她的惊讶，塞米从来就没有告诉她他把他们的关系告诉了别人，这事使她放心，抬高了她的价值，她几乎放松下来。他知道塞米在哪儿吗？他还好吗？她没有他的消息，她不安，因此她不禁打电话给他。看到贝尔曼抿紧嘴唇，她明白发生了什么严重的事情，——大概出了不可挽回的事情了，不然为什么他的神气突然如此的凝重，为什么他亲切地把他的手搭在她的手上，而她并不认识他，头一次见他呀？她恐惧了，生活有时会发生可怕的变故，就像车子侧翻了。她感觉她的心脏在她的胸中剧烈地颤抖，血流汹涌，冲毁了心房，脉搏跳动缓慢，咚咚咚地，因为不安和害怕跳得难受吃力。她本来要求他快点说出一切，马上说出来，快点说，把针拿出来了就刺她吧。然而她不动，麻木了一样，好像一个人知道轮到他行刑了，他必须平静，平静，不语，接受最后的一击。他们好久没说话，对服务员的叫喊，大厅的吵闹，不停的声浪，充耳不闻，突然妮娜在内心祈祷，为塞米活而祈祷。只听见贝尔曼低声地喃喃道："我很遗憾，我很遗憾，我不知道怎样把发生的事情告诉你。"

2

对于他这样一个把写作愿望化作终生激情的人来说，还有什么东西比写作更能激起他的冲动和热情呢？——工作、个人生活、社会生活都围绕着这个志向爱好，而他没接受过这方面的培训，也没人鼓励他向这方面发展，就连妮娜也从来不相信他能写出什么名堂来，——他不明白什么原因，她不读他写的东西，也不要求他写作，但她当着他的面买他建议她买的作品，认真读其他作家写的小说，还以惊人的严肃态度评论它们。那份严肃，好像她最关心文学，文学超出一切（而她对他的工作漠不关心，却关心他人，有时是没天赋的其他作家，这两种态度的对比，不是能看出她贬低他，嫉妒他吗？）。他的文稿遭到多家出版社的拒绝，天时地利人和都不利于他的作家梦变成现实，现在有家大出版社出版他的著作，而且认为他是真正的作家，他怎能不大受刺激呢？这辈子他一直认为自己是个一事无成的人，——他的父母以教育者、知识分子的形象要求自己、选择他们的生活道路，也以此教育他，而教育者、知识分子在老师和上帝面前是谦卑的；尤其他得知自己的真正身份那天，知道他的亲父是酒鬼、废物，精神不正常的人，而有其父必有其子，所以他必定窝囊。他此生唯一的运气就是遇到了妮娜这样的绝色美人，让她陪伴了自己二十年，哪怕他是通过讹诈和诡计把她留下的。他低能无用，当妮娜为了塞米而离开他，他更确信他是窝囊废了。从别人看他们的目光中，他看出对方的意思；她比你强——日常生活中他常感觉自己被人瞧不起，无论德才貌都不能留住、不能吸引任何人，甚至读不好书，当机会允许他描画蓝图时，他却不能有效地把它画好而是搞砸了它，不是他无能，又能证明什么呢？他终生都觉得他平庸，现在有人一再称赞他了不起，出色，天才，才华横溢，他不敢相信。他们说的是谁呀？他想对他们说，他们搞错了，继续贬低他吧，鞭打他吧。这是他对失败的态度，自我保护的办法。你的地位卑微，就没人找你的晦气，也不屑于和你打交道，他早就习惯了这种处境。

然而，事情出乎他的意料。他的文稿寄出才几个星期，一家出版的书颇受他喜欢的出版社和他联系了，要求和他见面，中午打电话给他——是星期一的早上，他记得很清楚——那个人简单地做了自我介绍，说明他的身份后，说出这些话："你是《安慰》的作者吗？""是的。""你的这本书和别的出版社签了合同吗？""没有。""你住在巴黎？""巴黎附近。""明天你能来我的办公室吗？……下午三点？""可以。"就要挂电话的时候，他听见对方说出这最后一句话："呀，我忘了……你的书……写得很好，真的，你真的很有才华。"然后他又说："我素来不称赞没才华的人有才华的。"

他整夜不能入睡，在心里盘算着要对出版社的人说什么话。到了约定时间，他们几乎都没有说话，出版者说得很少，塞缪尔也一句没说。他拿到了签了名的出版合同，后来，有位记者要他回答普鲁斯特的问题，回答"在什么地方，什么时候你觉得最幸福"？他回答说："在出版人的办公室。"后来的几个星期，出版人打了好几次电话给他，要求对书稿作点变动。他记得一次电话是黎明时分打来的，要修改的是一个标点符号。"留下它呢还是抹掉它？"他有点怀疑，怎么会提出这个问题。他想，今后，他愿意生活在标点符号的位置比社会地位重要的世界里，而不要生活在别的世界里。

3

你被捕了。

早上六点，荷枪实弹的警员（是军队的士兵吗？来了多少人？）冲进塞米的住所。“举起手来！转身！不准顽抗！不准动！”手铐响叮铛，警察的皮靴咔嚓响。事出突然，来势凶猛，措手不及，手铐卡得他的手腕很痛，很不舒服。“我们非等闲之辈，你们凭什么抓我？我没有犯法！告诉我发生了什么事！”

刚来得及瞥一眼玻璃橱窗外面阴沉的天空，现在是什么时辰了，是傍晚吗？太阳勉强照亮雾蒙蒙的暗蓝色的万里长空。“好啦，跟我们走！”警员当中的一个用手按住塞米的脑袋——他的手又厚又湿，另一个给塞米上手铐，当着鲁斯的面。鲁斯使劲叫嚷，她不明白怎么回事，她吼叫，威胁他们，提醒他们她的影响力和权力，你们不能干这事，你们会后悔的，她要这些貌似警察的陌生人拿出身份证来看看他们是谁。鲁斯问：“你们是谁？把你们的证件掏出来看看，我要控告你们！”

“女士，你会和当局一起看我们的证件的。”

鲁斯在房门口弯下腰，好像要倒下来。她身穿米色绸缎睡袍，头发有点松散零乱，由于疲乏、不理解、恼火，脸都变了形，没一点以前那个碰不得的巴黎女人、高高在上颐指气使的女王、举止高雅礼貌毫无瑕疵——的社会模范的样子，她怎么能想到有一天会碰到这样可怖的场面？天刚刚亮，他们如此突然地实施抓捕行动，这场面只有在电影里才看得到，在布朗克斯或情节千篇一律的恐怖小说、惊险读物里才有，不可能发生在第五大道的豪华大楼，不可能发生在这房子里——持有身份证、具有雅皮士的外表或扑了粉的白发也就是社会名流才能进内——这儿有持械抢劫者破不了的银箱，你看看，楼外有武装的值夜人，大门有个暴躁的妄想狂的看门人，由最好的技术人员到处安装的监控录像，它们直接与中央警察局联系，而男女警员每四小时轮班，检查是否有人影响此地的安全。稍有动静，五个荷枪人员在不到五分钟的时间内就能出现。那天早上，来了五个以上的人员，也许七八个，不是为了保卫这堡垒的房主，而是把房主作为犯罪嫌疑人、黑手党、强盗抓了起来，真是耻辱。鲁斯挺直腰，抬起下巴，她看见邻居①从家里出来，冷冷地站在楼梯平台上看他们，猜测他们出了什么事。这些大楼每平方米价值3.5万美元以上，他们不喜欢出丑闻及一切减值的事。邻居好像什么也没看到，不想知道邻居家出了什么事，他回了他的家，鲁斯看见他小心关了门，转了两下钥匙，她听见钥匙在锁扣里的声音，保险卡槽的金属声音，知道他上了安全锁，鲁斯羞愧得几乎晕了过去。在她的门前，有什么东西死了，最终把她排斥在外。她忍住不哭，看着警察，这一回她不喊了，她的丈夫像落网的鱼在网中挣扎着，她穿上外套，跟着他们，他们涌进电梯——塞米一再说他没干坏事，问他们：“你

① 阿兰·当，76岁，年金收入者，他的唯一野心就是拥有塔阿的住房。

们是谁？你们想干什么？亮出你们的证件！”鲁斯走楼梯，她在梯级上往下冲，气喘吁吁，好几次差点没跌倒。她在楼下找到他们，看门人被这喧闹的场面吓了一跳，做家务的清洁工拿着粗麻布拖把到玫瑰色大理石的大厅去，不敢停留。警察抓着塞米的手臂往前走，在几个路人的目光下走出大楼，他们都是在中央公园跑步的行人，有些人停下来拍照或摄下这场面，准备发到网上，真是流氓。一辆暗色的有蓬运货小卡车停在大楼前，鲁斯走过去，但塞米来不及和她说话，就被警察推进车内，被两个彪形大汉夹在中间，车门砰的关上，小卡车飞快开动，后面两辆警车跟着，三辆车呼啸着，拉响了吼叫的警铃龙卷风似地飞驰。

小卡车飞快奔驰，冲过所有的红灯。雨水冲刷着挡风玻璃，刮雨器像节拍器那样来回摆动，咔嗒咔嗒的。塞米听着市声，警员用步话机向有关上级报告“抓捕行动成功”，他想起卡夫卡写的《诉讼》那本书的头几句话：“他们一定判约瑟夫·K有罪，他没干坏事，一天早上却被捕了。”这正是发生在他身上的事，他没干一点坏事，然而他被他们抓捕了。

4

他有幸（或不幸）在他万念俱灰、甘于平庸、不再梦想的时候一举成名；有幸（或不幸）为了一本书而得到大家的庆贺、热捧、爱戴。他写了一本书，当他感觉被排斥在社会之外、形影相吊、茕茕孑立的时候——这不是他的选择，他有生以来默默无闻，从未尝过万人瞩目的滋味，他一直处于社会边缘。他做了什么了不起的事，竟至一夜之间声名鹊起？只不过把个人的故事经历写成了小说，把文字串了起来排成了行，仅此而已。他真的写了一本很了不起的书吗？只不过碰了好运罢了，他就是这样想的；读书人心情上佳，批评家刚谈了恋爱沉醉在爱河中，或喝醉了酒，整个成功都建筑在误会上面，他的亲友情况更甚，此中必定有错，他们对他只有可怕的蔑视。几天之后，几个星期之后，大家就会明白他们的错误，他又返回到原来的默默无闻之中。但没有发生这样的戏剧性场面，每天他要会见纷至沓来的一拨又一拨的人群，每天都传来好消息；上星期书出版了，他的书上了畅销书排行榜了，就在他从书店出来那天，外国出版商要求买他的版权，书价越抬越高了。他想象他的头像被复制成广告出现在西部片里，带有注解：巨量销售。大家抢购他的书，一时间洛阳纸贵。

在巨大的成功面前，他只好停止工作，由出版者出钱，暂时住在巴黎的漂亮旅馆里，每天接待采访者，回答读者的问题，为杂志社跑腿，到外省去，到外国去；在书店里为他的书亲笔题词，他光荣地受到国际级政治人物的接待。每一次他都问自己，此中有没有错误，他们等待的、过分赞扬的不是他吧。为什么是我呢？

开始，他被所有这些热捧弄得轻飘飘的，好不得意。众人交口称赞他才华盖世，他也终于相信自己非比寻常，老虎屁股摸不得。他涉足过去从不敢想的场所，会见他想见的人，知识分子，政要，他也会见演员，他从童年起就仰慕的一个演员，还一再要求他为他写一个角色。

读者们一再向他诉说，写信告诉他，你写的关于亲子关系、关于决定论，关于父母、社会施加给我们的压力，我都经历过了。他听他们说话，无能为力，他不愿做任何东西和任何人的代言人。

和女人的关系也发生了变化，他忽然具有吸引女性的魅力了。漂亮女人给他打电话，约他一起出门，他就是这样躺在一个女小说家[①]的床上的（这远不是鸡毛蒜皮的小事，它使情况复杂化，写作强调冲突，常使情人处于对立状态，恼火和疯狂是创作的发动机）。列阿·布列内是个五十二岁的女人，她的作品相当不俗，获得不少奖项和荣誉。她为他的书写了颂扬的评论文章，发表在一家大报纸的文学副刊上，这篇评论很快就印在这位还是无名作家的小说的红色新书广告封条上。她在巴黎文学界宣扬他是“奇迹般的人物”——（她到处叫喊：“作品要流传长久就要写得更多些。”）——这个词不知道是出于爱情还是出于赞赏，还是二者兼而有之。她也这样称赞他的文稿，（她真的认为文章写得有趣，甚至看出文中的讥讽意味，及得上契诃夫最好的短篇小说），而且马上对作家产生了爱情（而他对她很冷淡，敬而远之）。

四个月之前，书还在书店里，列阿·布列内写了几个字给他，放在出版人那儿。她对他说她非常喜欢他的文字，她前一

---

① 她叫列阿·布列内，为了使她的父亲失望而成了作家。

天收到了初印稿，她虽然与他从未谋面，但马上爱上了他，她爱他因为她读了他。她知道，读了感动自己的书就要见写书的人，有时会大失所望，她记得她和一位美国作家度过的一晚，大学时她研究过他的工作，那晚她觉得他下流、淫秽、粗鲁，令人失望，而他的文章写得很出色。好像作家被他的作品独占了，整个身心都在作品身上，淘空了他的生活，作家付出了自己的精华，榨干了自己。

她想象和他做爱，阅读增添了浪漫的吸引力，只要好文字就足以挑动她的情欲。所以她只与作家联系。在他之前，她和一位以色列作家有过长长的历史，她说，她不用和他交谈，只要提到他的名字，就足以让她流泪。

塞缪尔回了几句礼貌的话，当晚她又写了一封信，这回信文很长，信中非常详细地谈到他的工作，分析评论他的作品，简直是狂热的抒情诗，还——这是感动塞缪尔的地方——提到他父母的去世，最后她请他去她家喝咖啡，她在巴黎第七区租了一大房间。

三个星期后，他来到她的客厅，墙壁的书架上放着古书，好像大学生的书房，而他只借过市图书馆的书，或只买便宜一些的袖珍本，或到塞纳河边的旧书商那儿买旧书。

见到这个男人，她触了电似的，心驰神往。他握她的手，她明白当天他们要做爱了。

他们做爱，但这是一场惨败。塞缪尔“临阵退缩”。她安慰他，不要紧。但败在他身上，他只好收拾衣物，铩羽而归。她打电话，直至其让步。不久他们又见面，再续前缘。他们可以谈上几个小时，谈俄罗斯的诗歌，南美的或意大利的文学，谈政治，哲学，但在床上他们的肉体并不投机，无话可谈。并非她招人讨厌，相反，她是个风韵犹存的妇人，高大文雅，留着很短的金发，奶油色的皮肤，但他就是不来电，激不起情欲，这就是性吸引的不公平了。为什么她的身体、皮肤的气味吸引不了他？她有的是取悦他的东西，为什么他对她毫无性欲？两次失败之后，她劝他找医生，他拒绝了。她不明白，他对她现在没有性欲呢，还是以前一直没有性趣？他深爱妮娜，非常爱她的肉体，只要看到她，碰碰她，马上就想要她。他又强烈地思念起妮娜来了。自从妮娜走后，他第一次和女人接触，他刚刚明白他不会再有女人了，他以为他已忘了她，但他到处看见她的影子，思念无时不在无处不在，他既咒骂她又感激她，觉得自己赢了又输了，不幸又幸运，全都可能。

5

抓捕塞米只费了几分钟时间，大楼面前又趋于平静。鲁斯回到大厅，拳头紧捏，插在外套的兜里。她感觉她的丈夫被吞没——有人强行抓了他，他消失了，好像被鲨鱼吞没了，被它强有力的颌磨碎了，在沙皇炸弹的轰炸下粉碎了，或很简单，被人从世界表层抹去了。这是她平生第一回遇到的倒霉事，父母给她提供了一切，让她免遭痛苦贫乏，留下了遗产。没有一个男人让她痛苦，因为没一个男人抛弃她；没有一个女友伤害她，因为没人想要和她中断关系，没有人愿意放弃被邀到她家的避暑别墅度假的快乐，她们还可以得意地说："我在拉姆·伯格家呢。"没有一个老师责备她，她漂亮聪明有威信，为什么要处罚她呢？"上帝也不敢考验你呢！"一个女友开玩笑说，鲁斯没有发笑，她相信幸福是要付出代价的，迟早而已。现在是她付出代价的时候了，她要为无忧无虑的这几年付出代价了，这几年因为有了爱她的父亲，她像大师的画一样被炫耀被展出，很安全——她的父亲宠爱女儿，不惜耗费家产满足女儿的需要，让女儿的生活过得称心如意，梦想得以实现——她从未受过批评，别人看她的目光没有半点不敬，她穿的衣服全都是服装设计师设计的，她有品位，有主见，没人能批评她缺少理性，缺少头脑和见解，她精明也就是才智超群，她的父亲喜欢在晚饭时讲，伍迪·艾伦见过她以后说过："如果我转世必须为女人，我愿意转世为鲁斯·伯格！"现在她遭受挫折了？不，她遭受的何止小失败，从来没有人当众把她看作混蛋犹太人，啊，她知道她的父亲常收到反犹太性质的信件，但她从没有收过，连这样的委屈父亲也不让她受。有一天，她明白父亲一定要她找出身好的犹太资产者中的青年才俊做男友——就是经常找她的那些人，如爱尔华、潘林赛东、科伦比亚，她有点不高兴，就连父亲这样的劝告她都要顶撞，她爱上了出身不明的法国人，她的父亲最终同意了，为什么？很简单，因为他不愿意失去她的欢心，因为宠爱她，对她百依百顺。她怎么能想到她会碰到丈夫大清早在家里被捕如此戏剧化的场面？鲁斯，三十年来你一直受父亲庇护，未见识过什么是不幸。她想，现在轮到你了，你将尝到《圣经》中的约北的折磨了。有了污迹，污迹就会蔓延扩大，你要重写家史了，你不得不写上丈夫被捕，肮脏的事实会玷污一切，传到第三代！这就是她一面上楼一面想到的事，这件倒霉事有预兆吗？她没看到，或不愿看到？她站在房间门口，满脸苦涩的泪水，她抬起眼睛看着著名教主的照片，她恳求他帮助她，她祈祷，她为丈夫的清白祈祷，为保护她的家庭祈祷，她希望回到出事之前的正常生活中去，她希望这只是噩梦；她为自己祈祷，希望做回出事前的自己，被宠的、无忧无虑的，轻快的，喜欢在绿茶里放冰的，看维斯康提的电影，到切尔沃港度假，喜欢穿海蓝色开司米毛衣的她。突然，她听到了孩子们的脚步声，他们出现了，睡眼惺忪，他们问发生了什么事，爸爸在哪儿。她安慰他们，说有件急事，没别的，叫他们去睡觉，他们马上乖乖地回房了，孩子的听话让她心酸。然后她镇定下来，清清喉咙，找回原先的、不暴露心情的声音，然后打电话给家庭律师丹斯坦。天还没亮，但她知道，看到手机屏幕上显示她的名字，他会马上回话。她没打电话给父亲，目前还不能打，他在外国，尤其是，对于父亲而言，一切都带政治色彩。通知他，就是把事情暴露给他，暂时她不觉得有此必要。是的，当然，她要保护的是她自己，父亲一旦知道此事，就会把形势掌握在他的手中，使用她不喜欢的方法处理此事。鲁斯知道她的父亲从未真正喜欢过塞米，一有机会就会把他赶出他们的生活，只要塞米走错一步，他就会对塞米说：塔阿，出去，回到你来的地方去。她把事情告诉了斯坦，他冷静地听着，当她问该做什么的时候，他回答说："什么也别做，我这就到了。”

二十分钟之后，他来到她家，右手拿着手提公文箱，左手拿着手机，手机的铃声模仿竖琴的琴声，铃声不停地响着。他中等身材，圆脸，脸中央一只又大又扁的鼻子，鼻孔很不寻常，大得出奇。看见他的人，第一个念头就是：他的鼻子怎么啦？二十年间，他忍受着凹凸不平的巨鼻，做过手术，但手术失败，鼻子又扁又大又短，大家觉得它像异种杂交的果实，他也不再否认。“是的，我是莫德塞·斯坦和蒂娜·特纳的儿子。”他开玩笑说。在家里他可以不吭声，但在法庭上，他就是一个演说家，他有演悲剧的天分，会表演、有激情、有幽默感，成为美国最出色的刑法专家之一前，他在百老汇的卡罗琳喜剧俱乐部唱歌，他崇拜的人是歌星兰尼·布鲁斯和他的天才夸张，他不等别人邀请就在朋友们面前表演幽默的短小喜剧，他亲自导演，大家都捧腹大笑。后来他的父亲死于心脏病，他的母亲对他说：“坦，你要么领律师的文凭，要么让我遭受与你父亲同样的命运，我家里需要一个波德·恩吗？不需要，而律师可是永远有用的。”他只好让步于母亲的讹诈了。他把一切爱好都停了下来，成了出色的法律家，这位律师打起官司来好像在演戏，听众席上挤满了听众，斯坦辩护时，大家都知道这是难忘的时刻。可是那天早上，在塔阿的房间里，斯坦表现得很低调，他在路上就打电话给检察官的办公室，没有得到一点消息，他想了解鲁斯是否知道一些事情，她是否发现有什么危险，出了什么不对头的事，她一下子抛出一句话：“这是绑架。”她没脱掉她的傲慢，斯坦想她是否严肃，他一秒钟也不相信这样的线索，不是因为没有这样的风险——重要的人物总是惹起觊觎——但他难以想象武装人员光天化日闯进第五大道最安全的大楼里去绑架人，他们应该等那个人出了门才绑架。斯坦是这样想的，但他不说出来，他担心冲撞了他的客户，他的薪酬是每小时八百美元啊。他知道他的位置在那儿。鲁斯说她不相信在她面前出现的人是真正的警察："他们没有向塞米陈述他的罪行，也没告诉他他可以找个律师，他们的行动非常突然，我甚至没看到他们的证件，他们来了，把他抓住，就这样走了。"

斯坦问了她好几次，她的丈夫有没有敌人，有没有受到威胁。突然，对了，她想起来了，鲁斯说他常不在家，人不在，心也不在。"和我们在一起时，他看去有什么心事，对我们不信任，是的，最近几个星期，他很不安，我问过他，但他安慰我。"斯坦建议她再耐心等一个小时或两个小时，如果还没有消息，她就该通知警察，鲁斯答应了，态度很坦然，她送斯坦到门口。两个小时过后，她还是没接到一个电话。

6

塞米被黑布套套着脑袋蒙着面，就像个被人押往绞刑架的犯人，他使劲地吼叫，问他们要把他押到何处，为什么抓他。他还在小卡车里，小卡车在马路上呼啸，车子奔驰了很久，突然不动了。他听见门开了，有人用手使劲抓住他，手指插在他的身上好像铁钳一样，他们把他推到车外，像要在市集展示的牲口——他听到了笑声，辱骂声，他在黑布套里快闷死了，他想呼吸新鲜空气，他说出来了，答复就是“盖好了”。他走了几十米远，身体摇晃着，脚步踉跄，好像喝醉酒的人，但在这恐怖时刻，他从未如此清醒，他们推他进了一个地方，他猜这是什么地方：地窖？山洞？地下室？这儿又冷又湿，发出汗臭和霉气，他听见声音，响动，叫喊，他问：“这是在哪儿？”“在任何人都找不到你的地方。”一个男人的声音说。好像妖魔脸的一只厚手拉去他的蒙面布，抓伤了他的右眼皮，过了几秒钟他的眼睛才适应光亮。他来到一个好像审讯室的地方，一张桌子，三张椅子，一只用电线吊着的灯泡。“说出你的身份，在这儿按手印，双手拿着这牌子，抬高一点，对了，在下巴下面，别动，咔嚓！”杀手头子！坏蛋！搜身，仔细找，翻里面。“他藏了东西。”混蛋！垃圾！狗！不理解，惭愧，恐惧，不错，就是这些感觉，塞米恐惧极了，他不断地对自己说：这是噩梦，我快醒了，他们控告他什么？他没做一件坏事，他可以证明，他们抓他是个错误。“放了我！叫我的律师来，叫我的妻子来！我是拉姆·伯格的女婿！”他们当中的一个人笑了：“好呀，现在看看你的岳父是否还支持你。”“我是无罪的！我什么都没干！”砰，门关上了，他被关在一间小室的铁条后面。

塞米想，在这儿，有伤风化的风流事也算犯罪，太自由太强人所难的性要求也是犯罪。他也许放荡，但在纽约他不在经常来往的严加控制的环境里放荡，但他相信他的风流事迟早有一天会给他造成不可挽回的损失。因为他的纠缠骚扰，诱惑未成年少女，会有人控告他，但他改不了好色风流的习惯。他以为他是不可抵挡的，别人奈何不了的，他好色，对性有不正常的爱好追求，一两年前他曾和两三个未成年少女有过关系，这些行为就足以让他坐十年的牢，让他成为罪人。是不是她们当中的一个控告他了？很可能，一切都有可能，他会像耗子一样被包围，他们肯定拿到了物证：他的唾液、精液、他写下的或已忘记了的话，有损名誉的充满性影射的邮件短信，他写得多了！但每一次他都转到别的事去了……每一次贪图新鲜和猎色的毛病使他大胆妄为，无所顾忌。他猛然想起一个实习的秘书，他拒绝招聘她，冠冕堂皇的理由是她缺少做秘书的能力，实际理由是她拒绝他的追求，不过他肯定她和他一样想要对方！这是他的猜测，他的感觉。他想起另一位空姐，他在纽约到洛杉矶的航班上见到的，他曾情不自禁地称赞她，当时他大呼："好漂亮的臀部啊！"（她有点恼火，但当他向她道歉后她笑了）；还有那位年轻的代理人，他和她有过短期的关系，目的就是对她起作用，让她改变工作，（他并不喜欢她，她长得丑，这是他平生第一回为了得到工作便利去引诱一个女人，他立马就后悔了，发誓不再为此让步）。几个月以来，害怕缓和了性欲，他担心出事，这事不管是真的还是捏造的。有一次吃午饭的时候，他对贝尔曼说："也许有一天有个女人控告我，说我在停车场强奸了她，她控告我是为了钱，我绝不会做这种事，你听我说，绝不会，我不会强奸女人，你知道她肯定撒谎了。"

这些事情就是他被关在小房里回想到的。我真是没用，我太轻浮了，做事不动脑子。贝尔曼曾警告过我！皮埃尔曾警告过我！我不听他们的忠告！我快失去一切了，我正在失去一切！冷静、行动、找到解决办法——快点。他在脑子里盘算可以代表他处理这事的律师的名单，他想到了三四位律师，他们是律师行的杰出人物，精通诉讼法，都是些能发现所有形式的瑕疵、对方的所有缺陷的家伙，他们或未婚或离婚，住在事务所同一层楼。然后他想到鲁斯和妮娜，她们得知真相后有何反应。烦扰的问题煎熬着他的心。调查人员为了弄清真相，调查会到什么地步？能把他的真相彻底揭穿？把他的骗局弄得一清二楚？让他原形毕露？恐惧渗入他全身。

7

按照律师的建议，鲁斯和警察局取得联系，迈进警察分局的门槛，她发抖了。她想到她的丈夫，她恐惧了。在接待处，一个小个子金发女人①，显得脾气很坏，她要求鲁斯填一张表，耐心点，三刻钟之后，鲁斯追问结果，她再不能等下去了，几个小时之前她的丈夫被捕，她还不知道怎么回事。“你们不能以这种方式对待人！你们不能到人的家里来逮捕人，不给家人做解释！我们是在美国！我们有权利，是吧？我只要求你们尊重人权！”“我劝你冷静，坐下等到叫你的时候！你的指责不起任何作用。”女人用挑衅的口吻说道：“这里不光你一个人，轮到

① 名叫萨曼塔·德·拉·维加，45岁，快人快语，她讨厌鲁斯的丈夫和他的职业。

你的时候会叫你的。”鲁斯满心的羞愧，她把事情想得更糟；绑架劫持，诬告，金融纠纷，现在她想，一切都是可能的，机器已经开动，她却没有规则，只有她一个人，平生第一次没有人陪伴她，帮助她。一小时一刻之后，她终于被领到一个警员①的办公室，白色墙壁的小房间，墙上贴着失踪者的照片。警员要求她坐下，作笔录。她盯着他，他一面听一面在键盘上打字，她把经过一五一十地说了出来，不漏过一个细节，把事件的来龙去脉按顺序说个清楚，突然，他抬眼看看她，说有个问题，鲁斯不安地问：“什么问题？”“我这就回来。”鲁斯等了好久，她想象最坏的结果，塞米死了，这个念头使她发热，她快昏过去了，她感觉快昏倒了，突然警员回来了，这一回和他同来的还有个男人，大概是他的上级②，60岁左右，他坐在鲁斯旁边，以平淡的口气对她说，目前他们没有任何消息。

“怎么回事，没有任何消息，你们的服务处是不是把他逮捕了？”

“我什么也不能告诉你。”

“那么这也许是黑手党干的事啰，你的意思就是这样？”

“不，黑手党和这事没关系……”

“你承认我的丈夫是被你的服务处逮捕的了？”

“他是被逮捕了，但不是我们的服务处干的。”

“我不明白……”

---

① 达维·比尔，26岁，选择参加武警为生。

② 约翰·德拉诺，62岁，从事他热爱的工作。

“现在我不能给你提供更多的消息。”

“他们连证件都没给我们出示！他们逮捕了我的丈夫，把他像普通犯人那样抓走了。”

“事情确实是这样的。”

“这样做你不觉得反感吗？”

“你的丈夫做的事更令我们反感。”

现在鲁斯吼起来了：“你登记了什么事？我甚至不知道人家指责他什么？他们一个字也没告诉我们！对我，对我的律师都没有吐露！我有权利知道是谁控告我的丈夫！”

“适当时候你就会知道了。”

“不，你一定要告诉我，我们这是在民主国家，是不是？而且我也有办法知道这件事，你们知道……”

“不要威胁我们，夫人，不要威胁……在这样的情况下，如果我是你，我会克制自己……”

“你这是什么意思？得了，说出来吧！我有权利知道！是谁控告他？”

突然警察长向她转过身来，双手叉在腰间，正气凛然地，以平静的口气回答她：“是美利坚合众国。”

8

塞缪尔没有受过这方面的培训，不知道该如何承受声誉名望带来的压力，他也不习惯被好几千人热捧，——被一两万人热捧已经不得了，更别说几十万人呢？他没有料到，从默默无闻到名满天下，就如天翻了地覆了，体力精力受到如此大的冲击，如此紧张激奋，脑子也快短路。打给他的电话如同不断汹涌向前的波浪向他袭来；社会如同绘制图，图上尽是些奉承拍马者形成的水流和旋涡；要求见面的人说“很多人要求见你、再见你，接近你，邀请你，你成了大家关注的人，希望被你认识。你代表成功，一举成名，你了不起，你是天才，出类拔萃的人物，打电话给我啊”；这样的成功，他梦想过，热盼过，在愿望达不到的时候，他疯狂过。现在他有点不好意思。他认识到，他承受不了这样的人造的肤浅的声誉名望，受不了那一群吹捧者。他再也受不了在法国的天南地北、在外国到处奔跑，他就想待在家里安静地写作，他再也忍受不了经常通过媒体露面，露面前做的准备工作，好几个小时在化妆师、理发师的手中度过。他需要化妆打扮，为了在电视的屏幕上显得更诱人，更光彩夺目，面对摄像机，他要按人家的要求摆姿势，他很想说我不干，或说我不喜欢干这个，但他闭口不谈；米歇尔·维勒贝克说得对，成功使人变得羞涩。

现在他缺少什么？缺少安静，写作前、写作时需要的安静，每天早上，看见手机上堆积的短信，他不禁恐慌不安，他身不由己，位于吵闹喧嚷的机器装置的操纵杆上；而他之所以选择写作，是因为他喜欢安静，喜欢孤独。

他再受不了和人接触打交道，见面，在展台摊位后面的一场场的题词，他感觉自己就像市集的牲口，被人摸着脊背的小牛；在这种情况下，他看不起自己。他看不起自己，居然对着这样的读者笑；读者拿着他的书，对他说："你说个理由，我为什么要买你的书?"他看不起自己，当书店老板责备他不敢大声喊叫拍卖他的书，说他不懂推销，说他居然像挥动一条活鱼似地挥动他的书。他看不起自己，当一位拙劣作家在火车站的月台上说："你大概四处活动，要了不少花招吧，不然你怎么才出第一本书就得到了认可。"他居然没有打这个作家。他看不起自己，他没有记注金·阿里松说的这句话（金和出版商激烈地争吵，因为他在收视率很高的一个小时里拒绝参加广播）："二十岁的时候，我明白一个作者既要咒骂又要完成任务，当我的父亲和姐妹成了车祸的牺牲者，经过如此惨重的损失，我和出版商和别的人就再没有可能妥协了。"他看不起自己，他不该同意一家大报纸的肖像要求，不该把他的生平告诉一个陌生人，这个人写道，他的父亲是"异端教徒"，因为他成了东正教犹太人。他看不起自己，因为他没有勇气写封信骂一位记者，他写道：塞缪尔·巴隆利用父母的死亡去打动读者；他尤其看不起那些只和他谈他赚了多少钱的人，用物质的成功改变行为的人。金钱影响一切，影响你和朋友的关系，你和家人的关系，你和遇见的人的关系，它影响你，你享受安逸的审慎的殖民者，你不知不觉间发生突变，你成了你讨厌反感的人。

9

"我要和我的律师谈话！我是无辜的！我什么也没干！我要

出去！”塞米提出的要求没被理睬，他一直被关着。一个小时之后，两个男人走过来，打开小房间的门，要把他弄了出去。“现在要提审你，把你的供词和你兄弟的供词比较一下。”听到这句话，塞米差点没昏厥。突然，他回想起一切事情：在偏僻的印尼饭馆，他和兄弟吃晚饭，他吐露的隐私，他对塞米说的话，他害怕，他想尽快回法国，塞米没把兄弟的话当真。“我的兄弟干了什么坏事吗？”一个警员笑了，重复他说的话：“干了什么坏事？”

“你们听着，我一点也不知道他干了什么事，我没干，我发誓。”

“对了……”

“我什么也不知道！”

“你们全都是这样说话！有人教你们说同样的话！你们都不老实，你们都是寄生虫！”

他们把他拉到审讯室，审讯室非常热，塞米要求给他水喝。

“想喝水就讲实话……”

“我没什么可说的……”

“既然你的态度这样……”

警员一面说，一面加高室内的温度，在塞米面前挥动一只装着清水的瓶子。

“你想喝水吗？好吧，你要合作一些。”

“我不明白！你们控告我什么罪行？”

“你装做什么也不知道……”

“我不知道！”

“你被逮捕，因为你与人勾结干损害美国利益的恐怖主义活动。”

瞬间功夫，不安和惊恐袭击了塞米的全身，他吓得几乎屁滚尿流，就如尖利的钢刀刺在他身上，他差点瘫倒在地上。这时候他知道害怕了？撒了谎，要了骗人把戏，他还能轻飘飘的，没有重负的感觉？

“马格里布基地组织，你知道吧？”

听到这个名字，塞米全身发抖。好一阵子他才平静下来答话。

“它和我有什么关系？我什么事都没干！”

“你被怀疑是这个基地组织的成员。”

“你在说疯话！我不明白！你们控告我什么罪名？”

警员把玩着手里的水瓶，过了一会才答道：

“告诉你吧，你是恐怖分子。”

塞米失去了知觉，待他恢复意识，他要求找个医生替他诊治，一个警员笑起来。

“你开始演戏了？我看你很懂把握时机……”

“你说什么话？我感觉不舒服！我透不过气了！”

“我知道你要耍什么把戏，你要求找个医生给你看病，然后你要求和律师谈话，你要吃的，你否认别人对你的所有控告，你会说这些罪名全都是情报处捏造的，老一套把戏……不过我警告你，在这儿你那一套行不通……”

塞米的双手被铐在背后，他很不舒服，他哀求他们给他松绑。“我是无辜的，你们搞错了，我什么都没干，我是律师。”

一个金发男人走到他身边。

“我们怀疑你参加了基地组织的恐怖活动。”

“我没有，你说的什么话？我不明白！你们找不到一点证据，因为我什么事都没干！是谁这样控告我的？”

“住口！”

“这是圈套，谎话，放了我，你们没有证据！”

“在反恐斗争上，一点怀疑就足以将你关进监牢。你和珈马尔·雅雅乌依有什么关系？”

“珈马尔？”

“弗朗索瓦·珈马尔·雅雅乌依承认是你的兄弟。”

“他叫做弗朗索瓦，不叫珈马尔，是的，他是我同母异父的兄弟，这和我有什么关系？他参与了谋杀？”

“你的兄弟是极端分子，他在阿富汗被捕，他在那儿接受训练，准备参加有损美国利益的谋杀活动，联邦警察局有证据，你资助他的恐怖活动。”

“什么？”

“警察局在法国找到他的银行账户，一年来，你每月给他寄钱，这个钱用于资助你兄弟的活动、军事培训，发布杀人命令。”

塞米半晌没有答话，他感觉被人按入满是泥泞的烂泥塘的黑水当中，不能呼吸，他张口想说话，却说不出来。

“你们搞错了！弗朗索瓦来纽约，说他需要钱。他的日子过得艰难，你们禁止我寄钱给兄弟吗？我答应帮助他，但我不知道他搞什么活动，我不知道他拿我的钱干什么去了！我是律师，我提醒你们！而且你们凭什么说我资助恐怖活动？告诉我，我和伊斯兰教的恐怖主义有什么联系？”

“这正是我们想要知道的事。”

“我是美国公民，我有个同母异父的兄弟在法国，但我对他的情况并不熟悉。我必须帮助他，以免我的母亲为他操心，不过就是这样！我的兄弟不是伊斯兰教徒，他甚至不是穆斯林，我不明白！他怎么会到了这儿？”

警员犹豫片刻，然后站起来说：“我们马上告诉你是怎么回事。”

10

在纽约短暂逗留之后，弗朗索瓦在2007年中期回到法国，他结交了一个朋友，以前的犯人埃里克，又叫穆罕默德，他们相遇的情况不很清楚；有人说，他是在本地区认识他的，有些人说是弗朗索瓦的母亲娜维尔介绍他们接触的。娜维尔鼓励弗朗索瓦把塞米给他的部分钱贡献给清真寺的社会事业。埃里克、穆罕默德四十岁左右，黑眼睛，棕色皮肤，是个享有特殊身份的政治人物。他的主要活动就是让更多人了解伊斯兰教。新信徒手捧书，在地区四周布讲。一天早上，他们在巴黎，他要求弗朗索瓦陪他到他经常去的一间清真寺。穆罕默德在监牢中认识另一难友，难友向他宣传伊斯兰教。穆告诉弗朗索瓦，他就在监狱中改宗，并“找到了和平”。好几百名忠诚的信徒挤在礼拜地的四周，而这地方藏在表面破败的大楼门厅后面。弗朗索瓦进去。教长（伊玛目）——阿米德·乌桑个子矮小，穿传统服饰——洁白的“qamis”，脸上长着浓黑的胡子。他张口说话，弗朗索瓦一下子就被此人身上释放出来的气息（光晕）征服了。埃里克穆罕默德悄声对弗说，他崇拜这人，他懂得感动年轻人，他们经常集中在他的周围。他和年轻人交谈，聆听他们的心声，态度温和，他不强求，他理解他们的社会困境，为他们遭受的社会不公平待遇愤慨不满。说话的时候他身上震颤，很快听众也跟着发抖。他说，真理就在祈祷中，让我们一起祈祷。他们紧挨着跪下来。弗朗索瓦明白，真理就在这儿，在异口同声背诵的祈祷文里。他知道他是他们当中的一员——上天的臣民。一天晚上，从清真寺出来，弗朗索瓦找阿米德乌桑谈话，他的所见所闻扰乱了他的心。他没想到他找到一个如此亲切友好的人，他敢和他交心。教长第一次见这个蓝眼金发、自称弗朗索瓦的青年，问他是否信徒，弗朗索瓦犹豫着没回答。教长穿着白色无袖长衣，给他的印象很深。教长理解他的拘束，把他拉到一边，鼓励他说出自己的经历。他们坐在地上，坐在紫红色的绒毯上，弗朗索瓦谈到他的父亲，他从不认识父亲，但他知道父亲是有点名气的政治人物。他的母亲极力要在法国社会立足，要把他培养成真正的法国人。谈到他的兄弟，他说后来没再与他见面，但兄弟常给他寄钱，为了良心过得去——他感觉孤独。教长听着，他同情弗朗索瓦，并给他分析他的情况。“你不知道你是谁，你应该选择你的阵营。”阿米德记住弗朗索瓦说的基本内容，他说他是政治人物的儿子，他困惑。他不知道眼前的这个青年是神经不正常呢，还是患有谎言癖。如果弗朗索瓦说的是真话，他就不能信任这种人了。他邀请弗朗索瓦去他家，城中心一栋漂亮的楼房，他和他的妻子——小个子棕色皮肤女人，头发藏在大围巾里，还有四个孩子——都穿着传统服装住在这儿。晚饭吃的是鹰嘴豆汤，炉里烤的面包。教长向他提了许多问题，他想知道弗真正寻找的是什么。他觉得弗朗索瓦心神不定，压抑，强忍着内心的疯狂；他的梦想就只是为母亲失去的尊严报仇，而目标就是他的父亲。教长不同意他的看法，要负责的不只是这个男人，而是代表他的整个社会。“这个社会的价值观和我们的不同。他们居然批评我们虐待妻子，因为我们保护她们的贞操，她们的廉耻，可是你看看他们是怎样对待他们的女人的！你看这个男人怎样对待你的母亲！不把她当人看待！他玷污了她的名誉，抛弃了她！你相信我的话，异教徒是错误的，而我们找到了真理！”弗朗索瓦很感动，眼泪涌上了眼眶。他深呼吸，忍住泪水。教长拍他的肩，递给他一本有关伊斯兰教的书：“你在这本书里能找到和平。”弗朗索瓦抓住书，把它放在桌子上。他突然觉得心里亮堂了，安宁了。宗教帮助他找到了在世界上的位置，弗朗索瓦问：“我该干什么呢？”“首先你要换名字。”弗朗索瓦大喜，他早就想换名字了。他和教长一起选择了新名字：珈马尔。那天晚上回到家，他通知母亲：“以后你叫我珈马尔。”母亲没有反对，珈马尔的意思就是“美丽”；是的，珈马尔，美丽，这就预示着他会有更好的生活。

珈马尔不再离开教长阿米德，在阿米德身旁他觉得很舒服，很强大，内心的空虚得到了填补。从母亲那儿他没接受到多少文化宗教的知识，他看不懂阿拉伯文，他不吃猪肉但也从不重视斋月。他喜欢学习，他们在一起读几篇祈祷文，学习阿拉伯文的基础知识。和教长相处，他觉得自己得到了重生。他在阿米德身上找到了父亲兄长般的精神向导。每逢星期五晚上，他到清真寺去，阿米德在里面有不少忠诚的信徒，朋友，其中有一些是伊斯兰教运动拥护者和战士，既讲道又战斗。这儿有好几百忠诚信徒，弗朗索瓦知道自己的位置在那儿。对这个精神宗教教派的感觉，他从未如此强烈，他从未感觉到如此的自信，他被人理解被人疼爱，他是这唯一家庭的成员，他们一起共享餐饮，甚至一起唱歌，这些歌唤醒了他的灵魂，他的家人不可能理解。他的母亲、他的兄长不知道什么叫找到了自己的家，属于一个团体、一个小组、一个宗派，有的不是一个而是一百个兄弟，一千个兄弟，大家有共同的理想，为共同的目标奋斗。

他的母亲刚开始还没有替儿子担心不安，她的儿子学习，祈祷。但不久她就不安了，她看见他发生了变化，说的使她发冷的激进极端的话，她猜这只是内分泌不调的结果。弗朗索瓦见到阿米德几个月后，留起了胡子，穿阿米德给他的白色无袖长衣，他喜欢穿着这衣服在街上，或大家一起坐车外出时显摆。他自豪地确认他的身份，他感觉强大，身心健康强壮。在家里，他要求母亲遮盖脑袋，有天晚上他邀请阿米德到家里来，他甚至要求母亲把脸遮盖起来。娜维尔的第一反应是拒绝，后来在压力下让步了。阿米德劝他读书，给他一些资料，对他说："你要提高政治觉悟。"对于弗朗索瓦珈马尔来说，政治这个词很新鲜，过去他对政治生活、社会从不关心，他只想着赚钱活下去。"你过去不明白，因为你外表长得像法国人，你以为自己真的是法国人，但法国是种族主义国家，他们在饭堂故意吃猪肉，让我们的孩子饿肚子，向我们挑衅……我驾车出门，就知道有二分之一的时间我会被拦，搭地铁的时候，警察检查身份证，常检查我。你是阿拉伯人，找不到好工作，你会饿死。找住房，他们忘了你，法国人叫来我们的父母，答应给他们乐园，但他们给的不是乐园，他们把我们的父母像牲口一样关进宿舍式住宅区，利用他们，虐待他们，现在又想摆脱他们，那你想怎样，要我们这些做子女的，感谢他们？犹太人老是在那儿哭哭啼啼，说他们死了人了，而我们呢，谁哭我们的牺牲者？你听我说吧，死的价值不一样的，他们要我们相信我们是不值钱的，你看看发生在车臣的事，他们杀害穆斯林！这是种族清洗！瞧瞧巴勒斯坦发生的事！在这里，你看见人家是怎样对待我们的？我们应该起来，在法国，我们要尽力把一切炸掉，它是第一个islamophobe① 的国家！”他停了一会，珈马尔不说话，只是看着他，好像被人催眠，阿米德又说：“你知道，在世界上要帮助我们的被压迫的兄弟，只有一个办法，必须站在他们一边战斗！应该有勇气拿起武器！”珈马尔被他的演说感动了，很自然地他同意参加阿米德在枫丹白露树林中心组织的出游远足——并非真的为了享受欣赏大自然，珈马尔知道其实是法国伊斯兰圣战招聘网开始培训招聘者，然后被派往巴勒斯坦阿富汗地区。男人们在巴黎门的伊斯兰圣战做好准备，被选的家伙出发到车臣，到阿富汗。他们离开自由人的生活去过冒险的、被塔里班控制

---

① 法语，伊斯兰恐惧症。

的、在喀什米尔山区的生活。

参加军事训练远足活动的六十名左右的志愿者，年龄大约二十岁左右，脚穿远足鞋，背上背着包。阿米德来了，嘴上挂着笑。他们上车，他点数，大家安置妥当后，他致欢迎词。他态度亲切友好，走到他们的队列中间，向每一个参加者致礼。他在珈马尔身边停了片刻，称赞珈马尔的参战。然后他回到他的位置上，以严肃的口气重申这次行动的目的，他的脸色变得坚硬严峻，他有东西要给大家展示。他在一块小屏幕上播放战争的场面。阿米德说，这是他们的穆斯林兄弟在世界各地被屠杀的场面，他们像狗一样被无情地宰杀。被肢解的，被砍头的，被焚烧的，被爆炸的，脸变了形，看完这些场面，他们充满了仇恨，他们可以拿起枪，不再发抖不再犹豫地开枪，现在他们还不敢肯定是否会杀人，但当他们去了别处，去了车臣或阿富汗，他们就会证明他们是真正的战士。他们奔跑，他们叫喊，一个半小时后，他们来到目的地，树林茂密，他们走了几个小时，没吃没喝，他们经受体力和精神的考验，他们受苦，为了坚持下去，他们大声唱战斗歌曲，歌词大意是“斗争，准备献身，让欺负、统治、压迫我们的西方敌人灭亡”。他们的喊声被晶体管收音机的噪音覆盖，多么的狂热，直升机马达的轰隆声，武器的爆炸声，冲锋枪的扫射声，制造了战斗的气氛，场面的壮烈，多么悲壮多么猛烈，胆怯懦弱的人吓得站不稳，跌倒，咒骂或呻吟，旁人把他们扶起，推他们往前走，有些人崩溃，他们宁愿放弃，他们不能在树林里走五个小时，他们宁愿拿着武器在阿富汗的山区里抵抗几个星期？这些人，让他们待在法国，帮助母亲，看管姐妹，切大麻去。而那些顽强抵抗的，不怕紧张不怕压力的，不怕死坚持到底的，跌倒了又爬起来的，不叫苦的，不怕痛的，看着最残酷的场面不哭泣不眨眼的，他们出发，拿着武器战斗。弗朗索瓦珈马尔就是这类人，在报名的时候，他就知道他要去那儿，他知道他追求什么。他告诉母亲他去运动，锻炼身体，她看见他的身体变了，结实了，他的表情亲切了。珈马尔参加了几次在上萨瓦的远足，在这些山区，考验更大，要用双手攀爬岩石，每攀爬一块岩石，就能看到他的坚韧……他的冷静……他的勇敢……他的决心。他的朋友们叫他金发珈马尔，他不愿告诉他们，他是一个穆斯林、一个基督教徒、职员和祖籍突尼斯的法国本土人、老板通奸的果实；他们抛弃了他，他知道他要什么，他要属于一个团体，他说他的父亲是法国人，经神示改宗，信了伊斯兰教。他的父亲死了，给他留下一小笔钱，远足者喜欢改宗者，他也不觉得自己背叛了谁，他还对他们解释说，他用了母亲的姓，这个姓具有阿拉伯的语音，他就想成为阿拉伯人，有人对他说过好几次了："基督教是拥护奴隶制的人信奉的宗教。"远足归来，他变得更加激进极端，他母亲信的伊斯兰教是松散的，温和的，顺从的；而他信仰的伊斯兰教是强硬的——纯的。在共和国里是不削弱的。追求纯净的欲望，精神上不妥协不让步，好战的，严守教规。这吓坏了他的母亲，但她没有作声，服从她儿子规定的新规定：在家里你要披戴面纱，在外面不要和男人说话……你不要反对我。而她是个听话的女人，执行他的命令，而他呢，是拥有绝对权力的帝王，统治着和控制着。

终于，他要走了……珈马尔娶了一个年轻的穆斯林，他在地区碰到的。她的名字叫诺拉，在市场工作。他在她一个姨妈组织的一次聚餐上偶然认识了她。他走进屋子，立刻就发现了她：棕色皮肤，长卷发，包在印花布方巾里。诺拉的美并不引人注目，但正是这样的美吸引珈马尔，她出身于保守传统家庭，但一眼就爱上了珈马尔；这个金发小伙子，与他们不协调，她相信他不会强迫她做什么事，他们非常亲密地在塞伏朗的市政府结婚，珈马尔请阿米德做他的证婚人，新婚夫妇在工作室安家，他们的房东是那类将带有家具的房间以高价出租的道德低劣的商人，以前做过警察，以低价买了房子，把它们出租给高价租房的夫妇，有时三个房间住十五人，每个房间住一家。生活虽然不稳定，但珈马尔平生第一次感觉幸福，伊斯兰教使他心静如水，他爱他的妻子，但他觉得缺少点什么。有天晚上，他问阿米德为什么他没有被派往阿富汗。“我不能待在这儿无所事事，你看到他们是怎样对待我们的人的？你看见他们怎样说谎让我们上当受骗，把我们当成了耗子，阿米德！我想尽力为阿拉服务！”阿米德第一次觉得不自在，珈马尔参加了所有远足活动，毫不示弱，他表现出经受考验的忠诚，然而阿米德还不能充分信任他，珈马尔也许是某个反恐组织的情报员呢？尽管他们之间很投契，他还不准备把他派往那边，把联系人的名字告诉他。他还想测试考验他。珈马尔结婚才两个月，阿米德派他到也门去，让他参加宗教和语言培训。珈马尔很高兴，他的梦想正是到穆斯林国家去，他终于可以在那儿为他的信仰生活，不会感到被压迫，被怀疑。他把这消息告诉妻子，他要走了，去体验他的理想，诺拉没说话，由他去，她从内心知道，她绝不会跟他到那儿去，她希望他回来后会放弃他的计划，对此她毫不怀疑。读了他寄给她的第一封信，她明白她的看法是正确的；那儿非常困难。他是坐飞机去的，坐在破旧的椅子上，座位紧挨在一起，他不得不把膝头靠在一起，这已是可怕的考验，他感觉很不舒服，但他没说话，飞行期间，他祈祷，他读《古兰经》里的句子，终于睡着了。下飞机的时候，他在飞机跑道上呕吐。天气热得透不过气来，他的衣服贴在皮肤上好像绷带贴在烫伤的伤口上。他渴，他饿，取行李的时候他的第一反应就是心想在这个国家，他坚持不了两天。但他错了，他不但坚持下来了，而且很喜欢这儿。他把行李放在一对也门夫妇家，他们接受他住宿，他用大量的水冲洗脸，和他们一起用手指抓着吃小肉丸，感觉很美妙。当天，他报名进了也门一间大学，在学校学《古兰经》，提高阿拉伯文的水平。这是他后来说的，真正的原因大概比较复杂，有人说这家大学的校长负责为本拉登招聘志愿者。他留意最积极的最热心勤勉的外国大学生，然后接近他们，和他们谈话，培训他们。他做这些事的时候非常小心谨慎，只挑最可靠的学员，不要意志薄弱的——听话的顺从的就让他们读书，而珈马尔的情况不明朗，如果他是非常强硬的伊斯兰教拥护者，他还没有极端政治言论，他喜欢学习和有节奏的通过祈祷思考的日子，喜欢大家一起吃午餐——这些时候大家的关系很友好。晚上，他喝很烫的汤或和大家一起吃用很大的陶盘盛着的古斯古斯（麦粉团加作料做的菜），而女人们坐在地上，用小锅捣碎杏仁，取油。晚饭后，珈马尔喜欢躲在大火把周围，听失眠者唱单调忧郁的歌，然后半夜回到他的小房间里，写信给妻子。信里他告诉她他在学习，他要为阿拉服务，直到他死：我要知道怎样赢得上天堂的票，我要找到我寻找的东西。

一天早上，他在大学门口被捕，抓他的军人把他的脑袋按在墙上，用手铐铐住他的手，把他监禁在小房间里。他整夜被审讯盘问：你和校长有联系吗？和本拉登呢？他为什么来也门？他在哪儿生活？他白天干什么？他的目的是什么？他的政治观点是什么？珈马尔很害怕。当时他不明白发生了什么事。他祈祷，他学习，就这样。他告诉他们，他遇到了几个讲道者，但他对他们的号召没反应啊。他避开他们啊。这就是他的供词。审问他的人拿着枪，他们说：伊斯兰运动拥护者的部队在这个国家进行恐怖行动，播下了恐怖的种子，你知道吗？他发誓说不知道。他们当中的一个用充满仇恨的目光盯着他："我再说一遍，也门政权围捕煽动者鼓动者，我们有理由相信你是他们当中的一员。"珈马尔一再说明他什么也不是，他来这儿是为了学习提高语言水平，他的目的是和平。但他还没讲完，那人就一拳打在他的左眼上，他流血，他吼叫，他的眼睛看不见了。"现在你记得了吧？你的记性好些了吗？我再问你，你来也门干什么？你是伊斯兰运动拥护者，是不是？"不是，不是，珈马尔发抖，他吓得尿了裤子，他感觉到尿顺着他的腿流下去。他很不好意思，他热，他听不太懂他们的语言，哭起来，他们觉得他像女人，把他关在小房间里，房间很暗，他和另外三个留胡子的人关在一起，这些人目光黯淡，头发乱蓬蓬的，尿、汗、大粪的气味飘散着，粘在他的头发上、皮肤上，衣服上，他想吐，他把脑袋往墙上撞，要把它撞破；他紧挨在角落里，双膝弯曲贴着胸部，祈祷，祈求让他出去。墙上有人用阿拉伯文刻了字，他看不懂什么意思，他嚎啕大哭，最后睡着了。

半夜他被班房看守弄醒了，看守用棍子捅他，好像他是毒蛇似的，他吼道："出去！轻点！"珈马尔被带到一个房间，里面只有一只灯泡照着，这儿是潮湿的地窖，没有窗户，他们又开始审讯了，"你是谁？你为什么来这儿？你和大学的校长有什么关系？"，等等。珈马尔要求找一名律师，他们大笑："你以为这儿是什么地方？你不在法国！"他们打他，威胁他，但他不让步，他要求和法国的领事接触，这是他争取自由的"芝麻开门"里的芝麻了。他从来没感觉到他这么需要证明他是法国人。领事派来了人，他一再对来人反复说他说过的话："我来这儿是为了学习语言。"

这个时候，他没有求助于他的母亲和阿米德，他想自己承担责任；他终于达到了目的，因为三个星期后他被释放了。在监牢门口，留他住宿的也门人等着他，他们一起回家，静静地吃晚饭，点着一根蜡烛，烛光在他们的笑声和话声中摇曳，大家庆祝他的归来。晚饭后，两个穿黑衣的男人从暗门进来，热烈地向他问候，并给了他一张飞回法国的飞机票。他们是谁？他什么时候向他们求助了？他们的回答很含糊。回到法国的家，他告诉妻子他给她留了一点钱，但她不相信，第一次怀疑他得到他称为"兄弟"的那些人的资助。

回国后，他的妻子诺拉都认不出他来了，他变得激进极端，疑神疑鬼，妄想狂，好猜疑，心神不宁，尤其仇视犹太人，他到处都看见犹太人，浪费挥霍塞米给他寄的钱，派发仇视犹太人的传单小册子；夫妇的关系逐渐破裂。珈马尔找到阿米德，阿米德现在不怀疑他了。他经常去小清真寺——位于以前的体育馆，和其他“兄弟”联系。他只字不提他在也门的遭遇，他觉得丢脸，因为他不懂得在也门找到他的位置。一天早上，清真寺的一个忠实信徒劝他参加做肉食产品的肉店老板的培训，这人说：“生产清真肉大有可为。”这人给他提供数字依据，分析市场，说明生产清真肉与纯伊斯兰教重生的关系：穆斯林会选择吃清真肉的。“你甚至有一天可以开自己的肉店。”有塞米寄给他的钱作投资，珈马尔想，这是可以办到的事。他报名参加了他喜欢的培训，获得了文凭。两个月之后，他找到加工肉类的操作员工作，在屠宰场，他接收牲口，抚摸它们让它们安心，然后把它们领到屠宰场，为了尊重屠宰礼仪，专门设了一把向着圣地麦加的转动机，当牲口的脑袋被卡住动不了，脖子伸长的时候，珈马尔横向转动转动机——转动机从空中的轨道里弹出来——这时的动作必须要快，让牲口不那么痛苦，牲口的血喷出来，流在水槽里。他并不害怕，跑过去，他觉得这是神圣行为，还很自豪被挑选做此工作。珈马尔剔除肉里的筋，称重，最后把它们放进雪柜，然后他洗净自己的身体，准备工作就做好了。珈马尔不但热爱这工作，而且很认真，他负责割羊的喉咙，为了庆祝 AID 节①，他在屠宰场亲力亲为。他登记订货单，组织发货。但他不能看到羊头或牲口的骨架、发臭的肚

① 即宰羊节，是伊斯兰教一年中最盛大的节日。阿拉伯语为“Aid El Kebir”，原意为“重大节日”。

肠被扔在大楼的垃圾池里，他非常反感，这些事应该在屠宰场干的嘛。不久他还负责屠宰邻居的牲口。有一天晚上，他祈祷后归家，看见地区的土堤上，有一头羊被悬空挂在两棵树之间，脑袋悬吊着，两个年纪很轻的少年操着一把大刀，一个抓着角，另一个准备肢解它。珈马尔走过去，非常严厉地责备他们，他们被他吓住了，不敢反驳他。他们的手上沾满血，牲畜还活着，在呻吟，珈马尔从他们手里夺过刀，挥刀向羊头砍去，一下子就结果了牲畜，此时他瞪着少年们，威胁他们：下次让他看见他们在大街上宰杀牲畜，他就用刀宰他们。他就是这样处理这类事的，他也知道他的态度生硬，有点不好意思，但他爱牲畜。在也门，狗和猫四处流浪，很自由，寻找残羹冷饭，他对垃圾堆里又瘦又饿的小猫有感情，小心照料它们，然后放它们自由——没有人愿做这样的事。

以后他的生活就是到屠宰场，找在那儿结交的朋友。他喜欢晚上和同事们下班后到清真寺去溜达。他和大家讨论《古兰经》，政治，他还在梦想外出战斗，和他们在一起他感觉快乐。天晚回到家，他身上一股牲畜尸体的臭味，他的妻子厌恶地推开他，她讨厌他，害怕他，她不愿和他做爱。有天晚上他拥抱她，她说："我对你已没有感觉了。"她看见他脸色难看，虽然害怕，但还是不接受他，并且第一次说出"离婚"的话来。他从什么时候开始变得这么凶恶？是她说出离婚这句话，还是后来，当他想拥抱她，用一股血腥味的双手使劲抓住她的脑袋，她使尽全身力气打他，他向她扑过去，把她按在墙上，还说，如果她敢离开他，他就杀了她。几分钟之后，他终于放了她，穿好衣服，诺拉流着泪，一面遮掩着胸部，一面大声叫喊，威胁他要叫警察。“叫吧，行呀，我把你从窗口扔出去。”他再无法忍受被女人统治了，以前是母亲，现在是老婆，他梦想的世界是各人有各人的位置，男人在城里，女人在家里。那天晚上，诺拉趁他不注意的时候，逃回娘家去了，穿着被他撕烂的衣服，衣物也没带走。以后他没再见她，她没有抱怨，只是第二天被他的威胁吓坏了。

珈马尔不愿在家里住下去了，老婆闹离婚，他觉得很丢脸，他去母亲家，或到他在阿米德家吃晚饭遇见的两个朋友那儿。那年夏天，他打算去摩洛哥找个老婆，他的一个兄弟给他介绍了一个16岁的姑娘，出身好人家，父母要把她嫁出去。动身前三个星期，他把护照烧了，然后申报丢失，弄到新护照，以说明他没有到过任何外国。

他在摩洛哥遇到未来的妻子①，很年轻，有点笨笨的样子，但目光清纯，他和姑娘的父亲商量，定下了嫁妆的数额，几天之后娶了她。婚礼的晚上，他住在岳父母家的一个房间里，他和她做爱，完事后把沾了妻子的处女血的被单给她的家人验看。他听见隔壁传来的哟哟的叫声，觉得很幸福。

归来后他和新婚妻子住在还是分租来的F2房间里，他又去上班。他经常看见阿米德，但最近他显得心事重重，不安，他想知道是怎么回事。有一天阿米德向他吐露心事，他想离家到受压迫的兄弟那儿去战斗，他再也不能待在这没人爱的国家无

① 她的名字叫拉提法·乌阿里，16岁，对这辈子没有任何打算。

所事事。

阿米德吐露心事后的几天夜里，珈马尔也睡不安稳，他也梦想着离家，手拿武器上战场做英雄。阿米德介绍了几个负责征兵的人，他们征的是西方人，珈马尔的表现无可指责，尤其是他长着欧洲人的外表，那些人不会怀疑他，他们马上要求他剃去胡子，穿上西方人的服装，牛仔裤和衬衣，“别让他们注意你”，当他改头换面，重新出现在他们面前，他们笑了：“你这个样子，就是三K党也会接收你。”当天他们给了他一本假护照以及电话号码，他到了伦敦的火车站就要打这个电话见接头人，他必须说接头暗语，然后坐地铁到Finsbury公园站下车，出口处会有个戴蓝色围巾的留胡子的男人等他。问题是当他到达出口，看见大部分男人都戴深色围巾，留着胡子。他等了三刻钟，一个和阿米德描绘的一样的男人走到他身边，和他说了几句话。他跟着这个人走了很久，也许一个小时，到了一栋白砖小楼前面，那男人向他做个手势，叫他进去。里面，男人们来来去去，那地方像学习中心，珈马尔也确定不了，他问那男人这是什么地方，问完他就明白自己不该提问，那男人皱皱眉头，手指放在嘴边，“嘘”，珈马尔感觉不太放心，男人几乎不和他说话，他只是指一个房间，叫他在这儿等他，直到他回来。珈马尔在这个飘散着尿味和汗味、看不见人的房间待了四五个小时，那男人回来了，拿着一个铝制盒子，一瓶水，一只塑料条匙，对他说，今晚他就在这儿度过，夜里坐六点五十分的飞机去巴基斯坦的伊斯兰堡。饭菜冰冷，大概是刚解冻的，土豆烧羊肉块，肉很肥，明胶状，有一股令人作呕的气味。看来那羊是和肚肠一起熬的。珈马尔不吃，从行李包里拿出一本《孙子兵法》。凌晨两点，他被一个男人的声音和照到他身上的手电光唤醒，他吃力地站起来，还没睡醒，听见男人对他的最后嘱咐，然后拿着到机场的飞机票和火车票，走出大楼，没入冰冷的夜色中。

他顺利通过海关，又上了飞机，在飞机上坐下来之后他马上睡着了。等他醒来，听见空姐通知大家，过几分钟就到达伊斯兰堡了。

从飞机上面走下来，首先让他吃惊的是天气的闷热，比也门更难忍受。还有来自上上下下的灰尘，像发黄的面团粘在眼皮上，无孔不入。珈马尔拿出工作服，紧抱着，给他印象很深的是人群，大多都是头裹缠巾、黑玉般黑发的男人，机场四周人头涌涌。瘦得皮包骨的动物在车辆间流浪，后面追着一群群苍蝇蚊子，蚊子的嗡嗡声好像在回应人类的骚动。非法商贩奔来跑去，拿着破破烂烂的商品，躲开警察的目光，穿制服的警察拿着武器，热得浑身冒汗。珈马尔找了一个小时，才找到可以打电话的地方，他打电话和接头人联系，他待在那儿不吃不喝，脸被太阳暴晒着。他头一回希望自己重新成为法国人，回家去。这致人于死地的酷热，不懂的语言，这样的贫穷——和他的初衷相距甚远，但他没有抱怨。两个小时之后，一个男人终于到了，他要求他跟他走，他依言而行。男人是个棕色皮肤的彪形大汉，脸像拳击手，双手肌肉发达，身上一股马达的机油味。他们上了他的白色小卡车，里面闷热，他们就像进了烤箱。车子飞快奔驰，透过车窗，珈马尔看着外面的景色，蓝中透绿的山一望无垠，妇女裹在头纱和纱袍里，带着被晒得皮肤黝黑的孩子。羊群在尘雾中行走，被一群群嗡嗡叫的苍蝇团团围着；路途很远，没有尽头似的，路面尽是石头，卡车蹦蹦跳跳颠簸不停，像装了弹簧。珈马尔呕吐了几次，最后他们终于到达一间大寺院前面，那是“布道和感化中心”，为圣战说教讲道的。离寺院几米远，一个瘦削的老头正拿着剪刀和梳子，给一个年轻人剃光头，年轻人跪在地上，跪在他面前的大街上。一绺绺黑发滑落地面。珈马尔跟着向导进入寺院，一个穿白衣的男人接待他，给他一个新名字，并告诉他在邻近旅馆里给他订了一个房间。他在那儿待了十五天——进行调查。他是间谍吗？是记者？珈马尔的欧洲人外表引起了怀疑。他待在旅馆的房间里，不禁自问他在这儿干什么。孔雀蓝化纤地毡染上了黑色痕迹，墙上的绘画到处成鳞状剥落，从缝隙看得见蟑螂出没。但他的大部分时间都在他来时经过的寺院里度过。交谈，祈祷，按不变的节奏吃饭，吃了一顿又一顿。十五天之后，有人通知他，好啦，他要去阿富汗了，有人给他讲解事情将怎样进行。他很平静，外国志愿团向训练营进发，负责人是个三十岁左右的男人，穿军装——陪他，帮助他顺利越过巴基斯坦警察的检查点，越过边境，珈马尔看见了巴基斯坦极端组织虔诚军（LASHKAR E TAIBA）的营地，——它成立于上世纪80年代末，参加过在阿富汗的反苏维埃的伊斯兰圣战，后来参加反“犹太人和十字军骑士”战争的拥护伊斯兰教前线。

珈马尔到了一个偏僻的营地，它分为几个部分，也住着虔诚军的负责人，他们发给他一套军装；作战服，卡其布衬衣，贝雷帽。他认识了两个人，阿卜杜勒，即“麦加的阿卜杜勒”，还有穆罕默德，巴基斯坦机动部队的成员，他在这营地和阿富汗之间来来去去。珈马尔明白了当地的形势，他负责外国人的征兵，不管他们是什么民族。

珈马尔在这个营地待了几个星期，然后被派到另一个营地，它隐藏在彭德加邦山区。部队经常变换地方，四处流动，以免被敌人发现。营地的日子安排得有条不紊，凌晨三点起床，然后集体祈祷，期间宣讲伊斯兰圣战的重要和其他圣战的重要，和枫丹白露的远足一样，给战士播放战争场面，敌人对穆斯林人民犯下的残暴罪行，战争造成的损毁。珈马尔和来自世界各地的其他人员一起，接受军事训练，在山里日夜行军好几十公里，练习射击，学习拆卸和安装武器，学习埋伏、伪装、使用武器——手榴弹、卡拉什尼科夫步枪冲锋枪、迫击炮，——还学习制造和安置炸药、点炸药。他们执行命令，跑步，跋涉，爬行，滚着在沙里前进，跳过壕沟，负重行军，攻打军车。他们冒着严寒，忍饥挨饿，筋疲力尽，胆小体弱的战士还要被开除，出局，遣送回老家去。珈马尔在那儿生活，和他一起的还有两三千穆斯林民族解放运动战士，还有来自土耳其、库尔德、英国、美国、车臣的人们。他大吹大擂，甚至卖弄自己，自以为是英雄偶像，半人半神。他来来去去，昂头挺胸，自信，自豪，神气活现，不怕敌人，头脑发热。一位军队教长领导他们，教长向阿卜杜勒汇报，替他物色优秀学员，物色像钢铁一样坚强的、不怕死愿当烈士的战士。和他们在一起，珈马尔活着有了目的，他觉得自己这才是真正地活着，他的生命有了价值，而在家乡，在瑟夫朗，在和平时期，他只是凡人，普通百姓，一钱不值。

有时，半夜时分，他们在营地被重新集结或撤离疏散的喧哗吵杂声弄醒；武器掩藏好——他们装死，巴基斯坦军队和美国军官快要到来，这就是说……每一次得到消息，——由巴基斯坦部队本身的成员及时通知，他们不慌不忙地逃走。在偏僻地区，珈马尔就做营地的清理工作——迅速清洗污垢，立即消毒，收拾枪弹，把它们集中在大金属箱里。要干几个小时，有时干几天，好了，人家走了，美军终于离开了，一无所获地走了，灰溜溜地，——狗！我们要把你们全消灭光！晚上大家围着火堆，背诵《可兰经》的句子，胜利是我们的，在我们的刀剑下敌人一定灭亡，我们一定要进攻他们的土地，杀他们一个片甲不留！

他们就地而卧，卷在一股汗味和灰尘味的行军被里，冒着严寒或酷暑，不怕风雨不怕危险，也梦想女人，他们梦见的女人的肉体像大理石，裹着厚厚的头纱，纯净贞洁。他们的梦这样美，以致听不见美国士兵正拿着枪对准他们，用铁棍拨弄他们，美国兵拿着手榴弹，如果他们突然攻击，美国兵就把手榴弹扔过去，珈马尔醒了，他吼叫他是法国人，“我是法国人！”——他什么也没干，“我是法国人！我什么也没干！我是无辜的！”但一个美国兵用枪托敲他的脸，差点把他的右眼球打出来，珈马尔瘫倒在灰蒙蒙的尘雾里。

“我是法国……”

11

“塞米从未和我提到他的这个兄弟，就为了这个兄弟，今天他进了监狱。”贝尔曼对妮娜说：“他的兄弟在阿富汗被美国士兵抓到后，被押送到美国，关禁在关塔那摩。大家都不清楚塞姆在这事件中起的确切的作用，受牵连的程度。这还是非常神秘的。”妮娜听贝尔曼说话，没有打断他，好像她与此事无关，好像他说的是她不认识的人。难道她对塞姆的了解错误到这个地步？一个人怎么可以有不同的脸孔，不是两副不同的脸孔，而是五六副脸孔？谁才是真正的塞米？他是可怕的骗子，还是可怕的精神分裂症患者？是邪恶的多形人？他是可怕的阴谋诡计的牺牲品？还是他本人是激进主义分子？说他是恐怖主义分子，不是的；是伊斯兰运动拥护者，传统主义者，也不是。他喜欢酒和性，喜欢挑衅和违抗。他爱她，他爱的是她。真的吗？她心乱如麻。她再也分不清哪些是真的，哪些是幻觉；哪些是事实，哪些是造谣；哪些是真哪些是假的，她感到胆汁直往上涌，苦不堪言，她想呕吐。幸好贝尔曼停止了絮絮叨叨，不然她要昏倒在这咖啡馆里；咖啡馆里人声鼎沸，嘈杂得有如马达的轰鸣，更使她心情不佳，她快要晕倒，最好是死了，因为她还有什么出路呢？一无所有，在纽约的这几个月，她任塞米安排生活，像孩子般听他的话，日子过得多么轻松呀，油盐柴米不用她操心，日常开支不用她支付，不用她花费时间找工作——社会生存强加给人的枷锁她都摆脱了。

贝尔曼对她说："你不能待在纽约，他们会找你盘问你，你的出现对他更不利，他们会冻结他的银行账号，听我的话，你最好尽快回法国。"妮娜不吭声，她感觉贝尔曼不了解塞米的真正身份，因为他不停地说他不相信这个故事。"我不相信一个犹太人会为极端伊斯兰运动拥护者的利益服务。"她觉得她最好保持沉默。"你有什么想法？"她说她想见他，和他谈话，可是贝尔曼劝她："你既不能见他也不能和他谈话，他完全被隔离了，他们把他看作危险分子，你明白吗？没有人有权利接近他。甚至律师都不行。每一次见他都要经过非常复杂的手续，隔离他的目的就是打击他，灭他的锐气，让他以为在外面大家都抛弃了他，也是折磨他的一种技法。"

"这样的话，我写信给他好了。"

"我不认为这是个好办法，你以为怎样？他们会尊重他的通讯权吗，他收到的所有信件都要经过审查。信件被他们读过，信件即使有幸转到他手里，里面的句子都会被他们涂黑。别摆出这副吃惊的神气，为了反恐斗争，再也没有什么规矩可言，他们什么事都做得出来，你可以想象他们在你的信中发现什么……法官得知他过着双重生活，他们就更要为难他，他们知道他是个双面人，神秘。从许多方面看他都是可疑分子，就更要多关他几个月了……"

"不管怎样，我都要见他……"

"你不管怎样？你生活在什么世界？我们不是在浪漫的喜剧里，妮娜。"

“听着，妮娜，你对他还抱什么希望？他大概要在牢里待很久，目前你帮不了他的忙，你甚至会连累他，他只需要律师，不需要别的人。”

“我有耐心等他。”

“你有耐心？等到什么时候？他的账号已被冻结，房主将停止租约，你一点保障都没有……而且你为什么等？他不是已置你于危险了吗？”

“我要留下来，因为他会需要我的，因为我们是一起的。”

贝尔曼恼怒了，他忍不住发话了：

“你们不是一起的！塞米已婚，他有一个妻子一个家庭，对他而言最重要的人是他的妻子，有她的支持，她的影响，只有她能帮助他，你甚至想象不到，这个案件的律师费要花她多少钱，没有他的妻子，我不能肯定他能否对付得了。”

“你不明白，我爱他……我不能让他……”

听见这个迷人的绝色佳人、这个极具性吸引力的女人承认她爱塔阿，这对贝尔曼的自信、对他的僵化刻板的行为准则是个打击，沉重的打击，他的僵化刻板的道德规范使他一直以来过着平静的、道德的生活，他准备只要和她有一点互惠就重审这种刻板的道德，他希望他被她爱，于是他对她说：“塞姆拥有你真是他的运气。”妮娜轻轻一笑，笑得凄凉，说明她的天真已经结束。

“妮娜，我可以帮助你留在这儿，你没那么快见到塞米，但我可以帮助你。”

他靠近她，手放到她的手臂上，妮娜猛地把手臂抽回。

"对不起。"贝尔曼说。

妮娜移开目光。

"你就别玩惊吓的把戏了，我再说一次，我可以帮助你。"

"那……你准备怎么做？"

"首先我要帮助你搬家，因为住在这房子里是不妥当的，调查人员将检查他存款的情况，就会到你那儿找你，或者他的妻子知道此事，她就会找你，这是最糟的选择。"

"然后会发生什么事呢？"

贝尔曼的手又靠近妮娜的手，抓住她的一只手指。

"然后，一切都取决于你了。"

他想要她，在这儿，在这人头涌涌的饭店里，他感觉不舒服，感觉很有罪，他热，直冒汗，衬衣粘糊糊的，他说：

"你想什么呢？你有时间安排你的事，考虑你在这儿的前途。"

"我不需要你的帮助。"

他突然放掉她的手指，轻轻地往后退，好像远离有毒的热量的来源。

"妮娜，有些事情你是应该知道的，也许能帮助你改变决定……"

她突然僵住了。

"对不起，我说这些有点残忍，……你打算听吗？"

"说吧。"

"他被逮捕之前，我和塞米曾作过长谈……关于……你们的关系。已经很晚了，我们俩单独留在办公室里，我们喝了酒，他就把你威胁他的事告诉我，你说如果他不离开他的妻子，就不要再见你了……他告诉我你想要一个孩子……”

妮娜抿紧嘴唇。

“我以为他想征求我的意见，可是并非如此，一点也不是，他和我谈这事时已拿定主意了……”

妮娜把目光转过来。

“他要通知你他决定离开你。”

12

塞米像被人埋在混凝土块里，这是打击，噩梦。睁眼醒来，身体虽未受损伤，但也不尽然，手铐勒得他的手腕生疼。头顶上面一只灯泡射出白光，灯泡摇来晃去，弄得他直犯困。他想知道发生了什么事，他们玩什么把戏，这事怎样收场。他要求，他叫喊，他威胁：“叫我的律师来！我的妻子在哪儿？”“住嘴！”他被关在囚牢里有多久了？他没有了时间概念。他感觉他的脑袋被套在塑料袋里，呼吸困难，四肢不时收缩，新陈代谢好像发生故障，他的血好像混杂了有毒物质，整个身体中了毒，每块肌肉都已萎缩，慢慢地把他拉向残酷的死亡。尤其是夜里，犯人的惨叫声，凄厉的吼叫，很像野兽的嚎叫，又像快被掐死的孩子的惨叫，使他毛骨悚然，恐惧异常，直至早上才得安宁。他缺血，口渴，由于睡眠不足精疲力竭，担心重见噩梦而怔忡不宁。他们半夜提审，吓唬他折磨他，给他造成心理压力，他们威胁他，侮辱他。

你知道你的兄弟准备做什么。

不知道，他不知道，不知道，他一无所知！

你和珈马尔·雅雅乌依什么关系？你经常给他钱，你知道这些钱的用途是什么？你为什么到美国来？你和伊斯兰运动有什么关系？你是犹太人吗？你是否改信伊斯兰教？这道伤疤是怎么弄来的？你为谁工作？你知道你的兄弟准备恐怖谋杀吗？你知道他去了阿富汗吗？你知道他改信了极端伊斯兰教吗？你为什么报名参加射击俱乐部？你和纽约的穆斯林团体有什么关系？你对本拉登有什么看法？你知道你的兄弟准备杀害美国人吗？你计划参加反美的谋杀活动吗？你对美国的感情怎样？你认为你是美国公民吗？你的兄弟在美国土地上做什么？他在什么时候告诉你他改变信仰的计划？你知道他结婚了，他的妻子戴头纱？你知道你的兄弟在法国号召杀害犹太人吗？

我什么也没做！这是个错误！惊人的蔑视！

司法的错误、建立在告发基础上的控告、谣传造成塔阿的苦难和困扰，现在他被关在小牢房里，双手捂着脸。疲累、打击的沉重使他的脸色很难看。冷静下来，他明白他无计可施，也无可自责之处，他终于睡着了，精疲力竭。每隔五分钟，看守就拿手电筒照他，看他是否会自杀（他能拿什么自杀？）。他决定绝食，希望这样吸引警察的注意，证明他的清白。他经常拒绝送来的饭菜，看守一再命他吃下去；看守接到上面的命令，犯人不能死。十五天之后，塞米瘦了，脸庞凹了进去，目光黯淡，他被紧急送往军医院，被检查身体，用导管强迫进食。

他们要恐怖分子活着。

他独自躺在铺着白被单的床上，他们给他输液，好像他是遭到严重事故的伤员。被捕以来他第一次哭了，他像个母胎中的婴儿那样蜷成一团，先是慢慢地摇呀摇，然后越摇越快。当他明白他们不会让他死，也不通知任何人，因为他们有办法不让他死，他就停止绝食了。

几天之后，他被送回囚室，仍处于昏迷状态。为了保住性命，他强迫自己每天做操，但坚持不了多久。他想，我正在慢慢死去，我将不明不白地死去。

一天早晨，塞米突然醒了，双眼还睁不开，脸色灰暗，头发和胡子又长又密——他看去好吓人。“你的律师来了。”看守通知他。他的律师？他叹口气。噩梦快结束了？看守领他来到接待室，丹斯坦在那儿等他。他们两个面对面。

“丹，”塞米的双手拍着玻璃板，大叫说：“我快疯了！丹，救我出去！”

“你在家里刚刚被捕时，鲁斯就与我联系了，我知道你提出过要求，但他们最近才把你的要求转告我，在此期间，我们做了我们能做的事情，但直到现在，他们拒绝我们的所有要求。”

“他们有这样的权利吗？”

“塞米，他们有所有的权利！让我接近你，你已经算走运了，有时他们这样关一个人关上好几个星期，不给他们半点法律的保证，因为要考虑更高的利益：美国的安全。和它相比，你就什么也不是……”

“丹，我不知道我犯了什么罪，我不知道他们以什么罪名控告我，我什么事都没做，把我弄出去啊！”

斯坦打开公文包，从里面拿出一本拍纸簿和一支钢笔。他想知道他是否知道他被逮捕的原因。不错，不错，他们告诉他了，但他不明白，这该是错误，是圈套，是阴谋，是……斯坦打断了他的话。

“我们谈正题谈重要的事吧，时间紧迫。自从世贸中心恐怖事件发生后，反恐法律非常严厉，法不容情，你应该知道，他们可以随意处置你，你明白吗？自从国会通过‘爱国者法案（*le Patriot Act*）’，只要事关反伊斯兰运动威胁的斗争，就可以限制最基本的个人自由。塞米，他们认为你是潜伏的密探，你很久以前就来到美国，在美国谋了一个位置，在美国社会扎根，成为公众人物，别人就怀疑不到你的头上，你的目的就是在适当时候犯重大的谋杀案。他们不明白的是——这就是他们碰到的问题——一个犹太人为什么为极端伊斯兰运动的利益效劳。他们调动 CIA 和 FBI 调查你，他们还和 MOSSAD① 联系，我并不奇怪。”

“那他们的结论怎样？”塞米问，声音里有点愤激。

“要么你不是犹太人……这是可能的事……”

说到这儿，斯坦定定地看着塞米，塞米掩饰不住窘迫。

“要么你改信极端伊斯兰教……最后你真的是冤枉的，如果这样，他们想知道的就是，为什么是你？为什么有人想要你倒下？谁是他们的目标？是你，还是你的妻子，还是律师事务所，

① 摩萨德，以色列情报机构名称。

还是你的岳父？”

“我没做他们指责我的事。”

丹斯坦突然以带点愤激的神气看着他。

“我还没确定是否接受这个案件。”

“为什么？你不能眼看着我倒下，我和你说过了，我是无罪的！你想要什么？要我跪下求你？好吧，我求求你，我需要你！”

“我需要考虑。”

“我是你的同事，你最好的客户之一的丈夫，我是你去年祝贺过四十岁生日的那个人，你忘了吗？”

“我首先要弄明白你的兄弟怎么可能是极端伊斯兰教分子而你是犹太人，尤其是你的妻子和我想知道你为什么要隐瞒你兄弟的存在。”

“这很简单，弗朗索瓦不是我的兄弟，只是我同母异父的兄弟，我们的父亲不同，他从来就不是穆斯林，他改了宗教，我并不知情。我几乎不认识他！我没有和他一起生活！我求求你，相信我，在这件事中我什么事也没做！”

“你要证明你这些话。”

《安慰》

欺骗！

——苏菲·莫华①

① 以完整性和选择的严格著称的文学批评家，她的梦想是为了与大她四十岁的作家在爱尔兰安家而抛弃一切。

第二流小说。

——达维·卡索维兹[①]

读了这本书之后，读者也需要得到安慰。

——特利斯堂·拉努[②]

收藏中最糟糕的小说。

——让·德·拉科特[③]

13

塞缪尔四面受敌，如同遭受子弹的射击。

他不读批评他书籍的文章，评论者的语气太尖刻恶毒；他也不再买报纸，不听收音机，不看电视，不上网，不愿看到有关他及他的书的评论。但他总是收到一个人的SMS的电话，好像他死了，那人对他表示深切的遗憾。

他承认，他们的攻击令他难堪痛苦。他没想到被伤害到这个程度。读到批评他的作品的文章，他不能不心灰意冷、志乖意沮。他想到那一天，被报纸弄得精疲力尽的他，真想扑到一辆卡车的车轮底下去了此残生——当时那辆卡车正在巴黎通往

① 达维用这句话评论他的尖刻的批评："如果一个西班牙葡萄牙系犹太人抱怨的话，大家不要相信。"

② 作家，专栏编辑，以辛辣尖刻的幽默著称，他喜欢吐露他的隐情，说他拥有男人梦想的一切：最好的书和最漂亮的女人。

③ 以其极右的诺言著称，不成功的作家，提到塞缪尔，他对同事说："这个人，我要成为他那样的人。"

翁弗略的高速公路上。作品被批，何至于想寻死呢——而且这个念头如此突然，如此决绝，但他就是这样的人，最难以忍受的不是成功以及伴随而来的知名度，书商的巴结、记者的采访、读者的来信（他们说他的书感动了他们、鼓舞了他们，他们因此改变了生活），还有不再成问题的金钱，给他从未有过的自由（想写就写的自由），所有这些成功带来的甜蜜的滋味，他都有幸尝过了。作为著名作家面临的最严酷的考验，就是体会到自己不得人心，被恨、被批评、被当众蔑视。他从未品尝过这种滋味，他胆战心惊神魂俱丧。打开报纸，看到有人批评他的书“糟糕”，打开电视，看到它当着几十万电视观众播放文学节目，一位记者用控告的口吻用手指着他，冲他说，“你，我不喜欢你”，他毫无办法，他只能硬着头皮厚着脸皮死撑，反击他们。他反唇相讥说，他们有权利不爱他的书，但没有理由不爱他，因为他们并不认识他，从未见过他。尽管他勉强撑着，但他垮了，精神和肉体都垮了。他惹来了别人的深仇大恨，他崩溃了，几乎要疯了。他自问，在他的书中，在他的态度中，在他的表达方式上，在回答记者的采访中，有哪些东西招惹来如潮的咒骂。他觉得随时有人跳出来用机关枪扫射他的脑袋。他做过多年的社会教育者，大家认为他是有价值的人，“好人”，大家喜欢他尊敬他，而现在这些他从未谋面的人公开表明他们对他的憎恨厌恶，他觉得非常的不公平。他重读托马斯·伯恩哈德在他的书《冰冻期》出版后说的话，这些话很能表达他的心声：“我之错误，就是把所有希望寄托在文学中。它将置我于死地，我再也不愿听人谈论文学，它不能使我幸福。”

他从未像这个时期这样不幸，他只能在酒中忘忧消愁，在酒中买醉寻乐。他又开始喝酒，天天晚上出门，赴鸡尾酒会和各种聚会，冒着夜风，四处游荡。一天早上，在听众最多的一次广播节目中，他回答记者的提问，记者问他如何面对如此的轰动骚乱，他痛定思痛，下此结论："成功之日便是我最落魄之时。"

14

被囚禁的塞米只听到几条消息——都是坏消息，事务所的客户要求收回他们的资料文件，他们要换律师，而且丑闻已经登在美国几家最大的报纸的头版——

"一位法国律师被怀疑参与侵犯美国的未遂行动。"

贝尔曼联系皮埃尔·列维，把一切情况告知他，并唠唠叨叨地责备他，声音里充满苦涩，他辛辛苦苦营造的一切被粉碎了。责备皮埃尔，和他算账："是你向我推荐了这个家伙！是你叫他来这儿，是你培训他，是你投资让他攻读，在这个事件中你负有不可推卸的责任！塞米·塔阿到底是什么人？你知道吗？你要我对你说出我的想法吗？你信任了一个懂得欺瞒你的人！你给我推荐的律师正在害得我破产！"皮埃尔崩溃了，不，他不知道，他听了贝尔曼的控诉，他读了报纸，他万分惭愧，说不出话来，只有他知道塞米是阿拉伯穆斯林，他突然也怀疑起来了。如果他被塞米骗了呢？如果塞米编了一套假话，以备有朝一日——这一日到来了——打官司的时候得到他的保护、担保呢？从客观上看，事实对塞米很不利，一切都令人相信他编造了无懈可击的形象，使大家不会注意他，一切都令人相信他是有罪的！“现在他向你求救了！”贝尔曼继续说：“他说他已向你、向你一个人说出过真相！”皮埃尔立刻说他马上来纽约，他努力说服贝尔曼塞姆是无辜的，司法错误了。“你说这是司法错误？我真的希望如此，因为如果最后得知他是间谍，叛徒，——谁知道呢？——我们的事务所就要关门了！你知道对于我来说，这就意味着什么？我要负担一个家庭，背着几十个人！我会有什么下场？”“你相信我吧，一切都会安然无恙的。”列维安慰他，但他也不相信一切会安然无恙。“你真乐观，我知道你是个乐观的地中海国家系犹太人，但我的想法和你的相反：情况会越来越糟，没有客户愿找我们，雪莱事务所和协会已收去我们客户的三分之一了，……如果我们不赶紧想办法，我们就碰壁了。”

“你有没有向泰姆·旺斯求助？在他们的金融丑闻发生之后，他负责韦尔蒂戈公司老板的形象推广，他们又挽回了某些体面。”“我没办法付20万美元报酬给一个家伙，为了要他写及传播报刊的公告！”“我来吧！”皮埃尔·列维刚挂好电话，马上准备出发，当晚他乘坐飞机到纽约，采取许多行政措施，他获准与塞米面谈，他必须和塞米谈话。

皮埃尔·列维走进会客室，他很难掩盖他的慌乱。这是塞米吗？塞米有点吃惊地看着他，他的双唇挛缩，脑袋上到处是斑秃，像一幅新地图，表明他的痛苦程度。他的双臂干瘦，悬在消瘦的身躯两侧，就像人造的肢体，没有生气的铁枝，受手铐的操纵。金属手铐不断地磨砺摩擦，手腕都发红了。瘦削的脸，脸色蜡黄，双目深陷于眼眶内，流露出没有过的惊恐。胡子又黑又硬几乎掩没了整个脸，给人不修边幅的感觉。他显得虚弱，病态恹恹，和列维在巴黎见到的塔阿前后判若两人。这是一个人从得志到失意的结果，精神颓丧的结果。这种变化就好像在内心强烈的冲击下，躯体紧缩了一样。塞米掩盖不了他的惊讶，他绝没有想到他们会允许皮埃尔·列维看望他。皮埃尔·列维肯定获得了有关方面的政治干预，列维毫不犹豫地联系了他的几个关系才能接近塞米。他提供了担保，现在他来了。塞米喃喃道："你来了，谢谢。"塞米坐下来，他崩溃了，把脑袋埋在双手里面，三四分钟后才抬起头。

"皮埃尔，求求你！救我出去！"

"别担心，我就是来帮助你的。"

"我知道你的想法……"

"你会给我解释的，是吧？"

"我只是把钱给了我的兄弟，我不知道他资助恐怖活动，我怎么可能猜到呢？这就是事实！我什么都不知道！"

皮埃尔走近塞米，低声说：

"除了我，还有谁知道你是穆斯林？"

"没有人，最后……几个人……"

"你把这事告诉你的律师了吗？"

"没有。"

“你没有把如此重要的情况告诉支持帮助你的人？你要斯坦如何替你辩护？你想过，对方会在你的律师面前提出这件事吗？”

“我以为还是不说出来为妥……”

“你明白这会造成什么后果吗？”

“你要我怎么做？”

“你必须说明你的真实身份，迟早他们都会发现的……”

塞米答应这样做。他轻轻低下他的脸，没有看皮埃尔·列维，问道：

“你也怀疑我吧？”

“你要我说老实话吗？我不知道。我承认我心里很乱。”

“你以为，如果我想一年后参与恐怖活动，我就向你承认我的真实身份？”

“我没有这样想。”

“我不知道我的兄弟转账……”

“你就没有打听一下钱的用途吗？”

“我的母亲告诉我他去旅行了，他报名参加肉食店老板的培训，他想开肉食店，她要帮他的忙，……我相信她的话……我丝毫也没有怀疑他们！”

“你的轻信，你的轻率，你的善意——所有这些好感情都很难给法官说明白……你的母亲告诉过你，他改信极端伊斯兰教了吗？”

“没有，她只字未提！否则我不会再给他寄钱的！很明显，我太信任他们了！她怕我断了他的生活来源？我一点也不知道！我能怀疑他在策划什么阴谋吗？他在法国而我在这里，你相信我吗，皮埃尔？”

“你要把这一切告诉鲁斯和丹斯坦。”

“我做不到！如果我告诉她，她会要求离婚的！而丹斯坦也会拒绝给我辩护……”

“你没有别的选择了，塞米……如果你不说，他们也有办法知道的，那就更糟，大文章出来，贝尔会亲自对你进行调查——相信我的话，他会找到你的不道德行为的证据，贝尔曼第一个给他提供！他会恨死你！他会把我当作事故的负责人！我给你提供担保……是我建议在纽约设立分公司，是我委托你做主任。贝尔，你想到他了吗？你知道像他那样的人被触怒时会做什么？你的妻子从警察那儿得知，以为你真的资助了恐怖行动。你愿意这样吗？你愿意失去你妻子的尊重？因为这样一来，你就失去了一切。你的余生将在牢狱中度过，你永远也见不到你的孩子。”

“我不过就是帮助了我的兄弟，如此而已！我不知道他用这笔钱做了什么事！我是无辜的！”

“这事发生后你和他联系过吗？”

“没有，一点联系也没有，我只知道他被关在关塔那摩。”

“你不要再去打听他的情况了，这不再是你的问题。”

“我是无辜的……”

“你应当向斯坦、向调查人员、向法官解释这些事，但首先要把一切告诉你的妻子。”

15

当鲁斯得知丈夫被逮捕的原因之后，表面上她波澜不惊，不动声色，她不是撒泼好闹事的女人。起先她还以为丈夫的被捕只是个可怕的误会、司法的错误，是别有用心的人要的阴谋，矛头指向她的丈夫、事务所、她父亲的利益和她。有人嫉妒他们、不怀好意，盼着梦着他们垮台、倒霉，从天上掉落凡间。她不害怕，她坚信她的丈夫是无辜的：一个美国的犹太人律师怎么会资助拥护伊斯兰运动、反犹太、反美的组织？控告应当具有逻辑性啊，道理必须站得住脚啊，严肃点吧，客观点吧。“你说得对，”警长平静地肯定鲁斯的说话：“你觉得不可思议吗？”他什么人没有见过，他们什么事干不出来；背叛，欺骗，灌输某种观点，疯狂。不错，他们的疯狂，他司空见惯，天天都见，不足为奇。他们能够同化，变坏，他也觉得困惑。一切现象皆有可能。双面人，不可告人的勾当，她见识过、她知道吗？他掌握着证据，他正在验证、调查，事实就摆在这儿，是不容置辩的客观存在。“你不能否认，一个改信极端伊斯兰教的法国人在阿富汗被捕，他正准备参加反美的犯罪活动，这个法国人名叫珈马尔·雅雅乌依，坚持他的极端主义立场：反犹太主义，否定主义，鼓动极端仇恨，为恐怖组织提供情报。”鲁斯的目光黯淡，这些话使她大惊失色。她的手指机械地敲打着办公桌边沿，笃笃笃，警长继续说：“这个人被捕时手里还拿着枪，他在法国有银行账户，你的丈夫经常给他汇款。”“这不可能。”“我们有确凿的证据！就是这笔钱供他去也门，去巴基斯坦，购买尖端武器，进行反犹太主义宣传。我可以告诉你，都是些谋杀的号召。来，我给你看些东西。”警长把鲁斯领到隔壁房间，里面有张大办公桌，上面放着屏幕。“请坐。”他指着一张靠背椅。他放了一张录像，屏幕上出现一个留胡子的金发男人，白肤，穿长长的米色无袖长衣，正在面对摄像机怒骂：“你们看见他们是怎样对待我们的！这个国家还是大讲人权的国家呢！这个国家被犹太复国主义者控制着！我们要报仇！真主万岁！我们要把他们统统消灭光！”鲁斯听着他的话，全身发冷。她认出画面上的这个人，这个人来过她的家，自我介绍说他是丈夫的同事，她不记得他的名字了，他穿的衣服和画面上的不同，他们见面时他也没留胡子，但确实就是他。她突然不安起来，但她控制住自己，她得出结论：这是圈套，必须拆穿这个圈套。

这是阴谋，仇视犹太人的阴谋。因为塞米是犹太人，所以他们要搞垮他，但为什么用这种方式呢？要摧垮什么？塞米还没有把真相告诉斯坦，因此斯坦的看法是：“他们在耍花招，散播怀疑，制造混乱。想让大家认为一个法国的犹太人可以是美国人的敌人，而且他不是普通的犹太人，他是拉姆·伯格的女婿。他们攻击的目标是你的父亲，他们想要削弱他的集团。你认为他们的控告可笑过分？越是可笑过分，就越能造成谣传，飞短流长，没有根据的牵强附会。你记得“9·11”事件发生之后，有些人说牺牲者中没有犹太人，说犹太人事先得到消息，知道即将发生恐怖袭击。这是误导，这是挑衅，他们的目的就是逼迫你的父亲和你垮台，不得安宁。这是高级企业要搞垮对方常采用的方法。”斯坦的推理使鲁斯相信她的丈夫是无辜的，没有什么东西——无论是警探的话，还是贝尔曼的提醒（他再一次攻击塞米）——可以动摇她的确信，她确信有人陷害她的丈夫。

她的丈夫背诵星期五晚的祈祷，手拿酒杯，遵守教规，头戴犹太人的无边圆帽，参加犹太教物品的拍卖会，常购买拍卖会的物品回家，如着色的圣经、教主的肖像（因研究熬夜而脸干瘪多皱）、希伯来文的书籍如拉奇、布伯、斯台萨兹的著作，绝少不了犹太教的赎罪大祭日的日课，每周至少三次到菜里没猪肉的饭店吃午饭，这样的男人不可能和拥护伊斯兰教运动有联系。鲁斯到监狱的会客室见塞米的时候，看到他消瘦的脸容，乱蓬蓬有如鸟窝的头发，双手交叉作自卫状，大概他随时防止被揍（鲁斯想，他也许被他们揍过，看到丈夫一副遭受施刑者酷刑的惨状，鲁斯双目含泪），她安慰他，说她会设法救他出狱，她爱他，支持他，“我相信你”，她一再对他说，她爱他，她永远站在他那边，他尽可以放心，他可以依靠她，相信她的爱情，她的支持，她已聘请最好的律师替他辩护，几天之后他就会被释放，她知道他没有寄钱，资金的转账是在他不知道的情况下干的，在这方面他素来就非常小心，这是银行的陷害……但塞米马上打断她的说话，他松开她的双手，以庄重的声音说：“是我寄钱给了弗朗索瓦·雅雅乌依。”（他居然承认了，真可怖。）“你说什么？”他看见他的妻子惊恐的目光，她的眼皮在眨动，看见她的身体因紧张而抖动，有什么东西最终失去了，再不能恢复了。“你说什么？你刚才说什么？再说一遍！”“冷静点，请你冷静点，我给你解释。”“给我解释什么？”“你听我说。”她沉默了。她稍稍往后退了一步，离开玻璃窗，好像要在她和他之间保持一段安全的距离，好像她突然意识到她面对的是猛兽，她害怕了。“你还记得来我们家的那个人吗，他自我介绍说他的名字是弗朗索瓦·杜瓦尔，说是事务所的同事，”是的，她记得（她冷冷地说，好像她已经准备疏远他们的关系）。“这个人就是弗朗索瓦·雅雅乌依，他是我的同母异父兄弟，我从未对你提起过他，因为我不大认识他，当时我还很小，他到美国来，唯一的目的就是从我这儿弄到钱，他对我说，他一无所有，想继续学业，因此我就从银行转账，为了帮助他，我可怜他，你明白吗？我可怜他！”“你有个兄弟，可你对我只字不提？”“我几乎不认识他，我和他毫无共同之处，我已把他排除在我的生活之外了，提他，就是承认他是我的家人。他是个可怜虫，窝囊废，你想我能有别的态度吗？”“你每个月转账给一个你几乎不认识的人？你可以拒绝他呀，让他回家去就行了……”“不行，事情要复杂得多！我不得不让步，否则他会让我不得安生！”“他讹诈你？为什么？你有见不得人的事情？”

是的。

是把一切告诉她的时候了，他确信，既然她迟早会从警察那儿，从调查员那儿知道；是揭开谎言和欺骗的恶劣面纱的时候了；虽然这样做他很难堪很恐惧，但他豁出去了，向妻子说出了一切，开始他说得很快，他们会见的时间有限，在几分钟的时间里怎么说清楚生活当中最重要的事情？最后，他吐出实情：“我真正的名字是塞米，我母亲的名字是娜维尔，她还健在，我不是犹太人，我是穆斯林。”

说到这儿，发生了完全意料不到的事情，塞米完全没有考虑到的结果，他估计她听完他的陈述后会马上离开（也就是她站起来，一言不发，走出会客室）或她不理睬他一段时间，他在此期间设法重获她的信任，保住她，争取她的原谅，重新找回他的位置，这个被羡慕向往的、值得羡慕向往的位置，能使他重获他被夺去的一切：体面、尊重，——这些概念似乎已过时，但对于他这样的原本一无所有的人来说，能获得很大利益，因为体面和尊重使他充满自信，自豪，他出身于无权无势贫困无前途的家庭，父母都是头脑简单的穷人。是的，他很清醒地估计他说出真相后鲁斯的反应，但任何时候他都没想到他的妻子听完后反常的暴怒和疯狂的状态。她向会客室的玻璃窗扑过去，使劲地发疯似地决绝地拍打它，好像要砸碎玻璃，把他杀死。他从未见过这种状态下的她，她本是很有涵养的完美女人。此时警察来了，她的发作就几秒钟的时间，但已足够。她抬起头，透过血色条纹的有机玻璃，他的目光碰到了她的目光，他明白他们已经势不两立，形同水火。

16

接下来的几个小时，鲁斯沮丧消沉，她缩成一团，缄默无语，浑身发热，把自己关在丈夫的办公室里，和她在一起的还有皮埃尔·列维和丹斯坦，斯坦从列维的嘴里知道了塞米的真实身份——形势处于紧急危机状态。鲁斯心里非常清楚，她不愿再见他，她不再信任他，她要离开他，“你们去处理对付吧”。斯坦在列维的一再恳求下，打消了突然撤离、撒手不管的念头。他们商量对策，提出防卫措施，他们成了战略家，作战部长，互相通气。事态严重，刻不容缓，他们必须强大，团结一致，同心协力。皮埃尔说服鲁斯改变决定，劝她相信塞米的无辜，务必原谅他。“他不得不撒谎，他没有别的选择，如果他想工作，从事他的职业。你想象不到法国的种族歧视的严重性。美国的情况就不一样。法国的种族之间存在障碍，防线，歧视。它是政治、社会、选票主义的真正关键。在我们这儿，这是禁忌，麻烦的问题。我不说美国没碰到这问题，也碰到了，但没那么严重。在美国，为什么未来的律师不用通过口试就能进入律师学校，而在法国必须通过口试？很简单，因为在这里，你们先于我们提出歧视、种族不平等、以貌取人的轻罪等问题！在法国，一个出身马格里布的黑人学生，一个名字带犹太音或外国音的学生，口试时要被盘问，如果考试不及格，他会认为不及格的原因是他的出身，怀疑不平等——这是毒药。最糟糕的是他们的怀疑没错！我收到塞米的 CD 时，我记住他的才能，记住他是个犹太人，这些东西影响我的选择吗？也许影响。如果他向我承认他是马格里布人呢？我大概会聘用他，因为我常招聘来自各地出身不同的职员和合作人，我自己也不大确定，但他想到了这一招，他认为绕开种族问题，他更能成功。但他错了，其结果就是他用假身份骗人。他背叛，他撒谎，但我们怎么能恨他？假如我们处于与他一样的处境，我们会怎样行动？如果我被怀疑，社会对我竖起了障碍，侵犯了我最基本的对平等的要求，我想我也会像他那样做！我要向你们承认一些事情，由于疏漏，我也曾撒谎，由于害怕被损害，我也不说我是犹太人。”斯坦开玩笑说：“就你这个名字，要相信你是犹太人有点难……”“不错，但我也不要求。为了避免怀疑，可以把名字改为发音像犹太人的名字，而其实不是犹太人。”“这样的人很少。”“不错，但这也是可能的事。”

鲁斯面无表情，行动迟缓，像个被囚禁在冰窖里的人，内心冰冷，她平日保持的冷淡的态度，到了某种下意识的程度。如果她哭，她会晕倒。她的精神遭受重大打击。皮埃尔理解她的心情，如果他是她，他的状态也一样。发现爱人的另一副面孔，他会痛苦。她恨塞米，这很正常，人之常情，任何人的反应都是一样的。她发现她和一个自己完全不了解的人生活在一起，他们的情投意合原来是虚假的，她灰心，绝望。皮埃尔得知塞米的真实身份时心情也如此，当时他觉得自己被塞米背叛了。“我信任他，我千方百计成就他的成功，我做了他的父亲也许做不到的事，为什么他背叛我？我可以得出结论，他从未信任我，他骗我，不行，我们应该站在他人的立场上为他人着想。当一个人面临危险，要求发展，保存完整，保住自己，他有求生存的本能。”斯坦听皮埃尔发表看法，他不插话，然后跳起来，参与讨论，因为他脑子里有个问题要在鲁斯面前表达；他要确信塞米的清白才正式宣布作塞米的律师，作为犹太人，他不为伊斯兰运动拥护者辩护。列维一摆手，扫去他的担心。“在这方面，我们的意见是一样的。”“怎样才能相信他到这个地步？”“怀疑足够把他关起来，判他可怕的罪，而直觉、友谊的关系、信任应该足以说服我们，他是清白的，值得我们为他尽力，让他得到自由。”列维站起来，从口袋里拿出一封塞米写给妻子和孩子们的信，在信里他要求他们原谅他，这封长信很感人，语气沉重，催人泪下。塞米写信时哭了。皮埃尔把信递给鲁斯，要求她考虑，要求她收回成命。“塞米需要我们，我们不能坐视不管，看着他沉沦。他被他的兄弟坑惨了，他是清白的，我们要替他证明他的无辜。”

17

把塞米的真实身份告诉父亲拉姆·伯格，这是鲁斯要做的事。地点在能俯瞰曼哈顿全景的私人办公室——办公室很宽大，墙上挂着毕业文凭，全家的照片，或拉姆·伯格和世界各类人士的合照：总统、演员、重要人物。伯格的威信、影响、权力都可以在这面墙上看出来，它的橱窗——充满阳光的社会展览，办公室最注目的地方挂着鲁斯和她的孩子们的照片，是在他们家的游艇上拍的，在大海上。她快乐放松，脸带微笑，秀发随风飞扬，一抹阳光照在她的鼻子上，她身穿麻布衬衣。墙上没有一张塞米的照片，鲁斯为此失望，多次要求父亲挂一张真正的全家福照片，她说：“我又不是寡妇，又没离婚。”但父亲只是向她投来冷冷的目光，没有一点商量的余地。

鲁斯慢慢走着，脚下的高跟鞋，鞋跟是金属做的，尖得像钢管，戳着办公室的匈牙利花饰地板。才跨进门槛，她就不由不安起来，虽然她来之前服了镇定剂。她像幽灵般，脸因疲累而委顿，泪水从眼眶里滚落，紧张惊慌。她素来说不清父亲身上的什么东西给她的印象最深：他的仪容呢，威望呢，滔滔不绝不容你不洗耳恭听的说教，或者相反，他会真的表现得腼腆，有时装出腼腆，似乎害怕亲热的表露，表露出亲热就会置他于原告证人的位置，会要求他作出解释，为罪行负责那样。父女俩面对面，紧张对峙，拉姆·伯格明白发生了严重事件——是什么事呢？当天早上，他的女儿打电话给他，声音阴凄凄的，告知他她要“立即”和他谈谈。“不行，不能在电话里谈，非常严重，我就来。”她的父亲刚刚长途跋涉，从印度归来，对家里的事一无所知。女儿跨进门，他就迫不及待地追问：是她病了？她的孩子们病了？“不是，不是……”于是他放心了，松了一口气。他想，没什么东西要紧的了，但当鲁斯开口说话，明白她对他说的是什么事情，他知道此事非同小可，此事将给他们的生活带来多大的损害，会损害他的声誉，光这一个念头就使他惶恐。他大发雷霆，站起来，面对着玻璃橱窗中的自己，说道：“我不但不会为这个垃圾办事，你也别指望我会原谅他，会宽恕你！你要明白你嫁了一个接近伊斯兰运动的家伙！你孩子的父亲被人怀疑是恐怖分子！鲁斯，你把我们置于多么可怕的事件中啊！”鲁斯垂下眼睛，希望得到父亲的原谅。要不是为了得到父亲的同情，她为什么亲自来告诉父亲，她的丈夫被“错”关起来了，她本来可以让警察通知父亲的，她甚至可以不露面，拒绝做任何解释，可是不行啊，她明白她该做什么，没有父亲帮忙，她什么事也做不了，没有父亲，她输定了。伯格的权力，他的影响，他身上一切强烈吸引人之处、可恶之处，吸引塞米之处。这个人身上有一种专制力量，他在布鲁克林犹太区最贫困的环境中长大，母亲患哮喘病，父亲没有威信，很自然地他倾向于两重性：可爱，温和，迷人，狂妄自大，倨傲，可憎。他可以给你送鲜花，又可以六次取消约会，可以把你贬作废物，又可抬举你做他的数不清的公司中某一个公司的头头，一个给人好感的患性格障碍的人，违反常情的富有感情的人，鲁斯学会和这特别的个性妥协。她冒着风险和他说话，毫不躲避。

“他隐瞒了他的真实身份，他背叛了我，也许是这样……可他是个好父亲，好丈夫，他是清白的！”

拉姆·伯格向女儿转过身来，粗声大笑，这是他在激动及生气时惯有的表现。鲁斯仍坚持说：

“他没犯罪！他是被连累的！他的律师甚至认为他们的矛头指向你！”

“指向我？也许……可这也否认不了这个事实：你嫁了个穆斯林！我的女儿嫁给一个阿拉伯人！我的父亲该气得从坟墓里跳出来了！”

“他没做一件坏事！”

“你凭什么确认这个？你的丈夫被牵涉到国际性的恐怖主义事件中了！他突然向你承认他是穆斯林，他撒谎好几年，告诉我，他想隐瞒什么？哎呀，他找不到比我们家更安全的地方了！谁会怀疑拉姆·伯格的女婿？”

“你的意思就是说他娶我，唯一的目的就是找个藏身之地？”

“这是可能的！这些家伙什么事做不出来，为了达到他们的罪恶目的！你嫁了一个骗子，撒谎者！这就是悲剧所在！真正的悲剧！这桩婚事是个错误！相信我说的话，你无法补救的错误！这就足够你永远不要再见他，马上和他离婚！你有什么根据说他是无辜的？他们怀疑他参加了恐怖行动，你知道这意味着什么吗？你以为FBI要是没有掌握确凿的证据，如果不是铁证如山，他们会到家里来逮捕他？如果情况确实如此，他真的以这种方式或另一种方式——用金钱或信念——这点我不知道——帮助恐怖分子，你以为你可以继续支持他吗？你会和一个恐怖分子结婚吗？你做这事为了什么？为了爱情？盲目？正义感？你完全疯了，鲁斯！而这些家伙，正义，民主，人权，他们是不屑一顾的。这些家伙利用民主这个工具，改变民主的目的！目的就是要消灭我们！”

“他不可能做这样的事情。不可能。他先是种族歧视的牺牲品，然后又做了阴谋的牺牲品……”

“你完全受这个坏蛋的影响了！他什么牺牲品都不是！我才不管他是不是清白呢！他背叛了你，他骗了你，他让大家以为他是犹太人，这就足以把他当作犯罪分子，你为一个魔鬼辩护，他有可能的话会杀了犹太人。用枪顶着，心情好的时候。”

“你说的不是事实！”

“这是事实，你听不进去。你要我说出心里话吗？我确信他有罪，你被这个垃圾骗了，我也是。”

“你说的可是我的丈夫……”

“那又怎么样？你敢说你了解他吗？我要对你说：你根本不

了解他！问题就在这儿！你和他睡觉，他是你的孩子的父亲，但你一点都不了解他。”

“他中了别人的圈套！”

“圈套？此刻唯一中圈套的人是你，中了这个家伙的圈套，这个家伙活该坐一辈子牢房！相信我说的话，我不会设法让他走出牢房的。”

她不说话了，避开父亲的目光，独自坐在房间的角落里，打开窗，点燃一根香烟。“鲁斯，你的日子会很艰难，可怕。我素来支持你的选择，你知道我从未同意你们的婚姻，这个从法国来的家伙，他说他是孤儿，他没办法证明他的犹太籍，我就觉得不可思议，我可不高兴把我的独生女儿许配给他，然而我最后还是接受了他，为了你……可是……他的一切我都难以忍受。你想过吗？他是穆斯林，即使他真的无辜，被释放出来，他还是穆斯林，他要承担他是穆斯林这个事实。你真的以为他感觉是犹太人，就像什么事也没发生过，继续过以前的日子？不是的，他会变得爱记仇，不好惹，疯狂，因为他感觉他受了侮辱……你要这样的人做你孩子的父亲？你没有选择的余地了，鲁斯。他是有罪的也好，无辜的也好，离开他吧。如果你不离开他，你就别再见我，别再见我们的家人。”

18

调查员没费多少天时间就发现塞米伪造身份，他现有身份是骗人的。

“他是阿拉伯人，阿拉伯穆斯林。”

“曾代表两位战死在喀布尔的年轻美国士兵家庭的律师，他的兄弟刚被美国人在阿富汗山区逮捕！”

从这时起，警方对塞米加强了单独的关禁，探监的机会也受到限制。调查员的发现对他很不利，他成了犯罪分子——而且是不可饶恕的。他伪造身份、履历、出身——目的是什么？“如果一个穆斯林不认为做个犹太人享有很高的利益，他就不会伪造犹太人。”警长认为。他们的调查还不止这样，他们带着狗、带着问题、猜测、估计钻进事务所，翻搜文件，调查，询问办公室人员：“你们对这问题有什么看法，给我们谈谈他。”于是塞米的敌人蜂拥而至——他的“朋友”、他岳父的“朋友”，嫉妒他的同事，背叛他的客户，被抛弃的女人，被责骂过的职员，羡慕他的邻居，他们都来到警察面前讲呀，有关塞米的传闻轶事多的是，他们口沫横飞，滔滔不绝，讲钱啦，鸡毛蒜皮的事啦，就图嘴巴痛快，不管是不是糟践别人，咒骂人，叽叽喳喳。贝尔曼本人也亲自出马控告塞米，把一切抖搂出来，机会难得，有多详细讲多详细，讲女人，姑娘，未成年人，讲妓女，应召女郎一直到事务所的事；揭发塞米的信件飘到了检察官的办公桌上。“他家外有家，过着荒淫无耻的生活，他有个情妇，从法国弄来的，把她作为外室！他一夫二妻！而他还想别人赞同他的生活，要大家向他喝彩：太棒啦！至少他是个自由人！事实上，塔阿是个骗子，表里不一的伪君子，大家都司空见惯，不以为奇了。”“然而塞米应该知道，在我们美国，诚实是神圣的；家庭是神圣的，违背这两条原则，你就死定了。”鲁斯在报刊上读到了大家的揭发材料，真是灾难啊，耻辱啊，这是真的啊。“你看了报纸了吗？”是的，她看了。她是被欺骗的，被背叛的妻子，对丈夫的所作所为她看不见，也不想看，大家都在偷偷地看她的反应。她支持他吗？还是离开他？现在无论她走到什么地方，大家都不说话，一片肃静。饭馆不再给她留最好的桌子了；理发店也不再优先给她理发了，让她像个普通顾客那样，耐心地等吧；她的朋友们也不再打电话约她请她了，以后大家把她当作贱民了。在鲁斯聪明绝顶的脑子里尽是颓丧消沉的念头，怎么不在公众场合丢面子？她决定少出门少露面，她闭门不出，把自己关在家里，希望外界的沸沸扬扬可以稍稍安静些，但外界依然如故。她的父亲不愿和她说话，她的朋友们避之唯恐不及，她的邻居以她为耻，要她搬走。她对丈夫这个男人到底了解多少？她却对他一见钟情，这个法国律师，没有家庭，没有过去，这个她抓不住摸不透看不清的男人，就是在两人亲密缠绵的时候她也看不清他的真面目。他愿意对她说的话，或为了诱惑她捏造的骗她的话，她知道哪些是真的哪些是假的吗？这个男人有两个电话，其中一个她是动不得的，有时他很晚回家，有时甚至消失一两天没有消息，你若问他去哪儿，他就强词夺理，说他有他的自由，他的个性，他拒绝过保守的刻板的生活，这种生活扼杀本能和欲望，你对这种男人怎么想？和这样一个表里不一，真实的他与表现出来的他不一样的男人生活，会有什么前途？和一个坐牢的男人一起生活她有什么前途？这样的男人，她并不真的了解，她从来就把握不了他，拥有他。“一个危险的男人，”她的父亲说：“一颗定时炸弹。”她从他那儿得到了什么？他比别的男人有什么优越处？她拒绝了多少优秀的犹太男人，鲁迪·霍夫曼，本·温斯基，列尼·科汉，阿阿龙·埃皮斯坦，纳坦·曼德列斯堂——这些犹太青年和她在同样的环境里长大，学业优秀，和她一起情投意合，今天看看他们，他们全都成家立业，有了三四个孩子，他们的家庭生活幸福如意美满，她想，而我却不幸福。一个星期之后，她正式提出离婚，孩子归她一个人抚养。

19

当塞米得知他的妻子以后拒绝和他说话，他崩溃了。妮娜呢？他也想到她，非常想念她。她现在怎样了？他没替她付房租，房东大概把她赶走了。至于他的兄弟，他也没有消息。他甚至不知道他的母亲是否知道他被捕，被关在关塔那摩，他甚至不知道他会出什么事。早上他写了一封长信给他的孩子们，信中他给他们讲他的出身等真实的故事，他知道如果不给他们讲实情，他就不可能与他们有一点关系了。他要求斯坦把信转交给孩子们，替他捎一句话给鲁斯。

“我是娜维尔·雅雅乌依和阿布代尔卡代·塔阿的儿子……我出生于……我在伦敦生活过，然后在……区长大，……我攻读法律……

我找不到工作。种族歧视，我了解它……他把我当成了犹太人……我也许听之任之……我遗憾的是你们不认识我的母亲……也许有一天……这是极端的痛苦……只有和你们在一起我才觉得非常的幸福……

我担心说出实情会失去一切……我是那个他们希望我是……我是个没有身份的男人很久了……我想见你们……我爱你们……别评论我。"

然后他睡觉。身边放着一册双语（英语和阿拉伯语）《古兰经》，是审讯他的人给他的，他并没有向这个人要。他猜不出现在几点钟了，也不知道他睡了有多久，看守来叫醒他，对他说，会客室有个律师要见他。来人是皮埃尔·列维，正在会客室等他。塞米坐下来，双肩直往里缩，好像要把自己藏起来。

皮埃尔喃喃道："我知道你要对我说什么话了。"

"那么你为什么来？我听了你的话，我把一切都告诉了鲁斯，结果就是这样：剩下我一个人了，她的父亲要她离开我，她要求离婚，她不要我以后再和我的孩子有任何联系，……我失去了一切……"

"可是她最终都会知道一切的……"

"你知道什么？也许他们在……之前就放弃了控诉。"

"放弃控诉？你做梦！你只知道他们可以把你关在这里，在有限的时间内，他们不急着开庭打官司！"

听到这些话，塞米把脑袋埋在双手里，用手紧抓着脑袋，好像要把脑袋往玻璃窗上撞。

"对不起，这不是我想说的话，我只是要你明白，他们正在调查，在没弄清楚你的来历的时候不会放你，自从他们知道你是穆斯林，他们认为你是有罪的……”

“好吧，让他们找去吧，我没什么可责备自己的！”

“你相信我，我和斯坦会把你从这里弄出去，我们有理由相信你会释放的。”

“你说什么？我将在这儿完蛋，或者被移交到关塔那摩，我将被关在一个兔笼里，直待到末日到来，这一切都为了什么？”

“冷静点，我告诉你会有好消息的，他们没有控告你的证据，这只是时间问题……”

“可是，皮埃尔，我再也受不了啦！我是无辜的，我只不过把钱寄给了我的兄弟！鲁斯不相信我，她不想再见我……她不肯把孩子们的情况告诉我。她拒绝把他们的信交给我！”

“我知道……”

“可是我没犯罪啊！”

“问题不是那么简单……”

“你这话是什么意思？”

“在这里，从某种方式说，你是有罪的，你犯两重罪：因为你是阿拉伯穆斯林，你又极力隐瞒你的真实身份。”

“因为我是穆斯林，所以我有罪？”

“由于这几年美国遭受恐怖分子袭击的重创，在特定的背景下，你是有罪的，控告方就是要证明你有罪。”

“他们是种族主义者。”

“这是政治，种族问题是政治，瞧，在控告你兄弟的材料中，在‘完美恐怖主义指南’中，在本拉登的布道中，在教人制造炸弹的教科书中，都记下《古兰经》，不可想象吧，是不是？”

“教导我成长的伊斯兰教不是恐怖主义……我们和这些家伙有什么关系？我的兄弟怎么会成为传统主义者？发生了什么事使得这个头脑有点简单的、追女人和日常消费的家伙，这个说‘我爱纽约’、坐一小时公共交通车到最赶潮流的店铺，到篮球鞋大商场待两个小时，盯着1500美元的样板鞋——我向你发誓，我说的都是真的——出了什么事使他选择了成为拿武器的战斗者，恨美国，准备为安拉去死的人？”

“大概他被人灌输了什么思想呗……”

“可是他们凭什么把我关在监狱里？我和他没有半点关系……”

“真正的问题不是你汇了钱给弗朗索瓦，我不知道他们怎么证明你了解这些钱的目的，但你伪造身份，你是穆斯林，你却让大家以为你是犹太人，这在法官看来，这就是严重的情况。”

“不错，他们以为我就是这样的人！因为社会强迫我放弃了我的真实身份，我很惭愧，我否认了我的出身，我的经历，我父母的出身，你可以以为我……”

“你娶了拉姆·伯格的女儿——他是很坚定的犹太利益的捍卫者——你却在这方面撒了谎！”

“不错，我有罪，现在我干什么呢？”

“现在我叫你干什么你就干什么。”

20

当娜维尔得知她的两个儿子被关禁在美国，被牵连在一件国际性的恐怖主义事件中，他们可能要被终身监禁，她晕了过去，她的身体承受不了这样的打击——打击太大太重了，——就好像一个人摘掉了氧气面具，她泄了气，没有了维持生命的呼吸！

我不能呼吸了。

因为她很久没有动静，她的邻居甚为不安，打电话叫来救护车，把她救醒了。她承认，要是她有勇气她要跳进真空里去，她承受不了这么惨重的痛苦，宁可一死了之。救护车尖声吼叫，穿过城市，朝最近的医院奔驰，她感觉自己的肉体在飘呀飘，飞呀飞，被一股看不见的力量控制住了。

我想死。

醒来时她躺在床上，双臂垂贴着身躯，在一间粉红色墙壁的房间里。只有她一人，绝对的孤独。接到两个儿子被关押的通知时，她知道儿子们永远与她中断了联系，她感到了这种孤独，面对死神时她也感到了这种孤独。对的，不错，她就是个活死人。肉体还在，灵魂精神不在了，她内心的一切都崩溃了。就在她感觉往下坠落，血压下降，心律减速，动作不正常地缓慢时，她却决定打电话，联系弗朗索瓦·布鲁内，她多年没见他了，但她知道他的现状，她读政治杂志里有关他的所有文章，有时读大销量的大报，里面有他和女人、孩子和狗的照片，他在他妻子家的花园里——花园里长着千种花卉，他给来采访他的记者讲每个品种的名字，那些名字特具诗意，这个叫“十一时女士”，那种叫“鸟酒馆”。“有头发的风信子”，里面那棵叫做“有穗的婆婆纳”——他妻子的名字，他深情地念这个名字，其实他不喜欢这个名字，其实他从来都忍受不了他的妻子。所有这些花，都令手拿报纸的娜维尔做梦。她羡慕资产者的生活，羡慕他的头发光滑的妻子，他揽着她的双肩，对着摄影师，好像艺术家展示他的作品。她愿意处于他的妻子的位置上，在照片上，在他的怀抱中。她剪下所有有关他的文章，有时一读再读。他回答记者的话，她都能背下来。星期三下午电视转播议会辩论，她都见到他。当她在半圆会场见到他的影子，听到他当众发言，她就在内心想，我和这个男人做过爱。她想起他强烈的性欲，他没有强迫她，不，她喜欢在他的命令下做事，她喜欢他表面的冷淡，他发脾气时的冷静，他有意造成的距离，好像要提醒她，她不属于他的世界，你不能和他扯上关系。但他们在一起做爱时，他们更亲密，更接近，那是平时没有的亲密，和别的人不可能有的亲密。这就是当她听到他在电视上大谈法国的税务政策时想到的事情。

看完医生，她决定打电话找他，接电话的是他的秘书。“你找他有什么事？要谈什么问题？您是谁？”普通的选择程序。她一再坚持，甚至威胁。他终于按她留下的电话号码回电话给她了。他说：“喂，你想要什么？”他冷淡，这令她不舒服，他有工作，有文件要准备。最后他泼冷水说：“我没话和你说。”她说她在医院，他表示遗憾，但出于礼貌，他问她怎么住院了，她说：“弗朗索瓦坐牢了，我很痛苦。”听到坐牢这个字眼，布鲁内直流冷汗。他知道如果这件事传出去，他会失去什么，他知道在政治生涯中，一次不慎、哪怕是小小的不慎也会造成什么后果。这个儿子对他很不利，他不想知道这个儿子的任何消息。他把他的意思告诉娜维尔，她大发雷霆，大骂："你不明白……这事非常严重。弗朗索瓦改变宗教信仰，信了极端伊斯兰教，他在阿富汗被美国人逮捕了，他被关在关塔那摩。"听到这儿，布鲁内的世界崩塌了——这个被保护的资产者的世界，在这个世界里，人们低声说话，人们不抱怨。"这不可能。""可能，我和你说的是真的。"太迟了，布鲁内从不关心这个儿子，这不是他的问题，他不能为他做任何事情。"真的吗？"娜维尔第一次占主动地位，她选择进攻姿态。"如果他疯了，问题就出在你身上！因为你抛弃了他！因为他一直没有父亲！你应该帮助我！"布鲁内没反应，娜维尔继续说："你希望你的亲友从我的嘴里知道他的存在吗？这件事会在报纸里传出去，你会被这件事弄脏了自己。如果你不帮助我，我就把一切和盘托出。"

我来了。

他去了她那儿，他没有选择的余地。他必须和她谈谈，说服她，要她沉默，消失。两个小时之后，他来到医院的病房。娜维尔挣扎着化了化妆，穿好衣服；玫瑰色睡衣，在嘴唇上抹点口红，女为悦己者容，尽管出了事她还不忘这个。他进了房，不由想起他的儿子出生时的情景，当时他看见娜维尔把头发挽起在头顶盘了个髻，小家伙在摇篮里——活脱脱是他的翻版。二十五年之后，他重演这个片段。两个主角已经老了，孩子不在摇篮里却在监狱里。弗朗索瓦·布鲁内向娜维尔走过去，看见她俊俏的脸庞被痛苦扭成了团，他永远忘不了她的尖利的目光，突然他动了感情，重见这个他爱过的女人，他的心乱了，比他想象的还要慌乱，他想坐在她的床上，把她搂在怀里，安慰她，但他什么也没说，向她伸出软绵绵的手，告诉她他会协助她找位好律师，酬金和交通费、住宿费由他付，他能做的就是这些了。她哭起来了，求他帮帮她；他责备她，这是她的错，她没有好好教育儿子，把他教成了野人，没有道德的人，此时她盯着他，以平日没有的强硬态度，以坚决的口气命令他出去，他马上就出去了，低着脑袋。

娜维尔看着浴室里的镜子，她还是个漂亮的女人，她想："比弗朗索瓦的老婆漂亮。"她想，她本来可以过不同于现在的生活，比较刺激的生活，如果她不是任由她的儿子们奴役，被男人们奴役。她把一切都给了他们——但他们，他们做了什么？她先受父亲的压迫，然后是丈夫，后来又成了弗朗索瓦·布鲁内的、他们的儿子的女奴，她不去美国了，她再也不联系布鲁内了，平生第一回她想做个自由的女人。

21

怀疑、种族主义的判断说到底还是种族歧视，对于塞米这样的律师——声誉大大超越纽约的国家边界线，被尊敬、被赞誉、被害怕的律师来说，不仅仅不公平，还是难以忍受的，他在他的律师们面前暴跳如雷——他们陆续来到监狱的会客室，像兵法家一样——商量最好的对策——又像经过培训的心理学家，要安慰塞米因无辜关禁在小牢房里极易产生的慌乱——而塞米要听他们的劝解，和他们交谈，他感觉孤独、压抑、窒息，他的脑袋好像被夹在枷里——作战部长们向塞米解释说，美国向所有企图损害美国利益、西方和民主价值的人公开宣战了，他们认定你是个威胁，你明白吗？真正的威胁。他是个威胁？他是人间最没有攻击性、最不好斗的人，是那种把“吃饭的时候不谈宗教、不谈政治”这个格言作为规矩的人。不错，他也会在亲友、熟人面前任意表达自己的见解和观点，因为他们非常了解他，对他的桀骜不驯不以为意，理解他包容他，对此他有所体会，但今天，他出了事，他们要求他证明他发表过的观点是无罪的：他们要他解释为什么，有一天晚上，他批评萨尔曼·拉什迪，说他的名气只是来自于伊斯兰教教长霍梅尼对他下的追杀令，而不是靠他的书的文学价值，他应该待在家里而不是逃走躲避他“自找的危险”？他不是曾当着他岳父最亲近的合作人的面激烈地批评以色列的政治，造成家庭关系的紧张，他很难缓和的？他不是曾在斋月禁食吗？他不是当着两个法国同事进行“反美谩骂”吗？他不是报名参加“射击俱乐部”吗，是吧，目的是什么？他不是告诉事务所的合作人他想报名上飞行课程，要学驾驶飞机吗？不是有人看见他走进清真寺吗？9·11事件之后他不是对他的妻子说“你不觉得有个真正的反阿拉伯的种族主义”？还有“本拉登是CIA的创造”？不是有人看见他在曼哈顿的饭馆里，和美国—阿拉伯反歧视委员会主席在一起吗？在一次支持两名在街上被袭击的穆斯林牺牲者的示威游行上，他不是戴过一个胸牌，上面写着“伊斯兰教不是我们的敌人”吗？

但斯坦以职业律师的口吻对他解释说：“你的每个细节、每句话、每个行动都会被记下来作为攻击你的证据，因此你要回忆你过去说过的做过的一切事，让我们提前做好准备，才能驳倒对方的论证。”

“我在施坦威街吃了土耳其的烤肉串，是不是也算犯罪？”

“你想象不到他们会怎样谴责你。他们翻你的过去，搜查你的房子，询问所有你接近过的人，甚至你企图引诱过的女人！他们将千方百计地控告你！他们虐待你了吗？”

“你的意思是说，为了逼供他们给我上刑了吗？OK，心理压力、侮辱、刁难、骚扰、恫吓、讹诈、威胁算不算刑罚的形式？打耳光、最不舒服的环境、使人感到耻辱的待遇——我坚持用这个词，可以包括在刑罚的定义里？你想知道他们有没有打我吊我？不错他们没有打死我，也没有把我吊起来，我想他们很想这样做，但我一千次告诉他们，我是刑法律师，我知道我拥有什么权利，我准备不惜一切证明我的清白。大概他们不想起诉，即提交国际人权院。”

“好的，庭讯时，冷静点。”

一大早，塞米的手脚上了铐，被装甲车押解出去，他感觉自己是一头吃人的野兽，被人严密看管，从一家动物园运到另一家动物园，因为他会伤人，他被几个荷枪实弹的人押着，其中有几个很年轻，当他要求他们当中的一个（年龄最大的）给他松松绑，因为手铐铐得他的手脚很疼，他听见这个简单的答复：“不行，你是个危险人物。”走了一个小时的路程，他被推下来，低着头。他想要围巾包住脸吗？“不要，我不是见不得人的人，我没什么可自责的。”他说。他到了，摄影记者在那儿等着他，他们扛着照相机及其他器械，他们偷偷拍下他的样子准备卖到小报，记者们伸出摄像机就如伸出武器，对准他的嘴巴；吐出话来吧，他什么也不说，向前走着，下意识地眨着眼皮，被闪光灯照得看不见东西，他乖乖地执行律师们的劝告：别和报社说话，低调做人，即使有人质询你，纠缠你，挑衅你，你也要沉默。

他走进法庭，恐惧紧箍住他的心。他惊恐，疲乏不堪，所有人的目光射向他，他坐在被告席后面，烦闷地顿着脚，为他的不安打着拍子，脑子里想着这些问题：当四周的一切分解解体，他怎么平静？他怎么不发抖？他痛苦地感觉到他不时地挨着炸弹爆炸的碎片，他全身都痛，说不清痛苦的来源——他的身体就是伤口，巨大的口疮烧着他的舌头和他的牙龈，前臂已出现牛皮癣的皮片，痒得他没办法克制，水疱布满他的下唇，胃酸烧着他的食管——在牢里没人给他治疗。

他的律师——斯坦和他的一个最亲近的合作人来找他（皮埃尔·列维虽然毕业于纽约的律师学校，决定不辩护，因为他已多年没在美国干这个了），他们穿着暗色的西装，友好地向他致礼，在他旁边就坐。塞米低声对斯坦说："我就差患麻风病了。"并让他看他的嘴唇，布满手臂的发红的皮片。他们在耳边低声交换几句话——几乎听不见的，斯坦给他做手势叫他别说话。法官刚刚从暗门进入大厅，好像演员登台，大厅马上安静下来。法官是个很瘦的男人，五十岁左右，头发灰紫，他以保守和刻板著称。他坐在法庭中间的笨重沙发上，慢吞吞地以几乎听不见的声音重提事实，陈述主要罪状，塞米听着，感觉他说的是别人，一个把生活变成恐怖主义者的报仇，把努力集中在一个目的上：损害美国利益，杀死尽可能多的牺牲者。他记得他几年前参加过和未来律师的聚会，邀请他的主要发言者——在美国最享有盛名的大学教学的法律大教授——用画笔给他画了一幅肖像，对他颇加颂扬，一再赞他的修辞能力，交际手段和勇气。为了引全场听众发笑，他说这是个奇迹，一个法国律师必须将语言的夸张和美国刑法的复杂性结合起来，不久之前，好几百未来律师向他鼓掌，为他持续一个小时的演说，不用笔记不用准备，他们向“伟大的律师”致敬，而现在，对着法官，他感觉是个骗子，检察长站起来——一个皮肤白皙、五官纯净、穿着蓝棉套装的女人，朴素、古典，一个塞米可能会爱上的、有欲望的女人。

她给他下结论。

他有罪，因为他资助了恐怖活动。

他有罪，和一个改信极端伊斯兰教的法国人有联系，此人试图从事损害美国利益的活动。

她的发言时间很长，但塞米不再听下去，何必呢？为什么把精神集中在他自己也从事过的细节上呢？让他们不用他干预就阻止他的死亡好了，他第一次放松了自己，他想他的孩子们，他想妮娜，他以后能见到他们吗？他想，他在这儿，在法庭上，在被告席上，他过去的辩护词可是作为样本记下来的。

她结束了她的发言，坐下来，小心不露出她的腿。法官清清喉咙，用目光扫了一下大厅，塞米发抖了，他真的发抖了，他看见他的手指在颤抖，这现象突然使他反感，他反感他被当作战犯对待，被当作贱民，恐怖分子，他大叫：“我是清白的！”

斯坦马上抓住他的手臂，要求他谨慎行事，法官盯着他，以沙哑的声音命令他住嘴，否则他就是咆哮公堂侮辱法官。塞米没答话，但不转开目光，不低头，法官站起来，退到隔壁房间，然后才发言。这段时间在塞米看来好像永恒一样长久。然后法官回来了，塞米闭眼，当他睁开眼睛，他看到法官毫无表情的脸，尖利的目光转向他，目光中充满蔑视和狂怒。

“我要求维持对塞缪尔·塔阿的拘押监禁。”

22

第二天，戴着手铐的塞米的照片出现在法国日报的杂闻版上，占了整整一个版面，塞米的头像在中央，目光在画面最注目的中心；大家看到他忧伤的表情。照片有点模糊，但也看得出塞米回避的目光，双手反剪在后面，被两个荷枪的动作粗蛮的彪形大汉押着；旁边是铁栏后面聚集的人群，好像在吼着什么。他们当中的一个，是个女人，脸孔很有特点，手举着广告牌，上面写着：敌人在我们当中。塞米脸容消瘦，背驼着，这是一个穷途末路的被击垮的男人，似乎急着往法庭门口走，以躲过人群的谴责和唾骂。他不再是傲慢的“好孩子”，做作的居高临下的女人迷，甚至不是塞缪尔认识的大学生。这个说话像机关枪的爱开玩笑的家伙，衬衣敞开，露出晒黑的胸部；这个牛皮大王，某种阳刚的化身。从画面上看，这是个衰弱的、被制服的男人，甚至在病中。紫色的眼圈圈住了看见恐怖的眼睛。他完了。他没有东山再起的、蹦跶的运气了。经过这一次挫折，他怎么找回被捕前的地位？经过这事，他怎么重新成为受尊敬的、有影响的、只要出现就看得出这是个有能力的重要的人物？经过这事，他怎样重新享受家庭的快乐，和朋友一起运动的乐趣，读书读报的乐趣，去看电影的快乐，所有这些日常的微不足道的行为，他去做的时候都会感觉非常的疲乏，感觉再不能幸福，这事留下了心灵的创伤、身体上的摧残——心已破碎，不吃安定药他不再能走出精神的牢狱。

塞缪尔得知这个消息时正在布里斯托酒吧，坐在酒吧给他保留的绒沙发上，这儿离噪音、没出名的人群稍远。他喜欢与人在此约会，每天来这儿消磨时间，当年妮娜和他就是在这儿重会塞米的。按他的要求，这地方布置得豪华高档，灯光柔和，营造亲密温馨的气氛。有时他会订房间住上一两夜。他总是提早一点到达，叫点喝的，饶有兴味地从远处看他的空桌子，想着它为他而保留，好几个顾客遭到拒绝，因为他是受到特别优待的客人。现在轮到他位于那些曾高于他的人的位置上了，这是高兴的事，他也和他们一样发号施令了；塞缪尔衣冠楚楚，享有新的权力，感觉自己在扮演塞米春风得意时曾扮演过的角色、酒吧的重要常客的角色，他懂得利用到极致。

塞缪尔坐下来，一位服务员马上过来，问他需要点什么饮料。他要酒，一直要的都是酒。他喝得没从前那么多，他懂得节制，但好酒他是抗拒不了的，每次他都严苛测试他要喝的酒，严苛得有点病态。那天晚上，他等一位瑞士记者，和他谈有关一家大文学杂志的事。他示意女服务员给他拿一份报纸过来，他翻了翻两份日报，他习惯倒过来看，从尾看起——很久以前他阅读父亲给他的希伯来文的文章就是从右到左看的——突然，在第二页还是第三页，他认出塞米的照片。他的第一个反应就是把手放到额头上，好像试试是否从噩梦中醒来，他一连说了几句“这怎么可能，这怎么可能”。然而没错，就是他，塞米，在他的照片上面写着以下的题目：一位法国——美国律师的沉沦。再下面写着这样的话：他被怀疑参与恐怖主义的事业。

塞缪尔花了很长时间细看照片，塞米忧伤沉痛的目光把他吓呆了，然后他匆忙浏览文章，他想知道——快点知道出了什么事。他把文章一行行地读完，放下报纸，他震惊，极大的震惊。他好像进入了漩涡区。他马上想到了妮娜，在这悲惨的时候她的情况怎么样了。她在塞米身边吗？公开露面吗？她以后是不是要过独立的生活了？他不知道她是否一直和塞米保持联系。看到报上的文章后，他唯一牵挂的是和妮娜谈谈，他很久没听到她的声音了，他尊重她的不再见他的愿望。他激动，把她名字的字母打在他电话的目录上，他发抖，等拨号音，打电话到国外时，回音总是怪怪的，表明之间的远距离，等了也不久，他听见金属般的声音向他指出，对方的线路不在服务区。妮娜大概换了电话号码，他本人不也换了吗，他想，因为他再也受不了以前他做社会教育者时认识的人的电话骚扰，他们向他求助，要钱，要献辞。他挂上电话，又拿起报纸，再读文章，他一刻也不相信塞米与恐怖活动有关系，他相信这只是财务出了问题，银行账号出了问题，最多也就是非法交易的问题，事情办砸了，恶化了。塞米把妮娜弄到纽约，这就更能说明他不可能参与恐怖活动，如果他果真参与恐怖活动，他可以跑跑巴黎，时常与妮娜聚会就行了。妮娜不在纽约，他不用担心被她发现他从事恐怖活动。他在巴黎没有熟人，就可以肆无忌惮地过他的家外有家的生活，不会被别人发现。他怎会把旧情人安置在他的家旁边，和他生活在一起，冒着被揭发的风险，导致免职、酿成不可收拾的局面。他要求妮娜跟随他到纽约，因为他感觉自己无懈可击，没把柄给别人抓住，无所畏惧，不会连累妮娜，目前并没有危险事件。他和情人同居只说明他的放荡，声誉会受影响而已。但是，为什么他们控告塞米与伊斯兰恐怖主义有关系呢？塞米是个温和的穆斯林，不喜欢暴露自己的信仰与身份的东方人的儿子，就如某些犹太人那样，他们只求建立人道主义的团体，甚而至于把他们的姓氏法语化，以减少身份对他们的压力。塞缪尔无法想象塞米会变成为信仰而奋斗的、不怕牺牲的、要推翻一个与他有共同价值直至最使人堕落的价值的世界！他喝酒，他爱女人，他爱美国！他怎么可能掉落得如此厉害！他困惑，他也很难安宁。他想象妮娜的反应。她会觉得她选错了对象？她后悔吗？他常想，她是否知道他出版了书，他的书获得了很大的成功？他不敢把他的书寄到塞米的律师事务所去，然而他有这个念头，他觉得他失去的太多了。

他拿着报纸，又读了文章，还有塞米的照片，许多人被记者采访过。他惊奇记者怎么不来采访他塞缪尔；他们采访了所有人，塞米的老朋友、合作人、邻居，他们都做了评论，有力地描绘了许多细节，（这些细节不恰当，有时甚至出于想象！）

他们认识的这个人是："天才的投机者，为了成功可以不择手段！""这个穆斯林和他的身份一直有问题！""这个不正常的诱奸者！""这个出色的大学生，很有心计，可以在课后和教授谈上一个小时，为了哄骗他们，从他们那儿获得之前的大学生得不到的信任和尊重。"一位自称很了解塞米的、蒙特佩里尔大学的法学教授的评论是，塞米是"纸的飘落"，他就莫里斯·巴赫的文章进行发挥，用扼要的句子概括塞米的特点："年轻，非常的敏感，受过屈辱，他已经成熟，可以实现他的野心。"

23

在戴高乐机场迷宫般的走廊里，妮娜独自一人在徘徊，因不安额头渗出汗珠，她手提小行李箱，口袋里装了几张破钞票，生活必不可少的，经过海关，她崩溃了；肯定的是，她刚失去了一切。她羡慕那些笑眯眯的乘客们，他们的朋友正在玻璃门后面等他们，玻璃上面沾有手指印痕。他们像不耐烦地等父母的孩子般兴奋——感情的卸去使他们激动，却使她如盐雕像一样僵硬。别转身了，忘了纽约，忘了塞米，忘了和他一起的生活。忘了这场事故，她头一回对人们看她的目光有不好的印象，他们看她不是因为她美而是诧异她的孤独。她想起她常去的纽约运动俱乐部的一个客户说的话："到了某个年龄，只有爬到高高的脚手架上的工人才会对你吹口哨。"不得不吸引人的义务改变了她，她这个机灵而有点拘束的女子，像布娃娃一样去取悦人，听从男人的命令。她在无亲无故的法国能找到工作吗？她有运气摆脱困境吗？她怎样说明她的停止活动和突然归来？她开了她的公司，大品牌一定代替了它，其他比她年轻的女孩以后必须扮演理想家庭母亲的角色——为成千上万希望完美的家庭妇女服务。一年前，她匆忙离开巴黎，不辞而别，也没通知她的雇主，没有遵守合同的要求，这合同关系到她下一次与家乐福组织的广告公司的续约。她用尽了个人银行的账号里的钱，好几百欧元，不超过这个数字，也没通知她的银行，这样一来，在她离开巴黎期间，她的账号被冻结，也许被扔在法国银行，由于了解不多，她忽视与他们联系，没有解释就放弃了它们。——现在她怎么可以打电话给他们？而且还有那些约会，她没有取消，她没有再打电话的人们，她没有做任何说明就逃避的责任，她像个贼似的走掉，以为她永远不会回法国了，现在她回国了，没有一点牵挂。

越过玻璃门，她想起塞米到纽约机场接她的情景，她化了妆，洒了香水，换了睡衣，她容光焕发地出现，自豪地前行，身体柔软，浓密的长发乌光闪闪——一副诱惑者的姿态。现在她只是个目光暗淡的女人，正犹豫不决是搭轻铁呢还是打的。公共交通工具更好，没那么贵，最多一个小时她要到塞缪尔家去，她要看看他的反应如何。她试图压服许多不快的念头，但它们太强烈了，它们像穿孔机一样，穿过一切，穿过露在外面的皮肉。她穿过装饰着广告牌的长长的走廊，广告牌写着“巴黎到纽约，双程票价大降价”，见鬼去吧！——种种愁绪郁闷愤激越堆越浓，阻塞堵住她的胸腔，她坐在轻轨的板凳上，它们涌上来了，涌到喉咙口了，咔嚓，她的痛苦漫延了，决堤了，四处奔流，像上涨的河水，淹没了一切，覆盖了她的世界。“你还好吧？女士？”一个带着浓重的东欧口音的乐师问她。不好，不好，很不好，非常不好，她来到月台上，她跑，她的双脚好像在滑行，好像穿了溜冰鞋——出去，呼吸，快点。

地狱。

外面，风扫着天上一大块乌云，就像堆积了许多黑色的念头，预示着即将来临的暴风雨。妮娜来到巴士车站，在闪电划过乌黑的天空、一声炸雷暴响的时候，她终于上了车，还好，她有躲避之处了。躲避什么？现在，她躲避前后的对比。她悔恨。她知道塞缪尔不会张开双臂迎接她，他已经忘了一切。他会让她认输，叫她和以前的她相比，你这个没脑子的女人，自私的女人，疯子，因为你和我在一起的时候你就是这样：一头破坏、捣碎、击碎东西的畜牲，她认了。她去纽约干什么？她成了什么东西？成了满足男人性欲的女人，就为了男人的目光而生存，她第一次想到她自己，她恨塞米，尽管他现在陷入不幸的事件中，她恨他没有帮助她，让她在纽约过独立的生活，当她抛弃了一切，献出了一切去找他，他却想要离开她，她是多么的失败啊。

十分钟的时间她就到了，到了耸立的塔的脚下。她忘记了这布满灰尘的混凝土构成的大块头，它嵌入这幅暗淡的风景画中，光透不进来，阳光被弹到别处，因为它的正面是玻璃的大厦；离这儿几公里远，工业区的中心。进了大楼，她宁可不分析她的感觉，她掩盖这个念头，“我经过长旅途回家了”，她把钥匙插进锁孔中，要打开她和塞缪尔一起住过的套房，门开了，门后一片黑暗，她走进去，按开关，突然听到一声尖叫，清楚地看到一个女人的身影，从走廊里面出来，然后是一个瘦男人，目光是黑色的，凶巴巴的，向她走过来，他举起手要袭击她。她冷冷问："你们是谁？"男人回答她，操的是外国口音。房子给一对中国夫妇和他们的孩子占了，孩子们又叫又笑，好像在演戏。他们听不懂她说的话："你们住在我家！你们住在我的房间！塞缪尔在哪儿？他在哪儿？"（他们用他们的语言说："这个女疯子要什么？你认识她吗？她说什么？把她赶出去！"）"谁让你们住在这儿的！塞缪尔留下电话号码了吗？我听不懂你们说什么！"（"我听不懂她说什么，叫看门的来！她会告诉我们这个女疯子要什么，快去，她看上去很危险。"）五分钟之后，看门人来了——是一个六十岁左右的亚洲妇女——她有点不快，不高兴她看电视片的时候被打扰，她用法语和中文向他们解释，一个月前塞缪尔·巴隆离开这个房间，不，她不知道去哪儿找他，他走了，我很抱歉……你的衣物？我一点也不知道，他一句话也没说就走了，连道别的话都没有。话说完了，每个人都回去了。妮娜又一个人待在本区的土堤上，快晚上八点了，天快黑下来了，她没地方可以睡觉，口袋里只有几百欧元，要用它们维持一个星期的生活，不能维持多一天了。可怕。

24

作家以为找到了或决定了一个主题的时候，会为新的发现激动振奋，然后对自己提出问题：怎样处理它？以什么形式去写？抱着怎样的希望？用什么方法去写？要取得怎样的效果？这些问题——在他已不希望的成功不久——塞缪尔以新的紧张向自己提出这些问题，四面来的压力已经加强：现在你写什么？你有什么工作计划？你又重新开始工作了吗？什么时候完工？能不能给我们谈谈你下一本书的主题？他认为一本书还在写着的时候就谈论它，这本书就写不好，哪怕展示一个环节，你就剥夺了它了。什么地方出现了裂纹，就再不能修补。写作的力量就是它脱离社会、它的秘密所在。被广告、通知、正式化的揭示，它就成了社会的东西，迟早会被仇恨。塞缪尔还没想第二部作品，他太忙于第一本的推销，现在有则杂闻出现，材料丰富又新鲜，可以无所顾忌地随意利用，主题现成，他一点不用寻找，此刻，把一个朋友、一个活人做主角，写一个故事在他没有半点困难，写作就是表现，他一直认为文学不负有以下的使命：合法，只求实利，道德说教，如果它追求纯净、干净、没有污迹，它就完了。

从第二天起，塞缪尔和塞米的律师取得联系，他告诉他们他可以帮助他们，他是塞米最亲近的朋友之一，他比任何人都要了解他。关于塞米的品德，他是最好的证人。在塞米最需要的时候突然出现的帮助，对于斯坦和列维真是运气，他们马上问他是否可以来纽约，费用由他们支付。斯坦不认识这位自称“法国作家、塞米·塔阿的最亲近的朋友”，但列维知道，列维对塞缪尔赞不绝口，“我读过也很喜欢他的书，在法国大家常谈论他，他可以在日报里搞论坛，会引起一定的震动”；但塞缪尔提出一个条件：他想在狱中见塞米，向他提几个问题，收集他讲述的事实。他们说，他们不可能答应他，因为他们的客户经常被控制，“自从当局知道他是穆斯林，差不多不能见他了”。然而两天之后，他们成功替他得到了这个会见的机会。直到此时为止，除了鲁斯和他们，没有人有权和塞米谈话——而且大部分发生在警察发现塞米的真实身份之前。斯坦和列维解释说，法官对塞缪尔的作家的资格很敏感，他们大概不希望他们损害个人自由的事在这儿或那儿被揭露，在全世界宣传的论坛，把美国的司法制度看作恶魔，他们知道塞缪尔完全可以找红十字会的法国代表团，通过人道主义的通道介入；在他之前已有人做这样的事了。因此他们给了他通行证。塞缪尔的出发被安排在当天。至于塞米的欺骗和猎色，当然问题不小，利用杂闻，不忘现实主义的手法。他甚至没有考虑他该说什么话不该说什么话，塞米是无辜的还是有罪的，对于他来说，还没有塞米的材料重要——他所有的情况、一系列的事实，关于这个故事可以写一本书，包含大主题，他觉得他有的是创作方法。他有没有想到把此事公布于众会不会给塞米造成不良的结果？损害的严重性不是他的问题。作家不是“善良的家庭父亲”，他无需小心行事，他无需顾虑他可能造成的损失。要讲道德？什么道德？他和出版商有过短暂的交谈，他谈了塞米的沉浮升降，他说此事因为他心乱，他怀疑写这样的书是否适时。也许因为他出于怜悯，他讲完后，他问出版商对这个可怕的故事有何想法。出版商微笑，语调平淡地说：“你知道弗朗西斯·斯科特·基·菲茨杰拉德说的话吗？‘一个作家不放过任何东西。’”

塞缪尔没有放过任何东西，他把报上发表过的有关“塔阿事件”的所有文章收集起来，对它们加以注释，补充完全，估计塞米可能对他提出的问题，他把所有资料放在一个有盖的灰色大袋里。

在飞往纽约的飞机里，他还在思念妮娜，作了许多可能的假设，梦想在纽约见到她，把她领回法国。他对自己说，他去纽约为的是写一本书，但他知道这话是假的，他去纽约为的是她，为了找到她，重新获得她。

他在下午到达纽约，在卡莱尔饭店订了房间，与塞米的会面时间是后天，因此他有二十四小时去会见塞米的律师，获得最多的资料。他们同意回答他的所有问题，他们相信，大西洋彼岸对事件的干预对美国有正面影响，他们不忽视一个作家的声音——况且这个作家是名作家——对公共议论和法国政治权力的影响，他们知道塞米是无辜的，但要顾及反恐法官的良好愿望，对此他们不能做任何事情。

“如果你在法国讲述这儿发生的事，也许事件会朝对我们有利的方向变化。”斯坦说。

“一个法国——美国律师因莫须有的罪行被拘留监禁。”列维接着说道。

“我会尽我的一切能力帮助他。”

塞缪尔记了笔记，快告辞的时候，他鼓起勇气问他们是否知道塔阿的生活中还有一个女人，这个女人非常了解他，也许她掌握塞米的情况。斯坦耸耸肩膀，列维却说：

“有的，他的生活中有个女人，她并不知道他的事，塞米的合作人告诉我，出事后她回法国了，她在这儿会严重影响我们的辩护。”

“她也许可以给你们透露一些情报呢。”

“我们也考虑过，我们的结论是她的话只能更加损害他，叫她来这儿对我们不利。”

“你们有办法找到她吗？”塞缪尔的声调透露出不安。

“没有，一点办法也没有。”

当天下午，塞缪尔要见塞米了，他挑了一套漂亮的灰羊毛西装，一件非常精致的白色棉布衬衣，衬衣上的纽扣钉了螺钿纽扣。挑领带时他犹豫好一会，最后挑了一条黑色的。他去旅馆看门人给他推荐的理发师那儿认真地理了发。他的准备工作如此认真刻意，里面包含有不良的动机，他好像准备登台的演员，怀着他不肯承认的目的，就是要把他爱的、妒忌的、蔑视的人置于死地，这样的竞争在人生的某个年龄、某个必须放松压力的时候还会玩玩，好像除了力量的对比就没有任何东西可以对比了。而两个当中的一个已经趴在地下，大概这就是另一个发动攻击的最佳时刻。

25

塞米从来就不相信社会关系的平衡：世界的运作是通过错综复杂的影响网、增补新成员、交换服务、权力的获得进行的——常常通过加强补充联系的各种方法：甚至性取向或宗教取向，社会的归属或人种归属，友谊的或性的串通（他认为，性的串通最有力，能获得最多的特许权，获得对方，他富有这方面的经验，他的某些猎获物就出现在帮助他的律师旁边）。这不公平吗？大概是吧，但很久以前他就明白不公平是永远得不到补救的，可以揭发它们啊，对，为什么不呢？但他做不到，因为成为律师之后，他不愿意站在败方那一边。他撒谎，他完全没料到塞缪尔要来帮助他，这位“超级英雄”千里迢迢从法国赶来，拯救他，挽救他的声誉，而塞米只会损害他，抢他的重要东西——他能希望塞缪尔做什么呢，除了攻击他？塞缪尔如今被称为“伟大的法国作家”，表示希望见见他，要写文章引起法国公共议论对他的被监禁的注意，这是官方的说法，塞米对他的律师说：“说老实话，我曾经破坏了他的生活，以满足我的生活，我能对这样的人抱什么希望？你们告诉我他写了一本很成功的书，对于他来说这是大好事，你们又说他想给我做证人……我利用他的家史和经历做了我的自传，他也知道这回事！我盗用了他的名字！我曾两次夺去他的爱人，而且每一次都夺到了手！在这种情况下，他还愿帮助我？我一点也不相信。我甚至不愿落入陷阱！”

斯坦问道：“如果他不是为了帮助你出狱，他来这儿干什么？为了报仇？”

“不是的，太幼稚了。”

“想要污辱你？”

“也许。”

“得了……他千里迢迢到这儿来就为了看你倒霉、幸灾乐祸？他只要打开电脑就看到了，而且快得多。不是的，我想他是真诚的，你们以前是朋友，是吧？”

“你说的是过去？不错，我们像兄弟，但那是二十年前的事了。”

塞米要求他的律师给他弄一本塞缪尔写的小说，他希望读读它然后才答复。他要了解这本给塞缪尔带来名气的书，而塞缪尔在此之前都没有出版过一本书，一直默默无闻。皮埃尔马上把书拿给他，他把书拿到手里之后就没放下来，忘了吃饭，不再出去，不愿洗澡。书是献给妮娜的，这是这本书唯一真诚的东西。作者试图忠于事实，但书中所云并非真实，而是对读者可恶的愚弄，其欺骗程度即使塞米本人——谎言的成功制造者——也望尘莫及。因为这本使塞缪尔成名的书没一处真实，只字不提他为了逼使妮娜重回怀抱而企图自杀的事，只字不提他的父母和他之间的紧张关系，他不与父母说话，躲避父母等。书中描绘的父子亲情何等感人，他写的是被父母抛弃的子女的故事：他被亲母抛弃，被养父母抛弃，被他所爱的女人抛弃，被他最好的朋友抛弃，被社会抛弃……他是赎罪的牺牲品，书中的叙述足令铁石人心酸泪下，通篇都是捏造——最可怕之处，他的父母并非死于车祸而是双双自杀；他只字不提他的亲母，而她才是自杀的；他只字不提他本人的懦弱、他的讹诈、他的威胁。塞米想，塞缪尔的企图就是，用他的遮盖旧衣的外衣——写在混凝纸上的词句去感动人——而他成功了！用写作去骗人。用语言毒害人。他明白塞缪尔来纽约的真正目的了。

听完塞米的保留意见后，斯坦说：“你见见他也无妨啊。”

“他来了，他要见我，他要听我的陈述，然后他回法国，把他的见闻写成一本书，使他的成功更上一层楼。我知道一个人为了保住他用辛劳、狡计、放弃原则获得的成果或获得的假幸福会做什么事——这种假幸福一旦尝过了就少不了，你要我和这样的人合作吗？”

“你只考虑你的利益就是了……他应允在法国为你辩护，他会做到的。”

塞米机械地点点头。

斯坦继续说：“而且成为一本书的主人公也是高兴的事，是不是？有时你会成为偶像呢，你读过杜鲁门·卡波特（Truman Capote）[①]的《冷血》吗？”

塞米读过这本书，也喜欢这本书，但塞缪尔写的书不同。

“这本书写的是我的生活。”

26

妮娜在靠近巴士底狱广场的小旅馆里租了一个小房间，她可以做什么呢？塞缪尔下落不明，她毫无办法找到他，他的电话号码也换了。塞米在监狱里，她没有家庭——她的父亲三年前去世了，她一直见不到她的母亲——没有朋友——她的美貌惹人妒忌，都与她疏远了——她一无所有，被她的爱情坑苦了。她突然明白在这样的困境下她很难生存了，没有工作，没有住房，没有金钱。她在任何时候——甚至在心境最坏的时候，都

① 1924—1984，美国作家。

没有想到她的生活会落到如此悲惨的地步。她考虑过与男人中断关系，但没想过被他们抛弃。

她挣扎，她试图通过电话本和邻居找到塞缪尔的下落，她就是从没想到在网上寻找——她怎么能想到他成了名作家？而且她也害怕上网点了塞米的名字时，看到他一败涂地的消息。她到超市收集顾客放在那儿的小广告，打了几个电话，只收到一个回电，约她，但约会最终取消了；和一个顾客谈看管小孩的工作，最终也遭到拒绝，说她缺乏经验。在一家不动产办事处，她想租一间工作室，但她没有担保；不行，对不起，我们没办法帮你的忙，等你有了工作，有了几张工钱卡、担保等等，你再来吧。她联系以前的代理人，希望还能为一种商品拍几张照片，她打了十次、十五次电话，都找不到他，他不在、他去外地了、他出门了、他在开会、正在打电话，最后，有一天早上，他回她的电话说："你没有遵守你上一次的合同！你像个贼似的溜走了，也不担心造成什么后果，你现在突然出现，你想找到你走之前的位置？你做梦吧，妮娜？"电话线的另一头只有沉默。然后他又说："总之，我再也没有什么介绍给你了。"这个答复终于伤害了她。她身无分文，没钱付房租，在几个星期的时间里，一切变化得太快，她流落街头。

27

塞缪尔劝自己，切莫过于多愁善感，我来这儿为的是写作，写感动人的作品。可是当他到了关押塞米的监狱这恐怖的地方时，他的心抽紧了，很压抑。监狱是混凝土结构，上面布满了铁刺，有人告诉他，这儿关押的都是美国最危险的犯人。穿过灰色金属的长廊，他想，为什么对过去的回忆不请自来？他极力克制纠结不清的紧箍着他的心的不安、忧郁、思乡、晦气感。走进塞米正在等他的会客室，他忘了他要写书的愿望，没有掏出笔记本，只是久久地看着他的朋友，一只手扶着玻璃窗。形销骨立的塞米那可怖的形象把他吓呆了；塞米脸色惨淡，头发脱落，嘴巴哆嗦，欲言难言，张口结舌，好像刚刚患过脑震荡，极力寻找该用的字眼，真是生活中的悲剧。不幸和意外事故真能彻底改变一个人。当塞缪尔的目光和塞米的目光相遇时，塞缪尔明白他写不了书。塞米坐下来，烦躁地扭绞着双手。他们隔着一层玻璃窗，塞米的声音听起来就像窒息了一般。

“你来这儿干什么？你是来看我这副惨状的吧？”

塞米说话时，觉得双腿很痛，他做了个鬼脸，弯下身体，按摩被铁链铐住的脚踝，一面轻微地呻吟。

塞缪尔问他：“你感觉怎样？”

“好得很哪，精力充沛！”塞米喊，一面站起来，“看看我，我是世界上最幸福的人！你看我不是容光焕发吗？”

“对不起……”

“你对不起我？为什么？我出了事，可与你无关！我一个人被关在这地狱里！像你这样的人不会二十四小时蹲在这样的鬼地方！你为什么来这儿？”

“为了给你做证人。”

塞米叹口气。

“是吗？你要对法官说我是道德的模范？道德高尚的人？贤夫良父？忠实的朋友？我是好色的登徒子，对于我来说，道德没什么意义，除了在职业方面——我是讲职业道德的，我是无可指责的，至于其他方面，我是个不回家的偷情丈夫，说谎的父亲，作为朋友，我毫不犹豫就背叛了你，我母亲还要骂我是坏穆斯林……最糟糕的是，我丝毫不觉得我是罪人！毫无觉悟！因此，你告诉我你能对法官说什么，怎么说服他们？我个人的犯罪记录已写得满满的了。而且……我不相信你会歉疚。总的来说，一个人不会对别人有歉疚感，我的意思是说，面对别人的痛苦，人偶然会有点同情心，但绝不影响他自己的幸福感……”

“我来是为了了解情况，看看我能为你做什么。”

“你来是为了表示你心肠好，人一辈子都求这个，想着自己是个好人，良心过得去就能安稳睡大觉。从这方面说，不管他做什么，良心还是过不去……”

“我没有这方面的想法。”

“你和别人一样，有这样的想法！你长途跋涉，为了向我证明你不恨我，你，高人一等，其实你应该为我对你做的事恨我，你恨我，想看到我倒霉，一蹶不振！你就认了吧，在你的内心，你就希望我倒霉，我倒霉了你才兴奋，你看着我，你想：他跌得够惨的了……你甚至想：真是恶有恶报，天有眼，报应不爽……妮娜回法国了，他再见不到她了，她又自由了……你就盼这个，是吧？”

“我没有她的一点消息……”

“你应当想尽办法找到她！找她吧！她一定孤身一人在法国，没有钱……想起这个我真要发疯！我不懂得保护她……”

“我不用为她担心，她是强人。”

“强人？现在她肯定孤独无助！把她找回来！”

“我为什么要找她？”

“因为我求你找她，我失去了一切，而你可怜我，你可怜我，是不是？”

“你不会要任何人怜悯的。”

从他们见面起塞米第一次笑了。

“你想我怎么知道她在哪儿？”

“你找她啊，你有办法找到她的。我不知道……你动用你所有的关系呗。我相信你以后会成为大众瞩目的中心……我了解这个……”

塞缪尔有点不好意思，他把目光移开。他们好久没说话。

“你的律师告诉你，你很有可能出狱。”

“就我的律师付出的代价，他们有权乐观。”

“他们说找不到对你不利的证据，因此不会把你押到关塔那摩去……”

“为什么你以为关在这儿就好些？这儿是地狱！而且我是受到优待的，他们把我一个人关在这儿，我就不用和那些歹徒帮住在一起，如果你看见他们……他们拉帮结派，成天斗殴……”

“你很快就出去了……”

“他们为什么不现在就放我出去呢？如果我是清白的，他们抓不到我犯罪的证据，为什么他们还把我当作危险的精神变态者？唯一危险的人是我的兄弟，他蹲在关塔那摩，在那儿回味他的法西斯思想！而我干了什么？”

“我会帮助你的。”

“你为什么要帮助我？为了让我更快找到妮娜？因为你对我有感情？你要我告诉你我对你的到来的看法吗？你唯一的目的就是写一本书，利用我的不幸赚钱……”

“我不用来这儿就可以写书，你知道……”

“不提这个……你来想观察我，再没别的……”

“你疯了吧……”

突然，塞米站起来，显得更消瘦憔悴，他的双腿几乎撑不住身体。

“是的，我疯了！我被关在四堵墙中间，我变疯了！他们把我单独关在这儿，有时四五天看不见一个人影，我只能自言自语，想象出另一个人来和我说话！你说得对，我疯了，你知道他们让我遭什么罪？半夜三更在热得烤人的房间里提审我，让我渴得要死，逼我承认我没犯的罪行，承认我没有的思想，或把我关在冰冷潮湿的房间里，剥了我的衣服。或逼我站在小得不能坐的、四面装了铁栏的单间里！你尝试过吗，站十二个小时以上，膝盖都不能弯一弯！我疯了，是的，但我还是相当清醒，我知道你来这儿，动机就是为了写关于我沉沦的书！能卖好价钱！你要写些什么呢？”

塞米转过身。

“别说了！”

“你要写我疯了，我像一尊贾科梅蒂[①]的雕像，因为你懂诗，你又是搞文学的，应该懂得什么是感觉、风格、适当的形式！”

“你在说胡话，我什么事也不会做的，别说了！”

“你记得你给妮娜下的最后通牒吗：你要么和我在一起，要么我自杀？你记得你割脉之后，她又回到你身边，在医院里？我也要这样做；如果你写我的生活，如果你歪曲我的生活中的某一个环节，如果你曲解我为了生存被迫做出的妥协，我就开枪打我的脑袋，你听见了吗？如果你往我身上泼脏水，我就这样做。如果由于你的过错，我的孩子们永远不愿见我！我就不活了！你也活不下去了，因为你的良心让你永远不得安宁！你的良心会日夜烦扰你，就像我的良心烦扰我那样；你去埋葬父母，我却和妮娜睡觉，为了忍受否认我的身份，我的出身，为了自保或也为了复杂的社会我不得不隐瞒母亲健在的耻辱，良心逼得我好几年都在吃药。可是你会写的，我肯定你会写的！作家的问题就在他们是自我主义者、孤芳自赏者、骗子，我很了解他们，他们没有真实的东西，做一切事都为了一个目的：写他们的书，他们做一切事都为了他们的利益。有多少书我们还可以读的，想着，这是可以改变我的文章，危险的书，或还有，一本重要的书，没有它我就不能活的书？很少！必须为他们的疯狂、偏差、极端辩护，以软绵绵的、灰暗的消毒文学的名义？你想我对你说真话吗？我不很

① 1901—1966，瑞士超现实和存在主义雕塑大师。

喜欢你的书，……它伤感、煽情，你了解我的，我憎恨做作，大家批评我粗暴，其实我只是直接。现在你生活在社会现实之外，塞缪尔！你的野心就是写成功一本书？找到准确的词句？理想的形式？我肯定你到处说没有什么比写作更难的了……写作只不过和别的办法一样，都为了获得和保住社会地位，今后我的唯一野心就是找回我的自由。”

28

被关闭在斗室里，躺在褥子上，双臂紧贴身躯，上身不动，僵硬笔直，像个患铁肺的犯人，塞米的四肢动不了，只要脑子里还在转动着念头。他想，他就这样为了一桩莫须有的罪名被关禁，被判无期徒刑，在监狱里结束一生，结束贱民的一生。他大呼冤枉，我什么也没干；他的兄弟也为他鸣冤叫屈，他什么也没干，他被蒙在鼓里，是我用了他给我的钱，我没告诉他钱的用途，他是无辜的清白的，清白得像雪；躺在医院里的娜维尔也在叫屈，塞米不知其详，他是个好儿子，常给我寄钱，看我是否缺少什么，他是个好穆斯林，正直的汉子，大家的榜样，忠诚——模范，释放他吧。

塞缪尔回到巴黎，马上写了长篇文章，揭露塞米的悲惨命运。外面，声援的示威差不多到处都在组织。一位美国的小说家甚至建议写他的故事（他拒绝了）。他收到许多信件，有谩骂的，有支持的，有追求他要与他结婚的，有扬言要杀死他的，一位匿名人士给他寄来卡片，告诉他他的妻子很痛苦，他的孩子们想念他——这张卡片，他天天都看。在巴黎，抗议的声浪很高，声讨对塞米的非法逮捕，有些人则指责他。但在塞米的脑子里记得的是同样的威胁：他们可以无限期地关押你。

29

塞缪尔在巴黎的拉斯帕尔大道租了一间套房，套房朴素、漂亮、中产阶级居住的那类舒适的。他躺在客厅的铺着绒布的大沙发上面，重看电视机里他和妮娜的照片的快镜头。他是在哪个准确的日期失去妮娜的？她现在在哪儿？到哪儿去找她？他毫无她的消息，不知道她的下落，他想，我们的爱情也荡然无存了。

他抓住一本书[①]，把它放下来，站起身，去洗浴——他烦躁——最后躺下睡觉。他非常想见到妮娜，一天早上，由于一夜失眠，他疲乏不堪，一夜都在思念妮娜，无法合眼，精神处于紧张状态，他决定联系一名侦探，这个人他早在当社会教育者时就认识，可以帮助他找到她——他的名字叫林晨[②]，当天塞缪尔约林晨到香榭丽舍大道的游客咖啡馆会面，林晨四十岁

---

① 华西里·格罗斯曼的《生活与命运》，这本书被久置一边，突然名气大增。

② 他的生活只有一个目的，成功地离开这儿。

左右年纪，高身材，他提早到了。塞缪尔坐在他旁边，来不及点饮料，他就迅速说明来意。他的声调很平，话语急速，语不成句，没有停顿，神态焦躁，显示出事情的紧迫以及慌乱的情绪。他递给林晨一张妮娜的照片，妮娜正处于风华绝代的时期，正处于倾倒众生的辉煌时期，林晨不由惊艳，目瞪口呆，脱口赞叹："她好美啊！"然后他问塞缪尔她在巴黎有没有亲朋好友或熟人，她有没有足够的资金在旅馆逗留，塞缪尔均摇头否定，据他所知，都没有。林晨犹豫片刻，问塞缪尔，她会不会流落街头，这个问题难住塞缪尔了。他也曾向自己提出这问题，他不想回答，他不能想象她躺在地上，睡在从垃圾堆中找到的纸皮上面，露宿街头，暴露在路人的眼皮底下，甚至惹来那些没受教育的、没有道德廉耻的、有过案底的流氓的不良企图，在夜里强奸她，没有人听见她的呼救声，因为没有人愿意听见社会的忧患。他不愿想象妮娜趴在地上伸出手的惨状，他想她应该能应付困境，不可能也无法想象有相反的情况，他准备不惜一切代价找到她。他把这话说给林晨，林晨一面听一面小口小口地喝咖啡。"我会付给你你想要的，但我求你，把她领回来。"

"就你提供的情况，找到她的运气很少，她也许去外国了。"

"我付钱给你可不是要听你说你办不到啊。"

"这事不易办啊，要花时间……"

"我想找到她的踪迹，不管要花多少时间。"

"那就请你耐心等候……"

30

几天之后，塞米得知法官放弃对他的起诉。他听到远处传来的斯坦的声音，他一再说，噩梦完结了，噩梦完结了。然而他呆立不动，像个冰雕，对痛苦没有了感觉。他的右眼皮轻轻地抖动，他关在狱中已经66天，他数过了，每天他都用粉笔在墙上划一道横杠，代表被关禁的一天。

我自由了。

斯坦告诉他获释还需等几天，但他要做好准备。塞米掩盖不住他内心的慌乱。他向斯坦表示感谢，谢了一次，十次，在斯坦告辞的时候，塞米向他保证，他会付给他酬金的，用这种方法或另一种方法，今年或十年之后，他一定不欠债。斯坦以简洁的口气对他说："你不欠我一分钱。""我绝不会同意不给你结账的，这是个原则问题……我甚至可以说，这是尊严的问题。"斯坦说："你不明白，所有在暗中工作，为了证明你清白的合作人的工酬都已付清了。""是鲁斯付的吗？"塞米问，想到他的妻子在暗中支持他，他突然很感动。"不是的，自从她放弃你之后，就停止付钱给我们了，但这不是问题，你要知道，我会继续……""那么是谁付的呢？"塞米打断他的话。"是皮埃尔·列维。"

释放之前的几个小时，塞米找不到睡意。他将忍受正常的生活了吗？和以前的合作人较量吗？和他的家庭？到了外面他成了什么人？他可以怎样重塑自己？当天他可以看他的孩子吗？回法国去和母亲聊聊？他接到通知一个星期被释放，但没有确切的日期，从接到通知起，他处于非常焦躁不安的状态，加强体育锻炼，为了不忘最近的日子，他写，一面等待。

31

几天之后，林晨递给塞缪尔一张写着妮娜地址的纸，说道："她离你不是很远，我没费多大力气就找到了她。"塞缪尔马上抓住纸张，向他道谢，从口袋里拿出一个包。林晨继续说："这就是你害怕的事，要有思想准备，上次你给我看她的照片……"塞缪尔呆住了，动弹不了。"你可能认不出她来了，她在离这儿一个小时车程的妇女之家。"

塞缪尔回到家，打开电脑上网查到以下消息：收留困难妇女住宿的机构，暂时接待七位精神、社会、物质困难的18岁以上的单身或带孩子的妇女。他浏览了资料提供的照片，那场所非常简朴，折叠床，木桌，几张椅子，长沙发，一间电视室，他很难想象妮娜会住在这样贫穷寒碜的地方。照片在电脑屏幕上一张张显现，他很难受，很苦恼。当天他打电话联系妇女之家的女主任，要求见一位她们收留的女人妮娜·罗什。他自我介绍是作家，这很重要，是的，她对他有印象，但她有点犹豫，她要先和妮娜谈谈，妮娜也许不愿在这个地方被人看见，有些妇女不愿与过去的生活还有联系，她们希望在这儿振作起来再说。他撒了个谎说："是她把你们的地址告诉我的。"过了几分钟，（他和她开玩笑，保证，为了让她通融，逗她笑）她同意了，条件就是他要给妇女之家的成员谈他的书，说明他如何与无情法官争论的。她认识他，读过他的书，还引用他书中的句子，表示赞赏；她喜欢文学，文学是她的整个生命；她喜欢读书，写书。（她写了一本小说，不过没有出版，她说："如果你能读读我写的小说，给我提点意见，有机会的话……"她鼓励女人们也做这样的事，给她们介绍好书。）每天，给她们当中最贫困的、不会认字的、外国人、诵读困难的、没受过教育、没文化的女人开设扫盲课程，"你想象不到，在21世纪，在法国还有这样的人"；她还在中心办了图书馆，（听到这话塞缪尔忍不住发笑，他以为她不过捡了一些读者最多的普及书，如玫瑰小说，他称作给女人看的小说。）她花了好几年的功夫才收集了三百多本书，"书不多，但都是我生活中最重要的，教我思考的，把我教育成今天的我"（这句话使他对她另眼相看），她说呀说呀说得太多，最后塞缪尔同意介绍他的书，好吧（心里却想，我才不干呢），其实他心里烦透了，他想的只是把妮娜从塞米害她陷进去的地狱里拉出来。挂了电话，他松了一口气；他得到造访妮娜的准许。他在一家大商店里买了香水，围巾，在回来的路上买了鲜花，紫红色的大朵牡丹，他好像第一次赴约会的情人，或想讨好女人的男人，而她呢，她爱他吗？怎么样才能重建已部分损毁的爱情建筑？她一而再地背叛他的爱情，已令他的爱情减色，他现在去她那儿，为了重获妮娜的芳心，根据修补的逻辑，他要证明他的爱，她对他的精神伤害虽然非常可怕，但不能动摇他爱她的决心，他的愿望很简单，就是成为她最好的、第一个也是唯一的爱她、保护她的人。难道她只是他和塞米之间权力的赌注？也许是的。现在他要把她重新领回家，教育她，让她变回离开他时的那个女人，那个所有男人都想要的生气勃勃的、光艳动人的、性感的女人，也是属于他的女人；这个女人符合理想，极能引起男人的性欲，现在他想重新改造她，在他们的关系中给她一个新的位置，以后他和她相处时，主动权在他的手里，大家注意的也是他，他很欣赏他们角色的倒置。他希望在他的成功中有她的一份，他缺少的是她。为此他必须看她，和她谈谈。

他挑了一套高级衣料裁的黑色西装，光滑如缎的里子稍微亮了些，细领的白衬衣，露出脖子上蜿蜒的血管，黑领带；他精心打扮，他要取悦她，他不再是那个好诉苦、懦弱、悲观、妒忌、说话很冲的人了，以前他表面傲慢，那是窝囊废的骄傲，妒忌者的骄傲。社会地位低，不合群，野蛮，那是由于处境不妙才这样的，成名后他的心情平静了，他有了自信，内心平和了，他有了社会地位，在对他欢呼、赞扬、拥护他的人当中，他感觉终于成了被社会关注的人了。

下午他坐黑色出租车来到妇女之家：红砖建的破房子，在巴黎远郊，附近是独立的房屋区。房子简陋，阴郁。塞缪尔想，在这里人怎能改造重塑呢？在这儿住上些时候不完蛋才怪。深绿色的大铁门遮掩着主要出口，跨过了栅栏他才看见这个地方，正面是铜绿般的粗涂灰泥层，涂料已经有了裂缝；荆棘丛生、长满野生植物的小花园，园中央一条灰黄色板凳，被蚂蚁蛀蚀，角落里一所小棚屋，里面堆放五颜六色的长椅子，天气好的时候会搬出来——这是妇女之家的主任对他说的。接待他的主任是个矮个子红头发的中年女人，体形和表情都给人笨笨的感觉，普通人的外貌，但颇有个性，给人做领导的印象，看上去能干而有吸引力，有勇气敢斗争。她自我介绍说是她领导妇女之家，妮娜就住在这儿。

主任领着他往前走，“当心阶梯”，门口铺着金属擦鞋垫，她告诉他女人们刚吃完午饭到客厅去了，听到这话他笑了笑，好像在资产阶级的旧小说里描写的情景，但他看到的却是贫穷，她们在看电视，读书，干活，聊天；去吧，走廊尽头右边，你在那儿就见到妮娜了。走廊里他用手捂住嘴巴和鼻子，空气中有一股很浓的气味，食物的臭味、油味和发霉的气味混在一起。

那天大客厅里共六个女人，墙壁上涂了发绿的油画，到处斑驳。女人们看见他掩不住尴尬窘迫的神色，几乎要冲口而出一个问题：这个男人来这儿干吗？他小心走过去，向她们问好，有点不好意思，啊，她在这些有着各种不同国籍的女人们中间。妮娜看见他吃了一惊，全身发热，而他掩盖不了他的难堪，他在她的目光下非常紧张，她在他眼中看到了什么？欲望？激动？可以满足他的柔情？在这种背景下，他只要来了她就满足了——是的，不错，她就在这儿，穿着牛仔裤和很宽大的白色T恤，浅浅的笑照亮了她的脸，她不动，也没站起来接待他，但她认得出他，她看见他的巨变，时尚的西服，打了蜡的皮鞋，手捧花束，印着高档品牌的香水包。啊，可爱的王子！一个女人[①]叫起来，其他女人都笑起来，我们可以试穿水晶鞋了吗？塞米和他们在电视里看见的他完全一样，但他认不出妮娜来了，她把头发剪得很短，（他想，剪头发的时候她也许在发脾气，或没有照镜子，因为头发剪得长短不一），而且发根都白了。她发胖了，她的脸没有丝毫化妆的痕迹，他从没见过她如此忽略自己的容颜。他走到她身旁，犹豫着是否拥抱她，然后他放弃了，然而靠得很近，向她递过花和礼物，她接了但没打开，也没看它们，也不激动。他问她他是否可以和她单独谈谈，当然可以，他们来到走廊里，走廊里一股令人作呕的气味，他把她拉到花园里，花园靠近房子，她坐在板凳上，脚下是荆棘和野草，他使出浑身解数，表白——礼物——发誓，他的口袋和双手装得满满的，他向她保证，现在他无所不能了。她听他说话，并不特别感动，冷冷的，有点决绝的辛辣的态度。"你为什么来？""首先为了这个。"他说，给了她一本他写的书，她拿过去，打开它，看到书里写着：献给妮娜——她是唯一能安慰我的人。"你知道我写了书吗？你读了它吗？你看了报纸吗？是的，难以想象，是的，我很幸福，我到处走，没有一分钟是我的，我无法保持冷静和安宁。"过了一会，他甚至说出这样的话来："尽管我获得了成功，我还是过着简单的生活。"她微笑，合上书。"我给你带来这个。"他指指那个包。"等你走了，我才打开它。"她有点冷地说，然后以平淡的声音问："你有塞米的消息

① 她叫丽拉·罗第阿，38岁，以前的妓女，她在日记里写道，她要和高级的男人过刺激的生活。

吗？”他想不到她既然向他提到那个人。他恼怒地问：“他害你遭受了这样的结果，你受的罪还不够吗？”然后他的态度和缓了些，说：“对不起……你知道他出了什么事，是吧？”“是的，他的一个合作人告诉了我。”“你不是想见他吧？”“不想。”“我想他会出狱的。”听到这句话，她不哭了，只是转过目光，眼里闪着金色的光。“出太阳了？”她换了话题，是的，她知道塞缪尔出版了书，她来到妇女之家后无意中得知的，她读了他的书也喜欢他的书，喜欢书中真实与想象的综合，大彻大悟的幽默，把他们自己的生活用文学手法表现出来，她丝毫不反感，相反，她在书中女主人公的外貌描写中看到了自己，还挺高兴的。他听她讲了很久，然后突然打断她的话，走到她身边，他看到她额头上左眼皮上面布满的皱纹。“我来找你，我会照顾你，你什么也不会缺少的。”他的声音里带着自豪，我要救她，他想，我把她从贫苦中救出来，从街头救回来，从无所事事的困境中救出来。我作了美好、伟大、了不起的事，这是英雄行为，二十年前她救了我的命，现在我要救她的命。好啦，我们走吧，收拾你的衣物，一面说他一面拉她的手，表现出少见的温柔。但她马上挣脱了他的手。“不。”他听错了吗？他不明白。“不，我不跟你走。”她要留在这儿，在这家妇女之家，她还要待三个月，三个月之后呢？到时再看情况再决定。你这样的态度太可笑了，你不能待在这儿，这地方太寒碜，太贫苦，太可怕。不，她喜欢这个地方。和这些妇女们生活在一起她觉得很舒坦，她们都是被生活和男人折磨虐待的女人，这些肥胖或瘦削的女人，双手尽是老茧，牙齿脱落，她们痛苦挣扎，但她们坚韧，她们失去了一切，又赢得了一切，她们任命运摆布，被命运和男人操纵控制，长期以来俯首听命，被玩弄，被糟蹋，没有了女性的柔媚，像受惊的牲畜，沦落到女奴的地位，被奸污，变下贱，毫无社会地位，无法爱惜她们的身体，不晓得说不，害怕被男人抛弃，害怕在男人的社会里不被重视。是的，她在这儿过得很好，因为在这里，在这些女人身边她有地位，她喜欢没人打扰她与她们的知心谈话；听到她们的遭遇，她喜欢和她们一起在饭堂里吃饭的热闹，这间大饭堂还是她们亲自布置的，她喜欢她的身体解除了追求享乐的束缚；她喜欢新生活，不再对男人俯首听命，把自己置于他们的保护之下；他们何曾保护过她？他们害她遭受不幸，今后她要做一个贫穷的女人，贫穷但是自由的女人。

塞缪尔一言不发，他痛苦，默默地承受痛苦。他的感情受了伤，很深很深的伤；他站起来，说道：既然这是你的愿望。他走开了。他走了，不回头。他不愿对她留下任何回忆，不愿留下她的形象。在走廊里他碰到了妇女之家的负责人。“别走，现在别走。”她要带他看看她的图书室，她一再挽留，她准备好了要强留他。“为什么不看看呢。”他跟她走了。他心里作闷，身体有点摇晃，他扶着一张椅子，眼睛看着主任，她好像在做报告，不停地说呀说呀，好像对着一百多人，而听众只有他一个人。“以后就剩下我一个人了，”没有人听他的，“她说话干吗那么大声？”她指着书架上的图书，说她一直以来就考虑要用文学作为解救妇女的办法。“当我们读托尔斯泰、杜拉斯、司汤达的书，对男女之间的关系就了解得更多，比自己亲身经历了解的更多，然后能写自己的故事。”他没答话，看着那些书——它们大部分都是女作家写的：西蒙娜·波伏娃，玛格丽特·尤瑟纳尔[①]，玛格丽特·杜拉斯，乔伊斯·卡罗尔·奥茨，西尔维·普拉斯，弗吉尼亚·伍尔夫，辛西娅·欧芝克，安娜·阿赫玛托娃，玛丽娜·茨维塔耶娃……塞缪尔开玩笑说：“男人们在哪儿呢?”

男人们无处不在。

32

第二天，正当塞缪尔为失去妮娜而心灰意冷的时候，得知他写的小说《安慰》获得一项文学大奖。几个星期以来，他的名字经常被人提及，四处都听到有关他的传言，说他走了大运，有幸获得大奖；他的出版人每天打电话给他，和他谈话，检查他的行为举止，甚至测试他的精神承受力。“不是每个人都能承受成名的过度刺激，有些人神经过于脆弱，无法恢复平静。可是你很坚强很棒，你野心勃勃，一直等到四十岁才出版你的书，你以退为进，你有担当。”他想，我可不敢这么自信。他不觉得自己很棒——他的个人经历证明他的无能，他承受不起社会的暴力，应付不了复杂的人际关系。他绝不是野心家，他记得维

① 妮娜就是被她写的《阿列西斯》或《徒劳斗争的条约》书中的一句话所感动：“人在贫穷、孤独、无人理睬的时候反而感觉快乐，生活也变得简单。”

托尔德·贡布罗维奇[①]1967年在他的“日记”里说的话：“我早就明白，艺术不能也不该带来个人的利益……这是一项可悲的事业。”

现在他只要想到又要被记者、摄影师、书商、男的女的崇拜者、出版者包围就惊恐万分；过去很多年他被排除在社会之外，如今却成了社会的注目中心，但他害怕处于社会的注目中心。他的出版商说，“你将拥有所有的荣誉，我们将一起拥有它们。”荣誉有什么用处？能获得爱情吗？能永垂不朽吗？能不被注意吗？可以做超级英雄？能保证不失恋吗？能抗忧郁吗？能不恨自己吗？能抗衰老抗疾病吗？出了名是否能睡得更香？能成为最好的作家，最好的情人？有很多人打电话给我吗？找医生看病不用预约？在饭店能找到最佳的餐桌？如果我头晕了呢？爬到最高的人除了往下掉不会有别的出路，最好还是和失败者待在社会的最底层，在底层才能更清楚地看到光怪陆离的社会，只要稍稍抬起头就行了，就看到那些人在往下掉。他并非喜爱失败，而是他头脑清醒，具有批判的眼光，与人保持距离，对成功的坏处有清醒的认识。其实只有孤芳自赏的人才能拒绝荣誉和报酬，蔑视它们就是想证明人高于物质，人脱离庸俗，超脱，拒腐蚀，洁身自好；保持正直廉洁是有野心的人戴的其他面具。这是真的，他想成为闪闪发光的失败者：朱利安·克拉克拒绝龚古尔文学奖，（他说，“我坚持认为，任由别人安排参与各种名堂的竞赛没有一点意义，一个作家被人推到

---

① 1904—1969，波兰荒诞派剧作家。

雪崩下面翻滚赚不到什么”）；让-保尔·萨特拒绝诺贝尔奖，（他说，“每个艺术家、每个作家、每个人活着时被献出去很不值”）；格里戈里·佩雷尔曼拒绝100万美元数额的数学奖，（他说，“我对金钱或光荣不感兴趣”）；塞缪尔·贝克特拒绝去斯德哥尔摩领诺贝尔文学奖，他认为这是“灾难”——这是美国剧作家托马斯·拉尼尔·威廉斯用以形容成功的词语。

（他最害怕的是，成功会把他变成什么人。）

他记得出版商在与他签了合同后对他说的话：“你很有才华，但你脱离文学世界。总的来说，你有点野气，很好，这有它的魅力，我喜欢，但当你的书出版后，你必须努力。”努力？写作对他的要求已经太多了……

这短暂的成功，他梦想过。但他太害怕成功会把他变成什么样的人。在可悲的明天，词句在给了你一切之后，抗拒你的进步。

我拒绝。

他曾经希望成名——哪怕名气来得迟，来得猛烈；他曾相信成功，相信要实现竞争的市场社会要求他达到的目标；他甚至希望利用突然得到的名气及它提供给他的便利，但他性格中清高的一面却抗拒它们，他待在社会边缘，内心生长着野草一样的东西，这东西还能引起蓖麻疹。他的内心荆棘丛生，长满了刺，每动一下都会被刺伤，伤口扩散感染，每前进一步它都阻碍着他，每当他试图发展都以失败告终，一次，两次，一百次坠落到地面，坠落到烂泥里；就是在烂泥里而不是别处，他身上的写作机器才能运转，冒着爆炸、裂成碎片、毁灭的危险，还没有可能扫雷。一个人只有在设置了路标的、用大刀披荆斩棘出来的地方才能生活得有意义，但不会弄脏手，而写作就是有一双脏手。

33

被释放的那一天，塞米从一扇暗门走出监狱，避开等待他的那一群记者和摄影师。现在他孤身一人，没有人——没有家人也没有朋友到来接他，他倒松了一口气。他松了一口气，因为他不必做出一副忏悔赎罪的样子，求他们原谅饶恕。演戏似的，干什么呢？求他们宽恕？求他们恢复他的权利职务？他必须向亲友道谢？见鬼去吧！他想，他不欠社会的债，倒是社会欠了他很重的债。他犯了一个错误——道德错误——把他的母亲排除在他的生活之外，向孩子隐瞒了他们的家史和真正身份，对这个错误，他觉得歉疚；他很难原谅自己犯的这个错误，就这些了。至于其他的——撒谎，放弃原则，妥协，这些为自己的利益安排的小事，他已为此付出了代价，弄得走投无路，像牲畜落入屠宰场的陷阱，被“歧视”这架机器捣碎，被社会变得粗野。说什么机会是平等的，骗鬼去吧。他没有别的选择，无可奈何，只能任凭他们把自己剁碎，把血抽干，挖出内脏，拿到锅里煮，被煮到溢出锅外，飞溅，留下污迹，去掉积怨和深仇大恨，被感染，然后重生，重新站起来。即使身体虚弱、四肢残缺，还是要前进，要继续活下去，最后排除障碍。“走，不走就完蛋。”这是他的父亲说的话。完蛋，说得不错，现在走吧，踩着柏油马路往前走，别胡思乱想，不要再一次被人捉弄被腐蚀。他拖着沉重的脚步，纽约展现在面前，嘈杂喧嚣。他奔跑，心中揣着指南针，在这个指南针的指引下，朝他的感情几何学定的方向跑，他的身体放松了，他“扫了雷”，终于卸下了几吨重的紧张、犯罪感、谎言、耻辱、童年的精神负担，加快脚步走了几米，然后放慢脚步，好像测试机器那样测试自己的体力，机器还在转动，机件还没有完全被卡住，“我还活着，生龙活虎”，“我自由了”。他的双脚触到了地面，突然他不动了，看着眼前的摩天大厦。它们一望无垠，沐浴在绕射的光亮中——这些光亮过分的唯美主义，自大，是醒来的城市在炫耀它的美丽。眼前一幅被虹光穿透的尘灰滚滚的风景——他已经忘了它们，他的双眼被关闭在监狱灰脏的墙中，眼前一无所有，眼后一无所有，融于黑暗中；他陷入地皮的下面，那肮脏潮湿的地底，那毁坏的泥土，那有害健康的凹地，如同他的不光明的两重性、严重的动摇性、他对不光明把戏、阴险手段的爱好。在地下的牢笼里关押着乐师（萨克斯管演奏者、单簧管吹奏者）、非法劳工、非法移民、赤贫百姓、感情过于充沛的通奸男女、违法的贱民，他们被关在洞穴里，身体被情欲刺激着。沿着插满铁尖排的墙僵立着，远眺地平线，远眺平展美丽的、由雨水输液的大海，一直看到天空变成了煤烟色，变成了一大团烟炱；不顾空气的潮湿，不顾地面的水潭，雨水滴在水潭上，形成翻滚如泡沫似的小涟漪，像香烟的烟那样袅袅升起的水汽。现在他用打火机打着火，点燃香烟抽起来，坐在界石上。他感觉自由和幸福。野心终于死了，“非成功不可”的义务死了，“成功”从你出生起就压着你，威胁着你，它是社会搁在你脖子上的刀，直至你窒息，直到你被流放才拔走，直到你被踢出局，直到你被放逐。到大清洗的时候了，他们像拔野草那样清除你！——被他们放逐也有令人快乐之处，（你永不知道这放逐是暂时的还是永远的），你被放逐了，这时你就落到了这群人当中；尽是些倒霉蛋、窝囊废、过时人物，因年老因失败而处于社会边缘的人士，没有证件的、没有官位的、小人物、普通人、无名氏，以及那些求助工商就业协会的失业者，他们很早起床，无声无息，没人打电话给他们，或不再打电话给他们，没人理睬，被人们怠慢，别人看见他们就说“没空”，态度不好；还有贫的、贱的、弱的、肥胖的、一次性使用的女人、可悲的朋友。但他们终于摆脱了对失败的害怕、摆脱了追求享乐而加在自己身上的压力，由于个人主义、追求名利、争权夺利，或别人争名利他也学样争名利、有人出于合群的本能也争名利——而强加在自己身上的压力；摆脱了所有毁灭性的效果：父母之命的梦想的破产，决定论、乌托邦的幻想破灭；摆脱了建立这个社会秩序所需而进行思想灌输的最亲的亲人的要求：“做个强人！”“出人头地！”——他和别人一样曾听命于这些要求，但今天他没那么在意了，今天没有人对他提出要求了，他本人也只希望享受找回真实身份的快乐。社会，你就把刀搁到别人的脖子上去吧！

图书在版编目(CIP)数据

谎言与命运/(法)蒂尔著;林珍妮译.—上海:
上海人民出版社,2015
ISBN 978-7-208-12828-6

Ⅰ.①谎… Ⅱ.①蒂… ②林… Ⅲ.①长篇小说-法国-
现代 Ⅳ.①I565.45

中国版本图书馆 CIP 数据核字(2015)第 040342 号

出品人 邵 敏
责任编辑 张玉贞 崔 琛
封面装帧 

谎言与命运
[法]卡丽娜·蒂尔 著 林珍妮 译

出　　版 世纪出版集团 上海人民出版社
(200001 上海福建中路 193 号 www.shsjwr.com)
出　　品 世纪出版股份有限公司上海世纪文睿文化传播分公司
发　　行 世纪出版股份有限公司发行中心
印　　刷 启东市人民印刷有限公司
开　　本 890×1240 1/32
印　　张 11.5
字　　数 233 000
版　　次 2015 年 7 月第 1 版
印　　次 2015 年 7 月第 1 次印刷
I S B N 978-7-208-12828-6/I·1350
定　　价 35.00 元